U0107842

城市与区域规划研究

本期执行主编　魏后凯　叶裕民

商 务 印 书 馆

2011年·北京

图书在版编目（CIP）数据

城市与区域规划研究（第4卷 第1期）/ 魏后凯，叶裕民　本
期执行主编. —北京：商务印书馆，2011
ISBN 978 - 7 - 100 - 07370 - 7

Ⅰ. 城…　Ⅱ.①魏…②叶…　Ⅲ.①城市规划—研究—丛刊
②区域规划—研究—丛刊　Ⅳ.①TU984 - 55②TU982 - 55

中国版本图书馆 CIP 数据核字（2010）第 184202 号

城市与区域规划研究

本期执行主编　魏后凯　叶裕民

商 务 印 书 馆 出 版
（北京王府井大街36号　邮政编码 100710）
商 务 印 书 馆 发 行
北京瑞古冠中印刷厂印刷
ISBN 978 - 7 - 100 - 07370 - 7

2011 年 1 月第 1 版　　　开本 787 × 1092　1/16
2011 年 1 月北京第 1 次印刷　印张 15¼
定价：42.00 元

主编导读
Editorial

　　作为人口、要素和产业的集聚地，城市是现代经济发展的增长极。然而，过去的城市发展大多建立在大量消耗资源、大量排放"三废"、缺少生态空间的基础上。面对全球性的资源和环境问题，这种外延扩张式的粗放型发展模式已经越来越难以为继。为协调城市化与资源环境之间的冲突，提高城市的宜居性和可持续性，近年来在世界范围内掀起了新一轮城市转型浪潮，精明增长、紧凑城市、低碳城市、生态城市、宜居城市、创新城市和智慧城市等都蕴涵着这种城市转型的思想。对处于快速扩张中的中国城市来说，当前面临着转型与发展两大任务，需要在加快发展中实现转型，在加速转型中提升发展质量和层次。因此，如何把握转型的方向，并以最小的代价实现城市转型，将是摆在我们面前的一项重大战略任务。

　　本期"特约专稿"魏后凯"论中国城市转型战略"提出，当前中国粗放型的城市发展模式日益暴露出诸多弊端，城市发展正处于加速转型和全面转型的新阶段，必须尽快实现经济、社会和生态的全面转型，建立低消耗、低排放、高效率、和谐有序的新型科学发展模式，走集约、创新、融合、和谐、绿色、特色发展之路。可以预见，这是一场深刻的城市大转型，将对中国城乡经济社会与空间发展产生深远的影响。在"学术文章"中，叶裕民等"深圳城市产业发展转型研究"提出，深圳要由改革开放前沿城市向更具综合性的全国经济中心转变，将需要更多承担国家责任，重构以"高新技术、先进制造、现代服务"三足鼎立的现代产业体系，这种产业转型是深圳城市转型发展的主旋律。张文忠等"中国资源型城市转型路径和模式研究"指出，处于生命周期中不同发展阶段的资源型城市，其转型的路径选择会有所差别，各资源型城市要科学地选择适合自身的转型路径，以达到较快平稳地转型的目的。诸大建等"上海城市空间重构与新城发展研究"呼吁，上海要突破城乡界限，加快新城发展，构建城乡一体化的大都市区，实现城市空间重构。武廷海"六朝建康规画"，运用"规画"的观念，探循六朝建康城空间格局的生成过程，厘清城市空间演进的内在逻辑，文章充分考虑到大地的重要价值，将六朝建康规画概括为仰观俯察、相土尝水、辨方正位、计里画方、置陈布势、因势利导等六个方面，非常有趣味性和可读性。

本期"经典集萃"中艾伦·凯利等"人口增长、工业革命与城市转型"一文，原刊发于《人口与发展评论》1984年第3期，认为城市转型属于产业革命和人口转型的一部分，文章将宏观经济与城市增长结合起来，构建城市化人口预测模型，探讨城市转型的动力之源。在"国际快线"中，T. G. 麦吉"21世纪东亚城乡转型管理"一文批判了东亚发展中国家的城市化主导战略，指出城乡割裂状态下的发展无法持续，必须以可持续发展的管理策略统筹考虑城市和乡村的各类活动，从城、乡两方面共同推进社会的整体转型。"书评"栏目有黄鹭新评约翰·弗里德曼《中国的城市变迁》，弗里德曼把中国城市的变迁过程看做是一个内生的过程，清晰地提出了在社会和历史的转换中一些因子对下一阶段的影响，认为中国人民在历史上就表现出寻求和找到适当平衡的能力，并期待中国在未来继续这样坚持下去，找到一条适合自身发展的道路；顾朝林评魏后凯等著《中国产业集聚与集群发展战略》，认为该书把产业集聚、集群研究与区域竞争力研究结合起来，突破了传统的区域比较优势的理论范式，为后发地区实现跨越式发展提供了新思路。"研究生论坛"中，李彦军"城市转型与城市竞争力提升：基于长周期的视角"、时慧娜"资源型城市转型的国家援助政策评价及调整思路"、蒋媛媛"中国发展转型中地区专业化格局的演进"都从不同侧面对城市转型进行了深入探讨。

本刊名誉主编吴良镛先生因在人居环境领域的创造性成就，荣膺2010年陈嘉庚奖，本期特邀金吾伦教授撰写"吴良镛人居环境科学及其方法论"，对其人居环境科学研究中的方法论尤其是整体论思维予以揭示，以深化对人居环境概念、科学理论和实践的认识。

本期的其他文章，王登嵘等"路径依赖与路径锁定——珠江三角洲与长江三角洲区域发展的空间制度变迁比较"从国家层面制度供给角度，提出推动珠江三角洲合作发展的建议；欧阳南江等"香港轨道交通的经验及其启示"分析香港轨道交通发展成功的原因及其经验；褚文昊等"当代英国出租私房的复兴政策与实践（1988～2008）：经验与启示"回顾1988年英国改革出租私房部门管制政策以来住房供给部门的复兴历程，并探讨其经验和教训对中国完善出租私房政策的启示；弗朗索瓦兹·邵艾"奥斯曼与巴黎大改造（Ⅱ）"继续刊登文章的下半部分。

近期本刊将关注新城与村镇、高铁网与城市的区域化发展等专题，欢迎读者继续予以关注。

城市与区域规划研究

目 次 [第4卷第1期（总第10期）2011]

Journal of Urban and Regional Planning

CONTENTS [Vol. 4, No. 1, Series No. 10, 2011]

论中国城市转型战略

魏后凯

Strategy of Urban Transformation in China

WEI Houkai
(Institute for Urban and Environmental Studies, Chinese Academy of Social Sciences, Beijing 100005, China)

Abstract Urban Transformation refers to the significant change and transition in urban various fields and aspects, which is a comprehensive transformation with multi-field, multi-aspect, multi-level and multi-angle. In the past, China's urban development has mostly been on the road of extensive model, characterized by high growth, high consumption, high emission and high expansion. With this development model, some problems have appeared in the process of China's urban development, such as the disorderly and inefficient development, the imbalanced urban-rural and regional development and the in-coordination of social development etc. , and obviously, this is not sustainable. At present, Chinese cities are experiencing in a new stage of accelerated and overall transformation. It must quickly realize the economic, social and ecological overall transformation, to establish a new mode of scientific development with low consumption, low emission, high efficiency, and harmonious and orderly development, taking the intensive, innovative, integrated, harmonious, green and characteristic development road.
Keywords urban development; urban transformation; development model; overall transformation strategy

作者简介
魏后凯, 中国社会科学院城市发展与环境研究所。

摘 要 城市转型是指城市在各个领域、各个方面发生重大的变化和转折, 它是一种多领域、多方面、多层次、多视角的综合转型。过去, 中国城市大多走的是一条以高增长、高消耗、高排放、高扩张为特征的粗放型发展道路。在这种粗放型发展模式下, 中国城市发展出现了无序和低效开发、城乡区域发展失调、社会发展失衡等诸多弊端, 显然这是不可持续的。当前, 中国城市发展正处于加速转型和全面转型的新阶段, 必须尽快实现经济、社会和生态的全面转型, 建立低消耗、低排放、高效率、和谐有序的新型科学发展模式, 走集约、创新、融合、和谐、绿色、特色发展之路。
关键词 城市发展; 城市转型; 发展模式; 全面转型战略

1 引言

城市转型是一个永恒的课题, 它是伴随着城市的发展而不断演化的。从城市发展史的角度看, 城市发展的历史就是城市转型的历史 (侯百镇, 2005)。近年来, 随着经济全球化的快速推进、新技术的广泛应用以及资源和环境压力的日益加大, 在世界范围内掀起了新一轮城市转型的热潮。国内外学术界开始对现行的城市发展模式进行反思, 有关城市转型的多学科、多视角、多维度的综合研究日益增多。经济学、管理学、地理学、社会学、规划学等领域的学者都加入了这一研究行列。有关紧凑城市、精明增长、生态城市、低碳城市、创新城市、创意城市、宜居城市、智慧城市等种种构想, 在某种程度上都包含着城市转型的思想。可以认为，城市转型是当前城市科学研究的一个理论前沿课题，也是学界、政府界和新闻界高度关注的热点问题。

在国外，转型研究主要集中在原计划经济国家城市向市场经济的转型、向可持续发展的转型和资源型城市转型等方面（李彦军，2009a）。在国内，城市转型研究近年来也日益增多，其研究重点主要集中在以下4个方面：一是对城市转型的一般性研究，包括城市转型的界定、内涵、模式、动因和方向等（李国平，1996；侯百镇，2005；朱铁臻，2006；李彦军，2009b；孙耀州，2010）。二是对城市某特定领域转型的研究，如对城市经济转型（裴长洪、李程骅，2010；李学鑫等，2010）、城市产业转型（潘伟志，2004）、城市发展转型（崔曙平，2008）、城市竞争转型（连玉明，2003）等的研究。三是针对问题城市和典型城市转型的研究，除了大量的有关资源型城市转型的研究外，一些学者还探讨了老工业基地以及上海、南京、深圳等典型城市的转型问题（陈建华，2009；吴月静，2009；郑国、秦波，2009）。四是从多维度、多视角对城市转型的综合研究，较有代表性的是吴缚龙等人（2006）的研究。近年来，海外有关中国城市转型问题的研究也日益增多，代表性著作有弗里德曼（Friedmann，2005）的《中国的城市变迁》（*China's Urban Transition*）和邢幼田（Hsing，2009）的《城市大转型：中国的政治与不动产》（*The Great Urban Transformation：Politics and Property in China*）。

虽然目前有关中国城市转型的研究成果日渐增多，但研究基础仍然较为薄弱，尚存在诸多问题：一是概念比较混乱，不同学者对城市转型的界定不一，尚没有形成统一的认识；二是对城市转型的理论基础、动力机制、综合效应和战略路径等方面的认识还较为模糊；三是对单个城市、特定领域转型的研究较多，而从整个国家层面的系统综合性研究较少。本文试图从国家战略层面出发，在分析中国现行城市发展模式的基础上，重点探讨当前中国城市转型的内涵、推动因素及其战略思考。

2 现行城市发展模式的基本特征

长期以来，中国的城市发展基本上走的是一条外延扩张的发展道路，属于一种典型的粗放型发展模式。这种发展模式以高增长、高消耗、高排放、高扩张为基本特征。

高增长是改革开放以来中国经济发展的基本特征。1979～2008年，中国GDP年均增长率达到9.8%，其中2001～2008年达到10.2%。这种高速增长态势主要是依靠城市经济的超高速增长和城市化的快速推进来支撑的。以2007年为例，全国31个省、自治区、直辖市生产总值汇总的增长率为14.2%，而全国287个地级及以上城市生产总值增长率高达15.3%，其中市辖区增长率高达15.6%[①]。1978～2009年，中国城市化率由17.92%迅速提高到46.59%，平均每年提高0.92个百分点，其中1996～2009年平均每年提高1.25个百分点。随着城市化的快速推进，目前城市经济已经成为支撑中国经济高速增长的核心力量。2008年，仅287个地级及以上城市市辖区实现生产总值就占全国的62.0%，其中第二、第三产业增加值分别占全国的64.5%和71.4%。

这种高增长是建立在资源的高消耗和"三废"的高排放之基础上的。2007 年，中国 GDP 约占世界总量的 5.9%（UNDP，2009），而水泥消耗占世界的 47.3%（2006 年数据），一次能源消耗占 16.5%，其中煤炭占 41.1%，石油占 9.2%（BP 公司，2009），粗钢表观消费量占 32.4%，钢产品表观消费量占 33.9%（WSA，2009）。按照国际能源署（IEA，2009）发布的数据，2007 年中国 CO_2 排放量已占世界总量的 21.0%，尽管中国人均 CO_2 排放量与世界平均水平基本持平，只相当于 OECD 国家的 41.8%，但单位 GDP CO_2 排放强度却是世界平均水平的 3.16 倍，是 OECD 国家的 5.37 倍。中国经济的这种高消耗、高排放特征在城市得到了集中体现。尽管中国目前的城市化率还不高，但绝大部分资源都是由城市消耗的。中国经济的高消耗、高排放主要是城市经济的高消耗、高排放，节能降耗减排的关键在城市。以能源消费为例，在 2007 年中国终端能源消费中，非农产业和城镇生活消费占 82.4%；在生活能源消费中，城镇占 62.6%；城镇人均生活用能量是农村地区的 2.05 倍。根据国际能源署（IEA，2008）提供的数据，2005 年中国 41% 的城镇人口却产生了 75% 的一次能源需求，这与世界发达国家形成鲜明的对照。在美国、欧盟、澳大利亚和新西兰，城镇人口的比重一般都高于城市一次能源需求的比重（表1）。这一方面反映了目前中国巨大的城乡差距，另一方面也说明了中国城市高消耗、高排放的粗放型外延扩张特征。

表 1　2005 年世界主要国家和地区城市能源使用状况

	城市一次能源需求比重（%）	城市人均一次能源需求相比地区或国家平均水平	城市化水平（%）
美国	80	0.99	81
欧盟	69	0.94	73
澳大利亚和新西兰	78	0.88	88
中国	75	1.82	41

资料来源：IEA，*World Energy Outlook 2008*，第 182 页。

与此相对应的是近年来中国城市的高速空间扩张。自"十五"以来，中国城市建成区和建设用地规模迅速扩张，其增速远快于城市人口的增长速度。2001～2008 年，全国城市建成区面积和建设用地面积分别年均增长 6.2% 和 7.4%，而城镇人口年均增长仅有 3.55%。特别是，在"十一五"期间，尽管城镇人口增速明显放慢，但城市建设用地规模仍保持 7.23% 的平均增速，远高于城镇人口年均 2.57% 的增速（表2）。这说明，近年来中国城市土地扩张与人口增长严重不匹配，土地的城市化远快于人口的城市化。就城市平均规模扩张来讲，1996～2008 年，中国平均每个城市建成区面积由 30.4 km^2 扩大到 55.4 km^2，平均每个城市建设用地面积由 28.5 km^2 扩大到 59.8 km^2，分别增长了 82.2% 和 109.8%。从某种程度上讲，近年来中国城市经济的高速增长主要是依靠土地的"平面扩张"来支撑的。

表2 中国城镇人口与城市建设用地面积年均增长比较（%）

年份	城镇人口	城市建成区面积	城市建设用地面积
2001～2005	4.13	7.70	7.50
2006～2008	2.57	3.73	7.23
2001～2008	3.55	6.20	7.40

注：2005年城市建设用地面积缺北京和上海数据，系采用2004年和2006年数据的平均值替代。

资料来源：根据《中国城乡建设统计年鉴》（2008）和《中国统计年鉴》（2009）计算。

中国城市的高速空间扩张，也引发了行政区划变化［如撤县（市）设区］以及新区建设和产业园区扩张。近年来，中国一些大城市曾掀起过撤县（市）设区或建设新区的浪潮，规划的软约束和规划界的利益驱动助长了这种大城市空间规模扩张冲动。由于大城市的加快撤县（市）设区，加上国家近年来对新设建制市的冻结，导致近年来中国城市的数量减少，由1997年的668个减少到2008年的655个，减少了13个。其中，"十一五"前三年减少了6个。不少大城市新区的规划面积动辄数百平方公里，有的甚至达上千平方公里，如上海浦东新区为1 210.41 km²，天津滨海新区为2 270 km²，重庆两江新区为1 200 km²。在某些城市，产业园区的规划面积也超过了100 km²。大规模撤市设区和建设新区的热潮，导致全国大城市数量不断增加，中小城市呈萎缩状态。若按城市市辖区总人口计算，在全国地级及以上城市中，2008年50万人以上的大城市比2005年增加了11座，而中小城市减少了10座[2]。城市用地规模高速扩张的另一个重要原因，就是各城市政府热衷于依靠卖地来增加地方财政收入。2006～2008年，全国城市土地出让转让收入分别为881.91亿元、1 668.68亿元和2 105.45亿元，占城市维护建设财政资金收入的比重分别为27.6%、38.2%和40.6%，两年内提高了13个百分点。显然，城市的"土地财政"特点推动了城市空间规模的高速扩张趋势。

3 粗放型城市发展模式的弊端

这种以高增长、高消耗、高排放、高扩张为特征的粗放型城市发展模式，带来了城市空间的无序和低效开发、城乡发展失调、社会发展失衡、大城市迅速蔓延等诸多弊端。

3.1 加剧了城市空间无序和低效开发

受这种粗放发展模式的影响，目前中国城市空间无序开发现象十分严重，主要体现在：①一些大城市"贪大求全"、"好高骛远"，全国有183个城市提出建国际大都市，40个城市要建CBD，盲目向伦敦、纽约、东京看齐。②前些年各地不管有无条件都竞相建设开发区，开发区数量多、面积大，出现"征而不开"、"开而不发"，造成大量耕地闲置撂荒现象。后来经过长达3年多的清理整顿，到2006年12月，全国各类开发区由6 866个核减至1 568个，规划面积由3.86万km²减少至

9 949 km²。③沿海一些城市地区开发强度过高，资源环境压力较大。目前，深圳的开发强度已达到40%，东莞达到38%，远高于香港（19%）、日本3大都市圈（15.6%）、法国巴黎地区（21%）和德国斯图加特（20%）的水平（杨伟民，2008）。某些大城市地区有变成大范围水泥地连成一片的"水泥森林"的危险，其宜居性不断下降。④城市用地结构不合理，工业用地比例偏高，居住和生态用地比重偏低。2008年，全国城市工业用地规模高达8 035.16 km²，占全部城市建设用地面积的20.5%，而生态用地比重不到10%，居住用地比重只有28.8%。⑤各城市经济的高速增长大多依靠土地的"平面扩张"，土地和空间利用效率较低，尤其是一些城市大建"花园式工厂"，各种形式的"圈地"现象严重。从空间开发角度看，可以认为，过去有些城市的工业化是以牺牲人的福利为代价的，工业用地规模过大、价格偏低、比重过高、利用效率太低。

3.2　加剧了城乡区域发展的不协调

这种不协调主要表现在4个方面。一是地区间城市发展不协调。目前，中国城市发展呈现出明显的"三级阶梯"特征，即东部城市发展水平最高，东北城市次之，而中、西部城市较低（图1）。如果以全国地级及以上城市市辖区平均水平为100，2007年东部城市人均生产总值相对水平为148，东北城市为96，而中部和西部城市分别只有63和56。同期，西部城市人均工业总产值、人均固定资产投资、人均城乡居民储蓄年末余额、人均地方财政一般预算内收入和支出、人均社会消费品零售总额，仅分别相当于东部城市的24.7%、54.2%、41.1%、23.8%、35.6%和45%。

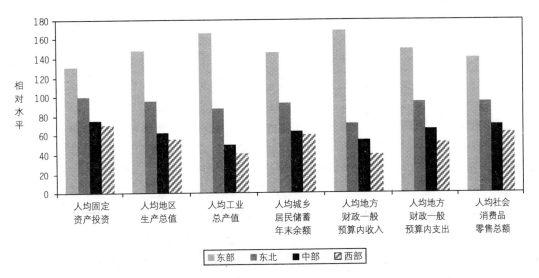

图1　2007年中国地级及以上城市市辖区主要指标相对水平（以城市平均为100）

资料来源：根据《中国城市统计年鉴》（2008）计算。

二是不同规模城市间发展不协调。由于资源垄断和行政配置特点，加上市场趋利原则的导向，各种要素和资源向大城市与行政中心高度集聚，形成典型的极化特征，导致特大、超大和超特大城市过度膨胀，有的已经出现明显的"膨胀病"，而中小城市和小城镇发育不足，人均占有资源有限，公共服务能力低，基础设施落后，有的甚至呈现萎缩状态。大城市与小城市和小城镇之间的发展差距呈现扩大的趋势。

三是城乡之间发展不协调。中国城乡发展严重不平衡，且城乡收入差距近年来呈不断扩大的态势。2009年，中国城镇居民人均可支配收入与农民人均纯收入之比高达3.33，而1985年该比例只有1.86，1997年只有2.48。更重要的是，自2004年以来，中国城乡居民收入差距仍在继续扩大。2009年，中国城乡居民收入之比比2004年扩大了3.7%（图2）。

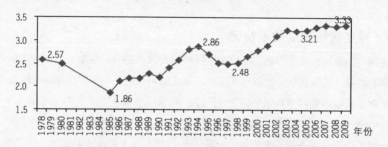

图2　中国城镇居民人均可支配收入与农民人均纯收入之比

资料来源：根据各年份《中国统计年鉴》计算。

四是人口与产业分布不协调。近年来，各地政府都高度重视积极引导产业向各类园区和城镇地区集中，但对人口集聚和外来农民工安家落户却没有给予应有的关注。一些城市特别是大城市和城市群在大规模集聚产业的同时，并没有相应地大规模集聚人口，由此造成就业岗位、产业分布与人口分布严重不协调，全国上亿的农民工虽然参与了大规模的城市建设，却没有相应地公平分享城市发展的成果。2008年，中国287个地级及以上城市市辖区集中了全国52%的投资和62%的生产总值，但却只容纳28.3%的人口，人口份额与生产总值份额之比高达1：2.19；长江三角洲、珠江三角洲和京津冀3大城市群人口占全国的15.11%，但地区生产总值占全国的32.18%，二者之比高达1：2.13。比较而言，在美国、日本和欧洲国家，一些大都市区人口和GDP的份额基本上是相匹配的（李国平、范红忠，2003；蔡翼飞，2010）。2000年，美国核心发达区域人口份额与GDP份额之比为1：1.21，日本东京都、大阪府和神奈川县为1：1.36，英国大伦敦、大曼彻斯特和西米特兰为1：1.24（李国平、范红忠，2003）。很明显，人口与产业或经济活动分布严重不协调，这是导致中国城乡和区域差距过大的根本原因之一。

3.3 加剧了城市社会发展的失衡

在传统的粗放发展模式下，由于盲目追求 GDP 高增长，忽视城市社会发展、民生改善和生态环境建设，导致城市经济与社会发展和生态环境建设不协调，城市社会发展严重失衡。

一是城镇居民收入差距不断扩大。据测算，1995～2005 年，城镇居民收入基尼系数的下限由 0.208 1 增加到 0.329 1，而上限则由 0.217 8 增加到 0.345 6，分别上升了 58.1% 和 58.7%（洪兴建，2010）。另据王敏、马树才（2009）的研究，1991～2006 年中国城镇居民收入差距每年以 4.5% 的速度在扩大。当前，中国城镇居民收入差距仍在继续扩大。2008 年，城镇居民家庭最高收入户与最低收入户平均每人可支配收入之比达 9.17，高收入户与低收入户之比达 3.57，中等偏上户与中等偏下户之比达 1.89，分别比上年扩大 4.9%、4.4% 和 2.7%，其中最高收入户与困难户之比达 11.68，高收入户与困难户之比达 7.03，分别比上年扩大 6.7% 和 6.2%（表 3）。同期，困难户平均每人可支配收入相当于全国平均水平的比例，则由上年的 24.4% 下降到 23.7%。

表 3　城镇居民家庭按收入等级分组平均每人可支配收入差距的变化

年份	中等偏上户/中等偏下户	高收入户/低收入户	最高收入户/最低收入户	困难户/全国平均%	最高收入户/困难户	高收入户/困难户
2003	1.82	3.31	8.43	24.8	10.40	6.25
2004	1.83	3.38	8.87	24.5	10.97	6.47
2005	1.88	3.52	9.18	23.8	11.53	6.89
2006	1.86	3.44	8.96	24.1	11.26	6.72
2007	1.84	3.42	8.74	24.4	10.95	6.62
2008	1.89	3.57	9.17	23.7	11.68	7.03

注：在全部调查户数中，最低收入户占 10%，其中困难户占 5%，低收入户占 10%；中等偏下户、中等收入户、中等偏上户各占 20%；高收入户、最高收入户各占 10%。

资料来源：根据《中国统计年鉴》(2004～2009) 计算。

二是城市居住分异现象逐渐加剧。一方面，为迎合少数高收入阶层的需求，一些城市在高端商务区、政务区中建造一些豪华高档楼盘，如北京、上海等大都市正在形成一批高档别墅区；另一方面，老城区的改造步伐远跟不上形势的需要，城市棚户区、危旧房、城中村和边缘区改造的任务仍相当艰巨。据调查，到 2008 年年底，全国居住在各类棚户区中的家庭共 1 148 万户，其中城市棚户区 744 万户，占 64.8%。这些家庭大多属于低收入和中等偏下收入住房困难户。城中村和城市边缘区则往往成为大量外来流动人口的聚居地，基础设施和环境卫生条件差，社会治安较乱，"脏乱差"现象突出。城市居住空间分异的加剧，必然会造成空间隔离，诱发一系列社会矛盾，不利于和谐社会建设。

三是城市贫困问题日趋严重。近年来，中国的城市贫困人口规模明显增加，城市贫困发生率逐步提高。目前，尽管学术界对城市贫困人口规模的测算差别较大，但大部分的研究结果表明，中国城市贫困人口规模大约在2 000万~3 000万人之间（魏后凯、邬晓霞，2009）。这些城市贫困人口大多为下岗失业人员、长期病伤残人员、特困职工以及其他特殊困难群体。2009年，全国城镇居民中享受最低生活保障的贫困人口达到2 347.7万人，占全部城镇总人口的3.78%。然而，按照低保标准来界定城市贫困人口，显然低估了城市贫困人口的数量。据对6.5万户城镇居民家庭抽样调查，2008年全国共有5.32%的城镇居民家庭年总收入不到1.5万元，按平均每户家庭人口计算，其人口数约占调查家庭人口数的4.4%。据此推算，2008年城镇居民家庭年总收入低于1.5万元的贫困人口有2 669万人③，而低于2万元的低收入人口达6 006万人（表4）。这些城市贫困和低收入群体，其生活条件相当艰苦，需要政府和社会给予更多关注。相比较而言，低收入家庭人口占全国城镇人口总数的9.9%，但其全部收入和消费性支出仅分别占3.4%和4.5%，而年总收入高于10万元的高收入家庭，人口只占8.4%，但全部收入和消费性支出却分别占21.2%和18.4%。

表4　2008年中国城镇居民家庭按收入分组情况

指标	贫困家庭 （<1.5万元）	低收入家庭 （<2万元）	较低收入家庭 （2万~3万元）	中等收入家庭 （3万~6万元）	较高收入家庭 （6万~10万元）	高收入家庭 （>10万元）
人口比重（%）	4.4	9.9	16.7	44.4	20.6	8.4
估计人口数（万人）	2 669	6 006	10 131	26 936	12 497	5 096
全部收入比重（%）	1.2	3.4	8.8	37.8	28.8	21.2
消费性支出比重（%）	1.8	4.5	10.5	39.1	27.5	18.4

注：本表数据系根据全国城镇居民家庭抽样调查资料和城镇人口总数推算。
资料来源：根据《中国城市（镇）生活与价格年鉴》（2009）和《中国统计年鉴》（2009）计算。

四是农民工权益保护问题突出。农民工是当前城市发展中的一类特殊群体，长期面临着拖欠工资、劳动保护差、子女上学难、社会保障程度低等诸多问题。从工资拖欠情况看，尽管近年来有关部门加大了对农民工工资追讨和专项检查力度，但至今这一问题仍没有得到很好解决。农民工劳动时间长、工作强度大、生活条件差、工资待遇低、社会保障缺失，是长期得不到妥善解决的老大难问题。如果按照1.4亿外出农民工计算，2008年全国参加城镇医疗保险、基本养老保险和失业保险的农民工比例分别只有30%、17%和11%左右。

五是征地拆迁中的利益冲突加剧。因城市向农村迅速蔓延以及城市危旧房和城中村改造，在征地拆迁过程中也产生了诸多矛盾和利益冲突。其中，最突出的是在城市化过程中，由于处置不当或者制度和配套政策不完善，致使一些土地被征用的失地农民成为了"种地无田、上班无岗、低保无份"的"三无人员"。这种情况在全国各地普遍存在，尤其是那些快速城市化地区更为突出。近年来，全国因征地而形成的失地农民有4 000多万人。征地补偿标准、集体资产和土地增值收益分配、就业安置、养老和医疗保障等，是失地农民最为关心，也是最容易引发矛盾和冲突的问题。

3.4　加剧了大城市的膨胀趋势

由于各种资源向大城市和行政中心高度集聚产生的极化效应，导致近年来一些大城市人口迅速膨

胀，用地规模急剧扩张，城市空间不断蔓延，建成区"越摊越大"。如果考虑到城区暂住人口，目前
上海、北京、广州、重庆、深圳、东莞、天津、武汉、郑州、南京、沈阳、哈尔滨、成都等城市城区
人口规模已超过 400 万，其中上海、北京已超过 1 000 万，广州、深圳、重庆超过 800 万。1999～
2008 年，这些城市建成区面积从 3 194.24 km² 急剧扩张到 8 059.63 km²，增长了 1.52 倍，其中深
圳、广州、南京和重庆分别增长 4.96 倍、2.15 倍、2.05 倍和 1.92 倍。这期间，这些城市（未包括深
圳）的城市建设用地从 3 651.58 km² 扩大到 9 367.36 km²，增长了 1.57 倍，其中南京、广州、重庆、
北京分别增长 2.8 倍、2.15 倍、1.86 倍和 1.69 倍（表 5）。需要说明的是，东莞由于市域范围的扩
大，其市区面积由 237 km² 扩大为 2 465 km²，加上经济的飞速发展，这期间城市建成区和建设用地
面积分别增长 32.1 倍和 33.26 倍。

由于城区人口和建设用地规模的急剧膨胀，有的甚至"摊大饼"式外向蔓延，造成城市交通堵
塞，住房拥挤，房价过高，资源短缺，生态空间减少，环境质量恶化，通勤成本增加，城市贫困加
剧，公共安全危机凸显，致使一些大城市出现明显的膨胀病症状。尽管目前中国城市家用汽车每百户
拥有量还不高，如北京为 22.7 辆（2008 年），上海和广州分别为 14 辆和 19 辆（2009 年），但交通堵
塞已经成为各大城市面临的严重问题，尤其是首都北京交通堵塞十分严重，常常被戏称为"首堵北
京"。房价和生活费用高昂，生态空间不足，环境污染突出，各种社会矛盾激化，也是这些城市普遍
面临的问题。在北京市建成区，CO 和氮氧化合物（NO_x）污染常年超标 1～3 倍（陈宣庆、张可云，
2007）。

4　城市转型的内涵与推动因素

随着资源和环境压力日益加大、市场竞争不断加剧以及居民消费观念的变化，这种以高增长、高
消耗、高排放、高扩张为特征的粗放型城市发展模式日益暴露出诸多弊端，已经越来越难以为继，必
须尽快实现全面转型。在当前新的形势下，中国城市发展已经进入到加快转型的新阶段。下面着重探
讨城市转型的内涵与推动因素。

4.1　城市转型的含义

关于城市转型的概念，目前学术界有不同的理解。归纳起来，主要有 3 种观点。一是经济转型的
观点。早期的研究大多从转型经济的角度出发，探讨在经济体制转型即从计划经济向市场经济转轨的
背景下城市如何发展的问题。在这种情况下，城市转型通常被理解为经济体制转型。二是危机转型的
观点。目前，国内有不少文献把城市转型等同于资源型城市转型，认为只有资源型城市才存在转型的
问题。这实际上是把城市转型狭义理解为问题城市面临困境时的危机转型，忽视了城市转型存在的普
遍性。三是特殊领域转型的观点。即把城市转型看成是城市某一领域、某一方面的转型。如有的学者
认为，城市转型就是"由内向型转变为外向型，再由外向型转变为国际型"（李国平，1996）；有的学

表5　1999～2008年中国部分大城市人口和用地规模扩张

城市	2008年城区人口		城市建成区面积（km²，%）					城市建设用地面积（km²，%）				
	数量（万人）	排序	1999	2006	2008	2008年比1999年增长	2008年比2006年增长	1999	2006	2008	2008年比1999年增长	2008年比2006年增长
上海	1 888.46	1	549.58	860.21	886.00	61.2	3.0	1 153.04	—	2 429.08	110.7	—
北京	1 439.10	2	488.28	1254.23	1310.94	168.5	4.5	488.28	1 254.23	1 310.94	168.5	4.5
广州	886.55	3	284.60	779.86	895.00	214.5	14.8	284.60	306.88	895.00	214.5	191.6
重庆	879.96	4	242.82	631.35	708.37	191.7	12.2	242.82	620.44	694.05	185.8	11.9
深圳	876.83	5	132.30	719.88	787.90	495.5	9.4	—	—	—	—	—
东莞	727.37	6	20.60	608.12	681.86	3 210.0	12.1	25.80	780.40	883.81	3 326.0	13.3
天津	639.02	7	377.90	539.98	640.85	69.6	18.7	377.90	539.98	640.85	69.6	18.7
武汉	596.00	8	207.77	222.30	460.00	121.4	106.9	239.26	255.42	480.00	100.6	87.9
郑州	479.45	9	124.51	282.00	328.66	164.0	16.5	115.60	196.51	289.92	150.8	47.5
南京	478.16	10	194.39	574.94	592.07	204.6	3.0	157.09	544.17	596.98	280.0	9.7
沈阳	468.00	11	204.19	325.00	370.00	81.2	13.8	199.89	325.00	370.00	85.1	13.8
哈尔滨	415.59	12	165.02	331.21	340.33	106.2	2.8	165.02	331.21	340.33	106.2	2.8
成都	405.98	13	202.28	396.94	427.65	111.4	7.7	202.28	359.68	436.40	115.7	21.3

注：本表人口数包括暂住人口。东莞城区人口只有174.87万人，但城区暂住人口达到552.5万人；郑州城区暂住人口也达到202.7万人。

资料来源：根据《中国城乡建设统计年鉴》（1999、2006、2008）和《中国城市（镇）生活与价格年鉴》（2009）整理。

者认为，城市转型主要是经济结构调整与经济增长方式转变，向寻求新的经济增长点、多元的发展模式转变（朱铁臻，2006）；还有学者认为，城市转型就是城市发展进程及发展方向的重大变化，是城市发展道路及发展模式的大变革（侯百镇，2005；李彦军，2009b；孙耀州，2010），或者城市发展阶段与发展模式的重大结构性转变（郑国、秦波，2009）；也有学者把城市转型看成是城市发展模式从传统的线性增长转变为精明增长（易华等，2006）。

事实上，城市转型具有十分丰富的内涵，我们绝不能以偏概全。所谓城市转型，就是指城市在各个领域、各个方面发生重大的变化和转折，它是一种多领域、多方面、多层次、多视角的综合转型。从转型发生的领域看，一般可把城市转型分为经济转型、社会转型和生态转型 3 种。其中，城市经济转型的核心是产业转型，也就是城市产业演进发生重大的变革；城市社会转型则包括人口转型、文化转型、科技转型、教育转型等诸多方面。从转型所涉及的内容看，则可把城市转型分为城市发展转型、城市制度转型和城市空间转型 3 种类型。其中，城市发展转型是城市转型的核心和关键，而城市制度转型和空间转型则是为保障城市发展转型服务的。表 6 列出了这两种类型划分之间的关系。

表 6　城市转型的类型划分

按内容 ＼ 按领域	经济转型	社会转型	生态转型
发展转型	经济发展转型	社会发展转型	生态发展转型
制度转型	经济制度转型	社会制度转型	生态制度转型
空间转型	经济空间转型	社会空间转型	生态空间转型

过去，在转型经济学中，人们通常把制度转型理解为从计划经济体制向市场经济体制的转轨，这是针对国家层面而言的。就城市而言，其制度转型通常发生在国家制度转型的大背景之下，体制转轨对任何城市都是相同的，只是这种转轨有快有慢而已。因此，城市制度转型主要是指城市管理体制、运行机制和管理模式发生重大的转变。从这一点来讲，可把城市管理转型和治理转型看成是城市制度转型的重要内容。城市空间转型则是指城市空间结构发生重大的转变，如大城市由单中心向多中心的转变。

作为城市转型的重要组成部分，城市发展转型是指城市发展模式和道路发生重大的转变，这种转变涉及经济、社会和生态等各个领域。伴随着这种发展模式和道路的大转变，人们的思想价值观念、文化形态、社会经济结构、发展战略模式以及支持政策体系都会发生重大变革，其管理体制和空间结构也将随之发生相应变化。因此，在城市转型中，城市发展转型是核心和关键，它决定了城市制度转型和空间转型。也就是说，城市制度转型和空间转型要适应城市发展转型的需要，而不能本末倒置。比如，一个城市的空间结构向什么方向转型和如何转型，必须与城市的发展阶段和城市发展转型的需要相适应，要为推动城市发展转型提供强力支撑，而不能仅仅从空间的角度来谈空间转型。空间转型要为发展转型服务。

在一般情况下，城市转型可能仅仅发生在经济、社会或者生态的某一领域，甚至是某一领域的某些方面，如产业发展、管理制度和空间结构方面。这些单一的城市转型有可能随时会发生。然而，当内外部条件发生重大的变化，则有可能会出现城市全面转型。在这种情况下，城市经济、社会、生态等各个领域，以及城市发展、制度和空间等各个方面都会发生重大的变革。这种重大的变革往往是由制度或者发展模式的根本改变引起的。它既是城市的大转型，也是一种全方位的全面转型，而不仅仅是城市某一领域或者某一方面的转型。

4.2　推动城市转型的主要因素

城市转型是一个波浪式向前推进的永恒课题。当前，中国城市正处于一个加速转型和全面转型的新阶段。在这一新阶段，一方面城市转型的速度在加快，另一方面城市转型将呈现全面转型的特征。可以预见，随着中国城市由传统的粗放发展模式向新型的科学发展模式的根本转变，将会在全国范围内引发一场深刻的城市大转型，即城市经济、社会和生态的全面转型。所以会出现这种加速全面转型的态势，主要有以下几个方面的推动因素。

一是城市发展理念正在发生大转变。针对过去的粗放发展模式，早在 2003 年 10 月，中共十六届三中全会就提出了以人为本、全面协调可持续的科学发展观。全面发展、协调发展、可持续发展是科学发展观的 3 大核心理念。随着科学发展观在各个城市的深入贯彻实践，城市的发展理念正在发生深刻的变化，以人为本、全面协调可持续的科学发展理念越来越深入人心。这种观念的大变革将引领未来中国城市的大转型，推动城市由粗放发展模式向科学发展模式转变，实现城市经济、社会和生态的全面转型。近年来，全国各地方兴未艾的和谐城市、生态城市、创新城市、创意城市、宜居城市、低碳城市等建设实践就是这方面的明证。

二是中国城市发展已进入一个新阶段。目前，中国一些大城市人均生产总值已经接近或者超过 1 万美元，正处于一个重要的转折时期。2009 年，深圳市人均生产总值已超过 1.3 万美元，广州超过 1.2 万美元，无锡、佛山、苏州、上海超过 1.1 万美元，宁波、珠海、北京超过 1 万美元，厦门、青岛、杭州、天津、中山超过 9 000 美元，常州、东莞、沈阳、南京等超过 8 000 美元。2007 年，全国地级及以上城市市辖区人均生产总值已达到 5 558 美元，2008 年则达到 6 628 美元（未包括拉萨），全国绝大部分城市都超过了 5 000 美元。国际经验表明，工业化与经济发展水平大体呈倒 "U" 形关系，人均 GNI（国民总收入）达到 5 000 美元和 1 万美元是两个重要的转折点（魏后凯，2005）。当人均收入在 5 000 美元以下时，工业化将加快推进，工业增加值和就业比重将趋于提高；当人均收入处于 5 000～10 000 美元时，工业增加值和就业比重大体保持稳定，工业化的重心是质量提升；当人均收入超过 10 000 美元时，工业增加值和就业比重趋于下降，即由工业化走向逆工业化或去工业化（de-industrialization），城市经济向高端化和服务化方向发展。因此，对中国绝大多数城市而言，今后着重是提高工业化的质量；而对超过 1 万美元的大城市而言，今后将重点向高端化和服务化方向转型。同时，随着城市经济实力的增强，城市政府也有能力花更多精力来解决城市民生、社会发展和生态环境问题，而不单纯是追求经济总量规模的扩张。

三是城市面临的资源和环境约束加大。近年来，中国的城市发展日益面临着资源和环境的双重紧约束。在传统的粗放发展模式下，中国城市的高增长、高消耗、高排放、高扩张特征，加剧了资源供应和环境的紧张状况，并带来了诸多方面的弊端，这是不可持续的。2008 年，中国石油净进口量高达 2.01 亿吨，占国内油品消费量的近 52%；2009 年，中国进口铁矿石达 6.28 亿吨，铁矿石进口依存度高达 63.9%。这些进口资源绝大部分是由城市地区消耗的。目前，全国有 400 多个城市供水不足，110 个城市严重缺水，城市淡水资源承载力不足已经十分普遍。在资源和环境双重约束下，面对能源、土地、劳动力等要素成本的迅速攀升，中国城市特别是沿海大城市日益面临着全面转型和产业升级的压力。特别是，2008 年下半年开始的国际金融危机加速了传统的粗放发展模式的终结，一些沿海城市和中西部资源型城市已经出现相对衰退与竞争力下降的迹象（魏后凯，2009a、2009b）。因此，从提高综合竞争力和可持续发展能力的角度看，加快城市的全面转型势在必行。

四是技术进步和居民消费需求的变化。当前，世界范围内正在兴起新一轮科技革命的浪潮，各国正在开展抢占科技制高点的竞赛，全球将进入空前的创新密集和产业振兴时代。科学技术突飞猛进的发展、管理方法的不断进步以及制度创新的快速推进，将为中国城市由以资源和投资为特征的投入驱动，向以科技创新、制度创新、管理创新和品牌创新为主体的创新驱动转型创造有利条件。同时，随着中国城市经济的快速发展以及收入水平的大幅提高，城市居民消费需求和消费行为也在发生变化，资源节约、环境友好、绿色发展、低碳消费理念正深入人心，日益得到广大城市居民的普遍认同。而城市收入和生活水平的提高，使城市居民更加重视城市的宜居性，需要创造更加优美和谐的人居环境。

5 关于城市转型的战略思考

如前所述，中国城市发展已进入全面转型的新阶段。这里所讲的全面转型具有两层含义：一是必须从根本上改变传统的城市粗放发展模式，推动城市发展模式实现大转型，小修小补已无济于事；二是以发展模式转型为主线，全面推进城市经济、社会和生态的转型，并围绕城市发展转型推进城市制度和空间转型。因此，要推进中国城市的全面转型，核心是建立符合科学发展观要求的新型城市发展模式，走经济繁荣、社会和谐、文化进步、生态文明的科学发展道路。为适应这种城市发展模式的大转型，加快推进城市产业转型是关键环节，与此相对应，城市管理制度和空间结构也应进行大变革。

5.1 推动城市发展模式的全面转型

城市发展转型是一种包括经济发展、社会发展、生态发展以及价值观念、发展战略和政策手段等在内的多元化综合转型。加快推进城市发展的大转型，核心是实现城市发展方式和发展模式的根本转变，即从传统的粗放发展模式转变为新型的科学发展模式，提高城市综合竞争力和可持续发展能力。总体上看，当前中国的城市发展转型重在实现 6 个转变，即增长方式从粗放向集约转型；发展重心从注重经济增长向更加关注品质提升、社会发展和民生改善转型；产业结构从产业链中低端向中高端转型；城乡关系从城乡分割向城乡一体化的融合发展转型；动力来源从投入驱动向创新驱动转型；空间结构从无序开发向有序开发转型。通过这 6 个转变，从根本上改变以高增长、高消耗、高排放、高扩张、低效率、不协调为特征的传统粗放型发展模式，加快向低消耗、低排放、高效率、和谐有序的新型科学发展模式转变，全面提高城市的发展质量。具体地讲，就是要坚定不移地走集约发展、创新发展、融合发展、和谐发展、绿色发展和特色发展之路。

一是走集约发展之路。坚持节约资源的基本国策，进一步完善节约资源的相关政策和机制体制，大力推广城市节能、节材、节水、节地技术，提倡节能节地型建筑，培育节约型生产、生活方式和消费模式，积极引导人口和产业向城镇地区协同集聚，加快构建城市资源循环利用产业链和资源节约型经济体系，全面推进资源节约型城市、低碳城市和紧凑城市建设，切实提高资源利用效率，走内涵式集约发展的道路。

二是走创新发展之路。全面推进城市科技创新、体制创新、管理创新和品牌创新，加快城市综合配套改革步伐，更加注重加强自主创新能力建设，大力提高原始创新能力、集成创新能力和引进消化吸收再创新能力，更加注重培育自主品牌，把增强自主创新能力与培育自主品牌结合起来，以自主品牌带动自主创新，以自主创新提升自主品牌，培育建设一批创新城市、创意城市和智慧城市，促使城市逐步走上以创新求发展的轨道。

三是走融合发展之路。坚持城乡统筹，全面推进城乡规划、基础设施、公共服务、产业发展、生态环境和管理体制一体化，积极引导工业向园区集中、人口向城镇集中、土地向规模经营集中，进一步完善推进城乡一体化的体制机制和政策体系，努力构建新型的城乡关系、工农关系和镇村关系，推动形成以城带乡、以工促农、城乡互动、融合发展的一体化格局。

四是走和谐发展之路。要更加注重保障和改善城市民生，积极推进城市各项民生工程建设，加快城市危旧房、棚户区、城中村和边缘区改造，进一步完善城镇安全和社会保障体系，强力推进保障性住房建设，努力完善社区服务体系，改善居民生活环境，着力解决贫困和低收入群体面临的"生活难、看病难、住房难、就业难、入学难"问题，切实化解农民工融入城市的各种障碍，不断提高公共服务能力和水平，努力提升城市素质和品位，构建一个和谐有序的城市发展新格局。

五是走绿色发展之路。坚持生态环境保护优先，加快实施城市绿色发展战略，积极推进生态城市、园林城市、环保模范城市、低碳城市和"阳光城市"建设，全面推行清洁生产，大力推广节能环保技术，提高城市可再生能源利用比重，努力倡导绿色生产、生活和消费方式，引导公众科学和绿色消费，构建环境友好的生态企业、生态园区、生态社区、生态港口、生态城镇和生态产业体系，走经济高效、能源节约、环境友好、低碳排放的绿色发展之路。

六是走特色发展之路。要充分挖掘城市的文化内涵，更加注重城市历史文化传承，突出城市的特色，特别是城市文化、建筑风格和产业发展等方面的特色，把城市文化和城市特色真正体现在城市规划、景观和建筑设计、城市建设之中，全面提高城市品质，塑造城市灵魂，从根本上改变目前存在的"千城一面"、缺乏特色的局面，走特色发展的道路。

5.2 实行差别化的城市产业转型战略

加快城市产业转型是推进城市全面转型的关键环节。一般地讲，城市产业转型具有双重含义：首先是城市的主导产业发生重大更替，最突出的是城市产业的多元化趋势，资源型城市转型就是这方面的典型例子；其次是城市产业结构的升级，促使城市产业逐步向高级化和高端化方向发展。新时期，中国城市产业转型的核心任务，就是要加快推动城市产业升级，不断减少资源消耗和"三废"排放，建立资源节约、环境友好、生产效率高、注重自主创新、充分发挥人力资源优势、共享发展成果的特色新型产业体系。当前，全国各地已经掀起了产业升级和高端化的浪潮，各地城市不管有无条件都提出发展高端产业和新兴战略性产业。事实上，由于发展阶段和特点的不同，并非所有城市都具有高端化和发展新兴战略性产业的条件。总体上看，对于不同规模的城市，由于其发展条件和特点的不同，应该实行差异化的产业转型战略，以便在大、中、小城市和小城镇之间构筑一个优势互补、合理分工、错位竞争、互动融合的产业发展新格局。

一是建立面向大都市圈的新型产业分工体系。近年来，随着经济全球化和区域一体化的加快，珠江三角洲、长江三角洲和京津冀等都市圈已经出现按产业链的不同环节、工序甚至模块进行分工的新态势（魏后凯，2007）。在这些大都市圈内，大都市中心区着重发展公司总部、研发、设计、培训以及营销、批发零售、商标广告管理、技术服务等环节，由此形成两头粗、中间细的"哑铃型"结构；大都市郊区（工业园区）和其他大中城市侧重发展高新技术产业和先进制造业，由此形成中间大、两头小的"菱形"结构；周边其他城市和小城镇则专门发展一般制造业和零部件生产，由此形成中间粗、两头细的"棒型"结构（图3）。这种面向大都市圈的一体化新型产业分工，通过产业链重组和资源整合，可以提升大都市圈的整体竞争力，避免和化解都市圈内城市间的经济冲突，由此形成产业链群体竞争的格局。

二是推动大城市的高端化和服务化。就北京、上海、广州、深圳等大城市而言，今后应着力加大城市产业升级的力度，加快向高端化和服务化方向发展。高端化的核心是产业高端。所谓产业高端化，就是依托大城市的科技、教育、人才和信息资源优势，大力发展高端产业，包括高技术含量、高附加价值、高效益的高端行业和产业高端环节。要加快发展高端服务业，积极发展高端制造业，依靠高端服务业与高端制造业融合互动，切实推动其产业高端化的进程。所谓服务化，就是要依托中心城区，强化城市中心功能，大力发展现代服务业尤其是高端服务业，包括总部经济、研发设计、高端商务、金融保险、现代物流、文化创意、时尚产业等，提高大城市服务业档次和水平。

三是强化中小城市的特色化和专业化。对中小城市和小城镇而言，一定要发挥自身的优势，突出城镇和产业特色，强化专业化分工协作，走"专精特深"的特色专业化道路，逐步在全国培育一批"小而专"、"小而特"、"小而精"、"小而美"的特色中小城市和小城镇，由此形成大中小城市和小城镇功能各异、特色突出、合理分工、错位竞争的新型发展格局。特别是，要鼓励小城镇发展特色经济，向专业镇方向发展，广东专业镇和浙江"块状经济"的发展经验值得借鉴。

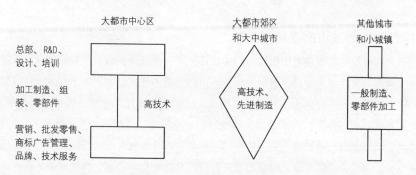

图3　大都市圈内的产业链分工体系

5.3　建立规范有序的城市空间秩序

城市空间转型是城市转型的重要方面，其主要任务是从本地实际出发，建立规范有序、高效畅通、生态宜居的城市空间秩序。这种城市空间秩序，既是反映城市形象、精神面貌和文明程度的重要层面，也是体现城市亲和力和凝聚力的重要标志。过去，有的学者把城市空间转型简单理解为城市空间形态的转变。事实上，城市空间转型具有更加丰富多彩的内涵，城市空间形态的转变只是城市空间转型的表征之一。因此，加快推动城市空间转型，关键是建立规范有序的城市空间新秩序，而不单纯是城市的规模扩张和形态转变。

一是实行多元化空间转型战略。各个城市由于其发展阶段和特点的不同，其空间结构也具有自身的特殊性。对一些大城市而言，为避免人口和产业高度集聚在市中心区带来的种种弊端，将需要实行适度分散化战略，如有的需要向多中心网络城市转型，有的需要向组团式结构转型，还有的则需要向都市化或大都市区转型。但这种适度分散化的空间转型战略，并非适合于所有城市。对许多中小城市而言，为发挥集聚经济效应，强化中心城市功能，则应采取集中化的战略，把中心城区做大、做强。所以，推动城市空间转型并非像某些学者所讲的由单中心向多中心或者向大都市区转型那样简单。

二是推动向空间一体化转型。城市是一个由不同要素、产业和功能区复合而成的有机体。这些要素、产业和功能区之间是具有有机联系的。然而，在过去的城市建设中，城乡之间、功能区之间以及各产业之间往往是相互割裂的。比如，在一些大城市，由于片面强调功能区的专业化，建成了许多规模庞大、功能单一的工业区和住宅区，有的工业区规划面积甚至上百平方公里，由此造成了严重的职住不平衡，既加剧了交通拥挤、增加了通勤成本，也给职工生产生活带来了不便。为此，需要按照城市有机体的思想，统筹城乡和产业发展，整合各功能区资源，协调生产、生活和生态功能，实现功能区内职住平衡，避免和减少大规模通勤，推动城市向空间一体化转型。

三是科学规范空间开发秩序。要加强城市空间管治，规范空间开发秩序，提高城市土地利用效率，建设紧凑、集约、高效、生态型的宜居城市，逐步实现从空间无序开发向有序高效开发的转变。一方面，要设立生态空间的"底线"。从适宜人居创业的角度看，城市不仅需要良好的生产和工作空间，更需要良好的居住、生态和休闲空间。因此，在城市和城市群规划建设中，需要科学地设置生态空间的底线，合理确定不同类型城市生态空间的最低比重。另一方面，要设置开发强度的"天花板"。要强化城市空间管治，就必须制定严格的约束性指标，设置开发强度的最高限度即"天花板"，以防止城市地区过度开发、"满开发"和乱开发（魏后凯，2009c）。特别是，在城市群地区，要防止甚至禁止相邻城市的建成区相互连成一片，避免形成缺乏生态和休闲空间的"水泥森林"。

四是合理安排各类用地比例。目前，中国城市工业用地比重过大，价格明显偏低，利用效率低下。事实上，过去中国一些城市是以牺牲居住和生态用地为代价来高速推进工业化的，显然这违背了以人为本的科学发展理念。为此，必须坚持以人为本的理念，把人的需要放在首位，按照生活、生态、生产的先后次序，合理确定城市用地结构和比例，调控城市用地价格，并设置各类城市工业用地比重的最高限度。要逐步增加城市居住和生态用地的比例，严格执行城市工业用地招拍挂制度，不断提高工业用地效率。

6 结语

综上所述，推动中国城市实现全面转型，关键是推进城市发展模式的全面转型，即从传统的粗放发展模式转变为低消耗、低排放、高效率、和谐有序的新型科学发展模式。为此，需要转变发展观念，树立科学发展的理念，制定全面转型战略，选择切实可行的多元化转型路径，协力推进城市经济、社会、生态的全面转型。同时，根据城市发展转型的需要，积极推动城市制度和空间转型，为城市发展转型提供强有力的支撑。需要指出的是，城市全面转型的内涵十分丰富，但限于篇幅，本文只是初步探讨了城市全面转型的概念、内涵和推动因素，以及推进城市全面转型的战略思考，有关城市经济转型、社会转型、生态转型和制度转型的详细讨论，还需要在今后的研究中进一步深化和完善。

致谢

本文为魏后凯主持的国家社会科学基金重大项目"走中国特色的新型城镇化道路研究"（项目号：08&ZD044）的阶段性成果。

注释

① 计算市辖区增长率时未包括广东省云浮市和西藏自治区拉萨市。

② 2005～2008 年，全国地级及以上城市从 286 座增加到 287 座。

③ 如果家庭年总收入为 1.5 万元，按平均每户家庭人口 2.4 人计算，平均每人每月仅有 520 元。在目前房价和生活费用条件下，低于这一标准显然属于贫困人口的范畴。

参考文献

[1] Friedmann, J. 2005. *China's Urban Transition*. University of Minnesota Press.

[2] Hsing, Y. 2009. *The Great Urban Transformation：Politics and Property in China*. Oxford Press.

[3] International Energy Agency (IEA) 2009. *Key World Energy Statistics 2009*. OECD/IEA.

[4] International Energy Agency (IEA) 2008. *World Energy Outlook 2008*. IEA.

[5] UNDP 2009. *Human Development Report 2009*. New York.

[6] World Steel Association (WSA) 2009. *Steel Statistical Yearbook 2008*. Brussels.

[7] BP 公司：《BP 世界能源统计》(2009)，2009 年。

[8] 蔡翼飞："中国人口与产业分布匹配性及其影响因素研究"（博士论文），中国社会科学院研究生院，2010 年。

[9] 陈建华："我国国际化城市产业转型与空间重构研究——以上海市为例"，《社会科学》，2009 年第 9 期。

[10] 陈宣庆、张可云：《统筹区域发展的战略问题与政策研究》，中国市场出版社，2007 年。

[11] 崔曙平："城市发展转型与城市经营应对"，《江苏商论》，2008 年第 6 期。

[12] 洪兴建："基于分组数据的样本基尼系数范围估计"，《统计研究》，2010 年第 2 期。

[13] 侯百镇："转型与城市发展"，《规划师》，2005 年第 2 期。

[14] 李国平："城市转型：内向—外向—国际"，《财经科学》，1996 年第 6 期。

[15] 李国平、范红忠："生产集中、人口分布与地区经济差异"，《经济研究》，2003 年第 11 期。

[16] 李学鑫、田广增、苗长虹："区域中心城市经济转型：机制与模式"，《城市发展研究》，2010 年第 4 期。

[17] 李彦军："中国城市转型的理论框架与支撑体系研究"（博士论文），中国人民大学，2009a 年。

[18] 李彦军："产业长波、城市生命周期与城市转型"，《发展研究》，2009b 年第 11 期。

[19] 连玉明："城市转型与城市竞争力"，《中国审计》，2003 年第 2 期。

[20] 潘伟志："中心城市产业转型初探"，《兰州学刊》，2004 年第 5 期。

[21] 裴长洪、李程骅："论我国城市经济转型与服务业结构升级的方向"，《南京社会科学》，2010 年第 1 期。

[22] 孙耀州："工业城市转型的动因和路径分析"，《城市发展研究》，2010 年第 4 期。

[23] 王敏、马树才："我国城镇居民收入的收敛性分析"，《辽宁大学学报》（自然科学版），2009 年第 3 期。

[24] 魏后凯："北京国际大都市建设与工业发展战略"，《经济研究参考》，2005 年第 24 期。

[25] 魏后凯："大都市区新型产业分工与冲突管理——基于产业链分工的视角"，《中国工业经济》，2007 年第 2 期。

[26] 魏后凯："金融危机对中国区域经济的影响及应对策略"，《经济与管理研究》，2009a 年第 4 期。

[27] 魏后凯："沿海经济面临的困境及出路"，《中国发展观察》，2009b 年第 7 期。

[28] 魏后凯："新时期我国国土开发的新方略"，《绿叶》，2009c 年第 10 期。

[29] 魏后凯、邬晓霞："中国的反贫困政策：评价与展望"，《上海行政学院学报》，2009 年第 2 期。

[30] 吴缚龙、马润潮、张京祥：《转型与重构：中国城市发展多维透视》，东南大学出版社，2006 年。

[31] 吴月静："关于南京城市转型与规划创新的思考"，《现代城市研究》，2009 年第 12 期。

[32] 杨伟民："推进形成主体功能区，优化国土开发格局"，《经济纵横》，2008 年第 5 期。

[33] 易华、诸大建、刘东华："城市转型：从线性增长到精明增长"，《价格理论与实践》，2006 年第 7 期。

[34] 郑国、秦波："论城市转型与城市规划转型——以深圳为例"，《城市发展研究》，2009 年第 3 期。

[35] 朱铁臻："城市转型与创新"，《城市》，2006 年第 6 期。

深圳城市产业发展转型研究

叶裕民　唐　杰

Study on Industrial Development Transformation of Shenzhen

YE Yumin, TANG Jie
(Department of Urban Planning and Management, Renmin University of China, Beijing 100872, China)

Abstract　As the pioneering city of national reform and development, Shenzhen accumulated serious inherent contradictions and problems at the time when it made full use of the achievements of China's reform and opening-up. The core symptoms included the decrease of industrial competitiveness, the fierce conflict of large amount of social contradictions, and the weak foundation of modern industrial system. So based on the historical requirement of Shenzhen's development, efforts should be made to construct a modern industrial system that is composed of "high technology, advanced manufacture, and modern service", and to lay a good industrial foundation and explore industrial transformation and development path from the perspectives of accumulating human capital, weakening the double dual structure, and building a humanistic environment and an ecological environment that are attractive to the mid- and high-end talents, etc.

Keywords　Shenzhen; industrial development transformation; industrial foundation; implementation path

作者简介
叶裕民、唐杰，中国人民大学城市规划与管理系。

摘　要　深圳作为全国改革发展的前沿城市，在充分享受到改革开放成果的同时，也积累了严重的中国改革所固有的矛盾与问题，核心表现在城市产业竞争力下降，大量社会矛盾冲突激烈，现代产业基础薄弱。为此，需要把脉深圳发展的历史需要，构建以"高新技术、先进制造、现代服务"三足鼎立的现代产业体系，从人力资本积累、淡化双重二元结构、建设对中高端人才具有吸引力的人文环境与生态环境等社会发展关键环节入手，夯实产业基础，在产业之外探索深圳产业转型发展的路径。

关键词　深圳；产业发展转型；产业基础；实施路径

长期以来，深圳作为改革开放的前沿城市，成为企业家、商人、技术人员以及各类新市民冒险的乐园，同时成为中国经济增长最快、最富有活力和创造力的城市。然而，由于独特的历史原因，深圳发展的主要模式长期表现为在中国廉价资源与国际低端市场之间大规模循环扩张，对全国技术、经济、文化渗透和带动作用微弱。这种发展模式的积累导致深圳竞争力相对下降，建设全国性中心城市面临巨大压力。本文从产业转型角度进行深圳城市转型发展的相关研究。

1　城市产业发展转型研究的理论框架

从不同的视角可以将转型划分为多种类型，转型的空间载体包括国家、区域和城市，产业转型是城市转型发展的主旋律。

1.1 转型与城市转型

1.1.1 转型

转型是指一个国家或区域的经济结构、社会结构、文化形态、价值观念等发生根本性转变的过程。转型研究是十余年来国内外经济学界的热点领域，研究视角广泛，观点不一。综合各类研究发现，一般意义上的转型大致可以分为以下3类：

第一，制度转型，将转型理解为从计划经济体制向市场经济体制的转变。大部分国外经济学家和中国学者所说的转型就是指这种变化。在这个意义上又将中国及东欧各国称之为转型国家。

第二，增长转型，即增长方式的转型，主要是指由粗放增长转向集约增长，增长的主要动力由劳动力、土地、资本等要素驱动转向创新驱动，并在增长中谋求人与自然的和谐。

第三，发展转型，融合工业化与现代化理论，将转型理解为发展阶段的转化和升级。根据钱纳里的工业化发展阶段论，一个国家的经济发展必然依次经过农业社会、工业化前期阶段、工业化中期阶段、工业化后期阶段、后工业化阶段以及现代社会6个阶段，每个阶段的升级跃迁都必然伴随着产业结构的转化与升级，前后两个阶段的递进过程又称之为发展阶段的转型。同时，社会形态的转型也始终与这一过程相伴随：从农业社会向工业化社会，继而实现向后工业化社会的转型。由于工业化中期阶段结构快速转化等特征，钱纳里又将工业化中期阶段称之为经济与社会的转型期以及社会矛盾的凸显期。可见，发展转型又包含了经济转型和社会转型。

3类转型概念虽然表现出不同的外延，但又存在着相同的主题：效率、公平与和谐。

在中国现实的经济生活中，3大转型往往互相交织。中国属于典型的制度转型国家，同时又处于工业化中期阶段，向工业化后期攀升和转型是中国未来时期发展的主旋律，在此期间的经济增长方式必然由要素推动转向创新推动，这正是中国新型工业化的主旨与内涵。另外，作为幅员辽阔的大国，不同区域和城市所处的发展阶段差异很大，然而，城市转型乃是中国所有区域都关注的重大课题。

1.1.2 产业转型

产业转型核心内容是指随着经济发展阶段的攀升，区域或城市的主导产业结构沿着传统农业、轻工业、重工业以及先进制造和现代服务业的轨迹不断攀升的过程。其中，重工业化又包括以采掘业和原材料工业为主阶段向深加工工业和组装工业转化两个阶段。主导产业的每一次质的提升都是一个产业转型发展的过程。

在充分市场竞争中，产业转型发展内容丰富，可以包括如下3个路径：第一，产业结构转型，用全新的产业替代原有产业，比如用汽车替代钢铁等；第二，产品结构转型，区域和城市发展的产业不变，但是用全新的产品替代原有的产品，比如用高档轿车替代低档轿车；第三，技术结构转型，技术结构升级几乎贯穿于所有的产业转型过程，以技术转型支撑产业转型主要是指区域和城市的主导产业和产品都不变，但是用全新的先进技术（设备）来替代原有的技术，比如煤炭采掘业中用现代化大型机械替代人工作业和传统采掘技术设备。

产业结构升级和产业结构转型是量的积累和质的提升的关系。产业结构升级伴随经济发展的全过程，内涵和表现方式也更加丰富，产业、产品和技术的每一次小的更新都意味着产业结构的升级，但是只有当这种更新发生质变时，才意味着转型的出现。

产业转型的重要标志是产业整体效率大幅度提升。效率是经济发展水平的核心体现，是区域和城市在就业规模不变的条件下创造财富能力的标志。产业转型意味着工业化推进到更高阶段，用更高效率的产业来替代较低效率产业，在工业化中期阶段，一定意味着先进制造和现代服务的大规模扩张，以及传统轻工业和原材料工业所占比重的相对下降，意味着国民创造财富能力的大幅度提升以及国民收入水平的相应提高。

产业转型发展的基础条件是区域和城市生产要素结构的不断调整。不同的产业需要基础条件差异很大（图1），产业发展所需要的基础条件逐渐由对自然资源的依赖逐步转化为对技术条件和社会条件的依赖，由对物质资本的依赖转向对人力资本的依赖。产业转型是否健康顺利，在很大程度上取决于区域和城市的新型产业基础是否具备。

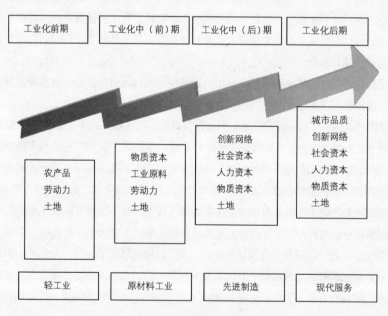

图1　不同发展阶段主导产业所需要的要素条件

产业的每一次成功转型都同时是社会结构演进和进步的过程。由图1可知，产业结构转型同时是对劳动力要求不断提高的过程，是社会人力资本不断积累的过程，是中间者阶层乃至中产阶级阶层逐渐形成的过程，也是高素质国民比例不断提高的过程，是现代社会结构形成的过程，是社会进步的过程。正因为如此，产业转型是更加综合的城市转型的基础和前提。

1.1.3　城市转型

城市转型是一种综合意义的转型，制度转型、发展转型与增长转型同时展开，并以主导产业的演进与更替为主线呈现出明显的阶段性。城市转型通常依托主导产业更替来进行。在一轮主导产业发展的上升期，城市经济快速增长，就业扩张，居民收入增加，城市发展欣欣向荣。当主导产业进入成熟期乃至衰退期，城市发展开始放缓，各类矛盾开始显现，如果没有新一轮主导产业及时替代，城市则陷入停滞、萧条甚至衰落；如果新一轮主导产业及时兴起并得到快速扩张，城市则通过产业结构的转型拉起一轮新的增长曲线，开始一个新的生命周期。可见，任何具体城市的转型都是以主导产业的升级与更替为主体，包含有制度转型、发展转型和增长转型乃至更加复杂意义的全方位转型。

1.2　产业转型主导城市发展转型

城市生命周期是指伴随着一轮主导产业上升期、成熟期和衰退期而呈现出同样的发展轨迹，每一轮主导产业的兴起与更替都主导着城市的一个生命周期，城市的生命力和竞争力伴随着主导产业的上升而勃兴，伴随着主导产业的衰退而衰落，直至新一轮主导产业再一次兴起。如果新一轮主导产业崛起的时点正好是前一轮主导产业即将衰退的时点，这时城市得以持续发展，不着痕迹地实现了发展转型，进入新一轮生命周期。

因此，为了避免城市发展过程中的停滞和衰退，城市必须在前一轮主导产业处于上升期时，就及时培育新一轮主导产业，在前一轮主导产业进入成熟期后，新一轮主导产业进入上升期，及时拉起新一轮"S"形增长曲线。

城市正是伴随着主导产业的不断升级得以持续发展。城市在每一轮主导产业处于成熟期的同时也即面临着转型的严峻课题。面对转型，各城市政府采取的战略不同，所形成的转型类型也不同。根据城市转型战略的主动性程度及其后果可以将城市发展转型分为3类，即先导转型、竞争转型和危机转型。

先导转型即城市政府主动遵循城市产业演进规律，居安思危，在前一轮主导产业的上升期，积极培育新一轮主导产业，当前一轮主导产业发展到成熟期，新的主导产业已经处于上升期，接续了前一轮主导产业释放的就业空间和创造财富的空间，支撑城市持续增长，有效避免城市停滞和衰退。上海、新加坡是典型的案例城市。

竞争转型即城市尚未及时孕育出新一轮主导产业，前一轮主导产业已经呈现成熟期特征，城市增长趋缓，企业业绩开始下滑，城市竞争力相对下降。这时城市居危思危，及时采取措施，大力创造条件，构建新兴产业发展基础，努力培育新一轮主导产业，防止城市继续被边缘化。芝加哥、成都是典型的案例城市。

危机转型即城市在前一轮主导产业已经处于明显衰退期，城市企业破产倒闭迁移不断出现，城市竞争力明显下降，失业严重，乃至危及相关产业，整个城市经济出现严重下滑，城市各类矛盾不断激化的情况下，面对危机，城市出台转型战略，梳理危机时期各类矛盾与冲突，针对危机根源，制定应对危机的基本对策，增加培训，扩大就业，开拓市场，鼓励投资，选择新兴主导产业着力培育和发展，推动城市逐步复苏。鲁尔、沈阳、底特律是典型的案例区域和城市。危机转型潜伏着失败的可能。比如匹兹堡、曼彻斯特。

可见，城市转型是以产业结构转型为核心、以发展转型为主线的综合转型，是任何城市发展都必须面对的课题。由于各城市转型战略与策略的差异，一个国家在宏观层面工业化的发展转型表现为持续推进，而在中观层面的城市转型却可能此起彼伏，一些城市衰落了，另一些城市可能正呈现出勃勃生机，城市的生命周期曲线互相交织。同时，由于城市主导产业升级比国家层面的工业化阶段攀升来得更为密集和激烈，所以城市转型的步骤比国家发展转型更快捷。当城市主导产业发展转型与国家工业化发展阶段的转型同步时，这样的转型将进行得更为激烈、更为艰难，因为宏观层面的转型矛盾与冲突和中观层面的矛盾与冲突相互交织，制度创新与结构升级、增长方式转变同时推进，城市需要为此付出巨大的转型成本。

2　深圳产业发展转型背景分析

深圳当前面对的就是这样的转型：一方面，深圳前一轮主导产业已经处于成熟期，新一轮主导产业还没有表现出充分的竞争力，城市整体竞争力表现出相对下降，深圳已经失去先导转型的机会，不得不面对竞争转型；另一方面，深圳与全国同时向工业化后期转型，深圳作为全国的前沿城市，全国转型期的各类矛盾冲突在这里表现得更为激烈，深圳需要历史地承担探索转型路径的重任。

2.1　深圳相对竞争力下降

2.1.1　深圳不再拥有增长速度优势

图2显示，2003年以前，深圳的增长速度远远高于京沪穗等国内一流城市。但是，近5年来，深

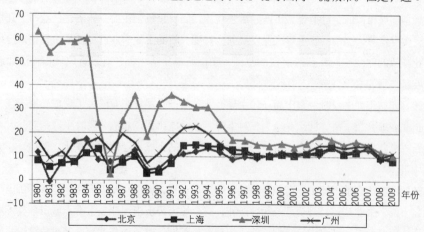

图2　1980~2009年京沪穗深GDP增长速度比较（%）

圳延续15年的增长速度优势明显减弱，深圳已经完成了以外延式扩张为主、以高速度发展迅速提高城市竞争力的时代，开始进入城市之间的常态竞争：以提升产业结构和技术结构为主旋律、以谋求社会进步为营造发展环境主要对策的时期。

2.1.2 服务业比例长期处于较低水平

图3显示，深圳三次产业结构长期没有得到明显优化。在服务业中，生产性服务业比例明显低于京沪穗（图4）。服务业比例以及生产性服务业占服务业的比例是衡量服务业现代化水平的主要指标，深圳产业结构整体现代化步伐相对缓慢。

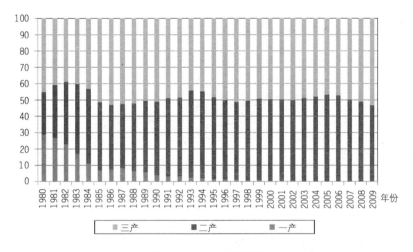

图3　深圳三次产业结构调整缓慢（%）

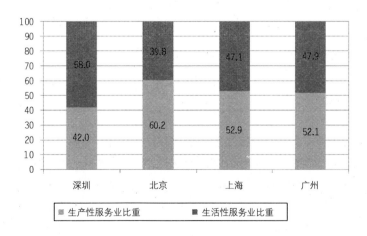

图4　2007年深圳生产性服务业比例远低于京沪穗（%）

2.1.3 主导产业结构单一且效率较低

图5显示深京沪穗及新加坡和东京6大城市制造业前5大行业增加值占制造业增加值比重的差异。图中显示：2005年在深圳制造业内部，通信设备计算机及其他电子设备制造业占绝对优势地位，与其他城市相比，深圳主导产业过分单一，容易导致城市发展面临风险。

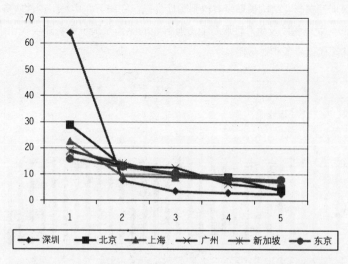

图5　2005～2007年国内外部分城市制造业前5大行业增加值比重（%）

更加重要的是，作为一业独大的通信设备计算机及其他电子设备制造业全员劳动生产率远远低于北京和上海（表1）。

表1　2007年京沪深通信设备、计算机及其他电子设备制造业全员劳动生产率

	北京	上海	深圳
增加值（亿元）	314.4	878.42	1 426.4
从业人数（万人）	10.8	54.95	119.1
全员劳动生产率（万元/人）	29.2	16.0	11.9

主导产业效率不仅直接影响城市的产业竞争力，同时还决定着城市第三产业的发展格局，是深圳服务业规模和效率低的重要原因。同时，如果深圳优势主导产业效率达到北京的水平，则同样完成1 426亿元的增加值，深圳仅需48.8万人，节约劳动力60%。深圳控制人口的最好路径是提高产业效率。

2.1.4 城市产业存在结构性问题

通信设备计算机及其他电子设备制造业在国家产业划分标准中属于高技术产业，导致深圳产业结构表面看来以高新技术产业为主，产业结构高度化水平明显高于其他相应城市（表2）。

表2　2007年深圳与相关城市制造业技术结构的比较（%）

	深圳	北京	上海	广州	新加坡	东京
低技术制造业	10.00	11.07	13.71	21.05	7.00	12.59
中低技术制造业	7.55	25.64	25.59	19.91	18.60	13.96
高技术、中高技术制造业	82.44	63.29	60.70	59.04	74.40	73.33

注：产业划分标准来自OECD：《全部经济活动的国际标准产业分类》第三版。低技术产业：食品、饮料及烟草制品的制造、纺织品、服装、皮革及鞋类的制造、木材制品、纸浆、纸制品的制造及出版印刷业、家具的制造、未另列明的制造业、回收；中低技术产业：焦炭、精炼石油产品及核燃料的制造、橡胶和塑料制品的制造、其他非金属矿物制品的制造、基本金属的制造、金属制品的制造但机械设备除外、船舶的建造和修理；其余产业均为中高技术和高技术产业，是新型工业化的主体产业。

但是，深圳的制造业主导产业同时具有两大致命弱点：第一，主导产业效率低；第二，产业的根植性弱，通信设备计算机及其他电子设备制造业以加工制造为主，同领域技术前沿中自主研发的创新性产品不占主体，作为中间产品，又缺乏本地市场支撑，技术、市场两个关键环节都取决于外部环境，城市就难以把将产业体系做到一流。

以上两大产业弊病同时存在是一个城市的主导产业必须避免的：或者具有一流的产业效率，在国际市场上最具竞争力，其他城市无可匹敌（北京的电子信息业）；或者具有长的产业链和强根植性，在城市具有直接的市场支撑和丰富的社会资本网络保障，其他城市望尘莫及（上海的汽车业）。

2.1.5　制造业的技术进步贡献率低

图6～8分别反映了深圳制造业各行业与京沪穗及全国平均水平全员劳动生产率、资本装备水平以及技术进步贡献率的比较。图中非常遗憾地显示，深圳该3大效率的指标绝大部分在行业比较中处于最低水平。

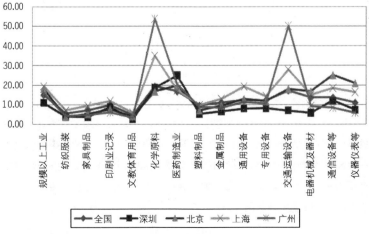

图6　2007年京沪穗深及全国制造业主要领域全员劳动生产率比较（万元）

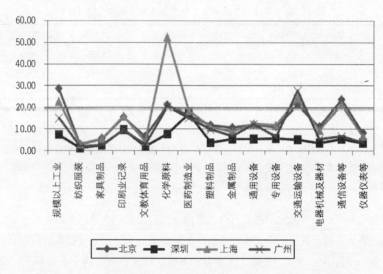

图7　2007年京沪穗深制造业主要领域资本装备水平比较（万元）

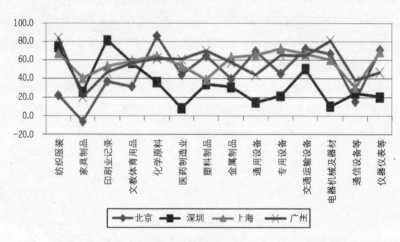

图8　2007年京沪穗深制造业主要领域规模以上企业技术进步贡献率比较（%）

在经济发展和竞争中，效率就是一切。美国1980年代工业部门"生产率增长速度的下降，惊醒了美国许多产业观察家"，判断美国工业业绩的严重滑坡正威胁到国家经济的未来。为了恢复和振兴美国制造，1986年组成的MIT专家组，就命名为"麻省理工学院工业生产率委员会"。深圳产业整体效率低是深圳竞争力相对下降的主要原因。

2.2 城市产业发展转型的必然性

深圳发展危机还来源于深圳基础资源的不可持续性。一个城市的可持续发展必须具备四大关系的协调：城市与乡村协调发展、各市辖区之间协调发展、经济与社会协调发展、人与自然协调发展。然而深圳在原特区与宝安、龙岗两个郊区之间，进而在城市与乡村之间，包括在本地居民与近千万农民工之间存在巨大差距以及严重的矛盾与冲突；在经济高速增长的同时积累了严峻的社会矛盾，社会进步严重滞后于经济发展；长期的外延式扩张导致深圳的土地资源、水资源、能源资源以及环境资源严重短缺，城市发展与资源承载力的矛盾冲突激烈，导致出现"六大难以为继"，严重限制深圳可持续发展。

深圳发展面临 4 大物质性资源短缺、人力资本和二元结构支撑难题。

2.2.1 土地资源等物质性资源短缺

以土地资源为例，深圳有没有土地可以用于持续发展，不能简单地从地图上看土地是否都有主了，而是需要考察其土地利用效率，显然，如果考虑到土地利用效率，那么深圳最多可以说深圳传统的土地外延式扩张的发展道路走到尽头，而土地利用结构的调整和土地利用效率提高还大有作为。

国际上大量国家和城市的发展都会受到土地资源的制约，比如新加坡，国土狭小，城市建设用地 350 km²，但是其创造财富的能力却远远高于土地增长的水平，图 9 显示了新加坡国土面积变化与 GDP 变化的轨迹。

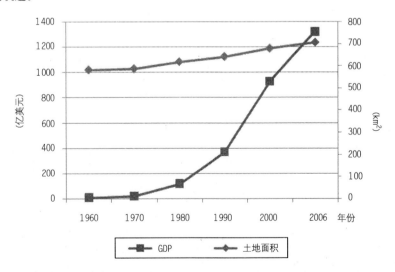

图 9 1960~2006 年新加坡主要时点国土面积及 GDP 变化的轨迹

新加坡的发展经验告诉我们：一个城市缺乏土地等有形资源仍然可以得到快速发展，关键在于增长的动力机制要由外延增长走向创新。而城市创新的动力来自创新环境的营造、创新主体的培育，我们认为这正是深圳最迫切要解决的问题。

　　毫无疑问即便深圳突破了土地约束，也还存在水、能源和环境3大"瓶颈"，深圳要获得城市竞争力的持续提高，仍然面临着巨大的挑战。

2.2.2　人力资本严重短缺

　　先进制造业投资者最关注的投资环境包括4大因素：良好的产业链衔接、富有效率和透明的政府、高素质的相对稳定的就业队伍以及规范有序的社会环境。如果说前两条深圳在一定程度上具有优势，那么后两条不可否认是劣势。统计资料显示在深京沪穗4个城市中，深圳的人均教育支出是最低的，深圳受过大专以上教育的劳动力也是最低的。在深圳常住人口中，外来常住人口占76%，外来常住人口中35岁以下的占74.9%，在全部就业人员中一线低收入阶层占70%以上，初中及初中以下学历的人口占73.2%，连续4个70%导致劳动力不能适应现代产业发展的要求，深圳现代产业发展的人力资本积累严重匮乏；同时导致深圳呈现出"倒T形"的社会结构。

2.2.3　特区内外二元结构刚性"瓶颈"

　　深圳的二元结构包括两个主要方面：城市内部的城乡二元结构、特区内外二元结构。

　　深圳特区内外二元结构显著，表现在经济社会生活的方方面面，包括城市建设标准差异、最低工资差异、电信收费标准差异、最低工资差异、发展水平差异等等，人们熟悉的是深圳市深圳特区，而非深圳整体。特区内外差异既是矛盾，也为深圳发展提供了提升的空间。

　　在深圳特区内外二元结构的诸多表现中，最核心的是两个问题：一是人口结构的巨大差异；二是土地利用效率的巨大差异。

　　第一，特区外是外来人口的主要集聚地。特区内的罗湖、福田、盐田、南山4区户籍人口占常住人口总数的36.1%，特区外的宝安、龙岗户籍人口仅占12.25%。作为外来人口的主要聚居区，特区外也是社会矛盾最集中的区域，是解决深圳城市中的城乡二元结构的关键区域。

　　第二，土地利用效率存在巨大差异。2007年深圳制造业用地产出为12.7亿元/km^2，不到新加坡的74亿元/km^{2}的1/5；而特区外制造业用地产出效益又仅为特区内的10%～12%。

　　特区外的宝安和龙岗是深圳未来时期发展的重要空间依托，是深圳解决双重二元结构的关键区域。如果不花人力气彻底改变特区外的发展方式，深圳生产要素的难以为继将真正转化为深圳城市发展的难以为继。

　　综上所述，深圳土地、水资源、能源、环境、人力和双重二元结构是迫使深圳产业转型的必然因素。

3　深圳产业发展转型思考

　　深圳产业转型主要在于：建设世界重要的电子信息和先进装备产业研发与制造基地，中国现代产业综合服务中心，新兴市场国家现代产业发展最具活力的城市，与香港联动发展的全球性金融中心、物流枢纽和文化创意基地，引领珠江三角洲技术进步和结构升级的战略中心城市。

3.1 世界重要的电子信息和先进装备产业研究、开发、设计与制造基地

深圳已经是亚太地区最重要的以电子信息产业为主的高新技术产业发展城市。深圳应当通过未来十余年的努力，进一步提升在该领域的地位，巩固高新技术产业优势，加强自主创新能力和市场竞争力。通过 10～15 年的努力，将深圳发展成为若干规模和水平居世界前列的先进制造产业基地与现代服务业基地，培育一批具有国际竞争力的世界级企业和品牌。

努力发展先进装备业。深圳发改局和贸工局已经对深圳装备制造业做了大量高水平的研究，制定了深圳装备制造业发展规划，进行了深入的装备制造业发展策略研究，提出了系统可行的对策。我们完全认同这些研究，同时认为还需要在以下 3 个方面加以讨论：第一，需要明确装备制造业是深圳重要主导产业的地位；第二，深入研究装备制造业与高新技术产业及生产性服务业之间相互融合的关系，以及由此引致的三大产业对深圳的主导性功能支撑；第三，要充分认识到先进装备制造业的健康发展不仅仅需要政府产业政策的引导，更需要良好的产业基础，需要大量的产业领域之外的政策来支撑，如社会发展政策等。

装备制造业应该发展成为深圳最重要的主导产业。装备制造业是中国工业化过程中最后一个发展严重不足、严重依赖进口的制造业领域，也是中国自主创新和产业发展空间最大的领域。装备制造业担负着振兴中国民族工业的历史使命。《国务院关于加快振兴装备制造业的若干意见》（国发【2006】8 号）中明确指出，"要建设一批具有国际先进水平的国家级重大技术装备工程中心"，"依托重点工程，研制一批对国民经济发展和产业升级影响大、关联度高的重点领域的重大技术装备，实现核心技术和系统集成能力的突破；以点带面，通过自主设计和自主制造，带动基础装备和一般机械装备产品及零部件生产制造水平的全面提升。"

深圳有条件在这一战略框架下发展以电子信息技术为核心，以通信设备制造、汽车电子、数控机床、自动化控制系统、工业用机器人以及医疗健康数字机械等先进技术和产品为主要内容的，特色鲜明、重点突出的装备制造产业集群。未来应当积极申请建设国家级重大技术装备工程中心，将深圳建设成为中国先进装备制造业的研究、开发、设计和制造基地，将装备制造业发展成为深圳的第二大主导产业。

关于装备制造业与适度重型化：深圳自 2000 年以来重工业比重一直高于轻工业。深圳制造业领域的高新技术产业绝大部分属于重工业，重工业比重并不低，因此"适度重型化"的提法并不适合当前的深圳。深圳最大的问题在于产业技术层次低、效率低，因此应该大力提倡深圳产业要走以效率为核心、高技术化的道路。

3.2 新兴市场国家中最具活力的先进产业发展中心

新兴市场国家是近 20 年来发达国家对发展中国家的总称，其核心圈层是金砖四国（BRICS），第

二圈层包括韩国、墨西哥、土耳其、印度尼西亚、伊朗、巴基斯坦、菲律宾、尼日利亚、埃及、孟加拉国和越南等 11 个国家。"全球经济重心正迅速地由发达国家转向新兴市场国家，……中国是新兴市场国家引领这种转变的'发动机'"①。"仅仅在 10 年前，新兴市场国家还没有堪称世界一流的公司。而今天，新兴市场公司却在全世界 25 个产业领域中占据领先地位"②。范·阿格塔米尔在他的著作中做出如表 3 中的判断。

表 3　全球经济中的金砖四国和其他新兴市场国家经济规模及可能的变化（万亿美元）

年份	七国集团	所有发达国家	金砖四国	其他 11 国	所有新兴市场
2005	27.3	32.4	4.2	2.9	8.9
2015	33.0	39.6	10.2	5.6	19.0
2030	43.0	51.6	28.2	12.5	46.8
2050	64.2	77.0	90.0	35.5	138.0

资料来源：（美）安东尼·范·阿格塔米尔著，蒋永军等译：《世界是新的——新兴市场崛起与争锋的世纪》，东方出版社，2007 年，第 5 页。

新兴市场国家之间的竞争将比与发达国家之间的竞争更为惨烈。新兴市场国家与发达国家的竞争多数是一种互补性竞争，以中国广阔的市场以及在较长时间内仍然存在的相对廉价的生产要素与发达国家的先进技术与管理相结合谋求中国城市进一步发展的空间。然而，新兴市场国家之间的竞争是同层次对国际市场的再次瓜分与争夺，并争相谋求与发达国家稀缺的先进技术合作空间。

中国作为新兴市场国家的发动机，在新兴市场国家中又存有"先发优势"。通过 30 年的发展，中国已经积累了规模庞大并持续扩大的工业化市场、配套良好的基础设施系统、相对完整的产业链、大量的民间资本和具有创新能力的企业家队伍、近十个可以作为现代产业发展平台的城市群区域、数百个大中城市以及教育水平虽不高却已初具产业工人素质的产业工人队伍。目前来看，中国的整体工业化水平高于其他任何新兴市场国家。正因为如此，中国需要紧紧抓住在新兴市场国家快速崛起过程中自身暂时领先的优势，快速发展先进制造业以及多个领域的高新技术产业，构筑全方位的现代服务业体系。中国必须以最快速度和尽可能大的规模发展现代产业体系，将自身的暂时领先优势转化成为真实意义上的持久优势，为 21 世纪崛起于世界奠定基础。中国不能允许自己错过这轮历史性的大竞争。

中国在新兴市场中的领先地位虽然得到广泛认同，但是，作为国家竞争力标志的国际一流企业在新兴国家中的分布却没有很好地支持该观点，相反还反映出了中国之不足。被范·阿格塔米尔称之为新兴市场国家世界一流跨国公司的来源的国家或地区的组成结构是：中国 6 家（台湾 4 家；大陆 2 家：联想和海尔），韩国 4 家，巴西 4 家，墨西哥 4 家，印度 3 家，马来西亚、智利、阿根廷和南非各 1 家。在这 25 家企业中，2005 年联想和海尔的销售收入分别排名为第 20 名和第 22 名。

深圳作为中国参与国际竞争的最重要前沿城市，不仅要在发达国家中找寻标的城市，同样需要在新兴市场国家中明确竞争城市。深圳完全有条件发展成为新兴市场国家最具活力的先进产业发展中心。

3.3 中国制造业信息化改造的综合服务中心

新型工业化的首要任务是"信息化拉动工业化",其核心是对大量传统产业进行信息化改造,用先进制造技术和管理理念武装传统产业,从而实现"科技含量高、经济效益好、资源消耗低、环境污染少、人力资源优势得到充分发挥"的目标。但是,对于如何实现这一目标,大量的企业都缺乏研究,在新型战略面前显得无力、无助。事实上,企业对先进制造技术充满渴望,只是苦于无从下手。企业往往既不知道什么样的技术设备适用,也不知道哪里有这样的设备(中国 60％以上的先进设备主要依赖进口)或者用哪个国家、哪个企业的设备合适,更不清楚如何使用这样的设备,如何将先进设备和制造技术与原有的生产相互协调。面对大规模的市场需求,中国政府有必要成立大量的制造业信息化改造服务中心,为企业转型提供指引。

中国大量的企业富有信息化发展的目标和追求,但是苦于没有路径。中国需要产生一个为企业信息化改造的综合性服务业。这是一个全新而庞大的产业体系,包括数控系统的研究、开发、制造,以及为需要信息化改造的企业进行方案设计,帮助其实施方案、人员培训、跟踪服务,是一个制造＋服务的产业。我们称之为传统产业信息化改造的综合服务业,是最经典的 2.5 产业。

当前,这样的服务在中国已经开始起步。2008 年沈阳自动化所与 GE Fanuc 公司签署合作协议,正式成为 GE Fanuc 公司的 PSP 合作伙伴(高级解决方案供应商)。沈阳自动化所 MES(制造执行系统)课题组自 2004 年起,分别在西安法士特齿轮有限公司装配生产线 MES 项目、东风朝阳柴油机公司装配线 MES 项目、株洲齿轮有限公司装配线 MES 项目、延吉烟厂 MES 项目中使用了 GE Fanuc 的 MES 开发运行平台——Proficy。在 2005 年法士特装配生产线 MES 项目完成后,沈阳自动化所成为 GE Fanuc 公司的 SI(系统集成商),2008 年 2 月又进一步成为 GE Fanuc 公司的 PSP 合作伙伴。主要在离散制造(汽车)、烟草等行业领域承揽 MES 方面 GE Fanuc 的项目转让,并为国内同领域的信息化改造提供包括设备制造或引进、技术跟踪服务、市场开拓等一系列服务在内的综合发展方案。

GE Fanuc 智能设备是美国通用电气公司(GE)和日本 Fanuc 公司合资的、提供先进制造技术和信息服务的企业。它为世界各地的用户提供用于自动化控制的硬软件和技术服务以及嵌入式计算机。其产品可用于包括自动化、国防、汽车制造、通信、医疗、航空航天、污水处理等在内的近乎所有工业领域。他们提供模块化并且可升级的企业技术改造解决方案,对生产工艺、设备效率、质量控制和生产履历进行跟踪,最终帮助企业实现技术结构升级,提升企业的生产率和竞争力,其产品又被称为"第一时间及时操作的装配解决方案"。2008 年 5 月 23 日 GE Fanuc 在上海举行大型智能设备新品与方案新闻发布会,发布会的名字就叫"GE Fanuc 智能设备助您迎接挑战"。

毫无疑问,信息技术是这个时代最先进、运用最广泛的制造技术。以信息化拉动工业化就是用信息化技术去改造、提升各类行业,并使其生产技术和产业效率发生革命性飞跃的过程,哪个企业、哪个行业、哪个城市优先全面信息化了,该企业、行业和城市也就是在沿着新型工业化之路发展。GE

Fanuc 作为国际一流企业已经大举进攻中国市场，沈阳号称"中国国民经济装备部"，也已经开始踏上了这样的进程。

深圳拥有中国规模最大的电子信息产业集群，是中国开放度最高、市场运行最为有序、中小企业最富有活力的城市之一，依托深圳先进装备制造业的快速发展，深圳完全有条件发展成为中国新时期制造业信息化改造的综合服务中心，时代给予深圳为中国信息化拉动工业化发展进程做出特殊贡献的历史性机会。

深圳在该领域已经拥有成熟的样板企业：深圳的研祥智能科技股份有限公司深圳分公司堪称中国的 GE Fanuc。2006 年年末，研祥智能建成了全亚洲最大的特种计算机研发中心，主要用于工业自动化控制系统，其嵌入式智能产品几乎适用于所有行业。2007 年年底研祥的嵌入式智能产品在中国市场的占有率已达 40％，在能源、地铁、制造业、博彩、医疗、电信等行业的市场占有率更是高达 60％以上，居同类产品全国第一。2007 年年底研祥在中国有 35 家全资分支机构，员工近 2 800 人，其中专业研发人员 1 200 多人，他们之中拥有硕士及以上学历的占 11％，本科及以上学历的占 53％。研祥智能科技股份有限公司深圳分公司的职能及其架构代表着深圳发展的方向。

就空间而言，深圳可以有步骤地由近及远：深圳制造业信息化改造服务产业可以起步于深圳的宝安与龙岗，广泛推进到珠江三角洲大批急需改造发展的企业，而后为全国各地提供广泛高效的信息化改造服务。

就行业而言，如上所述，信息化改造可以服务于所有行业。深圳应当积极采取激励措施，鼓励各类专业化的产业信息化改造公司诞生，将深圳发展成为全国规模最大的信息化改造企业集群所在地，从而建设成为中国制造业信息化改造的综合服务中心。

需要注意的是：中国制造业的信息化改造刚刚起步，需要研究制定大量的标准以规范市场。伴随着制造业信息化改造综合性服务业的发展，深圳需要根据中国新型工业化发展的规律，积极探索、研究各类信息化改造的标准，把深圳发展成为中国新型工业化发展标准研究与制定的基地，引领中国信息化改造的先锋城市。

3.4 深圳与香港联动发展的全球性金融中心

2009 年 5 月，国务院批复《深圳综合配套改革试验总体方案》，提出深港联动共建全球性的金融中心、物流中心、贸易中心、创新中心和国际文化创意产业中心。

通过多年合作与共同探索，粤港澳经济社会发展联系日益密切，正在逐步打破行政界限，形成前所未有的共同市场。借《珠江三角洲地区改革发展规划纲要》的东风，珠江三角洲地区将从国家战略高度快速实现技术进步和结构升级。珠江三角洲地区建设具有世界意义的先进制造业产业链和现代服务业体系，迫切需要在珠江三角洲以及更加广泛的区域实现生产要素的高效有序配置。构建现代金融体系是促进资本合理流动，借此优化组合要素配置，提高产业效率的必要路径。深圳最有条件、有基础、有能力通过国家综合配套改革试验区的建设，充分发挥经济特区试验田的优势，率先探索完善社会主义市场经济体制改革的道路，与香港共同建设全球性金融中心，为珠江三角洲地区发展转型以及形成中国 21 世纪具有世界竞争力的城市群提供强有力的保障。

3.5　全球性物流中心和文化创意基地

在全球范围内，集运输、仓储、装卸、加工、配送、信息一体化的现代物流业正在迅速发展。由于具有很强的产业关联度和带动效应，现代物流业发展程度已成为衡量一国现代化程度和综合国力的重要标志之一。对于先进制造业而言，现代物流业所起的作用尤为重要。作为重要的生产性服务业，物流已经渗透到制造业过程的各个环节，成为决定制造业效率的关键因素。效率是先进制造业制胜的关键，未来深圳要成为国家乃至世界级的先进制造中心，必须打造出与之相得益彰的现代物流产业。

深圳物流业需要借助已有的区位、经济、政策方面的优势，以先进制造业发展为契机，走"国际化、信息化、高端化"的发展路径。建立以国际物流为核心、以保税物流为支撑的现代物流体系；打造国际物流与供应链管理总部基地，发展物流业的高端功能；构建服务于各类型客户的一站式物流信息平台。

深圳先进制造业体系的建构及以金融、物流为先导的现代服务业发展，必将提升深圳的整体创新能力，包括金融、物流、贸易、国际文化创意产业等在内的现代服务业体系将得以快速发育和发展，促使深圳中心城市功能跨越式提升，历史地承担起引领珠江三角洲地区技术进步和结构升级的重任。

3.6　引领珠江三角洲技术进步和产业升级的战略中心

前 30 年，珠江三角洲总体上呈现出同质扩张特征，优越的区位条件、廉价的土地、国内近乎无限供给的廉价劳动力与港澳台中小资本对接，发展劳动密集型的电子、制鞋、纺织、玩具等消费品，产品的研发、设计、创新、高端管理以及销售、服务中心都在区外，特别是港台地区，这样的结构雷同、低端外向循环的产业发展模式致使港台中小资本犹如散珠，随意撒落在珠江三角洲的村村镇镇，落地就开花，致使区域中心城市的职能无从发挥。实际上深圳的华为、中兴、研祥等高技术企业的产品和技术辐射也是跨越珠江三角洲地区而直接面向全国与世界市场。

在历史的长河中，30 年不过是弹指一挥间。珠江三角洲在向人们展示极尽绚烂的同时，也积累着该模式固有的矛盾和问题。《珠江三角洲地区改革发展规划纲要》颁布与实施将成为珠江三角洲破茧升华的历史起点。根据世界级城市群发展的空间演化规律，珠江三角洲地区要通过促进信息化与工业化相融合，"形成以现代服务业和先进制造业为主的产业结构"和"全球最具核心竞争力的大都市圈"，必然要求深圳充分发挥高端企业和企业家群体聚集、电子信息技术创新能力强、与香港携手互补快速培育生产性服务业体系等优势，在深圳进一步培育、积聚并最终形成服务于珠江三角洲新型制造业和服务业体系的高端产业链群，形成高端研发、设计、制造、服务综合优势，为珠江三角洲结构升级和迈向现代化开辟全新的技术领域和市场空间。

事实上，当深圳为珠江三角洲传统产业的信息化改造提供技术方案、先进适用设备、融资渠道、管理指导、人员培训乃至包括律师、会计师等全方位、个性化、高品质的服务时，深圳的产业发展与珠江三角洲的结构升级自然融为一体，并成为引领珠江三角洲提升技术进步和结构升级的战略中心城市。

4　深圳产业发展转型路径

城市是一个完整的经济社会有机体，转型期中国产业发展是否成功，不再简单地取决于产业本身，更不仅取决于城市产业选择是否正确，重要的在于城市是否为产业转型发展创造了必要的基础条件。

4.1　产业基础重构是吸引高端生产要素的必要条件

产业基础是指产业赖以生存和发展的全部基本条件，不仅包括企业发展所需要的直接条件，更加重要的是，现代企业发展和现代产业工人幸福生活所需要的一切间接条件，包括：①发达的经济基础设施和社会基础设施；②基于信任的社会资本网络；③基于教育与培训的丰裕人力资本；④社会保障与安定的民生；⑤良好的生态环境，人们生活方便亲近自然，内心敬畏自然。

实现结构升级和建立现代产业体系是所有城市的梦想。然而，包括深圳在内的大部分城市仍然侧重传统意义投资环境的改善，而极少从根本、从广义上营造产业基础。中国正在面临着由工业化中期向工业化后期的转型发展，产业结构由资源密集型向创新推动型转化。这一时期，生产要素与城市之间的关系发生根本性转变（图10）。

在工业化中前期，生产要素低廉广布，哪里有廉价生产要素聚集，哪里就有城市的产生与发展；在工业化中后期，生产要素向高端演进，对聚集与栖居区域变得挑剔，他们以足投票，选择具有良好产业基础和高生活品质的城市发展。因此城市的产业基础决定着生产要素的空间走向，进而决定着城市高端产业的发展空间。

新时期，深圳要加快产业结构转型与升级，必须重构产业基础。在上述产业基础架构中，加速人力资本积累和促进区域一体化发展是深圳两大核心课题。

4.2　人力资本积累是城市产业发展转型的关键要素

人力资本是深圳发展最为稀缺的资本，是决定深圳未来发展成败的关键要素。

"孔雀东南飞"，深圳一度成为中国各类人才向往和聚集的城市。然而，伴随着中国多元化发展格局的形成、深圳政策优势的弱化、深圳产业结构的劳动密集型特征固化以及深圳发展环境优势的淡化，人力资本难以为继已经成为深圳发展的严重障碍，主要表现在以下两个方面。第一，高素质产业工人严重不足。在深圳近 1 000 万打工者中，初中及以下学历的占据 70％以上，大专及以上学历的人口低于 5％。第二，高端人才与专业技术人才严重短缺。2007 年深圳市各类专业技术人员数仅占城市常住人口的 10.32％。近期调查数据显示，33％的受访大学生希望在北京就业，32％的受访者选择上海，而选择深圳的仅为 19％[③]。深圳企业经常面对人才招聘困难的窘境。

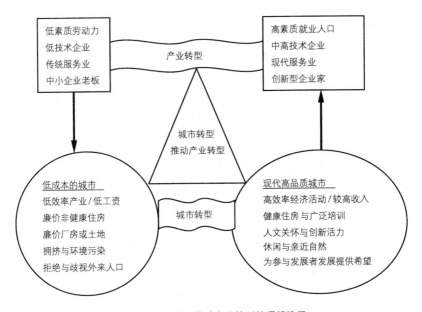

图 10　城市转型推动产业转型的逻辑路径

深圳加速人力资本积累可行路径在于：第一，需要创新公共服务制度以留住人才。目前关系民生的大部分保障与社会福利政策都依附于户籍制度。深圳在逐步开展户籍制度改革的同时，需要以更快的速度推动公共服务均等化，将大量为深圳发展做出贡献且城市发展需要的非户籍人口纳入公共服务体系，消除其过客心态。第二，创新教育制度以培养人才。大力发展职业教育和高等教育以大规模培养人才，推动高等教育的跨越式发展，这是从根本上解决深圳人力资本匮乏的必由之路。第三，创新城市管理制度提升城市魅力以吸引人才。深圳需要转变长期以来增长导向的管理体系，关注深圳深层次的发展问题，重塑新时代的深圳精神，增强中高端人才对深圳的认同，通过文化建设提升城市魅力，以城市魅力吸引人才。

4.3　推进宝安、龙岗一体化进程，创建城市产业发展转型新空间载体

2010 年 7 月 1 日起，深圳特区将扩大到全市域范围，终结"一市两法"的管理格局，为特区内外一体化发展提供了必要的条件。然而，要扭转和彻底解决宝安、龙岗两区长期以来已经形成的无序空

间格局和激烈的社会矛盾冲突，非一日之功。需要以规划为龙头解决如下 3 大层次的问题。

第一，以一体化快速交通系统的规划和建设为载体形成全新的组团式发展格局。各组团之间以生态用地相隔离，组团内部尽可能紧凑发展，职、住、购、游、乐就地平衡，减少跨区域的长途交通。

第二，均等化建设公共服务。宝安和龙岗基础设施建设和社会公共服务设施发展水平与原特区存在巨大的差距，低端投资环境和社会环境与低端劳动密集型产业为主体的产业发展格局相互形成非健康循环。要彻底改变宝安、龙岗发展面貌，需要大规模进行经济性投资、社会性投资以及生态环境建设，跨越式提升区域发展环境。

第三，有序推动外来常住人口市民化进程，逐步构建现代社会架构。深圳的"倒 T 形"社会结构在宝安、龙岗表现得尤为明显，这是一种失衡的、高风险的社会结构，是宝安、龙岗大量社会冲突和群体性事件的根源。深圳作为社会主义示范市，需要面对重大社会问题，以巨大的魄力来推进社会进步和制度创新，需要以户籍制度改革为突破口，较大幅度地降低门槛，较大规模地吸纳和接受外来常住人口，促进社会流动，变城市的边缘者阶层为中间者阶层，伴随着现代产业发展，进而转化为中产阶级阶层，构建现代社会结构，为建设和谐深圳奠定社会基础。

5　结语

深圳以产业转型为核心开始进入一个全新的发展时代，其发展的动力由政策推动转向创新推动，在全国发展中的作用由制度创新中心转向同时成为经济中心，城市发展的价值由增长导向转向发展导向，一系列结构的调整和改善将成为深圳发展的核心内容：通过社会结构调整、空间结构调整引领技术结构调整和产业结构升级，保障深圳前沿城市的地位，进而提高深圳的国际竞争力。

注释

① （美）安东尼·范·阿格塔米尔著，蒋永军等译：《世界是新的——新兴市场崛起与争锋的世纪》，东方出版社，2007 年，第 1～2 页。

② 同上，第 26 页。

③ "城市就业环境调查：北京最'排外'　上海'势利眼'"：http：//www. chinanews. com. cn/edu/qzjy/news/2008/11-18/1453581. shtml。

参考文献

[1]（美）迈克尔·德托佐斯等著，惠永正等译：《美国制造——如何从渐次衰落到重振雄风》，科学技术文献出版社，1998 年。

[2] 邓三鹏等：《先进制造技术》，中国电力出版社，2006 年。

[3] 乐正、邱展开主编：《深圳社会发展报告》，社会科学文献出版社，2008 年。

[4]（日）日本经济企划厅编：《国民收入倍增计划（1961～1970）》，商务印书馆，1980 年。

[5] 上海市经济委员会、上海科学技术情报研究所：《世界服务业重点行业发展动态 2007》，上海科学技术文献出版社，2008 年。

[6] 上海市经济委员会、上海科学技术情报研究所：《世界制造业重点行业发展动态 2007》，上海科学技术文献出版社，2008 年。

[7] 魏达志：《深港国际大都会形成机理研究》，中国城市出版社，2008 年。

[8] (新加坡) 曾振木等：《心耘》，上海教育出版社，2006 年。

[9] 郑海天：《深圳工业化发展模式的实证研究》，经济科学出版社，2005 年。

中国资源型城市转型路径和模式研究

张文忠　余建辉　王　岱

Study on Transformation Path and Mode of Resource-based Cities in China

ZHANG Wenzhong, YU Jianhui, WANG Dai
(Institute of Geographic Sciences and Natural Resources Research, Chinese Academy of Sciences, Beijing 100101, China)

Abstract In reference to the theory of resource-based city's transformation and successful overseas cases, this paper firstly analyzes resource-based cities' characteristics and problems by means of data analysis, then puts forward different transition paths according to different stages of urban development, and analyses according to the development features of different resource cities the restructuring measures and processes for the four transformational elements which are industry, ecology, urban structure and people's livelihood. In the end the paper proposes the policy supports to ensure the transformation.
Keywords resource-based city; transformation; path

摘　要 本文在参考有关资源型城市转型的理论和国外成功案例的基础上，运用数据分析手段，针对中国资源型城市的特征和问题进行了数量分析，针对城市的不同发展阶段提出不同的转型路径选择，并进一步结合具体案例，分析了在不同资源类别城市的发展特点下对产业、生态、城市、民生四大转型要素进行的有成效的转型措施和过程，最后提出了确保转型的政策支撑建议。
关键字 资源型城市；转型；路径

1　前言

资源型城市（resource-based city）是一种典型的按职能分类的城市类型[①]，是指以自然资源开发产生或发展起来，并以此为主要职能的城市类型。相近的概念有采掘业或矿业城镇（mining town）、工矿城镇（industrial and mining town）等[②]。学界关于资源型城市的研究，多以解决资源型城市在发生发展中所特殊存在的城市问题为目的，故而对于界定资源型城市，学界多从城市发生学和现状特征两个方面入手，主要从主导产业结构、主要就业人口和城市产生发展的原因来界定，一般以定性为主、定量为辅。学界在研究中虽然在定量指标采用的标准等方面有所不同，但是对资源型城市，特别是典型资源型城市界定的基本观点和结论都大致相同。从较为受大家认同的研究来看，周一星、孙则昕（1997）的研究得出 1990 年全国有高度专业化的采掘业城市 21 座、采掘业城市或采掘业占重要地位的城市 47 座，共 68 座；刘云刚（2002）认为中国资源型城

作者简介

张文忠、余建辉、王岱，中国科学院地理科学与资源研究所。

市共有 63 座；王青云（2003）认为全国共有资源型城市 118 座，其中典型资源型城市 60 座。综合来看，3 种研究公认的资源型城市 38 座[③]，另有多座城市为其中两种研究所公认（表1）。

表1　关于中国资源型城市名录的代表性研究结论

研究者	公认的资源型城市名录	认识不同的资源型城市名录
周一星、孙则昕（1997）	盘锦、濮阳、克拉玛依、大庆、玉门、东营、晋城、朔州、霍林郭勒、义马、七台河、鹤岗、双鸭山、鸡西、铁法、古交、阜新、大同、牙克石、辽源、北票、淮北、乌海、铜川、鹤壁、平顶山、六盘水、阳泉、伊春、石嘴山、敦化、铁力、霍州、新泰、萍乡、淮南、攀枝花、德兴	锡林浩特、东川、满洲里、武安、浑江、尚志、耒阳、珲春、华蓥、汝州、禹州、应城、河间、泸州、韶关、赤峰、娄底、长治、黄骅、瑞昌、莱西、平度、滕州、合山、资兴、任丘、丰城、枣庄、韩城、莱芜
刘云刚（2002）	（同上）	抚顺、介休、唐山、焦作、徐州、肥城、茂名、鞍山、本溪、嘉峪关、马鞍山、白山、个旧、金昌、白银、铜陵、冷水江、自贡、合山、资兴、任丘、丰城、枣庄、韩城、莱芜
王青云（2003）	（同上）	孝义、介休、满洲里、锡林浩特、根河、阿尔山、抚顺、本溪、葫芦岛、珲春、松原、临江、和龙、铜陵、马鞍山、邹城、冷水江、东川、个旧、白银、金昌、库尔勒

资料来源：赵景海："我国资源型城市空间发展研究"（博士论文），东北师范大学，2007 年 9 月。

对资源型城市的研究，国外和国内关注点不尽相同。在国外，加拿大著名地理学家英尼斯（H. A. Innis）在 1930 年代对资源型城市进行了开创性的研究。1930～1970 年代，国外资源型城市研究主要着重于心理学、社会学、城市发展周期等问题的探讨，如马什（Marsh, 1987）对美国宾州东北部的煤炭城镇居民的社区归属感进行了研究，发现随着矿区经济衰退，出现人口大量外迁，但仍有约 1/3 的人口居住在当地且有较强的社区归属感。吉尔（Gill, 1990）、沃伦（Warren, 1963）等对工矿城市社区的社会互动进行了研究，发现如果一个社区中的社会单位没有很强的水平互动，那么社区对区内生活环境的控制力较弱。国外学者对城市发展周期的主要划分依据有区域矿产资源的加工利用程度（Spooner, 1981）、劳动人口和种族状况（Lucas, 1971）等，提出过矿区城镇的五阶段、四阶段或六阶段（Bradbury and Martin, 1983）等发展周期理论。到 1970 年代中期以后，经济学的研究理论开始逐步影响资源型城市研究。如布拉德伯里（Bradbury, 1984）从人口迁移的角度，对加拿大魁北克拉布拉多地区资源型城镇的人口特征进行了研究，发现采掘业具有强烈的周期性，其对矿业城镇人口变化具有深刻影响。1980 年代中期之后，资源型城镇的研究开始多样化，重点集中于公司关系、劳动力市场结构以及世界经济一体化对资源型城市的影响等方面。如海特和巴恩斯（Hayter and Barnes, 1992）通过研究发现，加拿大资源型工业已经历了两个劳动力市场分割阶段，前一个阶段与福特主义生产相适应，后一阶段与灵活的专业化生产相适应。布拉德伯里（Bradbury, 1988）根据对加拿大和澳大利亚资源型城镇的实证研究，提出了解决面临问题的对策，如建立早期预警系统；制定财政援助、转岗培训、建立社区赔偿基金和专项保险机制等。

国内的研究多以经济转型的视角来进行，大多数研究视角都较为宏观。如吴修奇（2005）建立了资源型城市竞争力体系，指出资源型城市竞争力重塑与提升的系统工程有三大支柱，即经济发展、社会转型、环境改造，其中产业转型是资源型城市转型中最关键的部分。沈镭、程静（1998）的研究指出，资源型城市经济转型的战略是要发挥自身的比较优势，从计划经济时代的"差别性策略"转变为"功能性策略"，建立和完善基本的市场制度（北京大学城市与环境学系阜新市产业结构调整及发展战略规划课题组，2000）。此外，资源型城市经济转型中还涉及产业组织结构（吴萍等，2004）、税收政策（钱勇、赵静，2004）、企业激励机制（张丽，2004）等问题。资源型城市的发展机制、社会及生态问题，近年来成为研究的热点。从发展特征来看，张雷（2004）认为国家工业化是进行大规模矿产资源开发和资源型城市产生的基本前提，矿产资源消费生命周期具有时间和空间两个效应。郝莹莹（2003）关于东北地区资源型城市的研究得出，经济发展的困境诱发了资源型城市的诸多社会发展问题，其中最主要的是失业问题和社会保障问题。而失业问题突出的主要原因（李维忠、张建军，2001）是资源型城市经济增长缓慢，带动就业的能力减弱，资本密集型产业比重高，吸纳就业的能力差等。周涛发等（2004）、纪万斌和尹训河（1998）的研究指出自然资源的过度开发造成了资源型城市严重的"生态赤字"和次生灾害隐患，资源型城市生态建设的重点和难点是生态治理和灾害防治。

2　资源型城市转型的相关理论和模式

2.1　资源型城市转型理论

2.1.1　矿区生命周期理论

国外关于矿区生命周期的研究始于1929年，赫瓦特（Herwart）提出了五阶段周期理论，他根据区域资源加工利用程度的不同，将矿区发展划分成5个阶段。在此基础上，卢卡斯（Lucas）于1971年提出了单一工业城镇或社区发展的四阶段模式。第一阶段，建设期。第二阶段，人员雇佣期。同前一阶段一样，人员的变动大，青年人和年轻家庭占主导，不同种族和民族的居民混杂，性别比失调，人口出生率高。第三阶段，过渡期。集居地从依附一家公司变成独立的社区，管理集居区的责任从公司转移到社区，社区稳定感和参与意识增强。第四阶段，成熟期。成年劳动力的流动性下降，退休人员比例上升，年轻人被迫从社区外迁。

布拉德伯里等（Bradbury and Martin，1983）在考察了加拿大魁北克拉布拉多铁矿区的矿业城镇谢费维尔（Schefferville）后，对卢卡斯单一工业城镇周期理论进行了补充，增加了两个阶段。第五阶段，衰退期。社区外迁率上升，社区稳定性下降。这一时期有可能导致矿山或工厂的关闭，也可能导致一个城镇的衰退甚至消亡。第六阶段，城市的完全废弃消亡。

一般地，我们将资源型城市的周期分为兴起期、繁荣期、衰退期3个大的周期，其生命周期和资源型经济发展的周期性息息相关。由于矿物能源和矿产资源是不可再生资源，决定了资源型经济的发展必然经历一个由勘探到开采、高产稳产（鼎盛）、衰退直至枯竭的过程（图1）。伴随资源型经济的演变轨迹，单纯以资源型产业为支柱的城市经济也会有相似的发展轨迹，以至于矿衰城竭。

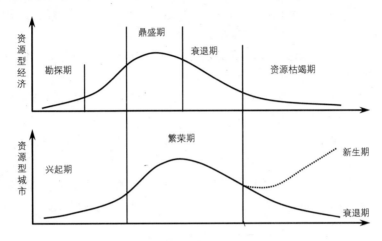

图1 资源型经济和资源型城市的生命周期

资料来源：贾敬敦、黄黔、徐铭：《中国资源（矿业）枯竭型城市经济转型科技战略研究》，中国农业科学技术出版社，2004年。

2.1.2 路径依赖理论

路径依赖理论最早由生物学家在研究物种进化时提出。生物学家古尔德在研究生物演化路径的运行机制时，指出了路径可能具有非最优的性质，明确提出了路径依赖的概念④。路径依赖意指现在的结果是对以前结果的进化路径的依存，通俗一点说，人们现在所处的位置是历史选择的结果。路径依赖多在经济学领域中运用。路径依赖理论的奠基人之一亚瑟（Arthur，1989）将路径依赖作为动态经济过程的非遍历性（non-ergodicity）来加以定义：如果在一个动态的经济系统中，不同的历史事件及其发展次序无法以100％的概率实现同一种市场结果，那么这个经济系统就是路径依赖的。

路径依赖的主要特征表现在：①路径依赖既是一种状态，也是一种过程。就过程来说，路径依赖是一个非遍历性的随机动态过程，它严格地取决于历史小事件；就状态来说，路径依赖是一种"锁定"（lock-in），这种锁定既可能是有效率的，也可能是无效率或低效率的。②路径依赖强调了系统变迁中的时间因素，强调历史的"滞后"作用。这种"滞后"作用既可能是历史事件的结果造成的，也可能是历史本身内在的性质（内在的规则和秩序）造成的。③路径依赖和独立性是一枚硬币的两个面，是相辅相成、同时并存的。不能因为强调路径依赖而否定历史独立性，也不能因为强调独立性而否定历史的路径依赖。路径依赖意味着潜在着多重均衡结果，而何种均衡状态将成为最终的均衡结果则是由特殊的历史事件所决定的。

2.1.3 资源诅咒假说

许多早期的经济学家曾提出丰富的资源是经济发展的重要支柱，但20世纪最后30年在全球范围内资源丰富常与经济增长缓慢联系在一起。石油资源丰富的 OPEC 国家作为整体，人均 GDP 呈现负增长；拥有大量高品位磷酸盐矿藏的瑙鲁国，已经"矿竭国衰"；尽管阿拉斯加拥有丰富的石油与渔业资源，但在 20 世纪最后 20 年该州是美国惟一呈现经济负增长的州。与之相反，资源相对贫乏的日本、韩国、新加坡等国在 20 世纪最后 40 年却创造了经济发展奇迹。

经济学家认为丰富的资源趋于阻碍经济发展，有多种作用机制。①资源财富的挤出效应。即资源带来大量收入，导致收入享有者放纵，忽视经济管理与发展支持政策的重要性。②资源型产业的挤出效应。即资源型产业为资本密集型产业，资产专用性强，其前后向正外部性都不大，该产业的发展与高收入导致其他产业及教育与人力资本的投资不足。③资源财富引发寻租效应。资源财富是一大笔经济租金，特别是相关制度不完善、执行不力时，寻租获得利益大于努力工作获得利益。利益相关者会将主要精力放在寻租上而不是努力工作与创新。④资源财富导致"荷兰病"。即资源出口国常出现本国收入水平提高、本币升值现象，进而加大该国制造业成本。资源财富对经济发展的阻碍效应，在瑙鲁体现得非常显著。但如果相关资源制度比较完善，经济发展政策执行得有效，比如挪威，则可以在很大程度上消除"资源诅咒"。

2.2 国外资源型城市转型的模式

国外资源型城市与国内资源型城市相比，尽管在城市定义、规模大小和社会经济条件等很多方面具有不同之处，但其转型早，有成功经验，具有一定的借鉴意义，现将国外典型的资源型城市转型模式列举一二。

2.2.1 美国休斯敦的产业多元化发展模式

美国休斯敦是油城走向持续繁荣的典型模式之一。休斯敦原是"牛仔（牧人）"集聚的农牧区村镇，1901 年因得克萨斯油田开发后，城市随之兴起和发展，在 1920 年代末，美国各大石油公司总部迁移至此，形成了美国南部最重要的城市，在 1960 年代以后石油开采业开始整体下滑时，休斯敦反而按产业链的延伸和拓展，加速了石油科研的开发，油气资源产业群也逐步形成并日趋完善，并相应带动了为其服务的机械、水泥、电力、钢铁、造纸、粮食、交通运输和通信等多种产业的发展。同时，国家在休斯敦布点了宇航中心，带动了为它服务的 1 300 多家高新技术企业，从而使休斯敦成为全美人口增长最快的城市，城市性质也发生了根本变化。休斯敦的模式是按照"发展主导产业—带动相关产业—完善基础产业"的顺序展开的。

2.2.2 德国鲁尔区政府主导、系统治理转型模式

鲁尔区是世界上最大的工业区之一，位于德国经济最发达的北莱茵—威斯特法伦州（简称北威州）的中部，包括了 11 个县市，其中有多特蒙德、埃森、杜伊斯堡等比较有名的矿业城市。

当鲁尔区陷入困境时，其 11 个县市都对老工业的转型采取了许多措施。以多特蒙德市为例，市政府对老工业基地的改造采取了以下措施：一是设立劳动和经济促进机构；二是吸引外地企业前来投资，市政府对土地的使用进行规划，向投资企业提供价格优惠的土地；三是建立技术园区，从 1985 年

起，分 5 个阶段，投资 1.3 亿马克，建设了一个技术园，其建设费用中有 9 000 万马克是由欧盟、联邦和州政府资助的；四是大力发展手工业和中小企业，目前多特蒙德市的手工业很发达，就业人员达 3.5 万名；五是大力发展生产性企业，政府保护原有企业向新的生产行业转变，并积极资助建立新的生产性企业；六是大力发展服务业，多特蒙德市保险业很发达，有 3 家大型保险公司。目前，多特蒙德市就业人员的行业分布为服务业占 68%，工业行业占 31%，其他行业占 1%。

此外，鲁尔区在替代产业、环境治理和企业转制等方面，也做得非常成功。以发展汽车、化工、电子以及消费品工业为接续产业，通过产业变革的力量改变了整个鲁尔地区的经济格局。在环境治理方面，用于填充废井和环境整治的资金，由联邦政府承担 2/3，地方政府负责 1/3，还启动了《煤炭补贴税》。鲁尔煤炭公司转型也是以私有资本为主体的股份制公司，在资本运营中发挥了很好的作用。

2.2.3 日本北九州依托政策导向转型模式

北九州市是 1963 年 2 月由有悠久历史的 5 市（门司、小仓、若松、八幡、户烟）合并而成，人口 106 万，为九州北部重要的工业区和交通中心。

日本对著名的九州地区煤矿实行关闭，并用了 10 年左右的时间将该区域转换成高新技术产业区。1960 年代初，日本决定放弃对煤炭行业代价高昂的保护政策，在该地区兴办了一批现代工业开发区，吸引大批区域外企业入迁九州开发区，并按新的产业政策兴办了一批新企业。对开发区内企业安置煤炭工人及其子女就业给予补助，并视用人比例的高低给予优惠差别政策，发布了《煤炭产业合理化临时措施法》、《煤炭离职人员临时措施法》、《产煤地区振兴临时措施法》和《煤炭对策大纲》等。此外，还对失业煤炭工人承担培训费用，并帮助介绍其再就业。由于这些政策的有效实施，使九州地区的产业结构发生了巨变，使之由传统的煤区转换成为日本新的重要高新技术产业区。

3 中国资源型城市存在的问题分析

资源型城市由于其生命周期的影响和路径依赖所造成的问题积累，在经济发展、城市建设、对外开放以及社会民生等方面均积累了诸多问题。为此，我们挑选了国家公布的 44 个资源枯竭城市作为资源型城市的典型代表，将其分类为石油类、煤炭类、冶金类、非金属类和森工类 5 大类城市，进行数据统计分析，得到资源型城市如下问题判定。

3.1 产业结构不合理，产业转型方向单一

产业结构不合理、三次产业发展不协调是资源枯竭城市固有的特征，也是最难解决的问题之一。以资源枯竭城市中地级石油类城市为例，2008 年第二产业占 GDP 比重超过 70%，第三产业比重仅为 17%（表 2）。在国家大力推动第三产业发展的大背景下，地级资源枯竭城市的第三产业比重从总体上出现了下滑，特别是石油类城市和非金属类城市在 2004～2008 年年均下降了 3 个百分点。第三产业的发展滞后很大程度上影响了资源枯竭城市转型发展的速度和质量。

表2　2008年地级资源枯竭城市三产占GDP比重（%）

城市	第一产业比重		第二产业比重		第三产业比重	
	全市	市辖区	全市	市辖区	全市	市辖区
石油类城市	10.2	1.0	72.5	83.4	17.3	15.6
煤炭类城市	9.9	3.9	59.3	62.4	30.8	33.8
冶金类城市	7.5	1.5	59.0	64.5	33.5	34.0
森工类城市	19.1	13.5	46.4	48.8	34.5	37.7
非金属类城市	9.5	2.1	58.4	57.9	32.1	40.0
资源枯竭城市	11.2	4.4	59.1	63.4	29.6	32.2
省区城市平均	13.3		51.7		35.0	
全国城市平均	11.3		48.6		40.1	

注："省区城市平均"指资源枯竭城市所在省的所有城市平均值，下同。

　　通过对多数资源枯竭城市转型规划的总结发现，多数资源型城市产业转型发展的方向主要集中在依托本地资源、发展深加工和电力能源产业以及化工、机械装备制造、建材等方面，整个产业体系依然以本地资源开发为起点，没有从根本上摆脱资源型经济的特征。一部分城市把新能源产业作为"环保"、"低碳"、"节能"的接续替代产业，大力推进光伏产业、太阳能、风力发电项目建设。但是由于对光伏产业的高耗能性，太阳能、风力发电的高污染性认识不足，应对新能源产业发展中污染物排放和无害化处理等配套措施明显不足。

3.2　城市结构松散，建成区低密度蔓延

　　资源枯竭城市的城镇化发展是转型工作成效的体现，也是推动可持续发展的动力。但由于资源枯竭城市本身城镇化水平偏高，经济实力薄弱，在转型过程中，城市基础设施、城镇工作岗位、城镇住房等方面发展滞后，很难支持过快的城镇化。2004～2008年5年间，地级资源枯竭城市的建成区面积年均扩大了6.19%，而市区人口密度年均降低了2.04%，部分城市建成区的绿化覆盖率在降低。城镇化发展过分强调城镇数量与规模的扩大，建成区低密度大规模向外蔓延，造成城市结构过于松散、城市生活和工作场所缺乏有机联系、城市公共交通发展困难、城市循环效率低等问题（表3）。

表3　地级资源枯竭城市建成区面积和人口密度年均变化（2004～2008）（%）

城市	建成区面积	人口密度	
		全市	市辖区
石油类城市	2.28	0.87	1.25
煤炭类城市	2.07	0.78	-3.06
冶金类城市	2.85	0.53	-1.84

续表

城市	建成区面积	人口密度	
		全市	市辖区
森工类城市	19.57	− 0.25	− 2.29
非金属类城市	12.24	1.25	1.42
资源枯竭城市	6.19	0.74	− 2.04
省区城市平均	6.66	1.18	0.40
全国城市平均	7.09	1.21	0.04

3.3　经济运行较为封闭，对外开放水平低

大部分资源枯竭城市对外开放水平较低，截止到 2008 年，地级资源枯竭城市平均利用外资额度仅相当于全国城市平均水平的 21%，其中石油类城市还以年均 4% 的速度递减。县级资源枯竭城市中森工类城市几乎没有利用外资，利用外资最多的煤炭类城市，外资额度也仅是全国城市平均水平的 27%。如果不加快提升资源枯竭城市国际化水平的战略选择，不重视为引进资金、先进技术、管理经验和高素质人才等创造条件，完成转型以后的资源枯竭城市很难在大范围、广领域、高层次上的国际经济技术合作和竞争中赢得一席之地（表 4）。

表 4　2008 年地级资源枯竭城市实际利用外资情况（万美元）

城市	当年实际使用外资金额	
	全市	市辖区
石油类城市	8 390	6 944
煤炭类城市	7 438	5 551
冶金类城市	25 442	24 894
森工类城市	5 442	2 580
非金属类城市	8 765	4 275
资源枯竭城市	11 095	8 849
省区城市平均	31 256	22 459
全国城市平均	52 399	37 880

3.4　失业问题严峻，科教投入严重不足

在转型工作的推进中，资源枯竭城市企业数量的增加和规模的扩大带动了就业，登记失业人数与全部就业人数之比呈现稳步下降趋势，但形势仍然严峻。2008 年，与所属省区、全国城市的平均水平

相比较，资源枯竭城市的失业率依然较高，特别是森工、冶金和煤炭类城市，失业人员与从业人员之比接近 15%。在 2004～2008 年，地级冶金类城市失业人员与从业人员之比甚至以年均 5.38% 的速度上升，失业状况继续恶化（表 5）。

表 5　2008 年地级资源枯竭城市失业与就业人数之比（%）

城市	登记失业人数与全部就业人数之比	
	全市	市辖区
石油类城市	8.0	5.0
煤炭类城市	13.3	13.7
冶金类城市	14.0	14.7
森工类城市	15.0	13.5
非金属类城市	9.0	9.0
资源枯竭城市	11.9	11.2
省区城市平均	9.0	10.0
全国城市平均	7.0	7.0

资源枯竭城市优秀人才短缺和人才流失问题并存，并且由于不合理的产业结构，导致附加值高、市场前景好的新兴产业、行业人才极度缺乏。2008 年，资源枯竭城市科教方面的预算投入占一般预算内支出比重比全国城市平均水平低 3 个百分点，但如果按 2004～2008 年 5 年间，科技方面预算支出的年均增速低于全国城市平均值 20 个百分点计算，资源枯竭城市的科教发展环境相对恶化，科教发展水平的差距更为明显，严重制约资源枯竭城市的转型和可持续发展（表 6）。

表 6　2008 年地级资源枯竭城市地方财政一般预算内收支情况（万元, %）

城市	收入	支出	科教支出占比
石油类城市	349 116	582 878	14.3
煤炭类城市	251 213	522 754	17.8
冶金类城市	187 938	438 963	21.4
森工类城市	102 085	478 783	15.1
非金属类城市	185 143	400 334	17.2
资源枯竭城市	215 099	484 742	17.2
省区城市平均	490 557	958 479	20.8
全国城市平均	835 377	1 317 830	20.3

4　中国资源型城市转型的路径选择

资源型城市转型是一个系统工程，需要通过对产业、城市、生态和民生4个主要因素的综合治理，才能达到一定的效果，并且参考国外资源型城市的转型来看，需要有长时期的持续的转型积累，才能成功。通常来说，处于生命周期中不同发展阶段的资源型城市，其转型的路径选择会有所差别，而资源型城市根据自身特点对待各转型要素的转型尝试也各不相同。资源型城市科学地选择适合自身的转型路径，有利于其平稳较快发展，达到转型目的。

4.1　不同发展阶段城市的转型路径

按照资源型城市发展周期的不同，资源型城市分为兴起期、繁荣期和衰退期。处于不同发展阶段的城市，由于其面临的困难程度不同，其所能选择的转型路径也会随着实际情况的变化而变化（图2）。

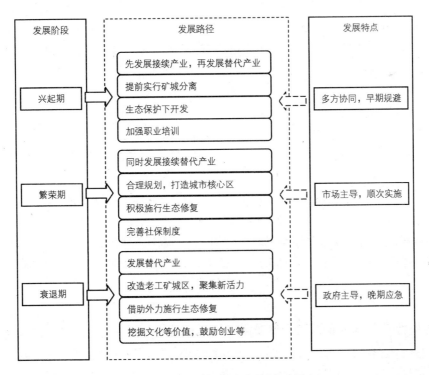

图2　不同发展阶段城市发展路径选择

4.1.1 兴起期资源型城市的发展路径选择

兴起期城市由于资源开采期不长，未来可开采的资源丰富，矿产企业正处于建设或发展期，一般还没有矿工失业、城市衰落的问题，就需要未雨绸缪，早期规避风险，提前为将来的问题做准备。要进行城市发展潜力评估，科学预测城市未来可发展的水平，如果不适合发展，即事先准备搬迁预案，若适合发展，则需要综合采用其他发展模式。一般在产业上采用同时进行延长资源产业链和发展其他优势替代产业的模式，以内生发展模式为主；在城市上要注意城镇布局和矿业开采地的关系，在初期就避免矿城同体的现象，以免矿业开采干扰城镇发展；在生态上保护优先，并充分发挥生态补偿机制的作用，不要走以往"先开发、后补偿"的老路；在民生方面，需要加强职业培训，为产业的发展提供足够的本地人才。

4.1.2 繁荣期资源型城市的发展路径选择

繁荣期的资源型城市处于转型发展的较优时期，其资源型产业发展稳定，城市尚未出现大量矿业衰退问题，政府财力相对充足，有一定能力解决相应问题。这一阶段的城市应该遵循先易后难的实施顺序，采用市场主导，政府配合的方式，在产业上首先实行延长资源产业链的发展模式，在资源产业链打造基本完成后，依据自身条件发展替代产业，以内生发展模式为主；在城市方面，要在合理规划的基础上，通过城市路网改造、新城开发等对城市内工业区和居住区活动实施分离，促成文化底蕴的城市核心区的建立；在生态方面，要积极修复已破坏的土地，并通过资源修复机制确保避免进一步的生态破坏；在民生方面，在政府财政较健康的情况下，要早日完善社保制度，对失业人员和失地农民进行再就业培训和补偿。

4.1.3 衰退期资源型城市的发展路径选择

衰退期资源型城市由于城市资源产业已经开始衰竭，城市内大量人员失业，产业结构单一，城市经济衰退明显。这类城市需要根据应急发展的思路，空降发展一定的产业，由政府主导，进行接替产业引导和培育，一般采取龙头示范、政策优惠等手段，加速替代产业形成过程；在城市方面，衰退期城市一般和工矿开采活动地点相互交叉，并且政府无力进行新城建设和搬迁，故多需要在老工矿城区进行适当的就地改造，并通过聚集人口繁荣城区经济；在生态方面，要争取国内外各项资金援助，用以进行生态修复；在民生方面，通常衰退期城市的失业人口最多，问题最复杂，需要外来资金支持解决，同时政府要大力进行再就业培训工作，深度挖掘城市自身的人才和文化价值，鼓励居民创业和外出务工。

4.2 各资源类别城市在不同转型要素下的路径选择

资源型城市由于开采资源的类别不同，资源价值和属性不同，其城市的产业发展、城市建设和生态破坏特征都有差别，导致了不同的城市转型路径选择。在资源型城市的转型实践中，有不少城市已经在产业、生态、城市和民生4个转型要素方面做出了各有特色的尝试。下面从具体实例出发，探讨各类别资源型城市在不同要素下的转型路径特征（图3）。

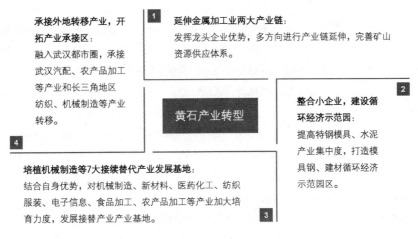

图 3　黄石产业转型 4 大路径

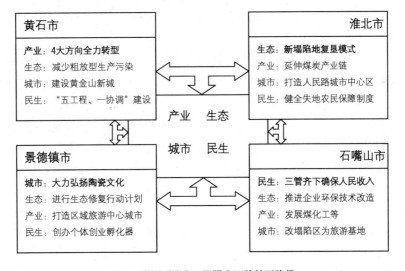

图 4　资源型城市不同要素下的转型路径

4.2.1　金属类城市产业要素的转型路径选择

金属类城市多为铜、铁矿的产区，基于原料属性的原因，一般此类城市都有较大的矿石加工企业，且加工能力较高，不少城市具有一定的非矿优势产业基础。其产业转型可以多在资源深加工方面做文章，提高资源产品附加值，并利用自身工业用地多的优势，建设园区承接周边先进地区的产业转移，并大力发展循环经济产业，促进资源的综合利用。黄石市即是此类城市的典型代表（图3）。

黄石市是湖北省东南的区域中心城市，综合实力位于全省前列。由于资源枯竭和经济危机的缘故，近年来城市的主要支柱产业——钢铁和铜加工业都陷入了危机。为此，黄石市通过企业改制等措施，延伸金属加工业两大产业链，通过小企业整合，发展循环经济，通过培植具有一定发展潜力的优势非矿产业，培育了7大接替产业，通过建设产业承接园，主动承接周边先进地区的产业转移，扩大了产业容量，提高了产业活力，加强了经济发展能力，实现了较好的产业转型。

此外，黄石市还进行了黄金山新城的建设，以融合黄石港老城区和邻近的大冶市，提高城市凝聚力，改善城市路网，修建工业运输通道，将工业运输从城市交通中分离出来，开展山体生态修复，淘汰冶炼、建材等行业的落后产能，减少资源粗放型生产污染，开展安居工程、就业工程、培训工程、金保工程、融资工程和协调劳动关系的"五工程、一协调"建设，使劳动者得到比较充分的就业和基本的社会保障，达到城市转型的目的。

4.2.2 煤炭类城市生态要素的转型路径选择

煤炭类城市数目多，分布广，是中国最主要的资源型城市类型，其城市规模较大，城市建设时间较长。与其他类别资源型城市相比，由于长时期的露天开采，土地塌陷等生态问题较为突出，成为制约城市发展的一大"瓶颈"。此类资源型城市的转型首先要处理好土地复垦问题，要充分利用各自的地域优势，将塌陷土地作为"资源"处理，通过改变土地的利用方式，将塌陷土地作为农业、渔业或休闲娱乐业的运作场地，变废为宝。

以淮北为例。淮北市是华东乃至全国重要的能源地区基地和煤炭供应地，拥有悠久的煤炭开采历史。长期的煤炭资源采掘活动导致淮北市煤炭矿区及周边地区出现较为严重的采煤沉陷现象。截至2007年年底，淮北市已累计塌陷土地约19.3万亩，每年还将新增8 000亩。由于淮北地表水浅，塌陷地区积水率高达40%，不少塌陷区位于城市周边，极大地制约了城市的用地发展。对此，淮北市针对多层煤回采的深层塌陷区和单一煤层回采的浅层塌陷区的不同情况，分别建立了塌陷地复垦种植、塌陷地复垦基建、塌陷区深水面养殖3大治理类型，逐步形成了具有淮北特色的深层塌陷区水产养殖模式、浅层塌陷区挖塘造地发展种植和水产养殖模式、煤矸石等填充塌陷坑造地用作城镇建设模式、粉煤灰充填塌陷区覆土营造人工林模式，以及鱼鸭混养、果蔬（菜）间作模式、利用塌陷区水资源建设山水生态城市模式等六种复垦模式，巧妙地利用不同深度塌陷区的地质特点和淮北水资源丰富的优势，变废为宝，将塌陷区变成为一片水上江南。

与此同时，淮北市着重采取拓展煤炭延伸产业链，发展煤化工、煤矿机械装备制造等产业，推动传统农业向现代农业转型，建立政府扶助、社会参与的职业技能培训机制，进一步健全失地农民养老保险制度，在人民路、相山路等城市核心地带进行现代化改造，打造城市中心区，配合塌陷区改造，建设湿地公园等休闲区等措施，较好地实现了资源型城市的转型。

4.2.3 非金属类城市城市要素的转型路径选择

非金属类城市，如进行高岭土、磷矿、汞矿等开采活动的城市，其开采年限较久远，城市存在时间长，具有一定的城市文化传统。随着资源的枯竭，此类资源型城市一般可以通过弘扬自身文化传统优势，在产业发展、城市建设等方面形成一定的特色，用以支撑城市的可持续发展。景德镇市即是一个典型案例。

景德镇市开采高岭土资源有千年的历史，其陶瓷产业和文化底蕴深厚。随着高岭土开采的逐渐枯竭，其陶瓷生产陷于困境。此时，景德镇市充分发挥自身的陶瓷文化之都的城市特色，通过发展陶瓷文化产业、陶瓷文化传播学园以及城市路灯、广告牌等的陶瓷装饰和宣传，将陶瓷之都的内涵和形象充分地展现出来，吸引外地的人们纷至沓来，学习陶瓷技艺，感受陶瓷文化，成功地塑造了资源枯竭后另一个崭新的瓷都城市。

与此同时，景德镇市还利用区位优势，打造区域旅游中心城市，发展航空制造、汽车制造等替代产业，通过"生态修复行动计划"进行生态的保护和修复，鼓励个体创业，较成功地建立了个体创业孵化器，并培育出一批发展能力强的小企业，形成了良好的转型势头。

4.2.4　煤炭类城市民生要素的转型路径选择

民生状况差是资源型城市发展的主要困难之一，由于资源产业的持续萎缩，不少资源型城市存在失业人员急剧增多、再就业能力差的现象，加之政府财政不济，无法建立完善的社保体系，无法给失业人员提供优质的生活保障，导致资源型城市人民生活困难，社会事业发展迟钝。此类城市由于资源开采量大，一般同时存在较严重的环境问题，可以将失业人员就业与环境改善联系起来，在大力发展循环经济产业、资源综合利用的情形下解决就业。同时，要善于利用国家和地方各级政府的财政支援以及金融支持，改善社会保障。在这一要素的转型方面，石嘴山市的发展较好。

石嘴山市是宁夏北部的煤炭类资源型城市，近年来煤炭的枯竭致使其就业和社会保障压力巨大，目前市内塌陷区失业人口 0.785 万人，占全市失业人口的 63.8%，涉及家属共约 2.59 万人，失业率高达 25%，其中低保人口 0.6 万人左右。石嘴山市通过政府救助和自力更生相结合、城市移民和矿区整治相结合、城市吸收和跨区转移相结合、短期培训和长期培训相结合的方式，大力开展废物再利用事业，创造下岗分流途径，建立就业信息、职业培训、技术鉴定、职业介绍四位一体的再就业培训体系，提高下岗职工再就业能力，充分利用电视、广播等现代化信息网络，建立城市就业信息网，提供职业介绍服务，取得了较为明显的效果。

与此同时，石嘴山市将土地沉陷区发展成为特殊旅游和教育基地，大力发展以煤化工、农副产品和旅游为代表的循环经济，大力推进企业科技进步与技术改造，减少环境污染和生态破坏，在转型方面取得了较好的成绩。

5　资源城市转型政策支撑

政策是转型发展的保障，要使资源型城市转型能够顺利进行，必须有相配套的政策措施支撑。针对前述资源型城市的发展特征和问题，其转型政策应从以下几个方面考虑。

5.1　建立健全可持续发展长效机制

以企业为资源补偿、生态环境保护与修复的责任主体，按照"谁开发，谁保护；谁受益，谁补偿；谁污染，谁治理；谁破坏，谁修复"的原则，进一步完善资源开发与生态补偿机制。建立健全国家、省、市三级配套联动的转型资金与政策扶持长效机制、资源型城市新的发展资源战略替代机制、衰退产业平稳退出与新产业有效接续机制，帮助解决资源型城市经济衰退、城市功能下滑、职工失业等突出矛盾和问题，保障资源枯竭企业平稳退出和社会安定。根据国家市场价格总水平调控目标，以中央和地方的定价目录为依据，建立健全反映市场供求、生产成本、环境成本和社会承受能力的资源性产品价格形成机制。

5.2　扶持接续替代产业发展

在重大生产力布局、重大基础设施建设、重点项目安排上给予资源型城市优先考虑。设立资源型城市接续替代产业发展引导资金，集中扶持资源型城市发展一批能充分吸纳就业、资源综合利用和生态环境修复、发展接续替代产业的项目，主要采取对国家中央预算内资金补助项目的配套资金和省发改委确定支持项目的投资补助。

5.3　设立财政转移支付资金

进一步加大对资源枯竭城市的一般性和专项转移支付力度，设立省级财政转移支付资金。考虑到国家财力性转移支付资金额度有限，各省级财政应设立针对资源枯竭型城市的转移支付，用于享受国家财力性转移支付城市的配套资金和未享受国家财力性转移支付，但特别急需资金支持的资源枯竭城市，重点用于完善社会保障、教育卫生、环境保护、公共基础设施建设等民生问题。

5.4　鼓励金融机构对资源型城市专项贷款支持

鼓励地方金融机构要在防范金融风险的前提下，加大对改造传统工业、发展接替产业的支持力度，增加对农业、生态建设的信贷投入，把对资源型城市可持续发展的支持作为调整信贷结构、加强环境保护、优化产业结构、促进信贷资金良性循环的重要措施。健全资源型城市中小企业信用担保体系，缓解资源型城市中小企业融资难、担保难等问题。

5.5　实施鼓励优惠政策引导外商投资

以加强资源型城市投资软环境建设为重点，大力引进国外资金、技术、先进理念，加快扭转当前转型中利用外部资源严重不足的局面。适当放宽限制类和限定外商股权比例项目在资源型城市的设立条件与市场开放程度，鼓励外商投资基础设施建设、高新技术产业、现代服务业及农业项目，按税法规定，适当降低税率征收企业所得税。鼓励外商参与国有资源型企业的技术改造。

6 结论

本文在考察有关资源型城市转型的理论和国外成功案例的基础上，运用数据分析手段，对中国资源型城市的特征和问题进行了数量分析，并进一步结合具体案例分析，提出了适应于中国城市特征的转型路径选择方案和政策支撑措施。得到的主要结论如下：

第一，目前中国资源型城市存在重工业比重高、三次产业结构不合理、产业转型方向趋同、城市结构松散、建成区低密度蔓延、经济运行较为封闭、对外开放水平低、居民收入低、失业情况严峻、科教投入不足等严重问题，需要加以认真对待。

第二，中国资源型城市的转型发展，在不同发展阶段其路径选择应该有所区别。兴起期资源型城市的转型路径应为同时培育接续和替代产业，合理布局城镇和矿区的位置，注重生态保护等；繁荣期的转型路径应为注重发展接续产业，实施新城开发，分离工业区和居住区，打造城市中心区，健全社保制度等；衰退期的转型路径应为考虑搬迁或因地制宜改造老城区，集聚人口，争取各方资金援助，深度挖掘自身人才和文化价值，鼓励居民创业和外出务工等。

第三，对于不同资源类别的城市，要结合其问题特征进行转型，可以先着重于某一转型要素的发展，继而兼顾其他。如黄石市在产业方面的转型、淮北市在生态方面的转型、景德镇市在城市方面的转型和石嘴山市在民生方面的转型。

注释

① 也有学者认为资源型城市是一种城市发生学类型，是由于资源开发而形成，并在发展中可能经历若干职能变化的一种城市类型（刘云刚，2002）。

② 与典型资源型城市相比，工矿城市一般还包括冶金工业城市等专业性资源加工型城市，而矿业城市则一般不包括森工城市。与旅游资源、土地资源相比，矿产资源和森林资源开发的产出效果更多的是通过产品的深度加工来实现的，因此资源型城市的研究不包括旅游资源城市和因土地资源开发而形成的农垦城镇，也较少涉及水力资源城市。

③ 3 种研究所依据的资料及研究的出发点和方法均不相同，由于时间不同行政区划也有所变化，另外 3 种研究只包括设市城市，未含数量巨大的镇和独立工矿区。

④（美）古尔德著，田洛译：《熊猫的拇指：自然史沉思录》，三联书店，1999 年。

参考文献

[1] Arthur, W. B. 1989. Competing Technologies, Increasing Returns and Lock-In By Historical Events. *The Economic Journal*, Vol. 99, No. 394.

[2] Bradbury, J. H. 1988. *Living With Boom and Cycles：New Towns on the Resource Frontier in Canada*. Resource Communities. CSIRO, Australia.

[3] Bradbury, J. H. 1984. The Impact of Industrial Cycles in the Mining Sector. *International Journal of Urban and Re-*

gional Research, Vol. 8, No. 3.

[4] Bradbury, J. H., St. Martin, I. 1983. Winding Down in a Qubic Town: A Case Study of Schefferville. *The Canadian Geographer*, Vol. 27, No. 2.

[5] Gill, A. M. 1990. Enhancing Social Interaction in New Resource Towns: Planning Perspectives. *Journal of Economic and Social Geography* (TESG), Vol. 81, No. 5.

[6] Hayter, R., Barnes, T. J. 1992. Labour Market Segmentation, Flexibility and Recession: A British Colombian Case Study. *Environment and Planning C: Government and Policy*, Vol. 10, No. 3.

[7] Lucas, R. A. 1971. *Mining Town, Milltown, Rail Town: Life in Canadian Communities of Single Industry*. Toronto: University of Toronto Press.

[8] Marsh, B. 1987. Continuity and Decline in the Anthracite Towns of Pennsylvania. *Annals of the Association of American Geographers*, Vol. 77, No. 3.

[9] Spooner, D. 1981. *Mining and Regional Development*. Oxford: Oxford University Press.

[10] Warren, R. L. 1963. *The Community in America*. Chicago: Rand McNally College Publishing.

[11] 北京大学城市与环境学系阜新市产业结构调整及发展战略规划课题组：“阜新市产业结构调整与可持续发展战略研究”，《中国人口资源与环境》，2000 年第 3 期。

[12] 郝莹莹：“东北资源枯竭型城市社会问题研究”，《中国东北论坛 2003——东北老工业基地的改造与振兴》，东北师范大学出版社，2003 年。

[13] 纪万斌、尹训河：“采矿塌陷灾害的成因机理及防治策略”，《中国地质灾害与防治学报》，1998 年第 3 期。

[14] 贾敬敦、黄黔、徐铭：《中国资源（矿业）枯竭型城市经济转型科技战略研究》，中国农业科学技术出版社，2004 年。

[15] 李维忠、张建军：“要高度重视资源枯竭型城市劳动力转移问题”，《辽宁工程技术大学学报》（社会科学版），2001 年第 1 期。

[16] 刘云刚：“中国资源型城市的发展机制及其调控对策研究”（博士论文），东北师范大学，2002 年。

[17] 钱勇、赵静：“促进资源型城市产业转型的税收政策”，《辽宁工程大学学报》（社会科学版），2004 年第 5 期。

[18] 沈镭、程静：“论矿业城市经济发展中的优势转换战略”，《经济地理》，1998 年第 2 期。

[19] 王青云：《资源型城市经济转型研究》，中国经济出版社，2003 年。

[20] 吴萍、杨建新、沈露：“产业演进机制与资源型老工业城市——个旧产业结构调整的定位分析”，《经济问题探索》，2004 年第 1 期。

[21] 吴奇修：“资源型城市产业转型研究”，《求索》，2005 年第 6 期。

[22] 张雷：《矿产资源开发与国家工业化》，商务印书馆，2004 年。

[23] 张丽：“虚拟股票期权在资源型城市企业中的应用研究”（硕士论文），大连理工大学，2004 年。

[24] 赵景海：“我国资源型城市空间发展研究”（博士论文），东北师范大学，2007 年。

[25] 周涛发、张鑫、袁峰：“矿山城市矿产资源利用的环境负效应及其防治”，《合肥工业大学学报》（自然科学版），2004 年第 3 期。

[26] 周一星、孙则昕：“再论中国城市的职能分类”，《地理研究》，1997 年第 1 期。

上海城市空间重构与新城发展研究

诸大建　王世营

Urban Spatial Restructure and Development of New Towns in Shanghai

ZHU Dajian, WANG Shiying
(School of Economics and Management, Tongji University, Shanghai 200092, China)

Abstract　30 years of reform and opening up, Shanghai has finished its spatial transformation from a single city to the urban complex, yet facing the challenges of the unbalanced development between urban and rural areas as well as the constraint in resource and environment. It is proposed in the paper that Shanghai launch a new round of restructure in urban space, aiming to break through the urban-rural boundary, to speed up the development of new cities, and to build the urban-rural integration of Shanghai metropolitan area. Also from this perspective, the thesis analyzes the main difficulties facing to the construction of Shanghai metropolitan area, raises key policy recommendations towards the restructure of urban space in Shanghai.

Keywords　the urban-rural integration; metropolitan area; urban spatial restructure; the development of new town

摘　要　改革开放 30 年以来，上海实现了由单一城市向市域城镇群的空间转型，但也面临着城乡发展不平衡、资源环境严重约束的挑战。本文提出上海城市空间发展需要再次重构，目标是突破城乡界限，加快新城发展，构建城乡一体化的上海大都市区。从这个角度出发，分析了当前上海建设大都市区面临的主要问题，提出了上海实现城市空间重构的关键政策建议。

关键词　城乡一体化；大都市区；城市空间重构；新城发展

改革开放 30 年以来，上海实现了由单一城市向市域城镇群的空间转型，但也面临着城乡发展不平衡、资源环境严重约束的挑战。未来 30 年，上海发展需要重构城市空间，突破城乡界限，加快新城发展，更加注重郊区农村地区的发展，构建城乡一体化的上海大都市区。为此，需要研究上海城市空间重构所面临的主要问题，在此基础上提出需要采取的关键政策措施[①]。

1　过去 30 年上海城市的空间转型

改革开放 30 年以来，上海城市由单个城市向市域城镇群转型，在功能定位、发展方向、城镇布局结构 3 方面实现了重大转变，初步形成了市域 "1966" 城乡布局体系。

作者简介
诸大建、王世营，同济大学经济与管理学院。

1.1　城市功能实现由"国内中心城市"向"现代化国际大都市"转变

城市功能的科学定位，是指导城市长远发展、促进城市有序建设的基本依据之一。改革开放后，上海城市发展经历了由"后卫"向"前锋"角色的历史性转换。国务院在 1986 年上海城市总体规划方案的批复中明确，"上海是中国最重要的工业基地之一，应当把上海建设成为太平洋西岸最大的经济贸易中心之一"，"把上海建设成为经济繁荣、科技先进、文化发达、布局合理、交通便捷、信息灵敏、环境整洁的社会主义现代化城市，在中国社会主义现代化建设中发挥'重要基地'和'开路先锋'的作用"，体现了上海要加快建设国内中心城市的指导思想。

1990 年代，在党中央、国务院对外宣布浦东开发开放以后，上海的战略地位发生了巨大变化。党的十四大明确提出了上海"一个龙头、三个中心"的战略定位，要"以上海浦东开发、开放为龙头，进一步开放长江沿岸城市，尽快把上海建成国际经济、金融、贸易中心之一，带动长江三角洲和整个长江流域地区经济新飞跃"。国务院在《上海市城市总体规划（1999～2020）》的批复中，立足于面向国际，又进一步将上海城市功能定位明确为"社会主义现代化国际大都市，国际经济、金融、贸易、航运中心之一"，更加体现了"服务全国，面向世界"的战略思想，体现了国家对上海的战略要求和上海新时期的发展需要，在上海的现代化建设中发挥了重要作用。

1.2　城市发展方向实现由"沿江沿河拓展为主"向"沿江沿河沿海全方位发展"转变

城市发展方向，是指导城市空间拓展的战略框架，也是促进城镇、人口、生产力科学合理布局的重要基础。改革开放 30 年以来，上海充分发挥滨江临海的地理和区位优势，充分发挥对内、对外两个扇面的地缘优势，科学定位城市发展方向，有序拓展城市空间，为上海的可持续发展奠定了坚实的基础。

黄浦江是上海的母亲河，沿黄浦江（沿河）发展是上海长期以来重要的发展方向。1970 年代以来，按照国家战略，金山卫地区建设的上海石化总厂、宝山月浦地区建设的宝山钢铁总厂，拉开了以黄浦江为发展轴、向南北两翼发展的序幕。经过十多年的建设和不懈努力，1980 年代，上海沿黄浦江向南向北两翼发展的布局框架已初步形成。在此基础上，1986 年上海城市总体规划方案进一步深化，更加鲜明地确定了沿黄浦江拓展，有步骤地开发长江口南岸、杭州湾北岸"南北两翼、共同发展"的城市发展格局。

"南北两翼"的城市发展格局，改变了长期以来上海单纯依托中心城发展的格局，促进了市域城市空间的拓展。随着国际国内形势变化和上海城市的快速发展，上海城市空间进一步拓展，上海与国内外联系愈加密切，单纯沿黄浦江向南北两翼延伸已不能完全适应上海发展的新要求，城市空间向长江、杭州湾进一步拓展，加快推进长江三角洲一体化、协调发展，充分发挥上海对内对外两个扇面的辐射作用成为上海城市发展中需要解决的重要课题。因此，《上海市城市总体规划（1999～2020）》拓展沿江（长江）沿海（杭州湾）发展空间，同时扩展沪宁、沪杭发展轴，形成"沿河（黄浦江）沿江

（长江）沿海（杭州湾）全方位发展"的格局（图 1），加快形成服务于国家战略、服务全国、服务长江三角洲的新型城市格局。

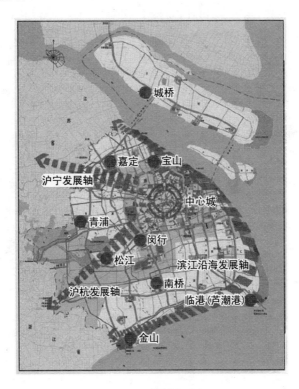

图 1　上海城市发展方向

资料来源：《上海市城市总体规划（1999～2020）》。

1.3　城市空间布局实现由"单核心的城市模式"向"多层、多轴、多核的城镇群模式"转变

市域城镇布局结构，是市域各城镇间在空间分布、职能分工、规模等级等方面共同构成的有机整体，是指导各城镇有序发展的基本依据。1986 年上海城市总体规划方案以"有机疏散"、"卫星城"、"快速干道"等理论为指导，以中心城为主体，规划建设 7 座以工业为主体的新型卫星城，分别是闵行、吴泾、安亭、松江、嘉定、金山、宝山—吴淞，规划人口规模一般为 10 万～15 万，形成"中心城＋卫星城"的单核心组合城市发展模式。随着浦东开发开放、城市扩展和区域联动发展，《上海市城市总体规划（1999～2020）》对市域空间布局结构又进行了调整和优化。根据上海城市发展新的要求，将原有的县城和部分卫星城调整为新城，规划人口规模 30 万～50 万，具有产业、居住、服务文化设施等综合功能和较强的独立性，形成"中心城＋新城"的多核心城镇群发展模式。

进入新世纪，在认真总结"十五"期间"一城九镇"试点城镇和郊区规划建设经验的基础上，为进一步强化与长江三角洲城镇群的衔接与联动，带动上海市域和长江三角洲整体发展，逐步形成了市域城乡布局体系的基本框架（图2），即1个中心城、9个新城、60个左右新市镇、600个左右中心村。

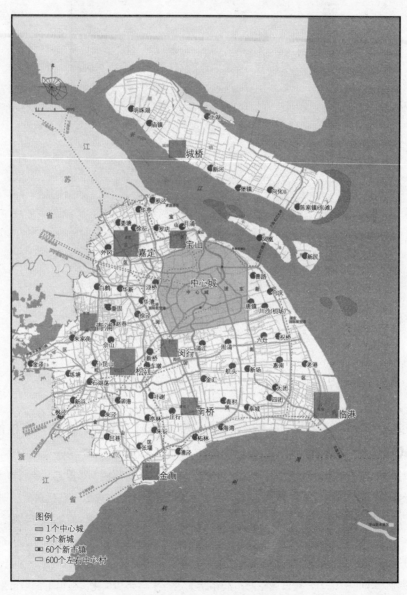

图2 上海市域"1966"城乡规划体系

资料来源：《上海市城市近期建设规划（2006～2010）》。

中心城深入推进"双增双减"方针（增加公共绿地和公共空间，减少建筑总量和建筑容积率），完善功能，体现繁荣繁华，逐步形成"多心开敞"的空间结构。同时，郊区积极推动"三个集中"（工业向工业园区集中、人口向城镇集中、土地向规模经营集中），重点推进新城、新市镇建设，加快建设社会主义新农村。

2 未来30年上海城市空间重构的方向

2.1 上海城市空间重构面临的主要形势

当前，上海城市发展面临内涵提升与数量扩张双重压力。

一方面，上海经济社会快速发展，人均GDP已超过10 000美元。国外城市发展经验表明，人均GDP 10 000～20 000美元属中高收入城市，在追求经济效益的同时，要注重环境效益、社会效益，注重以人为核心的全面发展，注重城市发展质量和内涵提升。

另一方面，中国目前仍处于城市化快速发展阶段，上海也将在相当长的时期内处于人口继续积聚的发展阶段。据预测，2020年上海人口将达到2 200万～2 300万，2030年将达到2 500万～2 800万。也就是说，未来10年上海将新增人口300万～400万，未来20年上海将新增人口600万～900万，数量扩张的压力依然很大，由此造成城市发展对土地需求和土地资源等矛盾十分明显。因此，在资源紧约束的条件下，上海城市空间需要进行重构，实现内涵提升与数量扩张双重目标。在中心城人口、产业过度密集的前提下，数量扩张的重点仍是郊区，中心城与郊区都需要进一步实现内涵提升。

2.2 上海城市空间重构的必要性

从上海城市发展实际情况和未来发展趋势来看，目前的以城镇群为特征的城市空间结构，难以解决各区县城市建设各自为政，难以从全市实现资源高效配置，难以实现内涵提升与数量扩张双重目标，难以解决城乡发展不平衡问题。一是城乡人口分布不均衡，中心城总用地面积660 km²，约占全市土地面积的10%，但常住人口约为1 000万人，占全市人口的50%以上，人口、环境、资源等各方面的压力很大，而郊区拥有90%的土地，但常住人口占全市人口不到50%。二是城乡产业布局不平衡，中心城以三产为主、郊区以二产为主的二元产业结构制约了城乡一体化发展，突出表现在中心城现代服务业发展不快、辐射能力不强，郊区三产滞后、二产能级难以提高，产业结构优化升级形势严峻。三是中心城与郊区的交通易达性不高，难以实现中心城与郊区在人口、产业方面的自由流通。四是城乡土地等资源和环境等利用效率相差较大，郊区的生态环境和自然景观受到较大威胁，但土地产出率不高。五是郊区各类公共服务设施比较短缺，跟不上郊区经济社会的快速发展和人民日益增长的精神文化生活的需要。因此，目前以城镇群为特征的城市空间结构，将城市规划范围与区县、乡镇行政区划范围完全相对应的模式已不适应上海未来发展的实际需要。

2.3　上海城市空间重构的目标导向

根据对发达国家大都市圈的研究，世界大都市的发展过程虽然功能各不相同，但基本形成了带有规律性的空间结构。这种空间结构由内至外，由小到大分为 4 个阶段，即独立城市发展阶段、单中心城市发展阶段、多中心大城市发展阶段（城镇群发展阶段）、大都市区发展阶段。

表 1　单中心城市、城镇群、大都市区比较分析

		单中心城市 ——→	城镇群 ——→	大都市区
中心城与 郊区之间	人口通勤率	低	中	高
	产业互动性	低	中	高
	交通易达性	低	中	高
	资源利用率	低	中	高
	服务设施配套率	低	中	高
	城市管理协调性	低	中	高

根据国外大城市发展的主要趋势和上海实际情况，上海城市空间重构将是在现有城镇群发展基础上，中心城人口和产业将继续向郊区疏解，郊区发展加速，郊区新城、新市镇逐渐形成郊区的城市副中心，并最终与中心城市和周边城市共同组成大都市区。

这次上海城市空间重构，实质上是打破行政界限、城乡界限，把上海市由"市域城镇群"建设成为"大都市区"，实现以下 3 个目标：一是实现城市功能在全市域范围内的再优化，使郊区新城承担全市的部分职能，成为全市的有机组成部分，加快全市的能级提升；二是实现人口、资源、产业等要素在全市域的整合，使各类要素资源达到最优配置；三是实现全市域统一的城市空间治理，改变各自为政、自成体系的建设格局，加快迈向现代化国际大都市。在这过程中，中心城通过功能和人口疏解，为中心城发展腾出空间，实现自身功能提升，并注重完善功能，大力推进现代服务业，促进郊区新城大跨度发展。郊区新城通过承接中心城部分人口和功能，促进人口和产业集聚，积极发展现代服务业，优化产业结构，不断提升产业能级，成为城市发展副中心，实现新城自身发展，并带动新城周边地区在更高层次、更大能级上发展。

3　上海城市空间重构面临的主要问题

上海城市空间重构需要中心城与郊区协调发展，共同构成城乡一体化的大都市区。近年来上海城市建设虽取得了一定成效，也存在一些问题，如全市建设用地规模偏大、中心城向外蔓延式发展、新城发展缓慢、城市综合交通压力增大等，与构建城乡一体化的大都市区还有较大差距，主要表现为"出不去、起不来、连不畅"。"出不去"就是中心城人口产业疏散不出去，当前主要表现为第三产业

和人口疏散不出去；"起不来"就是郊区新城发展起不来，难以有效吸引人口产业集聚，当前主要表现为难以有效吸引高层次人口和现代服务业集聚；"连不畅"就是中心城和郊区新城交通联系不够顺畅，当前主要表现为常规轨道交通难以支撑未来郊区新城的人口和产业规模。其中，"连不畅"是首要问题，是"出不去、起不来"的根本原因；中心城"出不去"是主导问题，是新城"起不来"的直接原因；郊区新城"起不来"是基础问题，是中心城"出不去"的制约因素。

具体来说，体现在以下 4 个方面。

3.1　上海郊区面临周边城市的激烈竞争

全球化时代，资源在全球配置，上海周边城市充分发挥紧邻上海的区位优势和成本优势，大力引进外资，实现了快速发展。而上海郊区发展受发展成本高企之困（上海周边城市房价是上海新城的 1/3～1/2，工业用地地价是上海新城的 1/5～1/3），导致上海新城远远落后于相邻的江苏同等级城市的发展。在经济总量方面，2008 年昆山、吴江、太仓地区生产总值之和为 2 763 亿元，分别约为 1 500 亿元、735 亿元和 528 亿元，上海松江、嘉定、青浦之和为 1 867 亿元，分别为 734.5 亿元、655 亿元和 478 亿元（图3），仅相当于昆山一市（2009 年昆山地区生产总值 1 800 亿元左右）。在吸引外资方面，2008 年昆山、吴江、太仓合同利用外资之和为 64 亿美元（分别为 30.99 亿美元、19.17 亿美元和 13.9 亿美元），上海松江、青浦合同利用外资分别为 8.19 亿美元、4.55 亿美元，远低于江苏相邻城市。

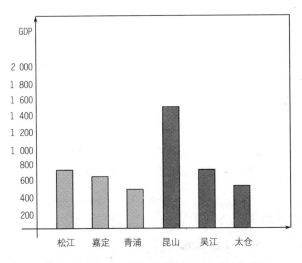

图3　上海部分郊区与周边城市 GDP 比较（亿元）

资料来源：根据相关城市统计数据整理绘制。

3.2　中心城与郊区交通联系不够便捷

根据发达国家和地区经验，郊区新城与中心城的通勤比率较高，东亚地区新城尤甚，即使追求独立性的欧美郊区新城也有大量的居住、就业分离现象，产生大量的通勤交通。如伦敦米尔顿凯恩斯新城人口规模为 26 万，1/3 的人需要到伦敦上班。

上海按照 2020 年 2 200 万～2 300 万、2030 年 2 500 万～2 800 万的预测规模，至 2020 年，需要向郊区疏解 400 万～500 万人口，每个区县增加人口 50 万～80 万；至 2030 年，需要向郊区疏解 700 万～900 万，每个区县增加人口 100 万～150 万。

为计算中心城与郊区交通联系所需轨道交通的数量，建立以下公式：

$$s = p \times r \times c / t$$

s 表示郊区到中心城通勤人口需要的轨道交通条数；

p 表示疏散到郊区的人口；

r 表示疏散到郊区人口的就业率，考虑到疏散到上海郊区的人口大多为青年人，具有就业比例高的特点，按照总人口的 60％计算；

c 表示疏散到郊区人口的就业人口到中心城通勤的比例，采取高于欧美新城（约 35％）、低于东亚地区新城（约 60％）的比例，按照 45％计算；

t 表示轨道交通的客运能力，一般地铁高峰小时运送 4 万～6 万人次、轻轨运送 2 万～3 万人次。

按照此公式计算，则至 2020 年每个区县到中心城的通勤人口需要 2～4 条常规轨道交通线路；至 2030 年每个区县需要 5～8 条常规轨道交通线路。可见，从运量来看，无论到 2020 年还是 2030 年，目前每个区县一条常规轨道交通无法承担这么大的运量。

从运营速度来看，由于地方利益驱动，造成市域轨道交通设站一再加密，拉长了新城与中心城的时间距离，削弱了新城吸引力。随着高速铁路时代来临和轨道交通延伸，上海周边城市与中心城联系较新城更加便捷，如乘高铁和城际铁路，昆山到上海中心区仅 15～20 分钟，松江、嘉定、青浦等新城乘坐轨道交通需 1 小时，加上商务成本、房价等因素，可能导致中心城人口、产业向周边城市转移而不是向上海郊新城转移，可能导致上海郊区停滞不前乃至衰退。

3.3　中心城人口产业疏解任务尚未完成

3.3.1　第二产业疏解未能实现人口同步疏解

目前，上海第二产业已基本全部向郊区疏解，但大量原有企业的就业人口却没有随同迁往郊区，即使少量到郊区就业，大多仍居住在中心城，有的甚至宁可失业也滞留城里。这里面有复杂的经济社会原因。从经济因素来看，中心城的收入水平高、就业机会广泛，就业层次也比新城高；从社会因素来看，这些人的社会网络主要在中心城，随企业迁到郊区会造成社会联系不便甚至中断，同时，一些人依然把"城里"和"乡下"截然分开，不愿考虑到郊区就业的问题。从生活保障方面来看，中心城制度更加完善，覆盖居民更加广泛。因此，郊区尽管在生态环境方面具有优势，但在经济社会生活方面明显落后于中心城，因此，难以吸引中心城区人口前往郊区新城居住就业。

3.3.2　三产继续向中心城集聚，导致人口进一步集中

随着中心城产业发展"退二进三"，积极促进现代服务业发展，中心城第三产业进一步集聚。由于现代服务业的进入门槛较高，传统工业职工和郊区农民难以满足新的工作岗位对专业技能的需求，因此需要大量的外来人口从事第三产业，特别是现代服务业，导致中心城人口规模进一步扩大。

3.4　郊区新城人口和产业集聚作用不明显

近年来，上海郊区新城第二产业发展较快，但对人口和产业集聚作用并不明显。

3.4.1　人口集聚

从人口集聚方面来看，由于经济成本、劳动技能以及就业传统等多方面原因，郊区企业宁愿吸收外来务工人员，不愿吸纳本地农民。如松江和青浦两个区迁入人口有近80%是从市外迁入的农民工。同时，上海新城人口和周边农村人口更愿意向中心城迁移，如松江和青浦迁往市区的人口数明显高于从市内迁入的人口数。因此，上海郊区新城本地人口不断减少，逐步成为外来人口（大多是农民工）的主要导入地。在工业比重较高的闵行区、宝山区，外来人口比重已经超过了本地户籍人口。这些外来人员由于户籍制度、社会保障制度、土地制度和财政制度等制度限制，游离于城市正常经济与社会生活之外，难以实现人口集聚作用。

3.4.2　产业集聚

从产业集聚来看，上海郊区承接了中心城区转移出来的第二产业，也通过招商接受外来投资。但这些企业，与本地产业关联程度不高，对本地第二产业带动力不强，是一种"孤岛经济"。同时，这些企业以第二产业比重为主，研发、总部等生产性服务业不在本地，对地区服务业的拉动作用不明显，难以集聚产业集聚效应。

以上4方面原因，造成人口大多仍集聚在中心城区，房地产开发也较多地集中于中心城区及周边地区范围。近郊以中心城区为依托、以轨道交通为支撑，向外围猛烈发展，导致中心城摊大饼式发展，难以形成城乡一体化的上海大都市区。

4　上海城市空间重构的政策建议

针对以上主要问题，为加快形成城乡一体化的上海大都市区，需要从交通、人口产业疏散、郊区新城自身建设、政策保障4个方面采取有力措施，加快郊区发展，形成良好的大都市空间结构。其中，能否建立郊区和中心城之间高速快捷的交通联系是上海大都市区能否形成的前提；能否实现中心城部分功能（主要是第三产业）的疏解是上海大都市区能否形成的关键；能否建设成为经济社会生态协调

发展的宜居城市、吸引人才到郊区居住是上海大都市区能否形成的根本；能否加大郊区建设政策倾斜力度是上海大都市区能否形成的制度保障。

4.1　融入高铁时代，建构高速、无缝衔接的通勤交通体系

建构高速、无缝衔接的通勤交通体系是上海大都市区形成和发展的前提条件。目前，常规交通无论在速度还是运量方面均不能满足上海大都市区形成未来的通勤发展趋势。同时，目前是高铁时代，与其他国家郊区发展时代不同，上海郊区要与上海周边城市竞争，不能满足于只有常规轨道交通连接新城和中心城，要追求更高速、更快捷、更大运量的交通方式，以新城到中心城区（市中心或副中心）15～30分钟通勤时间（全程出行时间30～60分钟）为目标，建立以高铁或磁浮为骨干，以常规轨道交通或普通市郊铁路为支撑，以普通公交、高速公路为补充，直接与市中心（或副中心）相通的快速通勤交通体系。

具体主要体现为"三环+放射"的轨道交通通勤方式。"三环"是指轨交内环（4号线）、轨交外环（在上海中环和外环之间开辟轨交外环线，联系外环沿线的大居住区和商务中心，分流到市中心或副中心的交通量）、轨交郊环（以高铁或磁浮形成各新城之间的联系线，东半环可结合浦东铁路、沪通铁路改造完善形成，同时规划连接宝山、嘉定、青浦、松江、金山新城的西半环，形成高铁或磁浮环线，并延伸至上海周边城市，解决各新城之间、各新城与周边城市的快速联系，分流到中心城区的交通量）3条轨道交通环线；"放射线"指在每个新城通一条常规轨道交通的基础上，每个新城与中心城规划一条高铁或磁浮连接线（重点新城规划预留两条），控制站点数量（仅在新城、新市镇、重要商务区、城市中心、副中心设站），切实发挥高速通勤优势，并且常规轨道交通、高铁或磁浮连接线都通过运营管理改革直通到4号线或市中心（副中心）。

在此基础上，加强新城各种轨道交通方式与区县区域内部、新城内部交通方式的衔接以及市中心的换乘枢纽系统；加快高速公路交通管理方式改革，破解高峰时段收费口"瓶颈"（高峰时段，高速公路出城或入城收费口等候时间甚至超过全线行驶时间），实现郊区与中心城高效、无缝衔接。

4.2　加快中心城部分第三产业疏解，实现人口同步疏散

实现中心城部分功能的疏解是上海大都市区形成的关键。当前中心城产业疏散重点是加快部分第三产业向郊区疏解，带动人口同步疏散。上海第三产业发展应树立客户导向原则，面向不特定客户的第三产业，如金融、营销、时尚设计等，要继续向中心城集聚，进一步做大做强。面向特定服务对象的第三产业，可向郊区新城疏解，形成每个新城特色产业，实现与人口同步疏散，使商务中心、研发机构、产业园区以及主题公园等第三产业空间大量出现，并在新城空间布局中占据重要地位。

重点引导郊区新城疏解的第三产业，包括以下5个方面。一是房地产业。通过新城房地产业发展，引导中心城人口疏散。二是生产性服务业。如美国排名前500家大公司总部已有2/3外迁至郊区。在

伦敦、巴黎，以处理信息为主的生产性服务业中心也在郊区涌现。三是某些专项功能，如大型商务设施、大型文化设施、高等教育或寄宿制高中教育、专项体育设施等。如东京的部分商业职能向多摩新城疏解；国际空港、港湾职能向千叶市疏解。再如香港临空型服务产业、为新机场配套服务向大屿山北部东涌、大壕新城疏解。四是高新技术产业。郊区新城在吸引高新技术产业方面显现更大的优势，如东京的科研、教育、研发、高科技产业等向筑波新城疏解，再如香港将军澳新城依托香港科技大学兴建高科技园方向发展。五是重大公建项目。新城建设要以重大项目为带动，利用市场的联动效应带动相关地区的发展。如法国巴黎把迪斯尼项目安排在马恩拉瓦莱新城，推动了马恩拉瓦莱新城开发建设进程。

4.3　加快郊区新城内部建设，形成经济社会生态协调发展的宜居城市

加快郊区自身发展，是大都市区形成的根本。上海郊区发展要统筹安排产业、就业与置业间的关系，在承接中心城产业、人口疏散的基础上，加快产业发展，保护好良好的生态环境，实现高密度开发，建设经济社会生态协调发展的宜居城市，吸引人才到郊区居住。

目前，上海郊区新城第二产业发展已具有一定规模，要结合当前产业集群化、融合化和综合化等发展趋势，结合新城自身特色和职能定位，在大力吸引中心城产业疏散的基础上，加大本地产业与外来产业的融合，以新城为依托，以产业区块为重点，在土地、能源、财税、金融等方面实行差别化的产业政策，吸引大量相同、相近、相关企业集聚，积极发展生产性服务业，打造各具特色的产业集群，争取每个新城有1～2个世界级产业集群（如松江的高科技产业集群、嘉定汽车产业集群、金山化工产业集群等）和3～4个国家级产业集群，实现由传统制造工业向新型技术工业和第三产业转变。同时，在各个新城具备强大的主导支撑产业的基础上，加快形成新城之间、新城与周边城市之间主导产业的分工及协调，培育和发展群落化、多元化、配套协作的区域产业集群，形成强大竞争优势，为居民提供尽可能多的就业岗位，满足多阶层人群的就业需求。

在充分利用城市集聚经济效应的同时，保护好生态环境，维护和增加城市的宜居性，以达到宜居性和经济性的统一。要加强生态环境保护和建设，城区提高城市绿地率和绿化覆盖率，最大限度地减少对各项生态要素的破坏，加强绿化、水系、敏感区等生态系统建设；农业地区加强农田和生态要素保护，实现绿化、林地和农地布局的均衡化、网络化，形成城乡一体化的生态布局和与自然共生的城市环境，建立良性循环的生态系统，优化城市生态环境。

同时，上海郊区要坚持高密度开发。高密度开发是突破上海土地资源约束的重要环节。上海土地资源紧张，要学习借鉴香港等城市经验，通过"大密"实现"大疏"，通过新城高密度开发，提高土地利用效率，为新城留出大面积的生态空间。

4.4　政策聚焦，加大新城建设政策倾斜力度

加大郊区建设政策倾斜力度是上海大都市区形成的制度保障。上海大都市区建设是上海全局性、

战略性工作，要借鉴发达国家和地区先进经验，成立全市性的大都市区建设协调机构，制定相应的法规规范，政策聚焦，加大政策倾斜力度。一方面，加快资源、资金及各种要素向新城集聚。改变按照行政划分均匀配置资源的模式，把有限的资金、资源向新城进一步集聚，特别是重点发展的新城，争取尽快形成规模优势。另一方面，大力制定各项优惠政策。郊区形成一定的产业、人口集聚，具备一定规模效应和集聚效应，才能从根本上缓解对中心城区的依赖。要完善新城户籍制度、社会保障制度、土地制度和财政制度等，引导人口与产业向郊区集聚。

5 结语

改革开放以来，中国特大型城市都已实现了由单中心城市向城镇群的空间转型，上海也不例外。在新的形势下，中国特大型城市将面临着空间重构的重任，各个城市发展情况各异，发展方向、目标等也需要根据每个城市的特点进一步研究。本文以上海为例，提出由城镇群转向大都市区的思路，也仅是抛砖引玉，希望能够引起城市科学研究者、城市管理者的更多关注，制定长远规划、战略布局和可行措施，加快推进上海国际大都市建设，也希望能够为其他城市的空间重构提供一定的参考借鉴作用。

注释

① 本文所指的城市空间重构是针对上海特大型城市的发展历程和发展阶段而言。为应对上海特大型城市的发展趋势，打破行政界限，从全市角度统一布局人口、产业、资源、环境和基础设施等发展要素，由城镇群模式向全市功能整合、通勤方便、城乡一体的大都市区转化。

参考文献

[1] 上海市城市规划管理局：《上海城市规划管理实践》，中国建筑工业出版社，2007 年。

[2] 上海市城市总体规划（1986 年）说明书。

[3] 上海市城市总体规划（1999～2020 年）文本。

[4] 施建刚、刘江升："松江新城人口导入政策研究"，《上海房地》，2005 年第 4 期。

[5] 孙斌栋等："上海市多中心城市结构的实证检验与战略思考"，《城市规划学刊》，2010 年第 1 期。

[6] 王玲慧、万勇："国际大都市新城发展特点比较"，《城市问题》，2004 年第 2 期。

[7] 王世营、诸大建："走出宜居城市研究的悖论"，《城市规划学刊》，2010 年第 1 期。

[8] 诸大建：《建设绿色都市》，同济大学出版社，2003 年。

[9] 诸大建：《管理城市发展》，同济大学出版社，2006 年。

[10] 诸大建等：《长江边的中国——建设上海国际大都市圈的国家发展战略》，学林出版社，2003 年。

路径依赖与路径锁定

——珠江三角洲与长江三角洲区域发展的空间制度变迁比较

王登嵘　任赵旦

Path Dependence and Path Lock: A Comparison of Spatial Institutional Change in PRD and YRD's Regional Development

WANG Dengrong, REN Zhaodan
(Guangdong Urban & Rural Planning and Design Institute, Guangzhou 510308, China)

Abstract Institutional supply is an important factor for the regional development of Pearl River Delta and Yangtze River Delta. There are two kinds of main bodies and modes of the spatial institutional supply for the two regions: one is the policy supply by the state, the other is the middle-proliferation institutional supply by the local government. The policy supply by the state always follows the same logic: when the country needs to conduct an exploration or a partial tests, Pearl River Delta, represented by Guangdong province, will be chosen as a test to innovate related institutions. Whenever it is for a comprehensive domestic development, Yangtze River Delta Region, represented by Shanghai, will be chosen to first carry out new policies. The unchanged logic of spatial institutional supply for regional development shows a path dependence in institutional changing at the national level. With the national policy supply as the logical starting point, the spatial institutional supply

摘　要　制度供给成为影响珠江三角洲与长江三角洲区域发展的重要因素。对两地的区域发展进行空间制度供给的主体与方式有两个，一是国家主导的政策供给，另一是地方政府中间扩散的制度供给。在国家主导的空间制度供给层面始终维持着同样的供给逻辑，即：当中国需要探索世界或进行局部试验时，往往会选择广东沿海地区进行先行的制度创新；而当需要面向全国或者是带动国内的发展时，往往首先会将探索成功的制度运用于以上海为首的长江三角洲地区。这种区域发展的空间制度供给逻辑的恒定性使国家层面的制度变迁表现出一定的路径依赖性。以国家的政策供给为逻辑起点，两地地方政府空间制度的供给深受各地资本结构及其市场导向所需的空间准入要求的影响，因而表现出较强的制度供给路径锁定。顺应国家层面制度供给的路径依赖，珠江三角洲地区地方政府的空间制度供给应当朝着与港、澳开展制度性整合的方向前进，建立大珠江三角洲自由贸易区更像是符合两岸三地区域经济一体化发展趋势的空间制度安排；而针对地方政府空间制度供给的路径锁定，则需要国家在开启地方政府制度创新的许可空间时，制定一定的准则与门槛，规避路径锁定带来的空间发展绩效低下的局面。

关键词　路径依赖；路径锁定；珠江三角洲；长江三角洲；空间制度

作者简介

王登嵘、任赵旦，广东省城乡规划设计研究院。

1　引言

影响区域发展的既有自然资源、地理环境、人口与劳

by local governments in the two regions is remarkably impacted by the capital structure and the introduction of necessary space oriented at market demand, so a strong path lock of the institutional supply is quite obvious. By following the path dependence on the institutional supply by the state, the institutional supply by the local governments in Pearl River Delta should integrate with the institutions of Hong Kong and Macao, so as to build a Greater Pearl River Delta free trade zone that meets the trend of economic integration. And for the path lock of spatial institutional supply by the local governments, certain criteria and thresholds should be established when allowing local governments to conduct institutional innovation, so that the low-efficiency performance of space development can be avoided.

Keywords path dependence; path lock; Pearl River Delta (PRD); Yangtze River Delta (YRD); spatial institution

动力、资金、技术状况、交通运输条件等基本因素，也有政策制度、历史文化传统等社会中间变量。在基本因素影响区域发展趋同或下降的时代，以政策制度为核心的社会中间变量便成为影响地区发展的关键因素，并促进了具有不同特色的区域发展模式的形成（张敦福，2002）。珠江三角洲与长江三角洲作为中国两个发展最迅速、经济最发达的城镇密集地区，一直是中国区域发展制度创新的试验田。作为区域发展的样本，区域发展差异的比较是为全国提供区域发展成熟经验的重要基础。因此，抛开经济发展水平、产业结构、人口素质等方面的区域表象差异，深入探究社会层次的核心差异，既能进一步促进两大区域顺利发展，避免作为全国区域发展典型的"典范失效"，也能帮助全国其他地区在推进区域发展过程中进行"正确模拟"。

2 区域发展空间制度变迁框架比较

制度是一系列被制定出来的规则、守法程序和行为的道德伦理规范，而空间制度则是指有关区域发展资源分配、空间开发与准入等方面的制度。空间制度和其他制度一样，也会有替代、转换与交易等变迁过程，表现为一种效率更高的制度对另一种制度的替代，或是一种更有效益的制度的产生过程。林毅夫将制度变迁分为强制性制度变迁和诱致性制度变迁。前者是由政府命令和法律引入与实行，后者由个人或群体，在响应获利机会时自发倡导、组织和实行[1]。在中国，权力中心是改革的倡导者和组织者，权力中心的制度供给能力和意愿是决定制度变迁方向、形式的主导因素。因此，在集权式政治结构中，强制性的制度变迁首先包括的是国家供给主导的制度变迁。同时，由于国家主导的制度变迁所具有的内在规定性，使其在向市场经济体制过渡方面会碰到一系列的必然障碍，这样就要求在放权让利改革中经济利益独立化的地方政府要成为沟通国家与微观主体的中介环节，并且还要直接从事能导致地方利益最大化的制度创新活动[2]。这样，中国的制度变迁主体实际上就由"国家供给主导—地方政府中间扩散—民间社会需求诱致"3个层次共同构成。由于本文集中讨论的是区域发展的空间制度，因此论文讨论的制度供给主体将只涉及前两个层次。

3　国家供给主导的空间制度变迁比较

统一国家的存在是国家制度供给的前提。以国家为供给主体的制度变迁分析可上溯至秦汉时期以来的古近代时期。秦统一六国后，开疆拓土的心理延续促其开放地处疆陲的广东，广东由此成为中国最早通向外部世界的门户。自此，在由秦汉及至清初鸦片战争前的 2 000 余年的历史中，对外开放的贸易政策构成了中央主导广东政策变迁的主流：秦汉开辟以广东为起点的海上丝绸之路；孙吴时期开辟广东远海航线；唐朝奉行积极外贸政策，创始市舶管理制度，在广州设立为外国侨民聚居的蕃坊和全国惟一的市舶使；北宋创立以市舶司为主的管理体制，在广州设置市舶司，采取派使国外招商、以空白诏书做进口许可证、奖励招徕海舶的市舶官、每年举行"犒设"宴会欢送回国蕃商等措施鼓励外贸的发展（徐德志等，1994）。即使是在实施严格海禁的明朝、清初时期，广东仍可大体保持对外开放的基本格局，仍有大量的官方贸易，尤其是在清初"享有"了 80 余年的"一口通商"的"特别优待"。这种制度供给的绩效是使广东在除南宋及元以外的大部分历史时期内成为全国对外贸易的中心之一，并在唐时成为一个国际化商业都市（徐德志等，1994）。相对珠江三角洲而言，同期的长江三角洲在对外贸易的中央政策供给方面并没有获得多大优待，长江三角洲只是发展成为中国的经济中心，其中只有杭州、宁波、江阴等少数口岸曾与广东同期开放过，对外贸易的发展始终不及广东。鸦片战争后，在外力迫使下实施的中央制度供给变迁——"五口通商"改变了这一格局，原先在广州的许多外国和中国商行纷纷迁往上海（张忠民，2005），以上海为首的长江三角洲迅速崛起为中国的外贸中心，并在当近代制造业出现后又成为近代中国的制造业中心、金融中心和经济中心。这种中心地位一直延续至民国，维持了 100 余年，与之相对的则是广东外贸中心地位的急剧衰退。

"对于中国的中原来说，地处偏僻的广东是一个边缘，但对于中国和世界的关系来看，广东是中国和世界的结合部。"[③]梁启超的这句精辟论断可以很好地解释为什么会在两地给予这样的制度供给。

似乎是同样的制度供给逻辑也被运用于新中国成立以来的区域发展路径设计中[④]。首先是在建国后至 1978 年受国际形势影响相对封闭的 30 年间，国家利用广州毗邻香港、澳门的特点，安排广交会接触世界（田磊，2006）；在长江三角洲，则依托上海的近代民族工业建立门类齐全的工业体系，稳住全国的工业产品供给。1978～1990 年的改革开放十余年中，则在珠江三角洲通过建立两个特区、允许实行特殊政策（1979 年）、设立珠江三角洲经济开放区（1985 年）、确定广东为经济体制改革试验区（1988 年）等制度供给进行中国改革开放路径的试验性探索；而在同期的长江三角洲，则仅是设立了 4 个沿海开放城市（1984 年）和 5 个经济技术开发区（1984～1986 年），在国家对外开放的制度供给战略格局[⑤]中处于 2、3 层次。1990 年代以来，尤其是在 1992 年"十四大"确立社会主义市场经济体制的改革路线后，国家开始从全国的视角研究中国的开放问题，随之国家层面的制度供给重点便偏向了长江三角洲，包括开发浦东（1992年）、允许建立资本市场（1992年）、赋予申办国际重大节事活动的承办权（1999～2002年）、批准上海浦东新区进行综合配套改革试点（2005年）和央行二部落户沪江（2006年）等，与此对照的则是广东改革开放政策普遍化后表现出的"特区不特"，甚至是调整加工贸易业政策（2008年）对珠江三角洲经济的强烈撼动。

可见，当中国需要探索世界或进行局部试验时，往往会选择广东沿海地区进行先行的制度创新；而当探索成功可以引领全国全面融入世界，或者需要面向全国、带动国内发展时，往往自先会选择以上海为首的长江三角洲地区试点推广。这便是国家关于珠江三角洲和长江三角洲的制度供给逻辑。

4 地方政府中间扩散的空间制度变迁比较

1978年以来国家对地方政府制度创新的允许和鼓励以及在缘于国内政府间财政分配递进改革⑥形成的"准联邦制"（何梦笔，2001）的政治经济结构中日益强化的地方政府公司主义，促使地方政府能在以国家的强制性制度安排为逻辑起点的前提下，结合地方历史文化的初始条件，积极进行有利于地方发展的空间制度安排。

在1980年代，地方政府空间制度创新的逻辑起点有两个：一是全国范围的农村经济体制改革；二是广东省独有的对外开放。针对前者，广东、江苏、浙江的空间制度安排趋近一致，是将包括了贷款权、引资审批权、联营权、改制权、土地控制权等多种支持产业发展的权力层层下放至县（县级市）、乡镇、村（胡序威等，2000），推动了珠江西岸以集体经济、民营经济弥补外资不足所促发的农村工业化、苏南以乡镇政府和村委会集体产权经济主导的农村工业化以及浙江个体私营经济主导推动的农村工业化和专业市场的形成。针对后者，广东省不仅向上争取允许在省内实行特殊政策（1979年）⑦和设立蛇口出口加工区（1979年）、珠江三角洲开放区（1985年）的制度安排，还通过贸易权和土地控制权的下放，将"三来一补"的外资经济与乡、村廉价的生产要素结合在一起，启动了珠江三角洲东岸外资主导的自下而上的农村工业化进程。由于空间制度安排的重心在于镇、村，两地的广州、上海、杭州、南京等传统大中城市的空间制度安排则只能囿于旧城改造和开发区建设。尽管推动两地区发展的动力有内外资的区别，或是集体经济与个体私营经济的区别，但带给两地的发展绩效却是一致的："村村点火、户户冒烟"的分散化城镇化地域景观；广域型政体快速成长，大量撤县改市⑧；以及由于乡、镇级的空间管理能力跟不上外资与内资的迅猛扩张而产生的土地建设失控。

1990年代地方政府空间制度创新的逻辑起点是以浦东开发为代表的长江三角洲作为国家战略被提到改革开放的前沿。面对改革试验田地位丧失的困境和前期自下而上农村工业化暴露出的种种弊端，广东省进行了以拓宽现有优惠政策适用范围和探索协调而非统筹整合为主的空间制度安排，包括：在省内其他各地设立省级经济开发区（1992～1997年），争取扩大珠江三角洲开放区为珠江三角洲经济区（1994年），省级层面组织编制了珠江三角洲经济区规划（1994年）（广东省建设委员会等，1996），地市级层面组织编制市域规划⑨协调自下而上的城镇化和工业化过程等。但同期香港加工贸易型企业仍在继续大规模内迁，并开始进入珠江西岸地区，1995 年后，台资又通过香港大量进入东莞（朱文晖，2003）。由于这些企业的加工贸易型属性，迫使珠江三角洲地区必须继续维持分散化的空间制度安排才能满足这些企业成长所需的成本最低化要求。因此，当时协调而非统筹导向[⑩]的空间整合效果不佳，珠江三角洲仍然是维持着1980年代的分权至乡镇的空间制度安排，并由此继续保持了出口规模、吸引外资存量远远高于长江三角洲地区的优势（朱文晖，2003）；而依靠外资企业的空间选择的自组织性，在珠江三角洲地区促成了 125 个经济规模达 20 亿元专业镇的形成[⑪]。在同期的长江三角洲，以获取国内市场为第一要素的跨国公司开始大量进入，单笔的投资数额也逐年上升（洪银兴、刘志彪，2003）。区别于珠江三角洲加工贸易型的中、小外来资本，这些大资本有较高的谈判地位，需要与政府高层对话，并需要有能按国际惯例办事的环境（温铁军，2004）。适应外资结构的这些变化，加上中央赋予浦东开发的国家战略属性，上海以市级自上而下的强政府姿态进行各项空间制度安排，包括竞争获取具有全球影响意义重大节事活动的承办权[⑫]、通过"两级政府、三级管理"的方式将市级政府的管理要求深入到街道和社区层面（1995 年）等；江苏则在继续保持对下层乡镇集体经济进行转制的同时，将空间制度安排的主体过渡到能与大外资相适应的苏南各地市、县级政府，通过向省及中央争取开发区的建设[⑬]，为引入的外来资本安排所需的产业空间。相对而言，浙江是长江三角洲中吸引外资最少的地区，其利于区域发展的空间制度安排仍侧重于着力改善民营企业的发展环境，通过于 1992 年、1997 年向县（市）级政府的继续放权（罗震东，2004），积极培育县域经济。作为这种空间制度安排的绩效是，截至 1998 年年底，全球 500 强跨国公司在浦东新区、苏州和浙江各有 98、64和 48 家（洪银兴、刘志彪，2003）；在全省引资规模不及苏州市的浙江，则是建立了适应民营"块状经济"和产业集群生长的空间安排，按"一镇一品"的格局引导培育专业镇[⑭]（王寿春，2008）。

2000 年以来，外资结构的变化使长江三角洲超越珠江三角洲成为国内最重要的外资进驻地；而国内加工贸易政策的调整又使珠江三角洲的加工贸易型企业面临倒闭的危险（杨兴云，2006）。增强对大型外资的吸引力和延缓加工贸易型企业的生命周期成为珠江三角洲空间政策安排的重点。为此，省政府通过组织编制珠江三角洲城镇群规划（2003 年）和主导地市层面的撤县（市）设区[⑮]以及地市级层面通过构建辖域内利益共享的跨行政边界产业园区[⑯]等空间制度安排，来增强区域和大中城市的综合竞争力，达到增引大型外资的目的；同时，省政府又通过推动泛珠合作（2003 年）、制定产业结构调整方案（2001 年）和鼓励产业转移目录（2005 年）、支持省内产业转移（2005 年）[⑰]等空间制度达到弥补腹地不足的缺陷和延缓加工贸易型企业生命周期的目的。空间制度的创新主体明显上移至省、地市级政府层面。长江三角洲在经过十余年的快速发展后，上海的中心地位不断增强，在 1990 年代自上而下强政府型的空间制度安排模式进一步强化，并扩散到长江三角洲区域，包括：建立一城九镇的城镇体系（2005 年）、调整虹桥和浦东机场分工（2002 年）、将浙江洋山港纳为上海港的深水港区（2002 年）、实施"173 计划"（2003 年）[⑱]等，强化与江浙的空间竞争；江苏延续了 1990 年代以市（县）为主体迎合外资需求向上竞争获取开发区建设的制度安排路径，并适应形势发展，通过强化以大中城市为核心的都市圈空间整合以及市（县）级政府层面的跨界城镇增长联盟（罗小龙、沈建法，

2006）等制度安排，增强城镇密集地区的外向型竞争力；浙江延续强镇扩权、强县扩权⑲（罗震东，2004）的制度安排路径，增强贴近基层社会事务的管理能力，同时也强调了强化中心城市（着力培育杭州、宁波、温州、浙中4大城市经济圈）带动作用的制度安排，并在省域空间制度的安排上，提出接轨上海、"走出浙江、发展浙江"、鼓励产业向省外转移（而不是组织大规模的省内产业空间转移）等凸显市场化导向的空间制度安排。与此相对的制度绩效是：江苏在2000年以来国家确认的58个出口加工区中共申办了13个，而上海、浙江、广东分别为7个、4个、4个，广东的4个中有2个还正处于建设阶段；浙江则形成122个具有一地一品特色的省级乡镇工业园区，2004年的全国百强县中，浙江独占30席，广东仅占10席（段进军，2007）。

两地地方政府中间扩散的空间制度变迁表明，在满足国家制度变迁的逻辑起点的前提下，推动地区经济发展的资本构成及其市场导向是诱致地方政府进行空间制度创新的关键因素。公司主义化的地方政府在追求地方经济发展的过程中，会依据资本结构及其市场导向所需要的空间准入要求，调整地方的空间制度供给，包括向中央争取有利的制度创新环境和调整辖域内的各项空间制度安排。两地各具特色的空间制度变迁过程便是与两地的资本特征变动紧密相关的：珠江三角洲由长期自下而上的分散化走向内优外拓的空间制度变迁，是与西岸中小集体资本和东岸两头在外、成本敏感的中小加工贸易资本由繁盛向转型相对应的；上海强政府的空间制度供给思路对应的是以国内市场导向为主的跨国公司的空间准入要求；江苏由自下而上的分散化走向中间集聚的空间制度变迁与苏南资本构成的主流由中小乡镇集体经济转向大中型外来资本密切相关；"独善其身"的浙江之所以能保持强镇扩权、强县扩权和市场化的区域协调空间制度供给的高度连贯性，是由其国营、外来资本相对较少，而民营经济逐步壮大的要求决定的。

5 两地空间制度变迁的路径依赖与锁定

如果将两个时代国家主导供给的空间制度变迁进行跨越时空的比较，可以发现隐藏于其中强烈的内在一致性——1980年代独睐珠江三角洲的改革开放仿佛就是过去两千年中广东独占的"一口通商"政策；而1990年代以来的浦东开发则就像是历史上的"五口通商"，只不过上次是被外国侵略者的坚船利炮撞开，而这次却是中华民族复兴的主动选择。这种供给路径超越时空地惊人相似，深刻表明国家在两地的空间制度供给上已经具有了强烈的路径依赖性⑳。而由于资本自利和地方政府公司主义化后趋利的内在规定性，在以资本结构与市场导向变化为依据的地方政府空间制度供给过程中，极易导致资本对地方政府空间制度创新的过分引导，从而引起今天两地地方政府层面的制度供给陷入路径锁定㉑的泥潭。两地空间制度供给中存在的路径依赖与路径锁定现象需要引起我们的高度警觉。

5.1 国家空间制度变迁路径依赖下的珠江三角洲发展思考

过去"五口通商"的制度绩效是在塑造出上海经济中心地位的同时，使广东雄霸2 000余年的外贸中心地位急剧衰退。今天，改革开放政策的北移，尤其是又赋予浦东综合改革试点的特殊政策，制度供给的路径依赖是否会带来空间绩效的历史重复？在这种空间制度供给的路径依赖下，珠江三角洲的未来该如何发展？

顺着国家制度供给路径依赖的理路倒推，可以判断：在国家的视角里，珠江三角洲的角色定位依然还是代表中国探索世界、进行局部的制度试验创新。因此，当在今天珠江三角洲与港、澳已经完成建立于比较优势基础上的功能性空间整合的背景下，未来珠江三角洲发展的方向应该是开启与港、澳的制度性整合。根据区域经济一体化中生产要素的流动级别，比当前的优惠贸易安排更开放自由的递增形式当属自由贸易区。因此，两岸三地制度性整合的方向应该是朝建立大珠江三角洲自由贸易区的方向努力。2003 年，广东省政府启动了内联导向的泛珠江三角洲区域合作，但逊于同期国家其他地区的区域开发工程，泛珠江三角洲区域合作未被纳入国家"十一五"规划，也许从反面表明国家对珠江三角洲内联角色定位的不认同。因此，广东地方政府空间制度创新的方向更应集中于促进大珠江三角洲区域合作的深入开展上。

5.2 地方政府空间制度变迁的路径锁定困境

在国家层面的制度供给形成路径依赖的同时，地方政府层面的空间制度供给也在局部陷入路径锁定的困境。这种路径锁定包括：珠江三角洲地区的地方政府在过去长期实施以降低生产要素价格来吸引加工贸易型企业进驻的制度供给手段，既使这些加工贸易型企业丧失了一次次进行技术升级的机会，也导致珠江三角洲地区出现土地建设失控、产出效益低下、环境污染恶化等严重问题；上海在根据跨国公司进驻而调整空间政策的同时，依然针对因商务成本过高而需迁离上海的劳动密集型企业量身订制了"173 计划"，并将适用于城市内部的强政府制度供给模式沿袭性地运用于处于上海与江、浙的区域空间关系，包括制定调整虹桥和浦东机场分工等，激化了长江三角洲地区的区域竞争，将可能导致大型基础设施的重复建设[2]（张京祥、吴缚龙，2004）；以及苏南用过去其他地区在招纳加工贸易型外资企业中所惯常使用的降低生产要素配置价格的手法扩充本地的外资企业，如苏州新区利用降低地价的方式与新加坡工业园抢资并大获成功（赵燕菁，2002），将可能导致苏南地区发展模式的"东莞化"（金心异，2005）以及本地民营经济的衰退。

相对其他地区而言，浙江的空间制度供给较少陷入这种路径锁定，其原因在于浙江在注重依据资本变化创新空间制度供给的同时，更注重了通过空间制度供给培育资本和促进资本转型。资本自利和地方政府公司主义化后的趋利性往往使地方政府在空间制度供给时难以做到自我规避，这就需要国家通过提高地方制度创新的逻辑起点和初始条件，达到对地方政府制度供给行为的监管。国家近年陆续出台的加工贸易新政策，实际上就是对地方空间制度供给的逻辑起点和初始条件的重新界定。尽管这种初始条件重设使珠江三角洲地区产生了巨大的阵痛，但应该看到的是，珠江三角洲在痛定思痛后制定的产业限制目录和产业转移园区政策却是在外力调整下摆脱路径锁定的空间制度创新。

注释

① 林毅夫："关于制度变迁的经济学理论：诱致性变迁与强制性变迁"，载 R. 科斯、A. 阿尔钦、D. 诺斯等：《财产权利与制度变迁——产权学派与新制度学派译文集》，上海三联书店/上海人民出版社，1994 年。

② 杨瑞龙："'中间扩散'的制度变迁方式与地方政府的创新行为——江苏昆山自费经济技术开发区案例分析"，载张曙光：《中国制度变迁的案例研究（第二集）》，中国财政经济出版社，1999 年。

③ 梅伟霞："珠江三角洲城市群的演进与整合"，《探索》，2005 年第 6 期。

④ 1979 年 4 月 8 日的中央工作会议后，邓小平接见时任广东省委第一书记习仲勋时说："中国的改革开放，先从东南沿海地区搞起。东南沿海的改革开放，得先从广东、福建搞起，广东的改革开放，也得抓一个突破口，搞一个试验场，放开手搞，万一失败了，也不要紧，就这么一块小地方关系不大。" 1980 年冬，万里等国家领导人对即将上任广东省委书记的任仲夷说，"你们要解放思想，放手把经济搞上去，闯出一条新路。你们先走一步，犯错误对全国来说也是有意义的，可以吸取教训。"

⑤ 国家形成由 "经济特区—沿海开放城市—经济技术开发区" 构成的多层次、宽领域的开放格局。

⑥ 包括从 1980 年开始的 "分灶吃饭" 的分权体制，1988 年的递增包干、上解递增包干、定额上解、总额分成、定额补助等多种形式的 "大包干" 管理制度，1994 年的分税制，促成国家政治经济结构的经济性分权。

⑦ 1979 年 4 月，广东省委书记习仲勋在北京开会时，要求对广东实行特殊政策、灵活措施，得到邓小平同志的支持。

⑧ 包括将市（县）的行政等级升格，如东莞先后于 1982 年和 1985 年升格为县级市和地级市。到 1990 年代中期，珠江三角洲除博罗、斗门、惠东外，其余全部设市。1980 年代末至 1990 年代初也是江苏、浙江县改市最为集中的时期。

⑨ 如中山市在 1992 年开展《中山市总体规划（1992～2010 年）》和《中山市中心城区总体规划（1992～2010 年）》修编工作、东莞市 1995 年编制《东莞市城市总体规划》、南海 1995 年编制《南海市城乡一体化规划》等。

⑩ 如 1989 年编制完成的《珠江三角洲城镇体系规划》中的省政府批复是 "请各县市参照执行"，而 1995 年编制完成的《珠江三角洲经济区城市群规划——协调与持续发展》提出要由省人大颁布《珠江三角洲经济区规划条例》也未实现。

⑪ 杜大强："125 个专业镇造强劲经济　解读专业镇崛起之谜"，南方网，2002 年 10 月 28 日，http://www.south-cn.com/news/。

⑫ 包括《财富》全球论坛（1999 年）、美国 "亚洲企业年会"（2000 年）、上海五国首脑会议（2001 年）、APEC 会议（2001 年）、申办 2010 年世界博览会主办权（2002 年）等。

⑬ 包括 1992 年苏州成功获许建设中新苏州工业园、1992 年苏州抢办工业区、1992 年昆山自费办国家级技术开发区等。

⑭ 全国 1 000 个综合发展水平较高的小城镇中有总数 1/4 以上属于浙江，百强县数量也明显高于其他地区。

⑮ 包括 2000 年广州撤番禺、花都两市设区、2002 年江门的新会市撤市设区、2002 年佛山的南海、顺德、三水、高明撤市设区、2003 年惠州的惠阳撤市设区。

⑯ 如东莞市先后建设了松山湖科技园、东部工业园、虎门港产业园和东莞生态园等跨镇行政边界的产业园区。

⑰ 广东省 2001 年出台《广东省工业产业结构调整实施方案》，首次适当提高了珠江三角洲产业进入的环保、安全

等指标，2005 年该方案得到再次修订，将 63 种产品的生产列入了鼓励转移的目录。截至目前，全省已建立 24 个产业转移园区。

⑱ "173 计划"，就是上海为了适应制造业的承接转移，把降低成本试点园区的规划用地面积从 67 km² 扩大到 173 km²，并对园区内的重点新增企业进一步加大税务支持力度。

⑲ 自 2002 年 8 月起的第三次放权规模最大，涉及领域最广。该次扩权将地区一级的经济管理权限直接下放给 20 个县区，包括绍兴、温岭、慈溪、诸暨、余姚等 17 个县和杭州、宁波的三个区，县财政直接对省负责，经济上近似"省管县"。在浙江省委下发的文件中，扩权事项涵盖了计划、经贸、外经贸、国土资源、交通、建设等 12 大类，几乎囊括了省市两级政府经济管理权限的所有方面，甚至扩展到社会管理职能，如出入境管理、户籍管理、车辆管理等。

⑳ 路径依赖是指人类社会中的技术演进或制度变迁均有类似于物理学中的惯性，即一旦进入某一路径（无论是"好"还是"坏"），就可能对这种路径产生依赖。

㉑ 路径依赖有不同的方向，一个极端情况是某种制度演变的轨迹形成后，初始制度的报酬递增消退，开始阻碍生产活动，那些与这些制度共荣的组织为了自己的既得利益而尽力维护它。此时这个社会陷入无效制度，进入"锁定"状态，这是恶性的路径依赖。

㉒ 上海于 2002 年 10 月将虹桥机场所有国际客运与货运航班移到浦东国际机场，而将虹桥机场定位为国内机场。这一举动使得江苏省苏州、无锡等城市必须经过上海浦东国际机场进出口的 IT 产品，根本无法做到 24 小时通关，导致江苏正在考虑新建个"苏南国际机场"，使这一地区本已过多的机场将更趋密集化。

参考文献

[1] 段进军："关于我国小城镇发展态势的思考"，《城市发展研究》，2007 年第 6 期。

[2] 广东省建设委员会等：《珠江三角洲经济区城市群规划——协调与持续发展》，中国建筑工业出版社，1996 年。

[3] 何梦笔："政府竞争：大国体制转型理论的分析范式"，天则文库，2001 年，http://www.unirule.org.cn/SecondWeb/Article.asp? ArticleID＝2229。

[4] 洪银兴、刘志彪：《长江三角洲地区经济发展的模式和机制》，清华大学出版社，2003 年。

[5] 胡序威、周一星、顾朝林：《中国沿海城镇密集地区空间集聚与扩散研究》，科学出版社，2000 年。

[6] 金心异："苏州'东莞化'的忧虑"，中国经济学教育科研网，2005 年 7 月 29 日，http://mlcool.hp.infoseek.co.jp/html/02454.htm。

[7] 罗小龙、沈建法："跨界的城市增长——以江阴经济开发区靖江园区为例"，《地理学报》，2006 年第 4 期。

[8] 罗震东："中国当前的行政区划改革及其机制"，《城市规划》，2004 年第 12 期。

[9] 梅伟霞："珠江三角洲城市群的演进与整合"，《探索》，2005 年第 6 期。

[10] 田磊："广交会的前世今生"，《南风窗》，2006 年第 10 期。

[11] 王寿春："浙江城市化的发展趋势及其政府干预行为研究"，浙江区域经济网，2008 年 1 月 10 日，http://www.raresd.com/。

[12] 温铁军："解读珠江三角洲危机"，《新华文摘》，2004 年第 1 期。

[13] 徐德志等：《广东对外经济贸易史》，广东人民出版社，1994 年。

[14] 杨兴云："加工贸易政策持续收紧珠三角数万企业亟待转型"，《经济观察报》，2006 年 12 月 2 日。

[15] 张敦福：《区域发展模式的社会学分析》，天津人民出版社，2002 年。

[16] 张忠民：《近代上海城市发展与城市综合竞争力》，上海社会科学院出版社，2005 年。

[17] 张京祥、吴缚龙："从行政区兼并到区域管治——长江三角洲的实证与思考"，《城市规划》，2004 年第 5 期。

[18] 赵燕菁："从城市管理走向城市经营"，《城市规划》，2002 年第 11 期。

[19] 朱文晖：《走向竞合——珠三角于长三角经济发展比较》，清华大学出版社，2003 年。

香港轨道交通的经验及其启示

欧阳南江　陈中平　杨景胜

Experience from the Development of Hong Kong Rail Transit and Its Inspiration

OUYANG Nanjiang, CHEN Zhongping, YANG Jingsheng
(Dongguan Planning Bureau, Guangdong 523129, China)

Abstract Rail transit is named as "green transport" because of its high speed, punctuality, great carrying capacity, independence on the ground traffic, using clean energy, and low energy consumption, thus being an important way to solve the urban transport problems. Hong Kong rail transit construction began in the 1970s, and now it forms a complete system of subway and light rail. There are some useful experiences of Hong Kong rail transit development which we can learn from. This paper analyzes the development of Hong Kong rail transit and its successful experience, and based on the reality of China's mainland, brings forward the inspiration of Hong Kong rail transit experience on the construction of mainland.

Keywords rail transit; transportation strategy; land use

摘　要　城市轨道交通由于其具有快速、正点、运载能力大、不受市内道路交通影响、使用清洁能源和能耗低等优点，被称为"绿色交通"，已成为解决大城市交通难题的主要途径。香港自1970年代开始大力发展城市轨道交通，目前已形成一个完善的地铁、轻轨交通体系，确保了香港良好的交通秩序，其在轨道交通建设项目的研究、策划、融资、设计、建设、运营、物业开发等方面有着丰富的经验。本文通过对香港轨道交通发展的系统分析，探求其成功的原因，总结其经验，并结合内地的实际情况，提出香港轨道交通建设对内地的启示。

关键词　轨道交通；运输策略；土地利用

　　轨道交通因其运量大、快速、正点、低能耗、少污染、舒适方便等优点，被称为"绿色交通"，是解决大城市交通拥挤的根本途径，对引导城市空间有序增长、实现城市可持续发展有着非常重要的意义。中国的城市轨道交通建设起步较晚，经验少，但已经进入快速发展时期，目前全国有30多个城市在建或筹建轨道交通，有必要借鉴世界上成功的经验以促进中国轨道交通建设事业的发展。香港轨道交通是世界上最成功的案例之一，在轨道交通建设项目的研究、策划、融资、设计、建设、运营、物业开发等方面有着丰富的经验，对中国的轨道交通建设有很好的借鉴作用。

1　香港轨道交通的发展背景及现状情况

　　香港素称"东方明珠"，是举世闻名的国际大都市。

作者简介

欧阳南江、陈中平、杨景胜，广东省东莞市城乡规划局。

2005 年，全港人口 695 万，总面积 1 080 km²，其中城市建设用地面积为 243 km²，仅占总用地面积的 22.5％，建设用地人口密度达 2.86 万人 /km²。土地利用高度集约化，同时城市运输效率也非常高，这些都得益于香港以铁路为骨干的高效交通系统。

20 世纪六七十年代，香港的经济快速发展，人口大幅度增长，人们的出行交通增多，交通阻塞成为香港存在的突出问题。一方面，香港空间狭小，土地、能源等资源缺乏，不能无限地扩展道路；另一方面，轨道交通系统具有运量大、安全可靠、快捷舒适、环保等特色，因此，香港选择轨道交通作为解决城市公共交通问题的主要途径之一，并通过轨道交通引导新市镇的建设，疏散港九母城的人口。从 1970 年代开始大力发展建设轨道交通，至 2005 年，香港轨道交通已形成观塘、荃湾、港岛、将军澳、东涌、机场快线、迪士尼线、马铁、东铁、西铁 10 条线路，规模 164.7 km、83 个车站，并在部分地区配套了轻铁线路。香港地铁每日从早上 5：30 营运至次日凌晨 0：30，平均时间约为 19 个小时。地铁除迪士尼线外，其他 9 条线路平均每日乘客量为 345.6 万人次，轻铁线路每日超过 36 万人次乘坐，轨道交通客流量约占公共交通客流量总量（各类公共交通工具每日载客约 1 100 万人次）的 31.6％。香港铁路服务经营机构包括香港地铁公司和九广铁路公司，其中香港地铁公司 2004 年地铁的乘客量达 8.34 亿人次，全年纯利达到 44.96 亿港元。

2　香港轨道交通的成功经验

2.1　分工明确的轨道交通组织管理结构

香港分 3 个层面来组织管理香港轨道交通：政府决策部门、政府职能部门、铁路服务经营机构（图 1）。环境运输及工务局代表政府行使决策权利；路政署、运输署、规划署等政府职能部门研究并制定发展计划和策略，包括制定铁路网络规划、拟定新的铁路项目、协调铁路项目的建设；铁路服务经营机构包括香港地铁公司和九广铁路公司，负责投资建设及运营管理等具体事务，包括项目的融资、详细规划、设计及建设、物业开发、铁路的运作、管理及维修保养。香港特区政府对两家公司拥

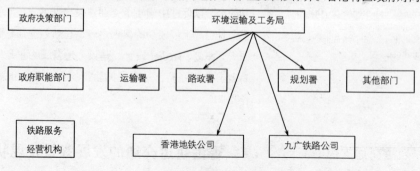

图 1　香港铁路组织管理结构

有主要股权，其中九广铁路公司为特区政府全资拥有，而香港地铁公司在2000年成为上市公司。两家公司的经营管理有高度的自主权，完全遵循商业原则经营，除轨道交通由自己独家经营与管理外，其他事务均采用外包、合作等较灵活的办法进行经营与管理。

2.2　科学合理的运输策略

香港的运输策略为轨道交通的发展提供了法律依据，为轨道交通的建设与营运提供了条件，有效地解决了交通运输问题，是香港运输系统成为世界上最高效率的运输系统之一的基石。

全港运输策略明确提出交通发展的目标为：①更妥善融合运输与城市规划；②更加充分运用铁路；③更完善的公共交通服务和设施；④更为广泛运用新科技；⑤更为环保的运输措施。

关于轨道交通的发展，全港运输策略从3个方面明确了其发展的政策：①根据自身人口多、建成区面积小、高密度集约化土地利用的特点，香港客运运输策略坚持"地铁＋步行"的出行方式，优先发展铁路项目，以铁路作为综合客运交通体系中的骨干。同时强调其他交通方式与铁路的配合，形成综合客运交通体系。在铁路不能直达的区域由专营巴士发挥主导作用，依靠专线小巴、的士、电车及渡轮等交通方式发挥辅助作用。专营巴士和铁路在香港客运交通中发挥着主导作用，其运输量占客运总量分别为36.4％和31.6％（图2）。根据未来的规划，至2016年，香港的轨道交通在综合客运交通体系中所占比例将增至45％。②铁路公司以商业原则经营业务。③香港的运输策略中对轨道交通建设速度与建设规模问题非常严谨。香港一条轨道线路的前期研究论证一般为3～4年，工程建设为3～4年。1972～2004年，香港建设了165 km长的轨道线路，平均每年建设约5.0 km（图3）。

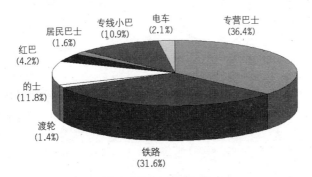

目前香港公共运输载客量分布(每日1 100万)

图2　香港公共运输载客分布

资料来源：《香港地铁年报》(2004)。

2.3　以轨道交通支撑的高效率土地利用模式

香港城市空间格局与轨道交通高度融合，其从1973年开始新市镇建设，30年间先后兴建了容纳

300 多万人的 9 个新市镇，形成了港九母城与新区相结合的城市格局。新市镇的崛起，与香港轨道交通网络协同发展，现在发展的 9 个新市镇都建有轨道交通线路，轨道交通把新市镇与港九母城紧密联系在一起，每个新市镇又自成中心，在每个轨道站点步行距离内集中发展大型商业、文化娱乐等各种配套设施和高密度居住区，完善的配套设施与交通枢纽相配合，形成新市镇的中心。再往外围则是中等密度的居住区和山体公园，在轨道站点通过便捷的公交接驳把外围居住区与站点紧密地联系起来，使得每一个新市镇都成为一个自给自足同时与自然和谐共生的新社区。香港的土地利用及轨道交通建设采用了互动配合的模式，在轨道交通影响范围内的地区进行高密度发展，不仅优化了城市的空间结构，而且保障了铁路的客流量，提高了土地及集体运输系统的经济效益。根据全港人口及就业分布调查，目前轨道车站步行范围内（半径 500 m 左右）集聚了全港约 70% 的人口和 80% 的就业岗位（图 4）。

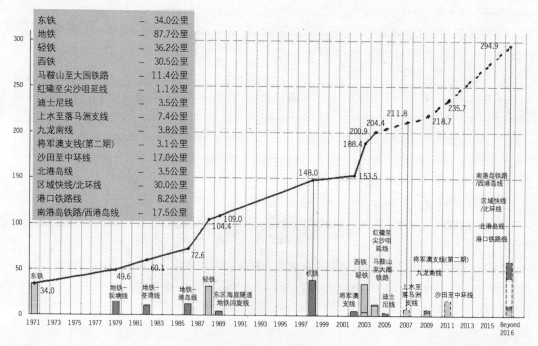

图 3　香港铁路线路长度变化（km）

资料来源：同图 2。

2.4　合理的人性化的接驳方式

香港运输策略明确要形成以轨道交通为骨干的交通运输体系。如何将轨道交通与其他客运交通方式合理接驳及方便乘客乘坐轨道，香港做了很详细的考虑。

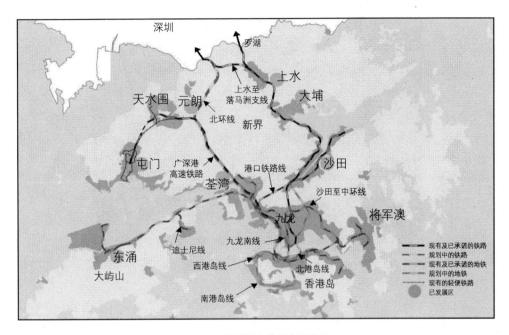

图 4　土地利用与轨道交通关系

资料来源：香港特别行政区政府运输局《铁路发展策略 2000》。

首先，在政策上保证各种客运交通方式的和谐健康发展。1996 年制定的《全港发展策略》中明确了以下交通政策：①鼓励健康竞争，平衡各方利益；②协调路面公交路线，减少服务重叠，配合以轨道交通为骨干的政策；③鼓励增设转乘优惠计划；④交通网络多元化，方便市民按其快捷、舒适及方便程度做出选择。

其次，在铁路车站设计时，充分考虑了铁路与其他交通方式的接驳。①铁路与铁路的接驳。根据用地及铁路走向采取同站台换乘、平行换乘以及立体换乘等不同方式的接驳，如荃湾线和调景岭线的换乘，为了不同方向的换乘全部采用同站台换乘，调景岭线多修了约 2 km 长，线路交叉复杂很多，工程投资增加了十多亿港元（图 5）。②铁路与其他交通方式的接驳。大部分铁路车站设计时，预留了巴士、的士等其他客运交通方式的停车及车站用地，做到了一体化设计，方便乘客在舒适的环境中轻松完成换乘，同时对换乘乘客实行票价优惠。

通过实施以上各种措施，以轨道交通为骨干的香港客运交通系统吸引了绝大部分的客流量，在保证自身客流及增加运营收入的同时，也减少了道路上的私人小汽车数量，确保香港在道路资源非常有限的情况下，仍具有良好的交通秩序。

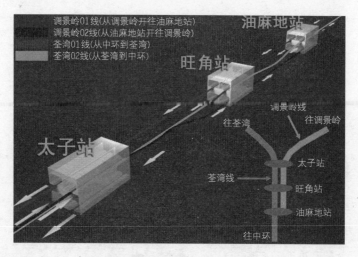

图5　油麻地站、旺角站、太子站换乘示意

2.5　最安静的轨道交通系统

香港非常重视噪音控制，通过与国际轨道专家的科研合作，对轨道噪音、振动等项目进行长期的研究，项目建设前，进行大量的模型仿真预测分析，综合目前轨道交通领域的前沿研究技术制定噪音控制措施并在工程中实施。香港在减噪方面的做法主要有：车辆吸音措施，包括围裙、车底采用吸音材料等；设置过道和中间声屏障，并在两侧过道和中间声屏障表面采用吸音材料，过道隔板和车辆之间保持最小距离；护墙采用吸音材料，并增高两侧声屏障，在特殊地段可以采用全封闭。通过上述措施，地铁的噪音大大减小，如香港西线铁路，Laeq30控制在55dB（A）以内，是目前世界上最安静的轨道交通系统。

2.6　成功的物业开发

由于成功的物业开发，香港地铁公司成为香港纳税大户和香港实力最雄厚的公司之一。香港目前最高的标志性建筑——88层的金融中心，香港目前最贵的公寓住宅（每平方米售价30万港元）——凯裕城，都是香港地铁公司和地产发展商合作开发的。香港地铁公司以商业原则经营业务，地铁公司在建造地铁时，同时与发展商共同开发车站车场上盖的空间，建设大型的住宅及商用物业、管理已建成的物业及保留部分商用物业作投资用途。

2004年，物业开发为香港地铁公司带来45.68亿港元的利润，成为建造地铁的一个重要财政来源。在兴建观塘线、荃湾线、港岛线时，地铁公司和地产发展商合作，在沿线车站上盖和毗邻18个地点的位置发展物业，共计有31 366个住宅单位、25.1万 m² 的办公面积和29万 m² 的商用面积；地铁公司在机场铁路沿线的九龙、青衣、东涌等 5 个站点周边发展 15 项物业，合计建筑面积共 352 万 m^2，其中包括 29 000 个住宅单位和 120 万 m^2 的商业用地；在即将建设的将军澳线的调景岭站、将军澳站、坑口站及车场上盖和附近地区，也将建成大型综合社区。

除物业发展外，地铁公司也保留商场用作投资，并负责物业的管理，成为目前香港最大的物业管理公司之一。目前，地铁公司为 49 283 个住宅单位、4 个购物商场和 5 座写字楼大厦提供物业管理和维护保养服务。

香港地铁公司的物业开发主要有 3 种模式：①车站上盖发展模式，在轨道车站上面开发物业，住宅、办公、商场、巴士换乘站、轨道车站高度融合成为一体的社区；②车站四周发展模式，在轨道车站四周开发住宅、办公、商场、巴士换乘站等用途的物业，并通过行人天桥与轨道车站联系；③车辆段发展模式，在车辆段上面开发住宅、办公、商场等用途的物业，形成大型综合社区，而将车辆段放在底层，承担车辆维修、保养、停车等功能（图 6）。

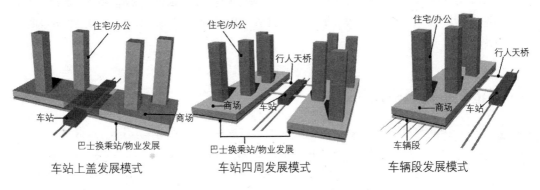

图 6   香港物业开发模式示意

3   香港轨道交通建设的教训

3.1   政府对轨道交通服务经营机构的监督机制有待加强

由于成功的物业开发，香港地铁公司成为香港纳税大户和香港实力最雄厚的公司之一。但从香港地铁公司的财务报表可见，除物业开发利润外，地铁运营是亏损的，轨道交通建设成本和运营成本也是世界上最高的之一。这种情况的出现有客观的原因：轨道交通项目投资大、技术复杂、工期紧张、建筑安装量大，项目涉及面广，是一项公益性项目，但也存在重要的机制问题：香港的公营机构普遍存在管理层权力太大，监管松弛，监管不足。如九广铁路公司西门子工程赔偿事件，九广铁路公司管理层在工程延误到了晚期才向管理局提出报告，汇报不及时，管理局只有一个抉择：惟有同意与西门子公司签署补充协议，保证整体工程不受影响，在无可选择的情况下同意追加工程费 5 000 多万港元。香港政府对轨道交通服务经营机构的监督机制有待加强。

3.2 轨道交通资源开发的公平性有待改善

香港轨道交通早在 1990 年代就已经认识到轨道资源的价值，并着手推出"轨道＋物业"的发展模式，简单说就是，一方面，通过轨道线路的开通提升沿线以及站点周边的土地和房产的升值；另一方面，通过发展轨道沿线和站点周边的物业为轨道运营集聚人气，增加客流。香港地铁通过特殊渠道直接获得土地，将土地和房产的增值收益内化为轨道交通建设的资金。另外他们也开创性地推出物业租赁与管理、广告、电信和商业等多项业务，成为继物业开发之外的又一重要利润来源。

香港地铁是上市公司，其通过特殊渠道直接获得土地，公司实行审慎的商业化经营机制，即地铁公司拥有沿线物业开发的权力，其他开发商只能与其合作开发；物业租赁与管理、广告、电信和商业等多项业务也具有垄断性。另外政府允许地铁公司自主定票价。目前，越来越多的市民、开发商、学者对轨道交通资源开发的公平性提出了质疑：轨道交通资源难以达到最优、最大，轨道交通资源开发难以体现公平性，不符合市场经济发展规律，市民利益难以得到保障等。香港轨道交通资源开发的公平性有待改善。

4 香港轨道交通建设的启示

香港轨道交通的策划、建设、运营及管理的过程实际是一个实践的过程，其中有成就和经验，也有矛盾、损失和教训，但从整体上来讲是很成功的。相对中国内地来说，香港与内地在政治、经济、文化等方面有着很大的不同，但香港的成功中蕴藏的哲学、先进理念以及现实中成功的做法，对中国的轨道交通建设有很大的启发和指导作用，此处只择一二共同探讨。

4.1 发挥政府的主导作用，实施一体化的发展策略

香港地铁成功的经验总体上表现为：在经营层面，香港地铁公司和九广铁路公司具有高度自主权，遵循商业运作原则经营，政府制定合理的评估与监督、管理制度，以协议和法规的形式，保证轨道交通企业商业操作的效率。在轨道交通规划布局、建设时序、制式和相关技术标准选择等方面，政府发挥强有力的主导作用，保证轨道交通的建设与城市发展、土地开发及其他交通方式相衔接，使轨道交通的建设与城市拓展、土地开发和其余交通方式发展形成一个有机的整体。从轨道交通到综合交通再到交通与土地开发的协同发展，这种一体化策略的实现，得益于香港政府轨道交通建设管理体制上的一体化。在香港，对轨道交通进行建设管理的主要有 3 个部门，即路政署、运输署和规划署。路政署负责香港公共道路系统工程的规划、设计及保养，并统筹新道路及铁路。运输署负责管理道路交通、监管公共交通机构、签发驾驶执照及车辆牌照、提高道路安全以及制定长远规划以配合交通设施和服务上的需求增长。而这两个部门又同属于环境运输及工务局。可见在政府管理体制的设计上，轨

道交通和其余交通方式在规划、设计、建设、保养和服务管理上统属一个政府部门，从而为轨道交通与其他交通方式在规划、设计、设施建造和提供服务等方面形成一个整体提供了体制上的保证。至于交通和土地开发的相互协调，更是交通和土地管理部门共同遵循的准则。反观国内的实际，一个城市内的国铁、城际铁路、地铁、常规公交，甚至常规公交中的公共汽车、电车和出租车都分属不同的部门管。这种管理架构容易产生部门利益造成的行政分割，从而使不同方式轨道交通之间及轨道交通和常规公交之间产生脱节。近年来，国内不少城市投入巨资建设地铁和轻轨，但轨道交通与其他交通方式特别是常规公交和土地开发相互脱节的情形常常出现。面对这些问题，我们不仅要从规划、设计、建设时序、设施建造、服务水平等方面进行检讨，更要从政府管理的构架，即体制的层面进行检讨。体制可能是导致上述问题的关键所在。

4.2　注重枢纽站的规划建设，实现轨道与各种交通的无缝接驳

　　轨道交通是大运量的客运交通方式，提供快捷的"站到站"的服务，但不能提供"门到门"的服务，需要巴士、出租车等常规交通与其配合，形成一体化的交通网络，才能完成人们的出行，实现轨道交通大运量的功能。而轨道设施与其他交通设施的合理接驳并实现乘客方便快捷的换乘是交通一体化的重要抓手。香港在这方面可以说是不遗余力，除在规划的层面注重换乘设计外，更通过设施的建设实现舒适便捷的换乘。如前述荃湾线和调景岭线的换乘，为了不同方向的换乘全部采用同站台换乘，不惜增加十多亿港元的投资多修约 2 km 线路。同时，香港非常重视轨道交通枢纽站的规划、建设和管理，通过枢纽站实现与其他交通方式的衔接和换乘。香港轨道车站充分考虑了轨道与轨道、轨道与其他交通方式的衔接，乘客在站内就可完成各种换乘。车站的规划建设非常注重换乘过程的连续性，保证各种交通方式客运设备运输能力相互适应协调、换乘过程紧凑畅通，并提供舒适、安全的换乘环境。在管理和服务方面，推行"八达通"电子付费方式，设置清晰的交通标识和电子查询系统，为乘客换乘提供信息帮助，协调不同车辆（包括常规公交车辆）之间的运行时间表等。

4.3　加强沿线土地综合开发方式的研究

　　香港的地铁建设及土地开发形成了良好的互动配合模式，在地铁影响范围内不但吸引了大量的居住和就业人口，而且在地铁站点地区进行高密度土地开发，围绕地铁站点形成了集客运交通枢纽、商场、写字楼、居住为一体的综合土地开发模式。不仅优化了城市的空间结构，而且保障了铁路的客流量，提高土地及综合运输系统的经济效益。这种成功的做法得益于香港政府建立的有效的土地开发管理机制及政府对一级土地市场的有效控制。在操作层面，也有不少值得借鉴的地方。在理念上，将地铁车站和周边土地开发作为一个整体，统筹考虑运输、商场、居住、办公楼宇的功能和相关设施的安排。注重各项目在功能上的衔接，地上空间和地下空间的衔接，不同项目之间功能设施的衔接，并进行统一的规划设计。在操作上，政府授权地铁公司对轨道交通沿线土地进行物业开发与管理。地铁公

司与政府部门协商轨道沿线开发范围、规划调整、开发策略等事项，并组织开发和对每个开发项目进行统一的物业管理。有些地块的开发，地铁公司不能独立承担，往往通过策划，将地块的开发分成若干个项目，分别进行招标，选择发展商合作开发物业。为保证地块开发的整体性，在招标书中对项目的功能、规划、设计、设施安排和施工要求（包括技术标准和工程进度）提出了详尽的要求。反观国内的实践，沿线土地开发的方式比较单一，主要是政府对沿线土地进行收购、储备，然后对土地进行拍卖，由开发商开发建设。这种开发方式操作方便，但由于各地块、轨道交通、交通设施、周边道路、管线、地下空间等方面分别由不同的单位负责开发实施，轨道交通车站、其他交通设施、地下空间、地面建筑等方面难以作为一个有机整体进行开发建设，难以实现对轨道沿线土地的高效利用，难以建设高品质的城市空间环境。这需要国内的城市在建设轨道交通的同时，加强轨道交通沿线土地综合开发策略的研究，以实现轨道交通建设与城市土地开发的良性互动。

4.4　注重噪音和振动的控制

轨道交通对城市噪音环境、振动环境等方面有一定的影响。香港的经验表明，注重噪音、振动的控制，对保护城市环境、提高轨道交通沿线土地高效益、高品质开发利用是非常重要的。目前，国内在建设轨道交通的同时，也进行了环境影响评估，基本符合了中国有关法规，但由于技术、资金、经验等方面的原因，轨道交通所产生的噪音、振动仍然对站点及轨道沿线的居民生活及土地开发产生较大影响，也是国内城市在轨道交通沿线进行综合土地开发不成功的重要原因，需要引起我们的高度重视。

参考文献

[1] 东莞市城建规划局：《东莞市轨道交通近期工程沿线土地利用研究》，2005 年。

[2] 沈坚、张俊峰、耿传智："香港西铁噪音控制技术"，《城市轨道交通研究》，2005 年第 3 期。

[3] 香港地铁公司：《香港地铁公司 2004 年年报》，http://www.hkexnews.hk/listedco/listconews/sehk/20050316/00066/F116_c.pdf。

[4] 香港特别行政区政府运输局：《铁路发展策略》，2000 年。

六朝建康规画

武廷海

On the Plan for Capital City Jiankang
in Six Dynasties

WU Tinghai
(School of Architecture, Tsinghua University,
Beijing 100084, China)

Abstract By applying the notion of
"plan", this paper explores the formation
process of Jiankang City's spatial pattern
in Six Dynasties, and elucidates the in-
herent logic of its spatial evolution. Tak-
ing full consideration of the significant
value of the land, the plan for Jiangkang
during the Six Dynasties period can be
summarized into the following six as-
pects: **Yangguanfucha** (Observe between
heaven and earth), **Xiangtuchangshui**
(Read the soil and examine the water),
Bianfangzhengwei (Take bearings and fix
the position), **Jilihuafang** (Apply a
square grid system with one square lias a
unit), **Zhichenbushi** (Set up the layout
and configuration), and **Yinshilidao**
(Guide actions according to circum-
stances). Among these aspects, **Yang-
guanfucha** and **Xiangtuchangshui** focused
on the investigation and understanding of
the land, which had taken into account of
natural factors, their mutual relations as
well as the natural integrity so formed;
Bianfangzhengwei, **Jilihuafang** and **Zhich-
enbushi** stressed the following as well as
utilization of land, which had included
constructional (technological) and artis-
tic pursuits to form new integrity; and

摘 要 运用"规画"的观念,探循六朝建康城空间格局
的生成过程,厘清城市空间演进的内在逻辑。充分考虑到
大地的重要价值,将六朝建康规画概括为仰观俯察、相土
尝水、辨方正位、计里画方、置陈布势、因势利导6个方
面。其中仰观俯察与相土尝水侧重对大地的观察和认识,
包括自然要素、相互关系及其形成的自然整体;辨方正位、
计里画方与置陈布势侧重对大地的因借和利用,包括工程
性(技术性)的与艺术性的追求,努力形成新的整体;因
势利导则是根据环境和条件的变化,城市空间结构形态不
断演进。

关键词 规画;建康;六朝;地理

在魏晋南北朝时期,孙吴、东晋和南朝宋、齐、梁、
陈六个王朝先后在今南京定都,凡 321 年[①],史称"六朝"
(图1)。东吴都城名建业,晋平吴后改建业曰建邺,建兴元
年(313 年)为避晋愍帝司马邺之讳改建邺为建康,南朝
宋、齐、梁、陈因袭之,后世统称六朝都城为建康。六朝
时期南方经济日益发达,文化繁盛,建康城则是当时南方
地区政治、经济、文化的中枢和标征,同时也是南北方文
化交流和融合的结晶,在中国古代都城发展史上具有重要的
地位。然而,长期以来,由于历史上建康城池和宫室建筑遭
受严重毁坏,所存遗迹无多,加之六朝建康城埋藏于今日繁
华都市之下,因此与汉晋洛阳城、汉唐长安城、明清北京城
相比,关于六朝建康城市空间的研究显得较为薄弱。

本文试图运用"规画"的观念,探循建康城空间格局
的生成过程,厘清城市空间演进的内在逻辑,努力为当今

作者简介
武廷海,清华大学建筑学院。

Yinshilidao laid particular emphasis on the continuous evolution of the city's spatial pattern, which would change in accordance with the environment and ensuing conditions.

Keywords　urban planning；Jiankang City；Six Dynasties；urban geography

城市规划设计提供历史借鉴，为历史文化名城保护工作提供必要的基础。书中所说的建康城是一个较为广义的概念，包括宫城、都城以及周围石头城、西州城、东府城等卫星城，从空间上看是由城市建筑、道路和山水等共同构成的一个相互联系的整体。

六朝时期建康城市空间演进与发展的过程，同时也是一个规划和营建的过程。中国古代城市规划的思想和方法浩阔，城市建设达到了很高的科学技术水平，但是在中国历史上并无"规划"一词，而多使用更为广义的"规画"。所谓规画，也称计画、谋画，大到国家发展、战争之运筹帷幄，小到具体水利工程、宫室之经营建设，运用十分广泛。

空间规画需要借助规、矩、准、绳等基本工具，对大地进行观察、测量、营度和利用。传说大禹治水时，"左准绳，右规矩"②。在汉代武梁祠石刻上，女娲氏手中执规，伏羲手中执矩，下面是动物化了的绳子。所谓城郭中规矩、道路中准绳，也反映了古人利用规、矩、准、绳来营度城市空间结构与形态。

"城市是大地的产物"③，探讨六朝建康规画的出发点就是都城借以生存的大地。

1　大地为证

在历史文化研究中，大家都听说过"二重证据法"。1925 年，王国维在清华国学研究院讲授《古史新证》，谈及自己的工作和治学方法：

> 吾辈生于今日，幸于纸上之材料外，更得地下之新材料。由此种材料，我辈固得据以补正纸上之材料，亦得证明古书之某部分全为实录，即百家不雅训之言亦不无表示一面之事实。此二重证据法惟在今日始得为之④。

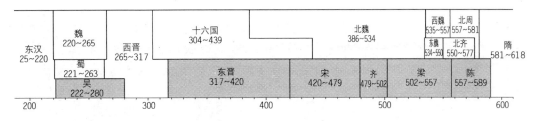

图 1　六朝年代简图

　　也就是说，运用"地下之新材料"（如殷墟甲骨、西域简牍、敦煌文书等）与"纸上之材料"（古文献记载）这"二重证据"互相释证，以达到考证古史的目的，这是 20 世纪初中西学术交融和新史料大量发现刺激之下的产物，是治史观念和方法的重大革新和突破，在很大程度上实在地影响了中国学术界。

　　古都是历史文化研究的重要内容之一，从"二重证据法"来看，六朝建康都城研究也离不开这两方面的基本材料。关于纸上之材料，涉及正史、地方文献和文学作品等记载六朝建康城的相关史料，总体看来，这些材料因著述时间的先后，对六朝都城研究的价值亦有所不同，其中最为珍贵的是六朝人的著作，如正史中晋代陈寿撰《三国志》、梁代沈约撰《宋书》、萧子显撰《南齐书》，文学作品有刘宋刘义庆编《世说新语》、梁代萧统编选《昭明文选》等。其次为隋唐人著作，当时去六朝不远，不少地方尚有迹可循，如唐房玄龄撰《晋书》、姚思廉撰《梁书》与《陈书》、李延寿撰《南史》、魏征与令狐德棻等撰《隋书》以及许嵩撰《建康实录》等，其中撰于唐至德元年（765 年）的《建康实录》[5]，引据广博，包括初唐史料及唐以前的方志典籍，如刘宋山谦之所撰《丹阳记》与《南徐州记》、陈代顾野王撰《舆地志》等，对一些史迹还进行实地勘察，对东吴、东晋、刘宋三朝记载尤详，因此"唐以来考六朝遗事者多援以为征"[6]。第三是宋元著作，由于年代已经久远，因此多据前人著述加以考证、编类和总结，如宋人司马光编著《资治通鉴》、郑樵撰《通志》、王象之撰《舆地纪胜》、乐史撰《太平寰宇记》、张敦颐著《六朝事迹编类》、周应合撰《景定建康志》，以及元人张铉纂《至正金陵新志》（图 2）等。第四是明清民国著作，明代定都南京后进行大规模建设，六朝遗迹多已无存，基本上是利用纸上之材料加以研究，如明代陈沂著《金陵古今图考》、清代莫祥芝与甘绍盘合纂《同治上江两县志》、顾云撰《盋山志》、甘熙撰《白下琐言》、民国叶楚伧与柳诒徵主编《首都志》、陈诒绂撰《石城山志》、朱偰撰《金陵古迹图考》等。

　　关于地下之新材料，近年来南京市博物馆在配合城市建设的考古发掘中，发现了六朝建康城的遗址，出土了属于建康城市基础设施及重要建筑的遗迹和遗物。在建康城的范围内勘探和发掘了 30 多个点，发掘面积达 20 000 m²，发现了六朝时期的一些重要建筑遗迹，六朝建康城的四至、台城和建康宫城的位置、城门和城内道路初露端倪，为南京六朝建康城的考证研究注入了新的活力，六朝建康的考古学研究进入了一个新的阶段（杨国庆、王志高，2007）。

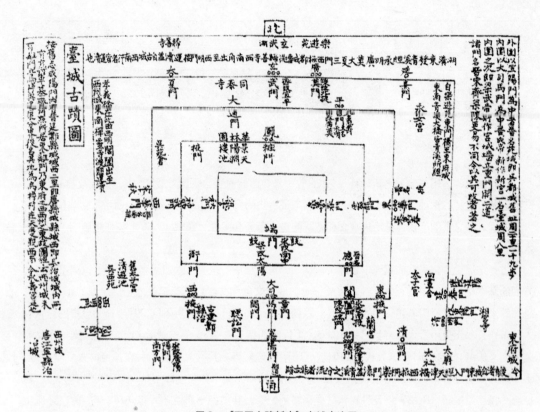

图2　《至正金陵新志》台城古迹图

资料来源：（元）张铉撰，田崇校点：《至正金陵新志》，南京出版社，1991年。

近代以来，在"二重证据法"指导下，对六朝建康城的位置、城市形态、平面布局以及重要建筑等已经取得较为丰富的研究成果，勾画了六朝建康城的总体结构与城市形制的许多重要方面。其中较为突出的是，研究者根据各自的考证与探索，对建康城的形态作出了多种可能的判断，从其专业领域看，主要包括：

（1）历史文化类：朱偰（1936）、蒋赞初（1963）、（日）中村圭尔（1991、2006）、刘淑芬（1992）、马伯伦（1994）、刘宗意（2001）、郭黎安（2002）、卢海鸣（2002）等。其中，朱偰考察金陵山川古迹，所作建康都城图影响深远（图3）。

（2）城市考古类：罗宗真（1994）、贺云翔（2005）、张学锋（2006）、杨国庆和王志高（2007）等。其中，杨国庆、王志高运用新近发现的考古材料，以六朝城墙史为纲，梳理了六朝城市的发展。

（3）古建规划类：刘敦桢（1980）、郭湖生（1993、1997、1999）、贺业钜（1996）、傅熹年（2001a、2001b）、汪德华（2005）、苏则民（2008）等。其中，郭湖生基于文献材料，详考台城位置与形制，提出不同于朱偰的新说；傅熹年从都城与宫城营建的角度，提出完整的都城结构形态格局。

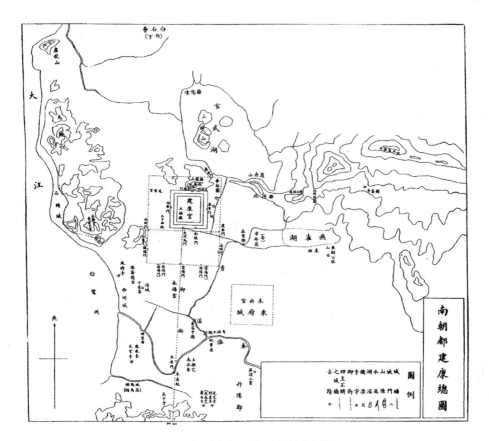

图 3　《金陵古迹图考》南朝都建康总图

资料来源：朱偰：《金陵古迹图考》，中华书局，2006 年。

上述研究充分体现了六朝建康研究的丰富性，同时也说明了这个问题的复杂性。总体看来，目前对许多基本问题，如石头城位置、都城范围等尚未取得共识，对六朝建康城基本面貌的认识也存在相当的模糊性和不确定性，六朝建康城是中国都城史研究中的一个难点。造成这种困难的原因很多，例如，历史文献对六朝建康城的记述一般多偏重于对都城和宫城位置、形制等进行轮廓性叙述，或者对某些重要建筑进行文学性描述，而对城市平面布局、道路设施和主要建筑群布局等往往缺乏专门叙述，需要运用新方法进行重新解读；又如，千百年来由于自然变迁和人工建设影响，六朝建康城池和宫室建筑遭到很大程度的毁坏，所存遗迹寥寥无几，加之六朝建设深埋在现代繁华南京城之下，难以进行大面积考古勘探和发掘工作，因此难以通过考古所获新材料来揭示六朝建康城的整体面貌。因此，利用"二重证据法"研究六朝建康城仍然受到一定的局限，留有一定的遗憾。

值得注意的是，作为历史文化研究的对象，都城具有不同于一般历史事件或文化器物的特殊性，即它是人们居住和活动的地方，具有鲜明的"空间性"；同时，都城又不同于一般的城市，它是"政治与文化之标征"⑦，具有超越物质层面的"象征性"，是一种特殊的"人居环境"。六朝建康城是在特定的地理环境基础上实实在在地规划建设起来的，具有鲜明的空间性和象征性，并且与活生生的社会生活相联系，随着时代变迁而变动不居，《景定建康志》卷二十《城阙志》卷首即感叹：

> 金陵城郭，肇于越、楚，广于六朝，至我宋而大且久。往古来今，不相沿袭。有一居而数更所者矣，有一所而数更名者矣，新名立而旧者没，后迹迁而前者伪。

因此，仅仅依靠传统的"二重证据法"，尚不能有效解决六朝建康规画问题。

为了适应都城鲜明的空间性、象征性和变动性特点，有必要在纸上之材料、地下新材料这二重证据的基础上，加上大地这个新材料、新证据，是可谓都城研究的"三重证据法"⑧。一方面，大地为都城规画提供了基础和凭借，所谓"有一所而数更所者矣，有一所而数更名者矣，新名立而旧者没，后迹迁而前者伪"，这些都与大地有关，规画讲究因"地"而制宜；另一方面，古代称大地为"舆地"⑨，就像用来装载货物的车，通过大地这个载体或平台，可以对"纸上之材料"与"地下之新材料"进行系统的整理、组织和科学的整合，重建城市空间演进的基本逻辑，同时也补充和深化对古代文献与考古材料的认识和理解。对于六朝建康来说，有必要根据山川大势，结合都邑、宫阙之制度，考察都城营建状况，正如明代顾起元在《客座赘语》中指出的：

> 前后错综，可以想象往代之概。而以山川之大势，参今日之都邑、宫阙之制，古今之异同，可以了然于心目中矣⑩。

如何获取"大地"这个新材料？最直接的方法就是利用历史地图。中国古代讲究"左图右史"，关于图在城市营建中的重要性，郑樵在《通志·图谱略》中说得很清楚：

> ……凡宫室之属，非图无以作……为坛域者，非图不能辨……为都邑者，非图不能纪……为城筑者，非图无以关明要……为田里者，非图无以经别界。

最早用地图来研究六朝城市的可能是西晋左思（约250～305年）描绘吴都建业。左思花了十年时间创作《三都赋》，为使自己的作品符合实际情况，以图为据，"其山川城邑，则稽之地图"，反映建业盛时面貌的《吴都赋》也包含了大量测绘和地图的内容。

从中国古代地图发展来看，汉晋时期中国地图测绘已经达到了相当高的水平，如湖南长沙马王堆出土的西汉初年帛地图《地形图》、《驻军图》，西晋时裴秀总结提出"制图六体"的地图绘制理论⑪。然而，长期以来，人们对大地的测绘似乎更多的是"介于观察与文字之间"，地图是作为文字叙述的补充，主要展现重要地物地标的相对位置关系，而关于距离远近的定量描述则在相当程度上依赖文字说明⑫。就六朝建康来说，南宋《景定建康志》中《上元县图》、《建康府城之图》（图 4）等可能是六朝以来有关建康都城最早的也是最好的地图，不过这类方志地图似乎主要用于标识都城或宫城重要建筑或地标的相对位置，它们可以为六朝建康城研究提供重要的历史资料和信息，但是显然还不能满足今天"按图索骥"的要求。

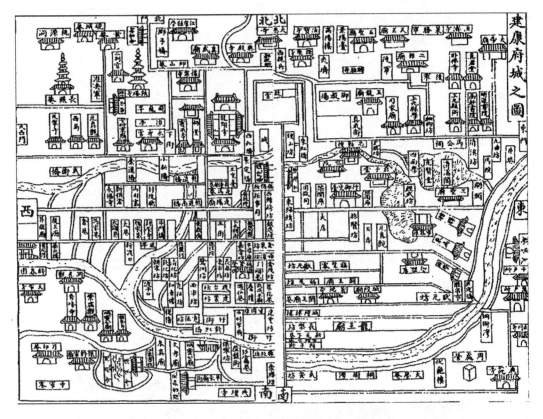

图 4　《景定建康志》府城之图

资料来源：文渊阁《四库全书》（史部，地理类，都会郡县之属）；《景定建康志》（卷五）。

　　相比之下，采用现代测绘技术测制的一些近代城市地图，由于当时城市建设相对较少，对古代地形保存较好，可为今天认识六朝建康都城的结构形态提供重要凭借。清光绪三十三年（1907 年），南洋陆军实地测量司测制形成"南京南部"与"南京北部"两幅地形图，比例尺为二万分之一，地形地貌绘制准确，城市街道格局清晰。光绪三十四年（1908 年），南洋陆师学堂测绘《陆师学堂新测金陵省城全图》，图形比例尺为一万分之一，五彩印制，街道格局与山水形势清晰直观，尤为难得。由于近代以来南京城市建设对自然山川改变较大，本文通过对《陆师学堂新测金陵省城全图》进行数字化处理，复原山水结构，作为建康城市布局与建筑群选址的基础（图5）。

图5 《陆师学堂新测金陵省城全图》

注：全图长 121.2 cm，宽 103.6 cm。藏于国家图书馆和日本京都大学图书馆。

充分考虑到大地的重要价值，六朝建康规画可以概括为仰观俯察、相土尝水、辨方正位、计里画方、置陈布势、因势利导 6 个方面。其中仰观俯察与相土尝水侧重对大地的观察和认识，包括自然要素、相互关系及其形成的自然整体；辨方正位、计里画方与置陈布势侧重对大地的因借和利用，包括工程性（技术性）的与艺术性的追求，努力形成新的整体；因势利导则是根据环境和条件的变化，城市空间结构形态不断演进。下文分而述之。

2　仰观俯察

　　人类对大地的直接认识源于观察。先民在长期观察自然、选择居址的过程中，积累了直观而深刻的感性认识与经验，孕育着丰富的哲学、科学、美学观念。《周易》将这种生存的智慧概括为"仰观俯察"[13]。人在天地间，通过仰观俯察，领悟天、地、人之道。

　　仰观俯察也是都城规画的起始点，通过选择合适地点进行"测望"，整体把握自然地理形势和空间格局，努力做到了然于胸，了如指掌，以满足城市用水、防洪、御敌等基本需求。城市选址中首先必须考虑的是用水的便利与防洪的安全，《管子·乘马》将先民的经验概括为"凡立国都，非于大山之下，必于广川之上。高毋近旱而水用足，下毋近水而沟防省"。在一定的生产力水平下，这种大山之下、广川之上、高毋近旱与下毋近水等，都要通过仰观俯察才能获致较为完整的认识。御敌是城市得以生存和发展的另一项基本需要，兵家择地讲究背依高地有屏障，前面开阔有出口，《孙子兵法·军争》总结为："故用兵之法，高陵勿向，背丘勿逆"，其中"高陵勿向"是说如果敌人已经居高临下，则绝不可仰攻；"背丘勿逆"是说如果敌人背后依托高丘，则绝不可迎击（李零，2010），这种用地显然也要通过仰观俯察才能识别。《老子》所说的"俯阴而抱阳"的用地特征，则是通过仰观俯察而概括出的基本生存与审美之道。

　　仰观俯察中一个重要的技术环节就是通过测望，定量地反映用地的大小、高低及其环境关系，这种"测望术"至迟到汉代已经被掌握。成书于西汉或更早的《周髀算经》记载了商高用矩来测量目标物远近、高低的方法：

　　　　平矩以正绳，偃矩以望高，覆矩以测深，卧矩以知远，环矩以为圆，合矩以为方。

　　商高总结了矩的 6 种测绘功能，即定水平、测高、测深、测远、画圆、画方，这实际上也透露了仰观俯察过程中可以用矩来测量地势高低、河流远近等地理环境要素的基本方法。北宋画家郭熙在《林泉高致·山水训》中将登高望远分为 3 种情形：

　　　　山有三远：自山下而仰山颠谓之高远，自山前而窥山后谓之深远，自近山而望远山谓之平远。高远之色清明，深远之色重晦，平远之色有明有晦。高远之势突兀，深远之意重叠，平远之意冲融而缥缥缈缈。其人物之在三远也，高远者明了，深远者细碎，平延者冲澹。明了者不短，细碎者不长，冲澹者不大。此三远也。

　　立足于山头"仰山颠"、"窥山后"、"望远山"，那种早期的技术性观察已经赋有丰富的艺术与审美蕴涵。中国古代城市地图绘制有"城内折地，城外取容"的传统，就是综合这两种测望方法，既反映了城市用地之广狭，又形象地展现了城市的地理环境特征。

就六朝建康城来说，总体上自然山川周遭回环，气势浩大，为后来六朝城垣形成内外两重环护格局（图6）：内层冈峦拱揖，东自钟山余脉龙膊子，经富贵山、覆舟山、鸡笼山、鼓楼岗，转而向南经过小仓山、五台山、冶山，直奔而南以收淮水，古人通常用"龙蟠虎踞"[⑭]来形容这一形胜特征；外层逆江而山，近江诸山西行，至狮子山折而南行，经马鞍山、四望山、石头山，势接三山，逆江而上，在六朝都城外围形成环护之势，李白诗云"地拥金陵势，城迴江水流"，形象地描绘了这种山水环合的整体态势。六朝建康外围有内外两重山水环合，古人认为宜为"帝王之宅"或"王者之宅"。

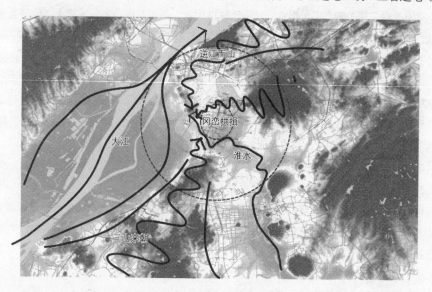

图6 建康山水形势

3 相土尝水

如果说仰观俯察是远观，相土尝水则是近察。远观看势，把握较大尺度的地理特征，初步确定都城选址，近察则看形，身临其境地考察地形地表、河川流向以及日照风向等自然地理条件，进行"用地评价"。文献记载公刘迁豳、周公营雒邑、文公卜楚丘等，都进行过此类实地勘察。《诗经·大雅·公刘》记录先周首领公刘率氏族成员择居时"相其阴阳，观其流泉"，即观察用地的向阳与背阴、水体的分布与形态，这是十分要害的。西汉文帝（前179～前168年）时，晁错针对边防空虚的形势，上疏建议边地建城以募民徙塞下，他追述先民相土尝水的传统，并进一步总结、发展，比较全面地论述城市规画营建问题：

　　臣闻古之徙远方以实广虚也，相其阴阳之和，尝其水泉之味，审其土地之宜，观其草木之饶，然后营邑立城，制里割宅，通田作之道，正阡陌之界，先为筑室，家有一堂二内，门户之闲，置器物焉，民至有所居，作有所用，此民所以轻去故乡而劝之新邑也⑮。

通过相其阴阳、尝其水泉、审其土地、观其草木，努力为顺其自然、因地制宜地布局城市功能区奠定基础，这也为认识六朝建康规画提供了发生学的依据。

六朝建康城市空间建设源于对自然的充分认识与创造性利用，根于自然，高于自然。东吴徙治秣陵，改秣陵为建业，后来又定都于建业，对六朝建康发展实具有奠基与开创之功。吕思勉（1946）在《吕著三国史话》中曾经说到"孙权为什么要建都南京"问题：

> 南京为什么会成为六朝的都邑呢？其实东晋和宋、齐、梁、陈不过因袭而已。创建一个都邑，不是一件容易的事情；又当都邑创建之初，往往是天造草昧之际，人力物力都感不足，所以总是因仍旧贯的多，凭空创造的少，这是东晋所以建都南京的原因。至于宋、齐、梁、陈四代，则其政权本是沿袭晋朝的，更无待于言了。然则在六朝之中，只有孙权的创都南京，有加以研究的必要⑯。

尽管吕思勉从人事与军事的角度立论，但他提出孙权创都建业为东晋及宋、齐、梁、陈各朝都城建设奠基，当属不易之论。东吴的奠基与开创是根据功能需要，依托自然条件而进行的草创。

（1）筑石头城。古代城市选址讲究表里山河，山可以作为城市的屏障。石头城因山为城，因江为池，"周七里一百丈"，控扼江险。六朝以来，皆守石头以为固，以王公大臣领戍军为镇。

（2）夹淮立栅。秣陵有小江（淮水）百余里，可以安大船理水军，这是孙权决议移镇秣陵的重要因素。孙吴移治秣陵后，沿着入大江附近的淮水两岸，用木、石等修筑栅栏"十余里"（称栅塘），以御江潮和敌人。

（3）作将军府。选择与石头城、栅塘以及淮水之南长干里一带居民区联系便捷的中心位置，建设将军府寺，总理军事训练、后勤与统治。将军府为后来太初宫建设提供了基础。

（4）东吴迁都建业后，穿渠发堑，围绕太初宫建设西苑、南宫、苑城、昭明宫。其中苑城框定了东晋南朝台城的规模，昭明宫前通往南津大桥的苑路则为后来从台城大司马门通往朱雀航的中轴线奠定了基础（图7）。

后世南京都城建设中有着鲜明的"因天材就地利"的传统（苏则民，2008），相土尝水是其源头。

4　辨方正位

对古代都城规画来说，与天地相关的方位至关重要。商朝遗文《尚书·盘庚》记载了商王盘庚迁殷之事，提到"盘庚既迁，奠厥攸居，乃正厥位"，所谓"乃正厥位"，意即安定居处，由懂测量的人辨正宗庙宫室的地理方位。《诗经·国风·鄘》"定之方中"具体叙述了卫文公从漕邑迁到楚丘重建国家、卜筑宫室的情形："定之方中,作于楚宫。揆之以日,作于楚室。"所谓"定之方中",是指小雪时,定正昏中,视定准极,以辨地之南北;所谓"揆之以日",是以度日出日入之景,以正东西⑰。《尚书·召诰》讲周公营雒邑,有相宅、卜宅、攻位等程序,其中"攻位"可能就属于确定方位与基线:

> 惟二月既望,越六日乙未,王朝步自周,则至于丰。惟太保先周公相宅;越若来三月,惟丙午朏,越三日戊申,太保朝至于洛,卜宅。厥既得卜,则经营。越三日庚戌,太保乃以庶殷,攻位于洛汭;越五日甲寅,位成。若翼日乙卯,周公朝至于洛,则达观于新邑营。

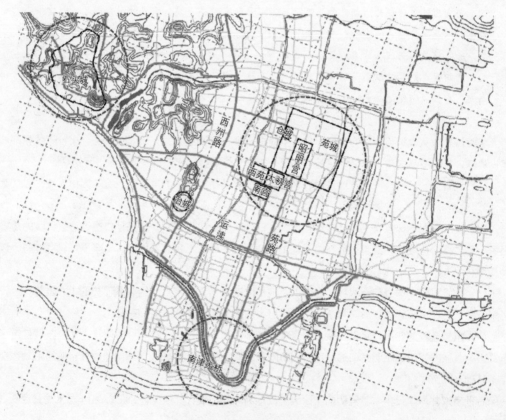

图7 东吴建业都城建设格局

《周礼》将古代都城规画中这种确定方位的方法归纳为"辨方正位"。《周礼·考工记》提出:"惟王建国,辨方正位,体国经野,设官分职,以为民极",其中辨方正位就是运用天文大地测量方法来确定"天极","天极"是"天命"的象征,相应地,设官分职确定的是"民极",辨方正位远比设官分职重要，乃体国经野之大务。《周礼·大宗伯》还具体记述了运用土圭之法测日影，辨明四正方位，然后依照礼制建设邦国，使城市整体布局井井有序：

> 以土圭之法测土深。正日景，以求地中。日至之景，尺有五寸，谓之地中，天地之所合也，四时之所交也，风雨之所会也，阴阳之所和也。然则百物阜安，乃建王国焉，制其畿方千里而封树之。

时至秦汉，关于八分方位、十二分方位的方法已经成熟。在八分方位中，正东、正南、正西、正北称"四正"，又称为东西、南北"二绳"，东南、西南、西北、东北称"四维"。在十二分方位中，分别用子、丑、寅、卯等十二地支来代表方位，称为"十二辰"。《淮南子·天文训》记载了八分方位与十二分方位的对应关系："子午、卯酉为二绳，丑寅、辰巳、未申、戌亥为四钩。东北为报德之维也，西南为背羊之维，东南为常羊之维，西北为蹄通之维。"二绳、四钩的图案广泛见于秦汉式盘、"博局纹"铜镜以及日晷等出土文物上（图8）。

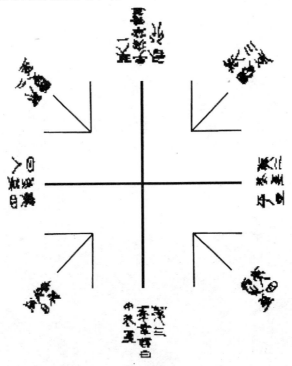

图8　安徽阜阳双古堆西汉汝阴侯墓出土漆木式地盘背面

注：图中显示了二绳、四钩、四维的方位体系。

资料来源：李零：《中国方术考》（修订本），东方出版社，2001年。

在后世的风水学说中，形势派注重在觅龙、察砂、观水、点穴的基础上进行"取向"，理气派注重运用阴阳、五行、干支、八卦九宫等相生相克等来相划方位，风水罗盘更是确定选址规划方位并且建立了一套严密的现场操作的工具。

辨方正位之结果反映在都城结构形态上，最具有代表性的就是作为城市布局基准的中轴线。自然环境与地理形势丰富多彩，变化多端，且有一定的内在规律（即"地理"）。都城规画时如能有意识地对城市特殊的自然环境与山水形态加以选择，发扬其特点，常常能够增强轴线的空间与艺术效果。这种方法在西周时期已见端倪，《诗经·小雅·斯干》描述宫室之形胜与环境"秩秩斯干，幽幽南山"，即面山而临水；到秦时这种方法已基本形成，如秦代朝宫前殿"表南山之巅以为阙"。六朝建康城在长期发展过程中，也因地制宜地形成了鲜明的城市中轴线（图9）：

（1）东吴将军府/太初宫时期：太初宫轴线南对小江（淮水）主要河湾上的南津大桥（朱雀航），曲水来朝，气韵生动。

（2）东吴昭明宫时期：新建昭明宫，在东距太初宫前轴线75丈处形成一条平行的苑路，作为新轴线，北对昭明宫及苑城正门，南对南津大桥。原太初宫前轴线后来成为"右御街"。

（3）东晋时期：以东吴苑路为基础，左宗庙右社稷，确定城市新轴线位置；又以牛首山为天阙，将轴线的南端融入自然；加之北端在后湖筑堤壅水，淮水上造舟为梁，新的城市轴线大气、雄壮而浪漫。

（4）南朝时期：追求中轴线诸门建设总体的体系化与礼制化，并在东距城市中轴线75丈处，修建

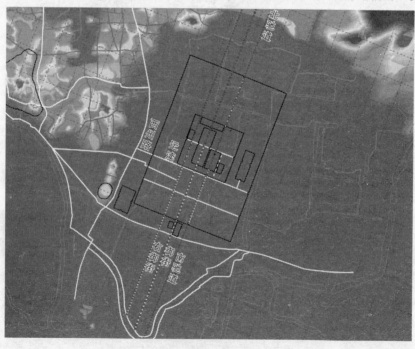

图9　南朝建康城轴线体系

平行于中轴线的南驰道，与城市中轴线西侧的右御街对称，"一主两副"的中轴体系主次分明，脉络清晰。

总体看来，六朝建康城轴线南偏西25°，这个方向是东吴将军府（太初宫）与南津大桥之间轴线不断演进的结果。这个走向与运渎的走向乃至山前南北大道西州路的走向大致平行。轴线正对淮水河湾，即史书上经常提到的朱雀大航（南津大桥），其位置大致处于东西宽150丈的河湾内。这个位置南对牛首二峰，东晋时王导巧为利用，借景为大司马门前双阙，称"天阙"。

5　计里画方

"计里画方"原本是中国古代按比例尺绘制地图的一种方法，即在地图上按一定的比例关系制成方格坐标网，以控制图上各地物要素方位和距离，保证图形的准确性。南宋《景定建康志》中的《皇朝建康府境之图》就是"计里画方"的佳例（图10）。这里借用"计里画方"来表示古代都城规画中，对已经选择作为城市建设用地的空间，运用方形网格并以"里"为基本长度模数（或者以"方里"为基本面积模数）进行划分和控制，其主要技术环节包括"计里"与"画方"两个基本方面。

先说"画方"。中国古代城市基本形态是"方"，有"方型根基"（郑孝燮，1983）。在农业时代，城守在民，民守在田，"城—民—田"是一个相互关联的整体，在进行农田规划时，往往平行或垂直于山体等高线或河流走向，作方形网格，划分地块。城市作为统治乡村的据点，在规画城市时仍然保留城乡整体画方的传统，其空间结构与形态都烙有深刻的农田形制印痕，具有深厚的文化底蕴。从工程技术角度看，这种画方则十分有利于"矩"的使用，便于与方形控制线取得协调和统一，《周礼全经释原》卷十四称：

　　　　自公刘相阴阳观流泉，而卫文公作楚丘，望景观卜而地理之术始启。古人作邑作宫，以
　　矩而定，诚有趋吉避凶之法，不敢苟也。自郭氏《葬经》一出，而地理之学始繁。

即运用"矩"，很容易作出方正的城邑。

再说"计里"。前述"画方"的基本面积单位是"方一里"（简称"方里"）。"里"是基本的地理长度单位，一个地方山水、田地的长度或者一个地区的幅员，每每以多少"里"计。城市立于自然间，占取一定的范围，并与自然呈现一定的区位关系，因此用"里"来衡量城市的规模和位置也顺理成章。中国古代城市规模常称"周多少里"或"方多少里"，"周多少里"意思是城墙周长有多少里，"方多少里"意思是城墙每边的边长有多少里，如《孟子·公孙丑下》称早期的城郭规模是"三里之城，七里之郭"，《尚书·大传》称"九里之城，三里之宫"，《周礼·考工记》规定城池规模有"方九里"、"方七里"、"方五里"等形制。与东晋建康规画密切相关的魏晋洛阳城，其规模据《续汉书·郡国志》刘昭注引《帝王世纪》称"城东西六里一十步，南北九里一百步"，又引《晋元康地道记》称

"城南北九里七十步，东西六里十步"，因此东汉洛阳有"九六城"之称。自秦汉至隋，大致六尺为一步、步三百为一里，六朝尺长合今 0.243 m[⑬]，因此六朝时期 1 里约合今 437.4 m，1 步合今 1.458 m。东晋和南朝建康城周二十里十九步，合今 8 776 m；建康新宫（即台城）周八里，合今 3 500m。

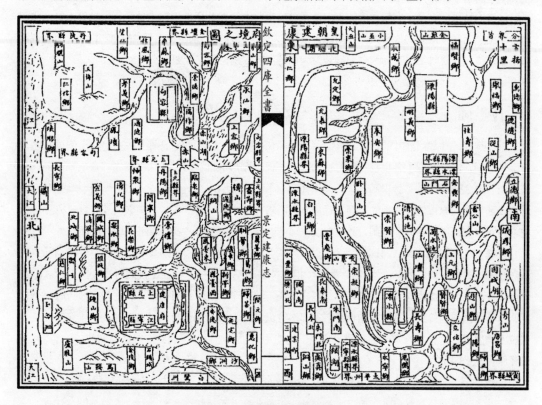

图 10　《皇朝建康府境之图》

注：图幅长 34.4 cm，宽 25.9 cm。此图右上角标注有"方括十里"字样，比例尺约为 1：32 万。图内网格东西方向分为 24 格，南北方向分为 47 格，共计 1 128 格，基本为东西长南北短的矩形网格。原图上的网格应为方形，现存图上的矩形网格可能是刻版造成的。图内表示有府级居民地 1 个、县级居民地 5 个、乡镇级居民地78 个、湖泊 8 个，以及河流、沙洲、桥梁、境界、寺庙等要素。

资料来源：文渊阁《四库全书》（史部，地理类，都会郡县之属）：《景定建康志》（卷五）。

在古代都城规画中，"计里划方"具有重要意义。一方面，以"方里"为基本面积模数，可以实现规画与地理的结合。经过长期的人居环境建设实践，从形势的角度来确定城市的布局形态的做法，至迟到汉代时已经总结成文。《汉书·艺文志》载有《宫宅地形》二十卷，称"形法者，大举九州之势以立城郭室舍形……"，傅熹年（2001a）认为，"大约是从形势和地势的角度评价城市规划和宫室的专著。""计里画方"将都城形势选择与布局空间框架的拟定很好地结合起来，将山水的形势特征转换为城市空间的构图要素，在"举势"与"立形"之间搭建技术的桥梁，如宇文恺对隋大兴城的规画

（武廷海，2009）。另一方面，在"里"的基础上进一步细分或"区划"，可以实现规画与营建的结合。前文所引晁错的疏文显示，经过相土尝水，"然后营邑立城，制里割宅"，这里"制里"、"割宅"就是根据用地功能需要和微地形特点，以"丈"、"步"和"夫"[19]等"分模数"对建筑群、重点建筑的形制进行控制，协调城市各主要部分的比例关系，以保持城市轮廓的完美性（傅熹年，2001b）。《全隋文》卷十一江总《大庄严寺碑》云："百堵咸作，千坊洞启。前望则红尘四合，见三市之盈虚；后睇则紫阁九重，连双阙之耸峭。"其中，"百堵咸作，千坊洞启"指的可能就是南朝建康也建里墙、开里门。《南京通史六朝卷》搜集散见于史料中的建康里坊记载，列出25个里，除了1里位置不详外，有14里在秦淮河北，10里在秦淮河南，主要在秦淮河北（胡阿祥等，2010）。

通过计里画方，努力实现都城规画与地理形势、工程营建的结合，这是简单易行且行之有效的方法，能够快速地开展规划、土地划分、建筑设计与建造工作，这在东晋咸和年间王导仿制洛阳作建康新都中体现得十分典型。史载从咸和五年（330年）九月至咸和七年（332年）十一月建设建康新都，然而对于具体的规画情形未得其详，兹可依据计里画方之法作一窥测。众所周知，建康景似洛阳，早在晋室东渡之初，过江人士即有感于此，著名的"新亭对泣"中有所谓"风景不殊，举目有江河之异"[20]之语，盖指洛阳四面山围，伊、洛、瀍、涧在中，当时建康亦四山围合，秦淮直其中，形似京洛；只是建康在长江流域，洛阳在黄河流域，所以有江河之异。这种地理条件的相似性为东晋建康借鉴洛阳形制提供了自然基础，差别就在规模大小了。

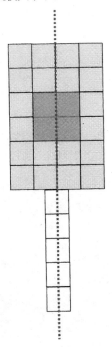

图11　东晋咸和年间建康新城结构形态推测

东晋建康仿照汉晋洛阳之制，其中最基本的就是借鉴城市结构形态关系，东汉洛阳呈现"九六城"形态，即长宽比为 9：6。建康城周 20 里 19 步，可以得知建康城长 6 里，宽 4 里。建康台城周 8 里，若呈方形，则建康台城方 2 里。结合台城南门大司马门距离朱雀航 7 里、都城南门宣阳门距离朱雀 5 里的记载，可以推定建康都城呈现台城居中的格局（图 11）。

文献中所载的台城与都城的周长及其距离朱雀航的长度等数值之间，有着巧妙的数学比例关系，这正是都城规画中"计里画方"手法成熟运用的结果。王导对建康城的规画有框架之功，诚然这与当时"王司马，共天下"的大形势有关，但就规画本身而言，实离不开王导对洛阳城结构形态之熟谙，以及结合建康"王者之宅"的地理环境加以利用和创造。

这种"计里画方"的规画传统也为今天重构六朝建康都城空间提供了线索和可能。前文已经述及，在"左图右史"时代，文献对各地间的距离和方位的文字记载往往比地图的描绘还要详细，例如在唐代李嵩的《建康实录》中就屡屡以"县"为基点，记述其他史迹位置。李嵩所说的"县"指唐代中期江宁县治所[②]，其地当在今建邺路中共江苏省委党校及以东一带。综观太社、太学、东府城、太初宫等江宁县治相对位置与距离的记述，可以进一步厘清六朝建康城的空间格局（图 12）。

都城规画中的"计里画方"不是机械的"循规蹈矩"，而是结合地理形势与功能需要而进行的"存乎一心"的"运用之妙"，城市布局蕴含着气势与意境，这涉及都城规画中的"置陈布势"问题。

图 12　《建康实录》中唐中期江宁县与六朝建康城的空间关系

6　置陈布势

"置陈布势"是中国绘画中一条重要的构图法则。东晋顾恺之提出"置陈布势"的观点，提倡对自然山水了然于胸后，进行主观的取舍和加工，通过画面各部分位置的谋划安排，达到得势的目的。南齐时谢赫进一步提出了"经营位置"之说，唐代张彦远认为这是"画之总要"，即贯穿绘画全过程的总体要领。

都城规画也讲究"置陈布势"。都城中不同功能建设尽管形体不一，都必须精心考虑其在空间中的适当位置，强调抓住用地的形势特点，发挥特点，因地制宜，扬长避短，并努力因形而造势，进行空间构图与总体设计，形成一个完善的整体。这样的工作就像用兵与下棋，带有一种战略的色彩。就都城而言，主要包括两方面的内容，一方面是作为都城核心的宫城或宫殿建筑群的选址与布局，通常要划定都城范围，确定宫殿建筑群乃至宫城的核心位置，突出重点。如东吴时期先后以太初宫、昭明宫为中心，进行宫城与都城布局；东晋时期在东吴苑城之地建宫城（台城），并利用苑路形成都城中轴线，尚书省的与宫殿区骈列。另一方面是从军事防御角度对宫城选址与都城布局的考虑。"筑城以卫君，造廓以守民"，防卫或御敌是古代城市的一项最基本的功能。南宋郑樵曰："建邦设都，皆凭险阻。山川者，天之险也；城池者，人之阻也；城池必依山川以为固。"古代都城具有特殊的政治、军事、文化价值，因此更要讲究布局形势。对六朝建康这样的兵家必争之地，其规画中首要一点就是从战争的角度进行作战地形分析，据城而守或固城之守，并整体上求势。

前文已经提到，六朝建康山环水抱，里外两层，以形相胜。这里要进一步指出的是，在自然的两个圈层基础上，结合自然的山川形态，进行人工城邑建设，又形成两个明显的圈层，强化自然之势：

其一，以太极殿前为核心，方圆 1 里的台城范围。这是六朝建康城的核心，也是防御的重心，东晋时围绕台城及太极殿宫殿区分别筑墙，梁武帝时又在两者之间增筑宫墙，形成三重墙的格局。

其二，以太极殿前为核心，方圆 3 里的都城范围。都城防御功能很弱，主要依靠外围卫星城邑，主要是石头、西州、东府三城。

建康的威胁主要来自长江中上游，因此城南成为军事防御重地。《孙子兵法·始计篇》讲："死生之地，存亡之道，不可不察也。"在都城布局中一定要对关系生死存亡的关键地段进行仔细调查、反复研究。从作战看，这个地区的主要特征地形包括：

（1）通形，《孙子兵法》称之为"通地"。从大尺度看，建康沿江诸山多为江上要隘，对于这种地方要"先居高阳，利粮道，以战则利"。"居高阳"就是取得开阔地上的制高点，利用山的南面；"利粮道"是控制粮道，取得补给，石头城的选址与布局就符合这种特征，控扼江险。从小尺度看，西州城地处秦淮大路与西州路交汇之处，扼守运渎；东府城西倚青溪，南临秦淮，扼守秦淮大路东去，都是处于通形的位置。东府、西州两城分别居建康城的东南、西南，形成犄角之势。

（2）支形，《孙子兵法》称之为"支地"，属于双方夹峙之地。这种地方谁出击谁不利，即"我出而不利，彼出而不利"，因此适于相持。如果敌人出击，即"令敌半出而击之利"，使其进退两难。淮水就属于这种地方，由于六朝时敌人大都是从历阳（今安徽和县）方向向首都进犯，因而淮水是捍卫都城的一道重要防线。"大抵六朝都邑，以秦淮为固，有事则沿淮拒守"，沿淮两岸立有栅塘。

（3）隘形，形成隘口的地形。对于这种地方，《孙子兵法》要求"我先居之，必盈之以待敌"，即如果先占领隘口，就一定要封死隘口。建康城中江淮交汇处即属于隘形，文献中有在淮水入江口沉船以堵击来兵的记载。

（4）重地，《孙子兵法》称这种地方"背城邑多"。淮水以南地区，青山隐隐水迢迢，曾经是南京最早开发的地区，雨花台、牛首山层峦起伏，为南京城南重要的制高点，形势险要，又有越城、丹阳郡城等多个城邑，可以作为后方，取得补给，自古以来一直为兵家所必争，古战场之所在。

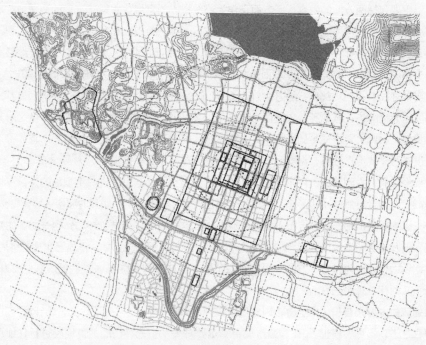

图 13　建康城防格局

上述地区，总体上形成建康城南侧防卫体系（图13）。

"求势"讲究具体条件下的"宜"。同样的建康城防守，可以有不同的结局。《前汉书·高祖皇帝纪》记载荀悦之言："形者言其大体得失之数也。势者言其临时之宜也，进退之机也。"在此意义上讲，求势强调"兴废由人事"。所谓"人事"，就是"存乎一心"的创造和运用。明代学者章潢有段十分精彩的论述：

　　天下形势，得之者胜，失之者败，然有形势之体，有形势之用。何谓体？地里、险隘、
轻重之分是也；何谓用？人事、规画、缓急之序是也。孟子曰："天时不如地利，地利不如
人和。"地利者，形势之体；人和者，形势之用也。……由是观之，则古今之形势可知矣，
轻重之分、缓急之序可按而举矣[22]*。*

　　章潢指出"形势"包括"体"和"用"两个方面，前者是地里、险隘、轻重，是天然的形局，后者是人事、规画、缓急之序，是人为的认知，对地理形势的自觉认识和运用直接关系到边塞与都邑的建设。这主要是就宏观尺度而言的，实际上引申到都城尺度也未尝不可，置陈布势就是"人事"的表现，是规画的表现，是时空的运筹帷幄和统筹安排。

7　因势利导

　　都城空间结构布局初步形成后，在不同时期城市发展的外部环境与条件不断变化，产生不同的功能需求，都城规画也因势利导，不断追求空间的新秩序。此中所"因"之"势"就是"时势"。

　　就六朝建康来说，东吴时期从石头城到将军府，从将军府到太初宫，从太初宫到昭明宫，乃至运渎、青溪、潮沟等，都是因势利导的结果。从东吴建业到东晋建康，作宗庙社稷定中轴，先后修建西州城与东府城，咸和年间仿制洛阳作新都、台城居中、建康城纤徐委曲，咸康年间壮宫室而为能等，同样是因势利导的结果。南朝在东晋建康的基础上，根据形势的变化，又增辟城门、立都墙、修驰道，台城增至三重墙，重修宫室壮观瞻、兴筑苑囿，强化中轴礼制功能，广修寺院等，都城格局不断完善，都城面貌锺事增华。总之，六朝建康规画可以分为初基（东吴）、成形（东晋）、增华（南朝）3 个大的阶段。其中，东吴的草创定下基本格局；东晋规模粗具（表 1，图 14，图 15）。

表 1　六朝建康都城变化情况及关联

	东吴·初基	东晋·成形	南朝·增华
选址	移镇秣陵	谋入建邺 留都建康	
都城	阖闾间之所营 采夫差之遗法	仿制洛阳作新都 纤徐委曲建康城	争胜洛阳 辟城门立都墙 修南北驰道
宫城	从将军府到太初宫 昭明宫	台城居中 壮宫室而为能	台城三重墙 宫室壮观瞻
园林	苑城	华林园	兴筑苑囿
城邑	石头城	西州城与东府城	西州城与东府城

续表

	东吴·初基	东晋·成形	南朝·增华
中轴线	太初宫—朱雀航 苑路	宗庙社稷定中轴 枢轴融于自然	强化中轴礼制功能
其他	夹淮立栅 仓城 穿堑发渠		南朝四百八十寺

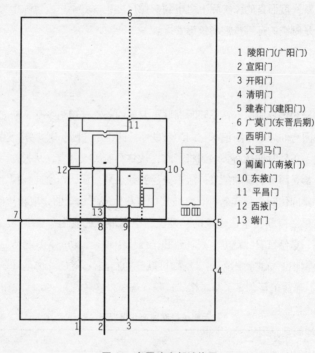

1 陵阳门(广阳门)
2 宣阳门
3 开阳门
4 清明门
5 建春门(建阳门)
6 广莫门(东晋后期)
7 西明门
8 大司马门
9 阊阖门(南掖门)
10 东掖门
11 平昌门
12 西掖门
13 端门

图 14　东晋建康都城格局

综上所述，将大地作为第三重证据，与纸上之材料、地下新材料相结合，在千百年后重新体验张纮、孙权、王导、谢安、刘裕、梁武帝等，进行仰观俯察、相土尝水、辨方正位、计里画方、置陈布势、因势利导，初步窥探六朝建康规画的奥秘。在某种程度上说，这是对六朝都城空间的重构，通过利用现代空间技术，复原当时生活环境、空间结构与形态，进而结合时势，对历史遗痕和考古发现等众多要素与线索进行整合与再结构。通过对历史文献和考古资料的空间性解读，空间线索不断浮现和交织，终于形成突变，对六朝建康都城空间结构形态也获致一个较为完整的认识。当然，本文属于研究方法的探索，很多内容基于上述逻辑的推测，其真实情况，有些可以参照零星的考古发掘报道，更多的内容还有待考古报告的发表、将来考古及其他文献资料、其他方法所验证。

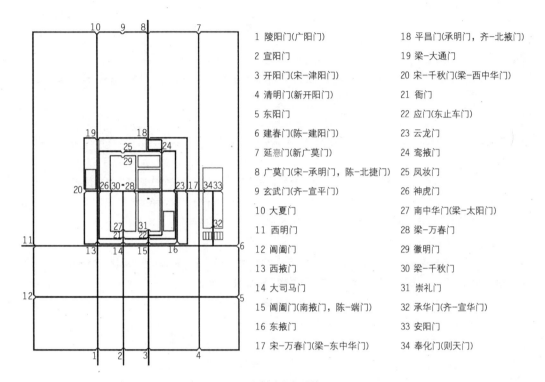

1 陵阳门(广阳门)　　　　　　　18 平昌门(承明门，齐-北掖门)

2 宣阳门　　　　　　　　　　　19 梁-大通门

3 开阳门(宋-津阳门)　　　　　20 宋-千秋门(梁-西中华门)

4 清明门(新开阳门)　　　　　　21 衙门

5 东阳门　　　　　　　　　　　22 应门(东止车门)

6 建春门(陈-建阳门)　　　　　23 云龙门

7 延熹门(新广莫门)　　　　　　24 鸾掖门

8 广莫门(宋-承明门，陈-北捷门)　25 凤妆门

9 玄武门(齐-宣平门)　　　　　26 神虎门

10 大夏门　　　　　　　　　　27 南中华门(梁-太阳门)

11 西明门　　　　　　　　　　28 梁-万春门

12 阊阖门　　　　　　　　　　29 徽明门

13 西掖门　　　　　　　　　　30 梁-千秋门

14 大司马门　　　　　　　　　31 崇礼门

15 阊阖门(南掖门，陈-端门)　32 承华门(齐-宣华门)

16 东掖门　　　　　　　　　　33 安阳门

17 宋-万春门(梁-东中华门)　　34 奉化门(则天门)

图15　南朝建康都城格局

顺便指出的是，在探讨六朝建康规画的过程中，本文发现中国古代规画学具有悠久的历史、丰富的内容和重大的成就，形成了独特风格的体系。这一体系的全貌还有待发掘清理，兹根据本文的研究对中国古代都城规画的某些局部作一初步窥探：

第一，规画是因地制宜、因势利导的结果，是一个不断生成的整体。上述对六朝建康城规画的认识，就是将其放置到历史的社会经济背景和自然的地理环境中考察的结果。

第二，都城是具有鲜明的空间性、象征性和变动性的人居环境，都城规画根据自然地理条件，运用规、矩、准、绳等基本工具，将都城防御、生存、礼制等功能需要具体落实到空间上来。

第三，在深入广泛的实践基础上，进行抽象概括和总结提高，形成中国古代规画的一些基本理论和方法，这些理论和方法的简单易明与其广泛应用互相辉映。《周易·系辞》云：

> 易则易知，简则易从。易知则有亲，易从则有功；有亲则可久，有功则可大；可久则贤人之德，可大则贤人之业㉓。

相信古代规画属于简易之道，认识了其基本原理，许多营建问题也就迎刃而解。谜底如此浅显，反而料想不到。

致谢

在本文成稿过程中，南京博物院王志高研究员提供石头城的考古线索，并就有关问题展开讨论，特此致谢！

注释

① 自东吴黄武八年（229年）九月，孙权移都建业，到陈祯明三年（589年）元月，隋军灭陈，共360年。期间，孙吴甘露元年（265年）九月，后主孙皓徙都武昌，次年十二月还都建业，前后共15个月；从东吴天纪四年（280年）三月，西晋灭吴，到晋建武元年（317年）三月，琅琊王司马睿正式在建康建立东晋政权，间隙37年；梁末侯景乱梁之后，承圣元年（552年）十一月，梁元帝萧绎即位于江陵，承圣三年（554年）十二月，梁敬帝萧方智即位于建康，前后共2年。因此，建康真正为都时间计321年。

② （汉）司马迁：《史记·夏本纪》。

③ （美）刘易斯·芒福德著，宋俊岭、李翔宁、周鸣浩译：《城市文化》，中国建筑工业出版社，2009年。

④ 王国维：《古史新证：王国维最后的讲义》，清华大学出版社，1994年。

⑤ （唐）许嵩撰，张忱石点校：《建康实录》，中华书局，1986年。

⑥ （清）《四库全书》史部四，《建康实录》提要。

⑦ 王国维："殷周制度论"，《王国维遗书·观堂集林》（卷九），商务印书馆，1940年。

⑧ 在王国维"二重证据法"的基础上，也有人提出"三重证据法"，如饶宗颐将考古材料细分为考古资料和古文字资料两部分，因此三重证据便是有字的考古资料、没字的考古资料和史书上之材料；叶舒宪加上"文化人类学"的资料与方法的运用，其三重证据法是考据学、甲骨学同人类学互相沟通结合，这些说法与本文针对具有"人居环境"性质的都城而提出的"三重证据法"显然有所区别。

⑨ 《易·说卦》："坤为地……为大舆。"

⑩ （明）顾起元撰，张惠荣点校：《客座赘语》，凤凰出版社，2005年。

⑪ 《晋书·裴秀传》记载"制图六体"的具体内容："制图之体有六焉。一曰分率，所以辨广轮之度也。二曰准望，所以正彼此之体也。三曰道里，所以定所由之数也。四曰高下，五曰方邪，六曰迂直，此三者各因地而制宜，所以校夷险之异也。有图像而无分率，则无以审远近之差；有分率而无准望，虽得之于一隅，必失之于他方；有准望而无道里，则施于山海绝隔之地，不能以相通；有道里而无高下、方邪、迂直之校，则径路之数必与远近之实相违，失准望之正矣，故以此六者参而考之。然远近之实定于分率，彼此之实定于准望，径路之实定于道里，度数之实定于高下、方邪、迂直之算。故虽有峻山钜海之隔，绝域殊方之迥，登降诡曲之因，皆可得举而定者。准望之法既正，则曲直远近无所隐其形也。"

⑫ （美）余定国著，姜道章译：《中国地图学史》，北京大学出版社，2006年。

⑬ 《周易·系辞上》称"仰以观于天文，俯以察于地理"；《周易·系辞下》称"仰则观象于天，俯则观法于地，观鸟兽之文与地之宜"。

⑭ 此语出自西晋人张勃的《吴录》一书所引用的诸葛亮之言，原文为"钟山龙蟠，石头虎踞，此乃帝王之宅也"（见《建康实录》卷三所引），强调了岗阜的两端、左右对称格局。1960年代，著名历史地理学家谭其骧先生在

南京的一个学术论坛上曾经指出：诸葛亮其实从来没有来过南京。但是，用"龙盘虎踞"来总结和概括对南京的山水格局，将钟山与石头等量齐观，这种观念和认识至迟在西晋时期已经成形了。

⑮《汉书·晁错传》。

⑯ 吕思勉：《吕思勉论学丛稿》，上海古籍出版社，2006 年。《孙吴为什么要建都南京》原题为《南京为什么成为六朝朱明的旧都》，刊于 1946 年 5 月 3 日的《正言报》。本文引自《吕著三国史话》，中华书局，2006 年。《孙吴为什么要建都南京》一篇，曾以原题《南京为什么成为六朝朱明的旧都》收入《吕思勉遗文集》上册（华东师范大学出版社，1997 年版），但也有一些删节，其中论述明朝的都城选择、汉代翼奉等议论迁都等的问题，实在很值得现在研究中国史的学者重视。

⑰ 刘操南："诗'定之方中，作于楚宫；揆之以日，作于楚室'解"，见《古代天文历法释证》，浙江大学出版社，2009 年。

⑱ 2002 年 2 月，在升州路和中华路交接的西北侧的江苏省交通厅综合楼工地发现一座孙吴时期的砖井，井内出土一把保存完好的象牙尺，尺长 24.3 cm。

⑲ 与"里"相关的有长度单位"丈"和面积单位"夫"、"井"。1 里为 150 丈，1 丈为 2 步，《三国志·吴书》记载东吴建业太初宫"周三百丈"，即周二里，合今 874.8 m。古代田地分配以一夫授田的面积"夫"为基本计算单位，1"夫"为方一百步，合一百亩，实即面积模数；又规定 9"夫"为井，"井"方一里。《周礼·考工记》规定都城规模："匠人营国，方九里，……市朝一夫。"

⑳《晋书·王导传》。

㉑ 隋平陈，移江宁县治于故都宣阳门外陈之安德宫。次年，即隋开皇十年（590 年），移县治于冶城稍东的晋西州城旧址。江宁县所辖尽括六朝京畿之地。入唐以后，县名屡改，先后称归化（武德三年）、金陵（武德八年）、白下（武德九年）、江宁（贞观九年，县治仍金陵县故治）、上元（上元二年，761 年）等，期间，武德九年白下县治迁至白下村，贞观九年县治迁回，大部分时间县城址都在晋西州城旧址。

㉒（明）章潢：《图书编》（卷四十三）"边防形胜"。收录于《四库全书》子集。

㉓ 意思是说，简明的原理容易理解，简易的方法容易掌握。原理容易理解，就有人亲附；有人亲附，就能保持长久。保持长久，就是贤人的才智，能够壮大，才能成就伟大的事业。

参考文献

[1] 傅熹年：《中国古代建筑史》（第二卷），中国建筑工业出版社，2001a 年。

[2] 傅熹年：《中国城市建筑群布局及建筑设计方法研究》，中国建筑工业出版社，2001b 年。

[3] 郭湖生："六朝建康"，《建筑师》，1993 年第 54 期。

[4] 郭湖生：《中华古都：中国古代城市史论文集》，空间出版社，1997 年。

[5] 郭湖生："台城辩"，《文物》，1999 年第 5 期。

[6] 郭黎安：《六朝建康》，香港天马图书有限公司，2002 年。

[7] 贺业钜：《中国古代城市规划史》，中国建筑工业出版社，1996 年。

[8] 贺云翱：《六朝瓦当与六朝都城》，文物出版社，2005 年。

[9] 胡阿祥、李天石、卢海鸣编著：《南京通史·六朝卷》，南京出版社，2010 年。

[10] 蒋赞初编著：《南京史话》，中华书局，1963 年。

[11] 李零：《唯一的规则：〈孙子〉的斗争哲学》，生活·读书·新知三联书店，2010 年。

[12] 刘敦桢主编：《中国古代建筑史》，中国建筑工业出版社，1980 年。

[13] 刘宗意："六朝都城与台城位置考"，《南京区域文化与旅游产业学术研讨会论文集》，2001 年。

[14] 刘淑芬：《六朝的城市与社会》，台湾学生书局，1992 年。

[15] 卢海鸣：《六朝都城》，南京出版社，2002 年。

[16] 罗宗真：《六朝考古》，南京大学出版社，1994 年。

[17] 吕武进、李绍成、徐柏春：《南京地名源》，江苏科技出版社，1991 年。

[18] 马伯伦主编：《南京建置志》，海天出版社，1994 年。

[19] 石尚群等："古代南京河道的变迁"，《历史地理》，1990 年第 8 辑。

[20] 苏则民：《南京规划史稿》，中国建筑工业出版社，2008 年。

[21] 宿白："隋唐长安城和洛阳城"，《考古》，1978 年第 6 期。

[22] 汪德华：《中国城市规划史纲》，东南大学出版社，2005 年。

[23] 武廷海："从形势论看宇文恺对隋大兴城的'规画'"，《城市规划》，2009 年第 11 期。

[24] （唐）许嵩撰，张忱石点校：《建康实录》，中华书局，1986 年。

[25] 杨国庆、王志高：《南京城墙志》，凤凰出版社，2007 年。

[26] 殷维翰主编：《南京山水地质》，地质出版社，1979 年。

[27] 张学锋："六朝建康城的发掘与复原新思路"，《南京晓庄学院学报》，2006 年第 3 期。

[28] 郑孝燮："关于历史文化名城的传统、特点和风貌的保护"，《建筑学报》，1983 年第 12 期。

[29] （日）中村圭尔："六朝古都建康都城位置新探"，《南京史志》，1991 年第 6 期。

[30] （日）中村圭尔：《六朝江南地域史研究》，汲古书院，2006 年。

[31] 朱偰：《金陵古迹图考》（1936 年），中华书局，2006 年。

Editor's Comments

This article, written by Professor T. G. McGee from Department of Geography at University of British Columbia, whose main research interests is the urbanization in developing countries, was selected from his "Managing the Rural-Urban Transformation in East Asia in the 21st Century" which was published in *Sustainability Science* (Vol. 3, No. 1) in 2008. In this paper, McGee criticized the urbanization dominant strategy which has been adopted by the developing countries in East Asia. It reviews that the mode of development in which rural and urban areas are separated is unsustainable. Then the author pointed out that we must adopt sustainable management strategies to integrate urban and rural activities and promote the overall social transformation from both rural and urban sectors. In China's rapid urbanization process, this article is really worthwhile to make a reference and enlighten the studies on balancing urban and rural development.

编者按 T. G. 麦吉博士是英属哥伦比亚大学（UBC）地理系教授，主要研究方向是发展中国家城市化。本文译自麦吉发表于《可持续发展科学》2008 年第 1 期的文章。麦吉在文中批判了东亚发展中国家的城市化主导战略，指出城乡割裂状态下的发展无法持续，必须以可持续发展的管理策略统筹考虑城市和乡村的各类活动，从城、乡两方面共同推进社会的整体转型。本文对于深入思考中国城市化快速推进过程中如何统筹城乡协调发展具有重要的参考意义。

21 世纪东亚城乡转型管理[①]

T. G. 麦吉

焦永利 李晓鹏 译，史育龙 校

Managing the Rural-Urban Transformation in East Asia in the 21st Century

作者简介

T. G. 麦吉，英属哥伦比亚大学。

焦永利，中国人民大学公共管理学院城市规划与管理系；

李晓鹏，中国人民大学区域与城市经济研究所；

史育龙，国家发改委宏观经济研究院。

摘　要　过去 30 年，在亚洲各国所推行的宏观发展战略影响下，东亚的城乡转型历程颇具特点，本文首先对这些特点进行了归纳。尽管东亚各国一直都表示重视乡村地区发展，关注粮食安全以及农村贫困等问题，然而实际推行的战略性政策却都强调将城市化作为发展经济的主要手段。当然，这一倾向有其经济上的合理性，规模经济、城市大市场的形成以及生产率提高等原因使城市在经济增长中占据了关键性地位。本文认为此种发展路径错误地将城乡割裂开来。事实上，发展应该致力于加强城乡之间的联系，

T. G. MCGEE
(University of British Columbia, Vancouver, Canada)

Abstract This article explores the special features of the rural-urban transformation in East Asia in the last 30 years within the broader context of the development strategies of Asian governments. Despite an ongoing commitment to the rhetoric of concern with rural development, food security and the alleviation of rural poverty, these policies have emphasised the important role of urbanisation as the prime process influencing economic growth. This is supported by the economic argument that the economies of scale, the creation of mass urban markets and the higher productivity that occur in urban places make them crucial to development. This paper argues that this approach creates a false dichotomy between rural and urban areas, whereas development should aim to increase the linkages between rural and urban areas aimed at producing societal transformations rather than separate rural and urban transitions. The paper then explores the empirical evidence of rural-urban transitions in East Asia with a more detailed case study of China, which is considered to be a crucial example because of the size of its population, the special conditions of market socialism and its institutional capacity to manage the rural-urban transformation. The final section focuses on the importance of developing spatial sensitinity to the management of the rural-urban transformation in the 21st century. Old divisions between rural and urban sectors must be replaced by planning that integrates urban and rural activities so that they adopt sustainable management strategies which utilise concepts of eco-systems in which rural and urban activities are linked, so as to create sustainable urban regions, cities and societies.

Keywords East Asia; urbanisation; rural-urban linkages; spatial planning; Desakota; eco-systems

促进社会的全面转型，而非放任城、乡在割裂状态下各自"变迁"。实证研究方面，本文详细分析了中国的转型历程，之所以选择中国是因其在人口规模、市场化以及管理城乡转型的制度能力等多方面均具有重要的案例价值。文章最后指出，要管理21世纪的城乡转型，必须重视空间属性。传统的城乡二分法必须转换为更加综合与协调的规划策略——以可持续发展的管理策略统筹考虑城市和乡村的各类活动。通过生态系统这一概念框架将城市和乡村活动统摄起来，最终目标是创造出可持续的都市区、城市及社会。

关键词 东亚；城市化；城乡联系；空间规划；Desakota；生态系统

1 引言

过去30年间，亚洲发展中国家的学者及政策制定者都倾向于推行城市化战略，积极推动经济结构向工业和服务业转型（World Bank, 1993; White, 1998）。尽管东亚各国一直都表示重视乡村地区发展，关注粮食安全以及农村贫困等问题，然而，单方面倾向于城市化的发展战略却导致这些政策难以落实。引发此类现象的原因很多，但毫无疑问，最重要的原因来自传统经济学观点，即投资于工业和服务业能够创造出远高于投资农业的回报。由此发展出一种理念，认为城市化是现代化过程中不可避免的一环；城市范围内的规模经济、大市场的形成以及更高的生产率造就了城市在发展过程中不可或缺的地位（Lampard, 1965）。对正处于高速工业化之中的东亚国家[②]而言，采用这一发展路径的效果十分显著，这些国家都在经历着快速的城市化，其工业规模不断提升，城市服务业部门的重要性也日益增加。与此同时，作为尚有争议的全球化进程的一部分，不断发展的全球经济一体化以及发达国家的经济结构调整等大趋势又进一步强化了东亚国家的发展成效（Olds et al., 1999; McGee and Watters, 1997）。

东亚发达经济体实行片面城市化发展战略所导致的后果有：农业从业人口比例下降、农村地区人口减少、农户急剧减少、资本密集导向下的农业结构调整、就业非农化、农业劳动力转移以及粮食进口增加等；同时，在此过程中，城乡收入差距不断拉大，这也促使农村人口流向城市。1960～1990 年代，农业生产中的科技投入持续增加（绿色革命），导致农业生产率激增（特别是谷类作物），这使得东亚国家有能力为不断扩张的城市劳动力人口提供粮食价格补贴，从而压低生活成本、保持劳动力的低工资水平。这些措施让东亚国家在吸引国际投资方面更具竞争力（Rigg，2001）。

当然，以上的陈述无疑过于简化了东亚国家在发展战略上的思路。因此，在正文中本文将分 5 个部分对此展开详细分析。

首先，政策制定者和研究人员错误地理解了城市化和工业化。他们将其视作现代化进程中不可或缺的驱动力，却没有认识到城市化和工业化要求城市和乡村同时转型，而在此过程中加强这两大部门之间的联系才是成功的关键。城乡转型在农村和城市地区同时发生、相互交融，在此背景下，农业显然不大可能再保持传统的发展模式，城市的增长也不可能通过在乡村地区发展小城镇完成。

第二，在"发展进程中的变迁（transitions）与转型（transformations）"一节中，是要区分"变迁"与"转型"、揭示传统城乡二分法的缺陷并强调城乡联系的重要性。本文运用"变迁"与"转型"的概念考察了亚洲、东亚及中国的城乡转型过程，研究表明，农业的发展及其与城市部门的互动对成功的工业化与城市化具有重要作用。

第三，很明显，中国是一个特殊的转型案例，这不仅因为中国正在进行市场化改革，更是因为其幅员辽阔、区域差异明显以及城乡转型过程中特有的复杂性。因此，本文将在"中国：城乡转型的一个特殊案例"一节中对之进行详细阐述。

第四，在"城乡转型管理：空间的重要性"一节中，探讨从空间维度理解城市化进程的必要性。事实上，空间属性是理解东亚城市化的基础性要素。

最后，在"亚洲的城乡转型管理"一节中提出，在转型过程中构建可持续社会的关键在于管理与政策创新。该节还强调要充分认识到城乡转型的空间、生态影响，这些影响往往在东亚巨型城市的边缘地带集中显现出来。在这些边缘地带内，转型造成的城乡关系紧张十分突出。

2　发展进程中的变迁与转型

大多数发展理论假设发展中国家都要经历从不发达到发达的变迁过程（Rostow，1960；Porter，1990）。在此过程中，虽然变迁的节奏与速度在国家间、区域间存在差异，但其总体上是全球性趋势。此类观点的内涵是从传统形态到现代化的变迁，具体表现有：①人口变迁，主张社会人口会经历从低增长到高增长再到缓慢增长 3 个阶段；②环境变迁，认为随着社会发展，环境问题突出，可持续性的话题变得敏感；③最后是城市变迁，认为随着国家发展，城市化水平会不可避免地由低变高。

这些转型理论都基于 3 个假设：第一，虽然不同国家间存在差异，但转型本身不可避免，且必须经历这些变迁才能成为发达国家；第二，转型过程是线性的，虽然不同国家经历各个阶段的时间长短不定，但依次经历不同阶段仍是先决条件；第三，转型理论中的城乡转型模型采用了一个城乡二分的经典模型。这一模型的基础理念是认为城乡二分反映了社会的管理架构和空间结构（Champion and Hugo，2004；Montgomery et al.，2003）。因此，转型理论认为空间重组是发展过程中的重要一环。

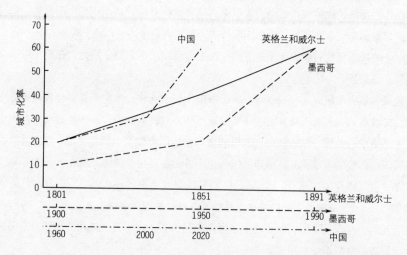

图1 加速化的转型：英格兰和威尔士、墨西哥及中国的城市化水平提升速度比较（%）

本文的核心论点是：运用此类转型理论和模型来考察东亚当代的发展是存在缺陷的。这一论点表面上似乎不合常理，因为东亚多个国家和地区（日本、韩国、中国台湾以及马来西亚）经历的转型历程显示出与传统转型理论的普遍一致。但本文认为［正如马尔科图利奥和李（Marcotullio and Lee，2003）的观点］：转型的宏观环境已与当初大不相同，如今国家转型的节奏要大大快于先发国家所经历的转型过程。考虑到环境转型，马尔科图利奥和李认为"这个时代的特点是时间的压缩，而转型发生在此背景之下"（Marcotullio and Lee，2003；Marcotullio，2003）。图1展现了英格兰和威尔士、墨西哥以及中国城市化水平的变化，中国仅用一半的时间就能达到其他两个国家历经100年才能达到的城市化水平，并且，中国城市化的人口规模要远远大于前两者。马尔科图利奥和李进一步宣称，当代的转型已经被压缩进"一个比此前转型在时间上更为紧凑的转型进程"之中（Marcotullio and Lee，2003；Marcotullio，2003）。

传统上，城乡二分模型居于转型理论的中心，本文发现，在反驳此理论的过程中，"转型压缩"这一概念十分有用。"转型压缩"（也被称做"时间—空间压缩"）这一概念的基础是：交易活动正在被国家内部以及国家之间那些明显加速的各种"流"所驱动，包括人流、商品流、资金流、信息流等。最明显的是资金和信息可以实现瞬间流动（除非存在制度或技术管制），同时，人员和商品的流动速度也在过去50年间大大提升。在国际层面，这些革命性变化被普遍认为是全球化时代的一个重要组成部分，而全球化进程中的另一个重要因素则是国家对跨国投资的鼓励。

交易活动的革命性变化更加突出了国家内部空间经济的重要性，突出了各经济板块间人流、商品流、资金流、信息流的重要性，在此框架下，城乡间流动仅作为国家内部多种"流"的一类，这些流包括区域贸易以及城市与城市间（即国家内部各个交易节点之间）的交易活动（图 2）。因此，我们应当以更加动态化的视角去观察国家的发展，发展可以视作是国家经济空间转型的过程。在转型过程中，将转型视作城乡空间分离基础上各自发展的观念是不准确的，事实上，经济板块间的各类联系和互动能够更准确地反映当前的现实情况。因此，本文强烈呼吁修正城乡变迁的概念，要将其视为一个转型的过程，从国家空间的角度审视发展，认识到城市和乡村联系日益紧密，并愈加被整合进一个统一的转型进程之中。换言之，我们不再需要透过传统理论的透镜来审视转型，因为这些理论已经不再符合当今的现实。今天的东亚，城乡转型的根本驱动力量是空间的经济联系网络，这一网络提供了一个将人流、商品流、资金流、信息流整合其中的动态空间框架。当然，在中国、印度这样的大国中，一些地理上相对偏远的区域与外界发生经济互动的难度仍然较大，然而新的信息沟通方式增加了这些地区与外界互动的机会。

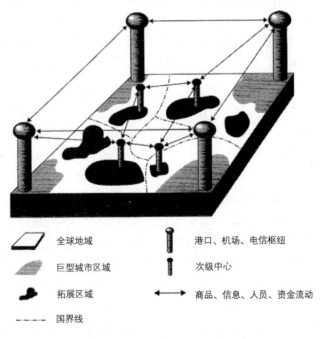

	全球地域		港口、机场、电信枢纽
	巨型城市区域		次级中心
	拓展区域	←→	商品、信息、人员、资金流动
	国界线		

图 2　全球化影响下的空间格局

这意味着，根据发展特点的变化而对转型理论所作出的修正是站得住脚的：转型包含了空间网络中的各种流，这一空间网络消弭了城乡之间在政治、经济上的空间二分。正如本文此前讨论的，传统上乡村活动往往被认为在发展中发挥消极作用，而"转型网络"（transcending networks）这一概念则促使研究者反思对乡村活动（注意，不是乡村地域）的若干假设。不能仅仅认为农业是发生在农村的一种活动，而要以联系的观点将农业的贡献理解成为城市和城市边缘地区生产食品。据加莱（Gale，2000）估算，1997年中国农业生产增加值（GVAO）中有10％是在城市中创造的。在接下来的两节中，本文将尽量证明，对东亚和中国而言，采用修正后的研究思路能够对农业在发展过程中的贡献作出更加符合实际的评价。

3　转型中的亚洲乡村与城市空间（1980～2000）

本节试图从两个层面来观察城乡空间的转型。首先，从全球层面评估亚洲对全球农业生产及城市化进程的影响；其次，聚焦于那些已经完成了从农业社会向城市社会转型的东亚国家和地区，特别是日本、韩国及中国台湾，剖析其发展经验。

3.1　农业生产及城市化的全球图景：亚洲的贡献[③]

对全球农业生产及农业劳动力投入的分析表明，过去30年间，以美元不变价表示的农业产出水平翻了一番（International Labor Organization，2005）。此间，农业劳动力（以经济上活动于农业的人口来测度）的投入从8.98亿人左右增长到13亿人。在这30年中，全球农业增长图景中最明显的变化就是亚洲的增长，亚洲农产品产量占全球的比例从28％增长到43％，农业劳动力所占比例从73％增长到79％。同期，世界城市化水平从36.8％增长到47.2％，亚洲城市化水平从23.4％提升为37.5％。联合国人口署（the UN Population Division）估计未来30年在全球范围内城市化的趋势还将持续，达到60％，而亚洲城市化水平也将在2030年达到51％。2000年，亚洲人口占世界的比例为60％，这也意味着，未来30年将有13亿人必须被城市区域所吸纳，而同时农村区域的常住人口依然保持在同一个数量级之上，估计为22亿人（Population Division UNO，2002）。

观察全世界城市化的经验，亚洲人口变动的趋势反映在数字上就具有极大的特殊性。例如，据估计西欧在19世纪时城市化水平提高到40％所转移的人口仅5 000万人，而在亚洲这一数字高达13亿。当然，在次区域尺度及国家层面，亚洲人口变迁的图景主要取决于那些人口超过1亿人的发展中大国，包括中国、印度、巴基斯坦、孟加拉国以及印度尼西亚，并且未来30年间，菲律宾、越南也将加入这一行列。到2030年，这些大国（超过1亿人）的人口将会占亚洲人口的80％以及世界人口的59％。因此，这一量级的人口变化就构成城乡转型管理的一个基础性挑战。

3.2　完成转型的新兴工业化国家和地区：日本、韩国及中国台湾

正如上文所言，日本、韩国及中国台湾等东亚国家和地区的发展经验似乎已经成为后发国家谋求向城市社会转型的示范性路径，中国和其他许多亚洲国家正在采用这一模式。这里一并讨论新加坡和

中国香港等城市国家和地区。1960年代之后，这些国家和地区都经历了高速城市化和工业化，而城市化和工业化则带来了国民收入的显著增长。同时还选择其他东亚发展中国家并考察其城市化历程，以资对比（表1），但并不在这里作深入分析（中国除外）。虽然在转型过程中，日本、韩国及中国台湾的农业生产率都有实质性提升，但都没有发展出强大的、足以承载农村人口的农业产业部门。这些国家和地区都经历了农村人口的减少以及农村人口老龄化，同时都越来越依赖于粮食进口。这3个国家和地区有着一些共同特点：高人口密度；韩国与中国台湾"二战"之前都曾在历史上受到日本的影响；1946年后都经历了土地改革和技术创新，导致农业生产率快速提升。大多数学者认为，农业生产率提高与外国援助及投资等因素一道对非农部门和交通基础设施的发展做出了重要贡献。这些国家和地区的共同经历还包括：高速工业化、农业变迁、教育水平提升、市场经济条件下的"国家引导与控制"等。

表1　国内生产总值结构及城市化水平变化（1960～1980～2000）（%）

城乡变化轨迹	农业			工业			服务业		
	1960	1980	2000	1960	1980	2000	1960	1980	2000
I类国家和地区									
中国台湾	28	9	3	29	46	35	43	49	62
日本	13	4	1	45	43	32	42	53	66
韩国	37	16	5	20	39	44	43	45	51
II类国家									
马来西亚	36	23	9	18	30	51	46	47	40
泰国	40	22	9	19	28	42	41	50	49
印度尼西亚	54	26	16	14	39	46	32	35	38
菲律宾	26	22	16	28	36	32	46	42	52
III类国家									
缅甸	33	48	57	12	13	10	55	39	33
IV类国家									
中国	39	33	15	38	47	46	23	20	39

注：（1）因新加坡和中国香港均已完全城市化，故未将二者纳入此表。此表亦不包括老挝、柬埔寨及越南的变化情况。

（2）城市化轨迹：I类国家和地区：高度城市化（高于70%）；II类国家：中等城市化（40%～60%）；III类国家：低水平城市化（低于30%）；IV类国家：中国，特例，城市化水平36%。

（3）GDP构成中农业、工业、服务业数值均为其所占百分比。

资料来源：世界银行各年度《世界发展报告》，华盛顿；中国台湾地区数据来自各年度台湾统计年鉴。

　　1960年代以来，这3个案例都致力于发展出口导向和进口替代型产业，并将这些产业布局于主要中心城市之间的走廊地带，如东京—大阪、首尔—釜山、台北—高雄等。发展到2000年，在这些发展廊道上承载了这些国家和地区的大部分人口，且结构变化也最为迅速。这些城市发展带与主要的铁路系统密切相关，如从 1898 年开始就有了连接台北（及其港口基隆）与南台湾地区高雄的铁路。同样地，到 1928 年，日本已经建立起了连接东京和大阪的铁路与桥梁系统，并与朝鲜半岛的釜山、首尔、平壤和新义州等成为一个体系。"二战"之后，这些国家和地区开始发展经济，通过对交通基础的持续投资，在自由贸易区、工业园区布局出口导向型产业，随着产业的繁荣，在台北—高雄、首尔—釜山等中心城市节点间出现人口集聚。1960 年首尔和釜山的人口为 360 万，占韩国人口的 14%，到了 1975 年，这一城市带的人口占到全国的 27%。最近若干年，韩国和中国台湾地区都完成了类似于日本新干线的铁路系统，从而更加推进了类似于东京—大阪发展带这样的城市化廊道的兴起。将这些情况与本文第一节中的讨论结合起来就会发现，亚洲新兴工业化国家（NICs）不仅成功实现了结构转型，也同时打破了"距离阻碍"，降低了交通成本。为了实现这些，政府必须划分、控制国家领土并开展多种多样的空间实践，比如集中公共资金和信贷投放在这些地区的交通与通信基础设施建设上，这是提升城市化水平和减少农村人口的重要措施。一些研究者倾向于将这些成功之举归因于"自由化的资本主义"进行的推动，这一观点显然是过于简单化的理解。在这些新兴工业化国家的宏观转型环境下，商品、人员和物品流动速度提升，在很大程度上是政府的意愿，即"消灭"各自国家内部空间距离的结果（McGee and Lin，1993）。

4　中国：城乡转型的一个特例

当前，中国的城乡转型似乎显示出与日本、韩国及中国台湾地区发展经验相同的一些特征。1978 年以来，中国的农业生产率不断提升，农村向城市的人口流动加速，在沿海地区及不断扩张的大都市地区（沈阳—大连、北京—天津、上海—杭州—南京、香港—广州—澳门等），工业化和城市化进程快速进行。据估计，1999 年中国 GDP 的 45%、工业产出的 33% 以及出口的 75% 都集聚于这 4 个大都市区域，而 2000 年这 4 个大都市区域的人口却仅占全国的 10%（McGee et al.，2007）。这一发展模式导致了东部发达地区与中西部落后地区的收入差距不断扩大，这也成为中国"十一五"规划中的一个主要的政策忧虑（Ewing，2006）。总之，从表面上看，中国似乎正在跟随日本、韩国和中国台湾地区的发展轨迹。

中国似乎正在复制已完成转型的东亚新兴工业化国家的发展模式，但许多机构和组织（各国际组织、非政府组织等）考虑到种种原因开始担心中国的发展路径将导致环境可持续发展方面的一些严重问题，而这些问题不仅仅关涉中国一国，甚至可能是世界性的（Brown et al.，1995）。首先，这些人指出，中国 2002 年 GDP 达到 12 720 亿美元，以现行汇率计算是世界第六大经济体，而以购买力平价（PPP）计算则是第二大经济体，伴随着贸易和投资的高速增长，中国必将成为全球经济中的一个关键性角色。第二，这些机构和组织还指出中国是人口第一大国，拥有 13 亿人口，占世界人口的 21%。虽然 1991~2003 年中国 GDP 高速增长，且平均增速达 9.0%，但 2002 年中国的人均国民收入仍只有 1 000 美元，中国依然是一个中低收入国家。这就意味着，随着中国步入人均收入高水平国家行列，并且城市化水平大大提升，对环境的需求必将越来越大。第三，随着中国持续的城市化，假设中国开始大规模发展机动化为中心的交通系统，包括私人小汽车、摩托车、卡车以及各种公共交通如公共汽车、小型巴士等，这必将对土地和能源产生越来越大的压力。这种机动化为中心的交通系统的主要特点是需要大量道路、停车场以及接驳点等空间资源。因而，这些系统涵盖了"……数量巨大的道路等硬件基础设施，服务与维修设施，停放空间以及精细化的管理机构等社会软件设施"（Freund and Martin，1999）。"汽车文化"支持了机动化的城市发展模式，而汽车文化又由以下因素所鼓励：汽车制造业发展、中上收入阶层消费者拥有私人小汽车的需求、国家鼓励汽车产业的发展战略，通常这一战略会与国际汽车生产商合作推行。因而，机动化为中心的系统鼓励了城市各类活动（居住、工作和休闲）向外蔓延，国家的相关政策也支持了这些蔓延行为，如工业去中心化、向城市边缘搬迁、交通节点（港口、机场）间联系网络的建设等。空间上看，这些推动力主要集中于中国城市的边缘，特别是集中于沿海地区，而这些地区又恰好是最为肥沃、农业生产率最高的区域。

虽然中国幅员辽阔，然而耕地面积仅有 1.3 亿 hm²，仅占国土面积的 13.5%，这些耕地大多位于东部，而东部又是城市化速度最快、富饶农业土地被占用最多的区域。人口同样分布不均，近 90% 的人口生活在 40% 的土地面积上。这对水、土地、能源等各类资源的需求巨大，因这些资源都是快速城市化过程中的必需投入。因此，在未来几十年，中国在创建可持续和宜居社会的过程中将面临诸多的挑战。

过去 20 年间，更多的注意力都投给了中国强劲的经济表现，经济的成功大部分要归因于工业、服务业的增长以及城市市场的扩张。同时，农业部门也为经济增长作出了重要贡献，尽管农业对 GDP 的贡献从 1990 的 28% 下降到 2003 年的 15%。2003 年，农业部门容纳了 40% 的就业，比 1990 年降低了 15 个百分点，虽然自 1980 年以来每公顷的农业产出率总体上有了大的提升。因此，1990～2003 年，农业生产增加值（GVAO）翻了一番。这一增长取决于 3 个重要决策。第一，集体生产体系的废除以及农村家庭联产承包责任制生产系统（HPRS）的推行，在此系统中，农民从集体承包土地来耕种。第二，1980 年代以后乡镇企业的快速发展提供了更多的非农就业机会，并为农产品提供了日渐扩大的市场。第三，1990 年代中期以来鼓励城市中心发展的国家政策，将城镇化作为现代化进程中的核心战略。以上政策的成功推行引致了农产品消费需求的结构转变：从谷类转变为家畜和鱼类，并由此导致农业生产结构的转型。1990 年谷类作物占初级产品总值的比例为 65%，而 2003 年这一比例降至 50%。同一时期内，家畜产品所占的比例从 26% 提升至 32%，鱼类产品比例由 5% 升至 14%（OECD，2005；Gao and Chi，1997；Carter et al.，1996）。虽然以上这些变化在全国都有发生，但主要的影响还是集中在工业化和城市化速度最快的东部沿海地区。显然，随着城市部门的增长，农业部门同样也经历了转型，并且两大部门在发展过程中彼此紧密联系。

然而，这并不意味着农业转型过程中没有挑战。首先，农业绝对规模仍然很小。2005 年，有大约 2 亿个农户，拥有的平均土地规模仅 0.56 hm²。这就是说，虽然每单位土地的生产率很高，但每个农民的产出却很低。同时，虽然农民收入在增加，但城乡收入差距一直在扩大。特别是在 1980 年代，中国在控制农村人口流向城市方面取得了一定成功，但 1990 年代以后，随着限制迁移政策的放松和取消，城乡人口流动开始加速。未来 30 年，中国将有 5 亿人口从农村迁入城市，管理这一进程始终是一个严重的挑战。随着国有商业系统的重要性减弱，农业投入品（如化肥）及农产品市场开始丰富起来，但是农民在获取信贷方面仍然受限，而信贷能够帮助他们改变生产系统以改进产品质量，从而满足食品加工企业和城市中日渐扩展的零售链条的需要。毫无疑问，在未来 10 年内，城市农产品消费需求的扩张将会使农产品质量问题变得愈加突出。

农业还面临着城乡综合体发展过程中的一系列其他挑战。据估计，过去 20 年间，城市大规模扩张已经占用了约 20% 的农业用地，尽管耕地面积规模巨大，但其扩大的可能性很小（Lin and Ho，2005）。农业系统中化学药物的密集应用已经开始影响水系统。同时，城市和工业增长的副产品开始导致越来越多的环境问题，从而又反过来影响农业生产。这些挑战呼唤我们认真思考如何来管理城乡转型。

本文的核心观点是中国在完成城乡转型的过程中拥有至少 6 大优势。

第一，正如通常所说，中国是一个后发国家，因而可以根据自身条件来借鉴先发国家的转型经验。

第二，中国的城乡转型处于全球化的特殊时期，这使得政府可以获取一些先进信息和技术，如可以将地理信息系统（GIS）运用于城乡转型的管理之中。

第三，中国有能力将城乡转型的管理提升为国家意志，即作为斯科特（Scott，1998）所称的"高度现代意识形态"的一部分。斯科特（Scott，1998）将这一词组定义为"对科学技术进步的高度自信，生产规模扩大、人类需求不断得到满足、对包括人类天性在内的自然特性的深刻理解，以及最为重要的，基于对自然规律的科学理解而对社会秩序的理性设计"。中国的第十个五年计划字里行间贯穿了上述理念（New Star Publishers，2001）。

第四，城乡转型工程涉及各级政府，而从中央到地方的各级政府正在日益分权化，地方控制力加强。这意味着地方层面将有更多的机会参与到城乡转型过程之中。

第五，本文认为，虽然经济投资决策是转型过程中的重要一环，但制度变革才是城乡转型中的主要驱动力，而在后改革时代中国非常成功地实现了制度改进。例如，上一个 10 年中，中国城市化增长主要是国家引导下城市空间对乡村空间的置换。这一进程通过多种方式实现：设立直辖市（如重庆）、现有市域的扩张（如广州）、县改市（如东莞、昆山）、拓展新的城市空间（如深圳、珠海），以及乡镇合并。在转型中，这一重塑行政格局的过程拓展了城市对农村地区的控制力，一方面创造了机会，另一方面也造成了诸多问题（Ma，2005；Chung and Lam，2004）。

城市空间扩张的推动力包括：国有土地使用权与所有权相分离，建立一个新的土地使用权市场，提供了土地使用权转为商业用途的一条通道。目前，所有土地交易都以租赁而非所有权转移的形式进行，租赁期限也在逐步拓展。在城市区域，这表明以前由国有企业运营的土地可以转变为商业开发。农村土地为集体所有，其租赁程序更为复杂，因为国家限制耕地转为其他用途（主要原因是考虑粮食安全)，国家允许农村集体组织(村民委员会、农村经济合作社或乡镇集体经济实体)将土地转化为其他用途，但必须经过县级土地管理部门的批准。

尽管中央政府努力减缓审批速度，但农村土地转化为非农活动依然飞速进行，并且随着城市政治权力扩散入农村地区，导致农村人口产生许多社会和经济方面的不满。国家一直强调合理使用土地资源，避免环境问题，创造更适宜居住的社会，这就加速了工业园区向中心城市边缘的扩散。工业园区扩散的另一个推动力是：随着 2001 年中国加入 WTO，必须改进产品质量以符合 WTO 的相关环境规则 (Lin and Ho, 2005)。

第六，尽管人口规模巨大，但中国实行计划生育政策成功降低了人口增长率，此外，改革开放头 10 年所采取的以户口为手段限制人口向大城市流动的政策避免了人口大规模流动，从而避免了大范围形成其他发展中国家城市化过程中普遍出现的贫民窟。在历史上一个很短的时期内，相对于经济高速增长，中国似乎经历了人口流动的滞后，但是在 1990 年代，农村向城市的人口流动加速，虽然这些新增人口大多集聚于城市的边缘地带。

但是，与这些优势相对应，必须认识到仍然存在的很多问题，这些问题主要由城乡间的投入失衡造成。其主要原因是中国正在迅速融入全球经济当中。斯科特等人认为现阶段的全球化正在创造一种新的"社会空间语法，整座全球化大厦的地理环境可以描述为：马赛克式的城市区域构成了全球经济的发动机"(Scott, 2001)。本文在此描述的是一个激烈竞争的系统，在此系统中，中国的巨型城市区域就像世界上其他地区的此类区域一样，要积极竞争以求在国家和国际层面的相关交易活动中获取一席之地。因此，国家和城市层面都面临越来越大的竞争压力，必须要积极改善城市环境将各类交易"流"吸引至巨型城市区域。奥运会、吸引人的景点如迪士尼乐园、新机场、会议中心、多媒体走廊、城市更新、城市边缘地区的工业园区建设等，皆被用作提升城市吸引力的手段。在一些已完成转型的新兴工业化国家和地区，如日本、韩国及中国台湾，此类手段的采用往往引致相应的反抗力量，市民社会与民间力量开始向当局施压，要求更多地投资于民生设施、居住区，而非投资于全球化城市之中 (Ma and Wu, 2005)。

这种紧张关系投射在空间维度，表现为巨型城市区域内部在城市中心及其郊区间的财政、投资不平衡，此种不平衡的目的在于使巨型城市区域本身增强对各种全球化力量的吸引力，吸引主要的公共和私人投资来打造更加有吸引力的全球化竞争环境。在 2005 年的一次全国性会议上，建设部部长汪光焘批评了这种盲目国际化的战略，他怒斥竟有 183 个城市提出要打造国际大都市，为此要兴建诸多的"形象工程"，如城市大广场、高级办公楼以及机场等。一位记者曾写道："中国的城市建设大多完成于过去的 25 年间，以每年 1.5 亿平方米的速度增长，且通常为一些大型项目。这种城市扩张的速度是空前的……"如此巨大的城市化浪潮对资本产生了巨大的需求。据估计，中国城市化每年的花费是 3 000 亿~5 000 亿人民币(370 亿美元)，大约是中国 2004 年国内生产总值的 2%~4% (Sustainable Development Research Group, 2005)。资本需求的大幅增长产生了大量的银行信贷。国家开发公司 (the State Development Corporation) 2002 年的一份报告估计地方政府的债务总额达 10 000 亿元。另外，城市边缘地区和农村的服务设施供给不足，公共投资和私人投资都较少。

影响城乡转型的第二个空间问题是中心城市及郊区对城市边缘地带和农村资源不断增长的需求，这些资源包括水、土地、建筑材料、劳动力、休闲空间以及废物处理用地等，此类需求对农业生产产生了严重影响。正如前文指出的，城市对农村影响中积极的一面是扩大了对高附加值农产品的需求，比如肉类、鱼类及水果等。处于城市边缘地区的农民也迅速调整生产结构，生产这些高附加值农产品。

城乡关系中的最后一个课题是人口由农村向城市的持续迁移。考虑到这一问题是学术界和政策关注的热点，本文不再详细展开，仅着重指出目前的人口流动规模仅是冰山一角，未来20年内流动速度将大大加快。这里还要着重指出一些社会问题，特别是随着全球贸易体系的脆弱性增加，城市贫困可能增加。因此，各级政府在增加城市社会资本投资方面都面临着越来越大的压力，包括教育、健康以及住房等。亚洲其他发展中国家的经验表明，增加对农村的投资并不能阻碍迁移的进程（Douglass，2001）。

因此，城乡转型过程中持续的紧张态势需要精细化的、创新型的管理。本节大部分内容讨论了中国的情况，中国因其特殊的历史、地理和制度特征，正在逐渐发展出一种混合式的城乡转型路径，其中同时涵盖了内生要素及国际化因素。中国探索城乡转型路径的过程是一场实验，根据从国际到地方的各个层面所发生的变化而随时调整，适应现实情况。倪（Nee，1992）看到了这条路径的真髓：

与其将市场化理解为迈向资本主义的线性进程，不如将之理解为从国家社会主义向一种混合市场经济的转型。在这种混合经济中，其家长制政体居于中心位置。

5 城乡转型管理：空间的重要性

关于城乡转型管理的最有效途径，前文讨论了东亚和中国城乡转型中的许多政策挑战。本文的主张有3个政策假设。第一，需要认识到亚洲发展中国家（包括中国）城乡转型过程对各自国家的生态系统构成了严重挑战。这里我们仅指地方层面的生态系统，但必须认识到城市化会产生更广泛的全球环境问题，如全球变暖。第二，需要认识到政策干预是取得可持续城乡转型的必要前提。第三，要认识到城乡转型是城乡关系网络持续发生变化的过程，正如传统上认为乡村和城市分别在变化一样。

城乡转型会对生态系统产生严重影响，接受这一说法就需要进一步澄清生态系统这一概念。当前，对生态系统的定义很多，我们认为最适合城乡转型的一个界定是：生态系统是指人和他们所处环境间的动态联系。当然，这些互动与联系的媒介是人类身处其中的各种社会、政治、经济制度以及自然环境的变化，比如气候变化等。生态系统的一部分提供人类生活所必需的各种投入品，如水等。但是这些投入品总是被人类社会及其各种制度安排所调整，因而生态系统中的各种关系常常处于一种流动状态。在大的生态系统中，城市地区和非城市地区发挥各自功能，而城市地区通常需要其他地区一系列的生物物理演化过程支撑（Rees，1992）。但即使是在纯粹农业区域，为提高生产率而施用化肥也可能影响水源以及当地的生态。关键是要认识到城乡转型是宏观生态系统中的一个局部，而且会对整个系统不同空间产生差异化的影响。

亚洲大部分国家大都将空间划分为3类区域（De Koninck，2003）。第一类是农业核心区域，每个国家都有此类区域，如中国的长江中下游、泰国中部平原以及爪哇岛等。这些区域的共性是人口和农业活动的高密度，同时也是主要的巨型城市区域的所在地，比如上海—南京—杭州大都市带、曼谷大都市区以及雅加达—万隆城市带等。这些核心区域在历史上是一些主要产品（如大米）的产区，如今都转化为生产非谷类产品。在印度、中国等大国还有若干这样的区域。第二类是一些边缘区域，从事范围更广的农业生产，如畜牧业等。这些区域在地理上多种多样，从沿海地区到山区都有。最后一类是位于中心城区外缘地带的空间板块，其最大特点是城乡活动的密集互动，其范围包含了城市边缘带，笔者将此类地域称之为"Desakota"④。随着城市化进程的深入，此类空间将成为改变亚洲国家区域空间结构的主要力量（McGee，1991）。

因此，在政策制定上虽然不能将城乡空间视为是均质的，但也必须认识到两者之间是紧密联系的。有充分的证据表明，亚洲的城市和农村在各自区域背景的影响下都经历着不同的发展轨迹。因而，董（Dong，2004）提出中国主要有4类农业区域，每一类都需要不同的政策应对。①文化底蕴深厚、自然环境优美的宜居区域，随着城市消费需求升级，这些区域开始涌现，如泰国的清迈和中国的云南。②人烟稀少、收入低的区域，因其交通不便，各类服务缺乏。③赤贫地区，多存在于内陆省份及山区地带。第十一个五年计划确定了将以上第二、第三两类地区作为未来5年公共投资的重点区域。④最后，是较大城市周边的城乡过渡地带。在中国，短期内这些区域最为棘手的问题是建设可持续发展的社会。

有数量众多的文献不断深化对亚洲这些城市边缘区域问题的研究。其中部分文献关注如何测度并划分这些城市边缘带。下图展示了关于此类区域的一些假设性模型（图3、图4）（Marton，2000；Zhou，1991）。

高密度也是这些区域经常被强调的特点，历史上演化形成的高密度农业系统极度依赖高效的水利灌溉系统。随着巨型城市区域的兴起，城市快速扩张，对城市边缘地带各类资源的需求也不断加大，这也使得传统的农业发展模式迅速改变。最后，特别是在中国等城市中心区密度已经很高的国家，城市边缘地带的发展将会容纳更大的城市扩张，在未来几十年内，此类区域将会承载城市增长的80%强（Webster et al.，2003）。对决策者而言，出台针对这些地方的政策殊非易事，因为这些地区通常在政治上呈现碎片化特征，且次一级区域在生态系统中差异明显。这些情况导致了一个复杂的管理背景，在此环境下，基层的多中心决策机制与更高层级政府的转型策略以及商业开发产生冲突，往往会引致决策困境（图5）。

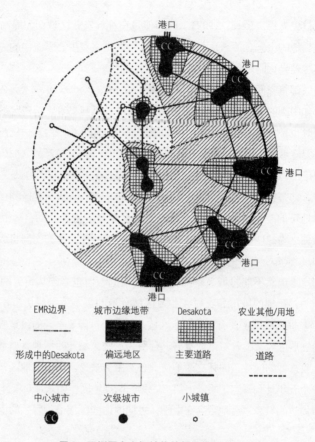

港口

港口

港口

港口

EMR边界	城市边缘地带	Desakota	农业其他/用地
形成中的Desakota	偏远地区	主要道路	道路
中心城市	次级城市	小城镇	

图 3　亚洲国家空间结构的假设模型（2000）

6　亚洲的城乡转型管理

对城市化需求的空间理解及其相应管治方法进行反思十分富有挑战。概括而言，任何制度应对都必须涵盖扩展的大都市区域（extended metropolitan region，EMR），并包括 3 方面内容。

首先，在扩展大都市区域层面，管治必须将政治意愿和政治权力两者整合起来。

其次，对这些扩展大都市区域的管理必须保证宜居性和可持续性。这样一个愿景还包括要形成城市、公私伙伴关系以及政府—民间社会之间的联合与协调。事实上，中国城市行政力量的扩张表明，建立更具弹性和创新性的管理决策制度的可能性是存在的。当然，这需要区域共同愿景的持续深化，正如我们所看到的一些案例那样，如沈阳与其周边工业城市的联系深化、长江中下游地区的市长联席会等。在这方面，布伦纳（Brenner，1999）所作出的美国和欧洲大都市发展正在区域化的判断是有道

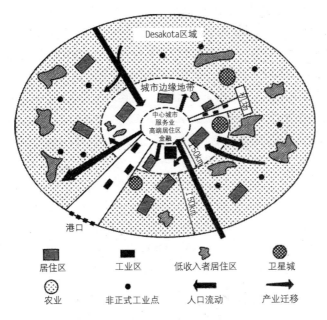

图 4 亚洲某一巨型城市区域的空间结构（2000）

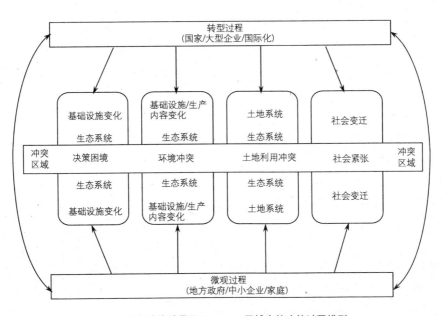

图 5 城市边缘地带及 Desakota 区域内的决策过程模型

理的。他将大都市的区域化描述为"在与城市群内存在社会—经济联系的空间范围大体相当的尺度上，用来建立体制、政策及管理机制的一切策略"。

再次，必须保护这些扩展大都市区域所身处其中的生态系统。也许有些不合常理，但笔者认为农业、工业以及其他城市活动以土地混合利用的形式共存，这是一条保护生态系统并创造宜居、可持续城市区域的可行路径。传统上实现农业与非农活动并存的手段是基于土地利用分区的管制。在英国，中心城市周边的绿带成为重要的规划手段。如今，在许多发达国家，由绿带转化来的"绿地空间"被视作是提升城市区域生活质量的必要手段。在这方面，日本的经验可以为中国及其他东亚国家提供借鉴。诸多对日本规划实践的评论都强调以下事实："……日本规划师尝试在城市化区域内发挥农业用地的各方面积极作用"（Nakai，1988），强调农业不仅仅提供粮食，同时还发挥着保护生态环境的作用。这启发了新的发展理念，日本的扩展大都市区域采取了城乡混合布局的模式，这在日本被称作"konju-ku"。这样的政策创新可以应用于多个空间层次，比如，在多种生物物理演化过程交互作用的流域层次，或者在大都市区域的制度层面。然而，对这两个层次而言，规划策略制定的基础都是要将城乡作为融合体来看待，同时要接受土地混合利用。

7　结论

今天，东亚相当一部分地区的特点是：经济发展迅速、高速城市化、农业部门衰落，这些高速变化着的城市区域所面临的主要问题有土地利用变迁、日渐严重的环境问题、建成区环境的改变及人口问题等。本文中列出的若干政策主张也许带有很明显的乌托邦色彩，但假设全球变暖、能源价格飙升等趋势加剧，这些政策将是 21 世纪建设可持续社会所必须采取的措施。

总之，东亚城乡转型管理的关键在于不能盲目接受西方的转型理论。东亚国家应该发展出自己的应对城乡转型的发展模式，那就是：在城乡转型管理的过程中，坚持内生"适应性"思路，采用"混合化"的方式来协调全球、国家和地方 3 个层面的推进城乡转型的驱动力量。

致谢

感谢匿名评审意见，这些精彩的意见都已纳入本文的修改之中。

注释

① 本文初次发表于日本横滨举行的"亚洲城市与区域规划"国际会议（2007 年 8 月 15～17 日）。

② 对东亚一词进行合理的界定是非常必要的。本文中东亚地理范围是指太平洋一侧的亚洲地区，包括中国、日本、韩国、朝鲜、中国台湾以及东南亚的所有国家。

③ 本节采用联合国人口署（the UN Population Division）对亚洲的界定方法，即包括东亚、南亚和中亚、东南亚以及西亚。该定义对通常所称的亚洲在地理上进行了更大的拓展。

④ "Desakota" 是印尼语，desa 指乡村，kota 指城镇。1987 年，麦吉借用这一概念来描述亚洲发展中国家存在的半城市化地区，即分布在大城市之间的交通走廊地带，与城市相互作用强烈、劳动密集型的工业、服务业和其他非农产业增长迅速的原乡村地区。麦吉认为，许多亚洲国家并未重复西方国家通过人口和经济社会活动向城市集中，城市和乡村之间存在显著差异，并以城市为基础的城市化过程；而是通过乡村地区逐步向 "Desakota" 转化，非农人口和非农经济活动在 "Desakota" 集中，从而实现以区域为基础的城市化过程。——译者注

参考文献

［1］Brenner, N. 1999. Globalisation as Reterritorialisation: The Re-Scaling of Urban Governance in the European Union. *Urban Studies*, Vol. 36, No. 3.

［2］Brown, L. et al. 1995. *The State of the World*. Norton, New York.

［3］Carter, C. A., Zhong, F., Cai, F. 1996. *China's Ongoing Agricultural Reform*. The 1990 Institute, San Francisco.

［4］Champion, T., Hugo, G. (eds.) 2004. *New Forms of Urbanization: Beyond the Urban-Rural Dichotomy*. Ashgate, Aldershot and Burlington.

［5］Chung, J. H., Lam, T-C. 2004. China's City System in Flux: Explaining Post-Mao Administrative Changes. *China Quarterly*, No. 180.

［6］De Koninck, R. 2003. Southeast Asian Agriculture since the Sixties: Economic and Territorial Expansion. In Chia, L. S. (ed.), *Southeast Asia Transformed: A Geography of Change*. Institute of Southeast Asian Studies, Singapore.

［7］Dong, Q. H. 2004. Structure and Strategy for In-Situ Rural Urbanization in China. In Chen, A., Lui, G. C., Zhang, K. (eds.), *Urban Transformation in China*. Ashgate, Aldershot and Burlington.

［8］Douglass, M. 2001. Urban and Regional Policy after the Era of Naïve Globalization. In Kumssa, A., McGee, T. G. (eds.), *New Regional Development Paradigms; Globalization and Regional Development*. Westport, CT: Greenwood Press. Greenwood, Westport, CT, and London.

［9］Ewing, K. 2006. China Goes Back to the Land. *Asia Times*. 9 March.

［10］Freund, P., Martin, G. 1999. Driving South: The Globalization of Auto Consumption and Its Social Organization of Space. Available online at http://www.chss.montclair.edu/~hadisb/drivsout.pdf.

［11］Gale, H. F. 2000. Agriculture in China's Urban Areas: Statistics from China's Agricultural Census. Working Paper, US Department of Agriculture, Washington, D. C..

［12］Gao, S., Chi, F. (eds.) 1997. *The Reform and Development of China's Rural Economy*. Foreign Languages Press, Beijing.

［13］International Labor Organization (ILO) 2005. *World Employment Report 2004–2005. Employment, Productivity and Poverty Reduction*. International Labor Organization, Geneva.

［14］Lampard, E. E. 1965. Historical Aspects of Urbanization. In Hauser, P. M., Schnore, L. F. (eds.), *The Study of Urbanization*. The Free Press, Glencoe.

［15］Lin, G. C. S., Ho, S. P. 2005. The State, Land System, and Land Development Processes in Contemporary China.

Annals of the Association of American Geographers, Vol. 95, No. 2.

[16] McGee, T. G. 1991. The Emergence of Desakota Regions in Asia: Expanding a Hypothesis. In Ginsburg, N. J. , Koppel, B. , McGee, T. G. (eds.), *The Extended Metropolis: Settlement Transition in Asia*. University of Hawaii Press, Honolulu.

[17] McGee, T. G. , Lin, G. C. S. 1993. Footprints in Space. Spatial Restructuring in the East Asian NICs 1950-1990. In Dixon, C. , Drakakis-Smith, D. (eds.), *Economic and Social Development in Pacific Asia*. Routledge, London.

[18] McGee, T. G. , Watters, R. F. (eds.) 1997. *Geographies of the Asia Pacific Region*. Hurst, London.

[19] McGee, T. G. , Lin, G. C. S. , Marton, A. M. , Wang, M. Y. L. , Wu, J. 2007. *China's Urban Space: Development under Market Socialism*. Routledge, London.

[20] Ma, L. J. C. 2005. Urban Administrative Restructuring, Changing Scale Relations and Local Economic Development in China. *Political Geography*, Vol. 24, No. 4.

[21] Ma, L. J. C. , Wu, F-L. (eds.) 2005. *Restructuring the Chinese City*, *Changing Society*, *Economy and Space*. Routledge, New York.

[22] Marcotullio, P. J. 2003. Globalisation, Urban Form and Environmental Conditions in Asia-Pacific Cities. *Urban Studies*, Vol. 40, No. 2.

[23] Marcotullio, P. J. , Lee, Y-S, 2003. Urban Environmental Transitions and Urban Transportation Systems: A Comparison of the North American and Asian Experience. *International Development Planning Review*, Vol. 25, No. 4.

[24] Marton, A. M. 2000. *China's Spatial Economic Development: Restless Landscapes in the Lower Yangtse Delta*. Routledge, London.

[25] Montgomery, M. R. , Stren, R. , Cohen, B. , Reed, H. E. 2003. *Cities Transformed: Demographic Change and Its Implications in the Developing World*. The National Academies Press, Washington, DC.

[26] Nakai, N. 1988. Urbanization Promotion and Control in Metropolitan Japan. *Planning Perspectives*, Vol. 3, No. 2.

[27] Nee, V. 1992. Organizational Dynamics of the Market Transition: Hybrid Forms, Property Rights, and Mixed Economy in China. *Administrative Science Quarterly*, Vol. 37, No. 1.

[28] New Star Publishers 2001. *The 10 th Five Year Plan of China*. New Star Publishers, Beijing.

[29] Olds, K. , Dicken, P. , Kelly, P. F. , Kong, L. E. , Yeung, H. W-C. (eds.) 1999. *Globalization and the Asia-Pacific: Contested Territories*. Routledge, London.

[30] Organisation for Economic Co-operation and Development (OECD) Home page at http://www. oecd. org.

[31] OECD 2005. OECD Review of Agricultural Policies—China. OECD, Paris, available online at http: //www. oecd. org/document/36/0, 3343, en _ 2649 _33797 _ 35557433 _ 1 _ 1 _ 1 _ 1, 00. html.

[32] Porter, M. E. 1990. *The Competitive Advantage of Nations*. The Free Press, New York.

[33] Rees, W. E. 1992. Ecological Footprints and Appropriated Carrying Capacity: What Urban Economic Leaves Out. *Environment and Urbanization*, Vol. 4, No. 2.

[34] Rigg, J. 2001. *More than the Soil: Rural Change in Southeast Asia*. Prentice Hall, Singapore.

[35] Rostow, W. W. 1960. *The Stages of Economic Growth: A Noncommunist Manifesto*. Cambridge University Press,

Cambridge.

[36] Scott, J. C. 1998. *Seeing Like a State*: *How Certain Schemes to Improve the Human Condition Have Failed*. Yale University Press, New Haven.

[37] Scott, A. J. (ed.) 2001. *Global City-Regions*: *Trends*, *Theory*, *Policy*. Oxford University Press, Oxford.

[38] Sustainable Development Research Group 2005. *China Urban Development Report 2005*. Chinese Academy of Sciences, Beijing.

[39] UNO, Department of Economic and Social Affairs, Population Division 2002. *World Urbanization Prospects*: *The 2001 Revision*. *Data Tables and Highlights*. United Nations, New York.

[40] Webster, D. , Cai, J. , Muller, L. , Luo, B. 2003. Emerging Third Stage Periurbanization. Functional Specialization in the Hangzhou Periurban Region. Working Paper, Asia Pacific Research Center, Stanford University.

[41] White, G. (ed.) 1998. *Development States in East Asia*. Macmillan, London.

[42] World Bank 1993. *The East Asian Miracle*: *Public Policy and Economic Growth*. Oxford University Press, New York.

[43] Zhou, Y. 1991. The Metropolitan Interlocking Region in China: A Preliminary Statement. In Ginsburg, N. , Koppel, B. , McGee, T. G. (eds.), *The Extended Metropolis*: *Settlement Transition in Asia*. University of Hawaii Press, Honolulu.

Editor's Comments

The paper is an academic report by Françoise Choay, the famous French historian and urban planning researcher, which bases on her book named *Mémoires* that introduces Baron George Eugene Haussmann. The paper introduces in details the background, social conditions, planning policies, and implementation technologies of the grand reforms of Paris carried out by Haussmann. From the dialectical historicism perspective, the author carried out a thorough analysis on the city reform work that is well known and disputed. The author approves the historic decisions and methods that Haussmann adopted during the reform, and affirms its positive influences in the urban planning history. What's more, she speaks high of the contribution by Haussmann on the development of modern urban planning discipline, and particularly points out that the scientific planning study methodology which Haussmann applied is an outstanding model for the planning field even in nowadays.

Haussmann has a strong appeal in China in recent years, even was regarded as an academic excuse for "image projects" in some cities. However, the urban planning cases cannot be analyzed and evaluated without their historic environment, and political, social and economic conditions. Are those problems facing China today comparable with the challenges facing Paris in the times of Industrial Revolution in mid nineteen century? Do we make the decisions after scientific and careful studies like what Haussmann did? In the globalization process, can Chinese cities borrow from France the methods which were already one and half century ago? How can we take references from those urban planning experiences with absolute different political, social and cultural background? All these questions should be thought over in urban planning field of China, and we hope the publication of this article could evoke the considerations.

The original article is long. The last journal (Vol. 3, No. 3, Series No. 9) published the first part of the article, this issue continues to publish the second part of the article.

编者按　本文是法国著名历史学家和城市规划学家弗朗索瓦兹·邵艾的一篇学术讲稿，基于由其主持编著的关于奥斯曼的《回忆录》一书，详细地阐述了奥斯曼巴黎大改造的时代背景、社会状况、规划政策和实施技术。作者用辩证历史主义的观点，对这项一直闻名于世又饱受争议的城市工程进行了深刻的剖析。作者对奥斯曼巴黎大改造的历史决策、方法措施及其在城市规划历史上的影响力给予了坚决的肯定，对奥斯曼本人对于现代城市规划学科的贡献作出了高度的评价，尤其是奥斯曼所采取的科学的规划研究方法，至今仍然是规划学界的范例。

近些年来，国内对奥斯曼的兴趣一直不减，甚至有时候奥斯曼成为某些城市形象工程的学术借口。但是对城市规划案例的分析与评价，不能离开其历史环境和政治、社会与经济条件。今天中国城市所面临的问题，与19世纪中叶的巴黎在工业革命的时代环境下所面临的挑战是否有可比之处？我们所作的规划决策，是否像奥斯曼那样经过科学审慎的研究？全球化时代中的中国城市能否照搬一个半世纪之前法国的做法？政治、社会和文化背景截然不同的城市规划经验如何借鉴？中国城市规划界急需思考这些问题。希望本文的发表能够引发这种思考。

原文较长，本刊上一期（第3卷第3期，总第9期）刊出了文章的前半部分，本期继续刊登文章的后半部分。

奥斯曼与巴黎大改造（Ⅱ）

弗朗索瓦兹·邵艾

邹　欢译

Haussmann and the Grand Reform of
Paris（Ⅱ）

Françoise CHOAY
(Université de Paris)

4　巴黎大改造工程中奥斯曼亲自参与的部分

除了其独特的方式方法和天才的组织管理之外，在巴黎大改造中，奥斯曼亲自参与了哪些工程设计？该工程的某些拥护者有意贬低奥斯曼的作用，而归功于拿破仑三世。今天我们对这位君主知之甚少，而他确实是法国19世纪后半叶经济振兴的奠基人。

4.1　拿破仑三世的作用

奥斯曼并没有掩饰巴黎受惠于君主的事实，他本人即是一个绝对的波拿巴主义者。奥斯曼称拿破仑三世为"主人"，而自己则是"仆人"、"工具"甚至"编辑"[①]：项目以及推动都来自主人，他在拿破仑三世画好的"彩色平面"基础上工作。

夏尔·梅儒欧（Charles Merruau）是奥斯曼就任塞纳省省长期间的秘书长，对于奥斯曼与君主之间的关系以及与君主有关的事情最为清楚。梅儒欧不只把改造巴黎这一想法归功于君主，还把其他一些支配改造设计方案的理念归于君主。当然，这些都是在奥斯曼介入之前[②]。

在其1848～1852年的叙述中，梅儒欧记录道："被（拿破仑三世）接见的人常常看到他不时地用铅笔在巴黎地图上画线条。这些线条的出发点往往是火车站，后来成为城市的大门，代替了那些国道上的旧关门，因为这些国道已经成为次一级的交通联系。新的城市大门也要互相联通，

作者简介
弗朗索瓦兹·邵艾，巴黎大学。
邹欢，清华大学建筑学院。

目的是使过境交通能够快速地穿过城市中心区；从这些主要的节点出发，一直延伸到主要大城市的中心。"

"君主也想通过大街连接那些步行难以接近的行政管理建筑……通过林荫大道和重要的大街，在混乱的街区中形成突破口……创建一些绿化广场，设计一些公园，建设一些市场和菜场。"③随后他进一步明确，"为了说明总统实施其宏伟计划的详细意图"，需要描画"一张详尽的巴黎地图，在地图上记录总统逐次设计、修改、调整的线条，直至最后形成的整体平面"④。根据梅儒欧的记载，这张平面"在奥斯曼先生执政开始时签署，成为其执政期间的总纲⑤"，这样省长的职权就被界定为对总纲的校正，比如圣日耳曼（Saint-Germain）大街的设计。

奥斯曼任职期间的内政部长贝赫西尼（Persigny）也有同样的表述，他进一步确认了省长和拿破仑三世的关系。是君主"推进"了巴黎大改造，是君主决定了新路的规划设计："长期以来他对巴黎的许多地段的改造方案深思熟虑。事实上是君主设计了所有今天我们大家赞赏的大街，并规划了其实施次序⑥。"

不过，就像对待奥斯曼一样，出于私利，贝赫西尼对君王的作用也有所贬低，这样他所做的一些决断也就无可争议了⑦。事实上贝赫西尼一方面将巴黎改造的整体性方案归功于自己："对于工程的整体方案，我（对君王）说用来联系交通的宽敞的街道，如果穿过那些最不卫生、最贫困的街区会更有利；那些首先开辟的大街，应该考虑作为对穿过巴黎的国道的补充，因此要求城市对国家的协助；在那些作为巴黎城市大门的新火车站之间，应该规划铁路干线和国道⑧。"

另一方面，贝赫西尼将大型工程的经济运作也归功于己，称他已经向奥斯曼的前任贝尔杰口授，然后又提供给了奥斯曼："至于实现这些工程的资金运作，就像我刚才所说的，已经为他计划好了⑨。"这一断言毫无疑问是夸大其词，因为圣西门主义的投资理论在这之前就已经形成。当然，在巴黎改造工程中，贝赫西尼在前期的作用还是不容低估的⑩。

4.2 奥斯曼与时代气息

从梅儒欧与贝赫西尼的叙述中能够得到什么？首先，省长与君王之间的密切联系毋庸置疑。他们的合作成果也许可以著名的彩色总平面为标志：贝赫西尼表示已经给了奥斯曼"建议……他谨慎地遵照并执行了……如果没有君王授意，任何行政工作都不可能开始，如果没有君王在巴黎地图上的手绘，任何工程都不可能进行⑪"。我们不能不注意，随后两个人的回忆都聚焦于巴黎城市大街的规划与建设，而没有提及奥斯曼与君王的意见分歧及分歧背后的含义与影响，更没有关注奥斯曼的其他作品。

因此我们必须寻找其他的证据。与奥斯曼同时代的人，包括达利、杜·康、维奥莱·勒·杜克等，对巴黎改造前的状况和改造方案都有所描述，这些描述与《回忆录》中的描述甚至遣词造句都十分相近，令人吃惊。当然大家都可以在市政委员会查阅这些奥斯曼用于编纂其《回忆录》的报告，这些报告在其执政期间也向媒体和大众公开。这一点可以通过《建筑综合杂志》得到证明，这本杂志常常对市政报告进行书面引用或转载⑫。当然，可以肯定的是这些作者与奥斯曼一样，徜徉在时代气息之中。

在对奥斯曼的作用及其作品的评价中，不妨听听一位著名社会学家的赞赏意见，他认为不论如何，巴黎改造都会成功。哈布瓦赫（Halbwachs）讲道："拿破仑三世和奥斯曼的方案……本身看来并不是一个绝妙的方案，但是它考虑了其所处的现实：为了满足长期积压的急迫需求，造成这些需求的各种因素错综复杂，以至于人们无所适从。……在第二帝国时期，促使巴黎实施改造的真正原因是人口的增长和流动带来的集体需求；而方案本身只扮演了一个工具和方法的角色⑬。"

诚如贝赫西尼所述："巴黎改造的问题（在政变的时候）已经隐现在公众面前。……狭窄的街道如此拥挤，交通如此困难，我们看到一面是人口在迅速增长，而另一面是希沃利大街熙熙攘攘、生机勃勃的景象，每个人都希望看到快的疏通，新的街道，新的出口……⑭"同样肯定的是，征迁法和地产法为奥斯曼打开了一扇自由之门，使其能够完成过去难以想象的任务。而这在伦敦是不可思议的，因为在那里土地仍然属于大地主⑮。

然而，纯科学主义的哈布瓦赫没有认识到工具不仅仅是社会需求的产物，其产生或多或少需要有智慧、想象和能力的作用，这样才能够对社会需求给予回应。拿破仑三世和奥斯曼两人的合作，使巴黎在工业文明时代成为世界大都市的典范，并遥遥领先于其他城市，这实在是让人无法想象。奥斯曼从拿破仑三世手中得到了获胜的王牌，前无古人，后无来者：一项历史使命得到了专制君主的无条件支持，在其持续过程中还得到了市政委员会的支持。

但是我们要防止将奥斯曼的作用简化为仅仅是组织能力，简化为对细节的悉心检验。对于拿破仑三世的方案（诸如布洛涅森林、圣日耳曼大街，等等），奥斯曼所做的不只是补充和修改，而是看得更远更宽，进行了新的创造。其整体性城市方法（理论和实践）既不能归功于君主，也不能归功于合作伙伴，这些人也从未提出过这个想法，包括贝赫西尼。是奥斯曼首先提出了城市空间一致性的概念，在其管辖范围内遍布市政管网和设施，尤其是给排水。奥斯曼的好奇心和个人兴趣，使其能够在相距很远的不同领域进行创新，例如园艺学和卫生学。同样，奥斯曼率先在工程中运用投入产出理论，并设计出易于获得金融资助的复杂借贷体系。

尽管有奥斯曼个人在技术、观念、方式方法上的革新，如果离开其超乎常人的工作能力和毅力，巴黎大改造也不可能实现。他的一个年轻的工作伙伴说，奥斯曼是"一个为自己也为别人拼命干活的人，懂得驾驭工作与娱乐，从不疲倦。几乎每个晚上离开杜勒利宫或是社交聚会后，奥斯曼都会召集起部门领导，穿着晚礼服和他们一起工作到凌晨三四点钟，对白天交给他的那些文件进行修改甚至是另起炉灶⑯"。如果没有其面对抨击时的坚忍顽强和忍耐力，巴黎大改造更是不可能实现。

这里有贝赫西尼的一份记述，可以作为权威证据。这份记述记录了在政变的第二天，为了加速巴黎改造工程，此前并没有从政经验的奥斯曼是如何被选定接替时任省长贝尔杰。与其他四位候选人相比，奥斯曼脱颖而出⑰："奥斯曼先生给我留下了深刻的印象。非常奇怪的是，其性格上的缺点也许比其智慧才干更加吸引我。……在我面前的是我们这个时代最不同寻常的人之一。这位勇敢直率的先生，并不害怕展露其丰富的精神个性，高大有力，豪放刚毅，同时机智狡猾。带着明显的自满，他毫无遗漏地向我叙述了其行政生涯的丰功伟绩。只要是他喜欢或者与其相关的话题，他可以不停地讲上

6个小时。尽管如此，我对这种禀赋完全没有抱怨，因为这向我展示了其与众不同的各个方面。像是没有什么奇怪地，他向我讲述了他在12月2日的作为，他与海军总长的纠葛，即那位为两个女人所困扰的寒酸的杜考斯（Ducos）先生。奥斯曼尤其讲述了他与波尔多市政委员会的斗争，让我详细地了解到他为了反抗那些可怕的市政委员会对手们所做的进攻。他给他们设下的陷阱、圈套，为了能够让对手上当，他非常地小心谨慎，还有他在他们倒台后所给予的沉重打击。胜利的骄傲照亮了他的前额。至于我，当这样一个具有吸引力的人在面前，尽管他有些过于直接和厚脸皮，我对他却非常满意。我在心里思量，要和那些想法、那些经济学院的偏见作斗争，和那些狡猾蛋、那些怀疑论者们作斗争，他们大部分来自交易所或者法院书记团，都是行事谨慎的人，奥斯曼是最佳人选。那些有着最高贵、最精明想法的人，那些有着最正直、最崇高个性的绅士、贵族，必然会败在这个硬骨的汉子面前。这个强有力的人充满了果敢与机智，善于以其人之道还治其人之身，将来一定会成功。一想到我将把这样一个高大的猫科动物抛进那些蹑手蹑脚反对帝国丰富憧憬希望的狐狸群中，我就特别兴奋。……我坦率地说自己打算向君主举荐他以及举荐的条件。……他嗅到了诱惑的气味，毫不犹豫，疯狂地投入其中⑱。"

至于奥斯曼如何对待那些自宣布任职之日起就没有停止过的抨击和诽谤⑲，贝赫西尼也给出了评价，"如同野猪般的防御能力，具有坚强的獠牙，能够对抗那些猎犬的攻击⑳。""其真正功劳，是尽管有激烈的、偏激的、无法理解的反对意见，而且这些反对大部分来自政府内有影响力的人，奥斯曼还是完成了这些大事。其执政的历程就是一场漫长的与当权者的斗争㉑。"总之，奥斯曼的"集体需求"（哈布瓦赫提出的）意识在当时极少被赞同，而在《回忆录》中所表现出的痛苦的回应，丝毫没有那种在长期的诽谤迫害下所产生的变态的心理特征。

尽管在近二三十年，有关奥斯曼男爵的传说渐渐趋于平静，尽管其历史地位已经得到承认，有关其个人和其作品的争论依然悬而未决。

尼古拉斯·肖丹（Nicolas Chaudun）在为奥斯曼所写的传记中，重点描写了奥斯曼个人谜样的人生，并且指出了一些仔细调研后依然无法回答的问题。对于其工作，应该首先去追溯奥斯曼在不同省份的工作轨迹，尤其是在吉洪德省。而对于他离开省政府后，在意大利和中东的经历中所产生的影响以及与当地人的对话，我们还知之甚少。另外，奥斯曼与其同时代的人的联系在《回忆录》中极少提及，比如达利从未被提及，而维奥莱·勒·杜克只被提及一次，这也使我们难以理解。

最早的对巴黎大改造的客观和公正的评价出现在国外，这个评价抛开了政治的因素，抛开了墨守成规的思想和偏见。1909年一位英国的专业人士说："欧洲所进行的一切城市更新，全都源于奥斯曼的方案㉒。"

大都市时代已经过去，网络城市时代已经到来。但是《回忆录》仍然向我们的执政者们传达着前所未有的当代信息，因为这些记录指出了我们对城市和规划研究在基本方法上的缺失。《回忆录》告诉我们，在规划空间的时候，要考虑文脉环境；在紧迫建设的时候，要牢记"过程决定结果，时间说明一切"。

5　《回忆录》导读

与奥斯曼条理有序的个人风格相反，3 册《回忆录》并没有系统的提纲。各部分之间没有联系，有时候文字重复，作者在第一册的"告读者"以及第二册的"前言"和"要点"中详细解释了这个问题的原因。实际上，这不是一部"真正意义上的回忆录"，而是奥斯曼以过去的发言为基础编写和汇集的笔记，尤其是在讨论预算的时候为了解释其方针和技术措施而向市政委员会所作的报告。这些记录构成了第二册和第三册的重点内容。在一位朋友的强烈要求下，奥斯曼决定在这两册之前加入一册有关其家庭、教育以及进入市政厅之前的生涯的回忆。因此，第二册和第三册的内容作了一些修改和整合。

自传的个人回忆的主观性，与报告节录和文件摘抄的客观性得到了平衡。此外，耐人寻味的一点是这些揭露和摘抄往往以"回忆"的形式出现（"关于城市财政"、"关于巴黎的饮用水"、"关于开辟新道路"、"关于照明"，等等）。深藏于巴黎行政图书馆的这些资料从未公开出版，鲜为人知。

奥斯曼在其生命的暮年所编写的《回忆录》，主要目的是为其作品进行辩解，洗清那些从未间断的诽谤和控告。这个萦绕在其脑海里的念头成为 3 册书的共同之处，并不需要依据编号次序去阅读。

第一册最为个人化，呈现了一个出人意料的奥斯曼：我们看到一个音乐家，一个舍鲁比尼音乐学院的学生，去外省任职时带着钢琴；一个喜爱自然风景的人，一个不怕动荡、喜欢爬山的运动员……这一叙述说明了奥斯曼在巴黎完成业绩的根源，也揭示了其广泛的兴趣爱好和强烈的好奇心，说明了他对技术进步的掌握，对行政管理的志向，在不同岗位所获得的丰富经验，同时也说明了其政治立场和从父辈那里继承下来的毫不妥协的波拿巴精神。第一册中还包括法国历史地理资料，从七月革命到 12 月 2 日政变，是法国政治历史上重要事件的鲜活证明。第一册尤其可以作为法国公务员制度和行政制度的参考资料来阅读，第二册也如此。

第二册和第三册一样，致力于介绍巴黎的各项工程。奥斯曼自称是其在巴黎市政厅 17 年的回忆。帝国的政治剧开演了，剧中的主角们在大工程所搭建的舞台上依次亮相。但是奥斯曼骄傲的"离场"并不是《回忆录》的最后一刻，《回忆录》一直记录到君王统治的最后几个月，尤其是第三共和国的头 20 年。在此期间，奥斯曼对巴黎——其作品——的关注从未间断。这一册的重点是奥斯曼的辩白，加入了他对工程资金以及投入产出理论的纪录。在这一点上，奥斯曼着重分析了城市和国家的行政与政治机构，这是其与之不断斗争和妥协的机构。以此为例，奥斯曼讲述了基于"资金手段"的一些最具有创新性的工程的实施（引水设施、社会基础设施等等）。这一册也最好地阐述了奥斯曼的心理、虚荣、专横，但是在合作中又对合作者高度忠诚和尊敬。

第三册，最为安详恬静，是对巴黎 17 年改造的总结，一份详尽无遗的总结，同时也是有关规划方法的权威论述。

（结束）

注释

① 《回忆录》，第二册，第 90 页。

② "这一规划在帝国之前仅为雏形，在奥斯曼的强力支持下才被最终采纳。……但是大方向和体系还是君王的最初本意，并且很多重点都是以前的"，《市政厅回忆，1848～1852》，巴黎 Plon 出版社，1875 年，第 364 页。

③ 同前，第 364～365 页。

④ 同前，第 365 页。

⑤ 据梅儒欧补充，已经"复制……在工程几乎完全实施后，仅有三至四册……（其中一册）应普鲁士国王之要求，于（1898 年）世界博览会时给予了他"，同前，第 365～366 页。确实在柏林找到了这一复制册。奥斯曼的原本已经丢失。我们可以在历史图书馆查阅的是巴黎改造规划图，是"君主在其生命晚期，应梅儒欧的请求，亲手涂上色彩"（同前，第 366 页）以纪录其想法。

⑥ 同上，"巴黎工程"，第 256 页。

⑦ 与省长所说的相反，即使贝赫西尼承认拿破仑三世在他之前就见过奥斯曼，并认识到他在瓦赫省、荣纳省和波尔多的政治作用（同前，第 250～252 页）。

⑧ 同前，第 240 页。"码头"是铁路火车站的第一个称呼。

⑨ 同样参考关于问题的全部，同前，第 245～247 页，第 258～259 页。

⑩ 参考《仔细审查奥斯曼》（Haussmann au crible），同上。

⑪ 同上，第 260 页。

⑫ 参考，尤其是第 17 册、第 20 册和第 24 册（1860 年、1862 年及 1866 年）中达利的文章，包括一些统计数据。

⑬ 《城市生活》"十九世纪前巴黎规划和开发方案"篇，1920 年，第 36 页。总结，"道路规划及巴黎外表结构的变化，并不是通过一个人或几个人商量，通过某些个人意愿，而是集体的意愿与需要，得到营造师、建筑师、省长、市政议会、国家领导的同意，虽然他们并没有明确地认识到这些社会力量……"

⑭ 同上，第 239 页。

⑮ 参考道纳德·J. 奥尔森（Donald J. Olsen），同上。

⑯ Adrien Albert François Loiseleur des Longchamps Deville 手稿回忆（1835～1921），第 146 页。

⑰ "我连续地召见了几位主要的省长。……以便能够考察他们的个性，我让他们描述在国家政变时期在其所在地发生的事情。……他们如何自导自演……经常非常有效"，同上，第 251 页。

⑱ 同前，第 252～254 页。

⑲ 同上，第 260～261 页。

⑳ 同上，第 257 页。

㉑ 同上，第 250～260 页。

㉒ 参考英尼哥·特里吉斯（Inigo Triggs）：《城市规划的过去与现在》（Town-Planning Past and Present），伦敦，1909 年。

国际快讯两则

顾朝林

2 Pieces of Global News

Gu Chaolin
(School of Architecture, Tsinghua University,
Beijing 100084, China)

1 The City in 2050

What will metropolitan regions look like by the year 2050? That was the topic of a lively discussion held by the Forum for Urban Design July 7 in New York. Christopher Leinberger, author of *The Option of Urbanism*, argued that demographics and market preferences will continue to drive growth into walkable urban settings—that the future is essentially an urban future, weaned from reliance on cars and fossil fuels, oriented around transit and intensely local economies. Contrarian Joel Kotkin said the re-emergence of cities has been overblown, and is a case of wishful thinking by city boosters such as Richard Florida or the Urban Land Institute. He thinks most people will continue to want to live in suburban areas, although with better access to dense, mixed-use town centers, aided by more fuel-efficient cars and a little bus rapid transit where appropriate.

Lincoln Institute senior fellow Armando Carbonell, a respondent, was left somewhat wanting by what may be a false dichotomy-that it's probably obsolete or not so useful to think in terms of city vs. suburb. Major cities should con-

作者简介

顾朝林,清华大学建筑学院。

1 2050 年的城市

到 2050 年大都市地区会是什么样子呢? 这是 2010 年 7 月 7 日在纽约举办的"城市设计论坛"讨论的话题。《城市化期权》的作者克里斯托弗·莱因贝格尔(Christopher Leinberger)认为:人口和市场偏好将继续推动城市在可步行城市的环境中增长,也就是说,城市的未来就是我们的未来,地方经济发展将从依赖汽车和化石燃料的处境中走出来。乔尔·科特金(Joel Kotkin)不同意这一说法,他认为城市的重新崛起有点言过其实,正如理查德·佛罗里达(Richard Florida)和林肯城市土地研究所的研究认识到城市作为经济助推器的想法也是一厢情愿的,他认为,尽管城市中心有更好的可达性、高密度和土地混合使用,但是通过使用更省油的汽车和适当资助的小公共汽车捷运系统,大多数人还会继续想住在郊区。

林肯研究所阿曼多·卡博内尔(Armando Carbonell)高级研究员认为,上述观点均有失偏颇,主城和郊区不是对立的战场。主要城市可能通过填充重建继续增长,但什么更有趣呢?那些城市通过高速铁路新系统构建了新的相互关系,例如波士顿-华盛顿城市走廊、西北太平洋沿海地区等巨型区域。哥伦比亚大学肯尼思·T. 杰克逊(Kenneth T. Jackson)教授表达了同样的观点,他认为我们需要摆脱 20 世纪城市郊区增长和州际高速公路研究框架。快速公司(Fast Company)的格瑞格·林赛(Greg Lindsay)和玛丽·纽瑟姆(Mary Newsom)希望在《夏洛特观察家》将这样的对话持续下去。

tinue to grow through infill redevelopment; what might be more interesting is how cities will relate to each other, possibly through a new system of inter-city high-speed rail, in like the Boston-to-Washington corridor, or the Pacific Northwest. Columbia professor Kenneth T. Jackson similarly sought to move on from the 20th century framework of suburban growth and interstate highways. Fast Company's Greg Lindsay and Mary Newsom at the *Charlotte Observer* kept the conversation going.

2 The Climate Challenge

Planning and land policy experts recognize the need for timely and accurate information about how to take account of likely, if uncertain, environmental and climate change impacts on global land use and development patterns, writes Gregory K. Ingram in his Letter from the President in the July issue of Land Lines, which both serves as a summary of the 5th annual Land Policy Conference, The Environment, Climate Change, and Land Policies, held in May, and as a roadmap to the key issues of transport, density, green standards, and adaptation policies going forward:

• Transport and Land Use. Providing effective transit service—a smart growth policy—requires residential densities of at least 30 persons per hectare. A review of census tract data for 447 U. S. urbanized areas in 2000 indicates that about a quarter of the urbanized population resided in areas with such densities, down from half in 1965. Fully 47 percent of the 447 areas had no tracts with a transit-sustaining density. But, transit ridership requires more than just dense residential areas. For example, New York and Los Angeles have similar average residential densities, but 51 percent of commuters in New York use transit compared to 11 percent in Los Angeles. An analysis of travel diaries from nearly 17 000 Los Angeles households indicates that accessibility to employment centers

2 气候挑战

林肯研究所规划及土地政策专家们确认如何及时和准确地利用可能的账户信息显得越来越迫切，《土地在线》主编格雷戈里·K. 英格拉姆在7月号中指出，没有这些，环境和气候变化对全球土地使用和发展模式的影响就不能确定。这是他就2010年5月举行的议题为"环境、气候变化和土地政策"第五次土地政策年会纪要中提出的，并对交通、密度、绿色标准和适应性政策的关键问题路线图提出如下意见。

• 交通与土地使用。提供有效的公交服务———种精明增长的政策——要求至少每公顷30人的居住密度。2000年美国447个城市化地区的人口普查数据显示，大约1/4的城市化地区其居住密度是这样的，这样的地区比1965年下降了一半。所有447个城市化地区的47%还没有形成保持这种公交密度的连片地区。然而，公交乘客需要的不仅仅是密集的住宅区。例如，纽约和洛杉矶都有类似的平均居住密度，但在纽约51%的通勤利用公交，而在洛杉矶仅占11%。洛杉矶近17 000户的出行记录分析表明，到达就业中心的公交增长要快于高密度居民地区的增长。此外，拥挤收费计划，可以追溯到1970年代中期，已使利用公交、减少汽车使用和拥挤等方面得到持续增长。虽然这种政策可能产生土地用途的改变，这都停留在理论层面，几乎还没有足够的经验用来证明这一点。

• 能源和碳定价。在对13个绿色建筑认证（LEED）开发分析后发现，它们比大都会区的居民使用更少汽车行驶里程，这也表明这些开发实现了LEED目标之一。一种替代能源的土地密度审查表明，利用土地覆盖面开发风能和太阳能资源是可行的，而对生物燃料的严重依赖需要大量的农业土地。然而，在涉及电能需要在整个国家的输电线路方面大量投资。通过限额与贸易的效益分析（即碳税）和减少 CO_2 排放量的排放标准显示他们的影响取决于实施的细节。如果排放许可被拍卖而不是赠送，前两种方法表

increases transit use much more than living in a high-density area. Alternatively, congestion toll schemes dating from the mid-1970s have yielded sustained increases in transit use and reductions in auto use and congestion. While such policies are likely to produce land use changes, theory is ambiguous about their direction, and virtually no empirical evidence is available.

• Energy and Carbon Pricing. Analysis of 13 completed LEED-certified developments showed that their residents produced fewer vehicle miles travelled than the average for their metropolitan areas, suggesting that these developments are fulfilling one of their objectives. A review of the land intensity of alternative energy sources demonstrates that wind and solar sources are feasible in terms of their land coverage, whereas heavy reliance on bio-fuels would require unfeasibly large shares of current agricultural land. However, alternative energy sources for electricity will require large investments in transmission lines across the continent. An analysis of the effects of cap-and-trade, a carbon tax, and emissions standards as instruments to reduce carbon emissions shows that their impacts depend critically on implementation details. The first two approaches can appear very similar if permits are auctioned rather than given away. The regressivity of carbon taxes can be offset by revenue recycling that is proportional to total tax payments. Emission standards are likely to involve efficiency losses but may be most attractive politically.

• Climate Change Impacts. Models of how climate change will affect sea-level rise, temperature, and rainfall differ greatly at the micro level, but all indicate that major costs will be borne by coastal cities and areas in the lower latitudes, with lower costs and some benefits accruing to those in the higher latitudes. A temperature rise of two degrees centigrade in this century seems inevitable, and constraining it to that level will require both large investments and effective

现得非常类似。碳税的递减可以从按纳税总额比例的财政再循环中被抵消。排放标准可能涉及效率损失，但可能也是一种政治方面的最大吸引力。

• 气候变化的影响。在微观层面，气候变化如何影响海平面上升、温度和降雨量的模型差异很大，但不管怎么说，所有的模型都表明：由气候变化引起的主要花费将由沿海城市和低纬度地区承担，而在高纬度地区花费不多且还可累积一些好处。在本世纪内气温上升2℃似乎是不可避免的。要不超出这个水平，需要大量的投资和有效的政策。这些政策必须包括协调管理1/3的美国公有土地，较大森林面积的碳捕获，为保护环境敏感地区的财政转移等。

• 未来趋向。美国许多次国家司法管辖区已经参与执行有关政策，但联邦政府需要发展一种减缓气候变化，包括成本收益标准、现实受益人和使用费融资框架、包含州计划的国家计划等做法。在国际上，解决有关全球治理问题发展缓慢，主要在于资金不足、共识阻碍、对现有制度的合法性缺乏以及对日益流行的气候变化表示怀疑。

policies. Such policies will have to include coordinated management of the onethird of land in the United States that is publicly owned, carbon capture in the form of larger forest areas, and mobilization of revenues for protection of environmentally sensitive areas.

• The Way Forward. Many subnational U. S. jurisdictions are already engaged in implementing relevant policies, but the federal government needs to develop an approach to climate mitigation that includes benefit-cost standards, a realistic financing framework with beneficiary and user fees, and a national plan consistent with state plans. Internationally, capacity to address governance issues related to global commons is developing slowly and is hampered by inadequate funds, insufficient consensus, and a lack of legitimacy of existing institutions to address these issues, as well as by an increasing popular skepticism about the very existence of climate change.

Editor's Comments

Allen Kelley is a professor within the Department of Economics at Duke University. Jeffrey Williamson is also a professor of economics who works at Harvard University. They are all very concerned about the demographic change and urbanization in developing countries. This article was selected from their paper "Population Growth, Industrial Revolutions, and the Urban Transition" which is published in *Population and Development Review* (Vol. 10, No. 3) in Sep. 1984. In this paper, the two authors designed an urbanization forecast model and used the model to discuss how some macroeconomic factors such as population growth, technical progress, trade environment, resource constraints and international investment may exert influence on urban development. In my view, the research idea that linking macroeconomic factors to the urban growth is really worthwhile to make a reference for domestic fields of urban and regional planning.

编者按　艾伦·凯利是美国杜克大学经济学系教授,杰弗里·威廉姆森是哈佛大学教授,他们都非常关注发展中国家人口变化以及城市化研究。本文译自两位作者1984年9月发表于《人口与发展评论》第3期的文章。该文构建了城市化人口预测模型,并运用该模型探讨了人口增长、科技进步、贸易条件、资源约束、国际投资等宏观因素对城市发展可能产生的影响。本文将宏观经济与城市增长结合起来的研究思路十分值得国内城市与区域规划研究领域借鉴。

人口增长、工业革命与城市转型[①]

艾伦·凯利　杰弗里·威廉姆森

张　燕译

Population Growth, Industrial Revolutions, and the Urban Transition

Allen KELLEY[1], Jeffrey WILLIAMSON[2]
(1. Department of Economics at Duke University; 2. Harvard University)

作者简介

艾伦·凯利,杜克大学经济学系;

杰弗里·威廉姆森,哈佛大学。

张燕,中国社会科学院研究生院工业经济系。

　　当众多人口统计学家还在致力于研究关于总人口增长的各类问题时,第三世界国家开始显现新的发展趋势:城市增长与人口向城市中心地转移,正以前所未有的速度向前迈进。上个世纪初,世界城市人口为2 500万,如今它已超过16亿;联合国预测,到2000年世界人口将达到31亿。在世界许多地区,城市增长的速度已是农村地区的3倍,而且可以预测第三世界国家的一些城市在本世纪末将发展成为超大城市:墨西哥城,3 100万人口;圣保罗,2 580万人口;里约热内卢、孟买、加尔各答以及雅加达,均超过 1 600 万人口；汉城，1 420 万人口；开罗，1 310 万人口；马尼拉，1 230 万人口（World Bank，1984）。

1　城市转型模型的构建

如何解释城市转型的进度与程度？为什么城市转型速度在发展初期很快，而后期却缓慢下来？显然，城市转型属于产业革命和人口转型的一部分，那么这些作用力究竟如何相互联系起来的？对这些问题答案的猜测从不缺乏。恩格斯（Engels，1845）认为，曼彻斯特在 19 世纪初的蓬勃发展以及后来由于"人满为患"而造成的城市衰退，均可以很容易地以资本主义制度下制造业的发展来解释。拉文施泰因（Ravenstein，1885、1889）、雷德福（Redford，1926）认为，马尔萨斯主义（Malthusian）的人口增长动力、农业土地稀缺以及圈地运动是人口从农村向城市迁移从而促进城镇发展的条件。总之，对于城市化的动力，恩格斯主张是"拉力"作用，而拉文施泰因、雷德福则青睐"推力"作用。韦伯（Weber，1899）著书出版之后，关于"推力"和"拉力"的学术之战所涉及的研究领域开始不断扩大，从国内移民与城市转型扩展到国际移民问题。二战后，随着第三世界国家的不断发展，学术辩论的重点又回到国内移民和城市转型上来。

尽管经过了一个半世纪的争论，社会科学家们依然不确定在城市转型的各种作用力中，有哪些是更为重要的。现有文献中提出的两个主要假设，即城市快速增长和城市化主要可用以下理论来解释：①因土地有限，异常迅速的人口增长率带来耕地压力，从而迫使无地劳动力进入城市；②城市经济发展形成拉力，吸引人们迁入城市。在当代发展中国家，这些作用力主要包括：某些国内政策向利于城市发展的方向扭曲价格（例如，某些国内贸易条款已扭曲到开始"挤出"农业）；欧佩克（OPEC）成立之前，利于能源使用部门发展的廉价能源大多分布在城市，从而为城镇创造了就业机会；来自发达国家的技术扩散有利于现代化的大型城市产业发展；外国资本往往流入到城市基础设施建设、城市住房建设、电力、交通和大型制造业领域，从而进一步促进第三世界城市的发展；1950 年代末以来，世界贸易自由化刺激了第三世界城市对生产出口产品的需求。

多数人口专家赞成第一种假设。人口数量不断膨胀，就业需求量增大；同时，受可耕地数量基本已固定的条件限制，农业多余的发展空间不可能为人口转型所带来的马尔萨斯过剩提供充分的就业机会。自恩格斯在 1840 年描述曼彻斯特以来，在城市提供摆卖服务以维系生存可能是一个社会体系吸收过剩人口的惟一方式，同时肮脏的城市生活条件也是工业化初期阶段的一大特征。受马尔萨斯（Malthus）的影响，人口统计学家很可能倾向如下因果关系，即"人口增长—离开土地—迁入城市—恶劣生活条件下的城市快速增长"。该观点对经济学家们思考发展问题也产生了深刻的影响。这是刘易斯（Lewis，1954）提出的"劳动力剩余"模型的核心，该模型较好地应用于古典经济学家分析英国工业革命期间的增长范式。同时，该模型也是托达罗（Todaro，1969）论文的核心，该文提出快速增长的城市移民与不断增长的高城市失业率有关。相反，也有多数经济学家倾向于第二个主要假说，即那些经济增长的力量来自于城市的拉力。不过，至于到底采取哪种社会科学的视角，本质上并没有多大差别；但值得肯定的是，对这些促使城市转变的"力量之源"进行定量评估的任务不得不深入推进。

我们为什么要关心城市转型的动力之源呢？主要因为，如果不清楚在过去二三十年里驱动第三世界城市增长的经济力量及人口力量是什么，我们就不能完全自信地预测到 2000 年，更不用说预测到21 世纪的城市发展。然而，可以肯定的是，为了制定适宜的经济和社会发展政策，对未来城市发展的预测则是相当必要的。

于是，非常有必要建立一个可靠的城市化进程模型。如果没有这样一个模型，我们就不能确定在不同的政策、不同的生育率或者不同的国际市场条件下，城市会如何增长。没有模型的适当测算，我们也不能确定过去第三世界城市增长的动力是什么。因此，这个模型必须具备以下两个关键特征。

首先，在该城市转型模型中，各种宏观经济与宏观上的人口发展因素是人口从农村向城市的迁移的内源性动力。该观点与对 2000 年第三世界城市人口的多数预测中所提及的"动力说"大相径庭[2]。现有的预测中，有的假定存在一个固定的迁移率，有的则运用变化的迁移率，但都认为人口从农村向城市迁移是外生的，或者至少是独立的经济驱动力。也就是说，这些预测是在没有模型的情况下做出的，预测中允许经济力量对人口从农村向城市的迁移率产生影响。在这样的预测中，由于农村人口外移或者城市人口迁入缺少内生驱动力，城市发展和城市转型的驱动力就必定会认为是外生的。

其次，城市化进程的长期模型必须具有"封闭"性，该特点一般被界定如下：①模型应反映各部门之间的信息反馈和相互作用（尤其是价格的内生性）；②模型中生产和消费具有灵活性。在大多数经济模型或人口模型的应用中，并没有强调这些特征，相反各部门之间是不相关的。一个模型中，如果不允许稀缺性存在来刺激消费和生产，则该模型就不能很好地解释长期城市化。现在需要这样一个框架：①城市土地稀缺可以使居民密度增大并引起相关节约土地的现象；②允许燃料价格上涨，由此引起节约燃料的行为；③不断增长的城市生活成本以及城市生活的不舒适可以打消人们移民到城市的积极性。

本文的目的，即在诸多学者为构建这种模型所做的研究基础上，进一步提出一些见解[3]。我们试图为读者提供与该模型相关的足够信息、经验表述以及在反事实、政策和乘数分析方法上的应用，以期作为本研究设计的一个概述。该模型的技术性细节请见附录中的简介。我们认为，这种介绍形式既为专家评估模型的基本结构提供了充分的材料，且避免阅读冗长的技术术语，同时对于那些颇感兴趣的非专家人士，又有正式表述的特点。

在总结我们所了解的第三世界城市转型的一些研究成果之前，需要进行一些准备工作。尤其是，需要回答：我们的模型是否仅仅是对已有模型的复制？

2　模型的创新点：与现有模型的区别

构建一个虚构的"典型的发展中国家"，使得模型本身具有先验代表性。由于这一大众化的先验特征几乎是很多发展中国家都具有的，所以这些国家对该模型理论结构的一些条件大都较为满意[④]。这些条件分别是：在 1960 年人均收入低；在过去的 20 年内，部分人均收入增长；积累主要依赖于国内储蓄；在世界市场上是价格被动接受者。同时，需要把那些对重要资源密集型产品的世界价格产生影响的国家（最值得注意的是 OPEC 成员国）排除在外。如果选择一个国家作为样本，必须具有该国 1960 年经济和人口变量相关的各种历史文献。符合这些要求的 40 个国家（不包括中国）占第三世界人口的 80%[⑤]。

利用这些数据，我们求证一些初始条件，估计参数，然后用该模型来模拟 1960～1980 年的城市化进程。5 组变量被视为是外生的，每一组讨论的核心都是城市转型的动力。第一组是进入世界贸易的 3 种主要商品的价格，包括进口燃料和原材料、制成品和初级产品（在模型中虽然有 8 个部门和 8 种产出价格，但是进入世界贸易的主要商品的价格只有 3 种是由外生变量决定的。）例如，通过比较前 OPEC 时代燃料价格的模拟趋势与后 OPEC 时代燃料价格的模拟趋势，可以推测出燃料稀缺会影响城市转型的速率和性质。第二个外生变量是土地存量的增长。该模型把土地划分为城市用地和耕地，二者增长的比率都是外生的，因此我们能够定位耕地稀缺在城市发展中起到"推力"的作用，同时也可评估城市土地稀缺对城市密度增加、租金上升以及城市生活成本提高的影响力。第三，外资流入水平是外生的，这就允许我们进一步探究"国外资本已成为第三世界城市建设及城市转型的重要组成部分"这一假说。第四，部门的生产力增长由外生变量决定；由此，被认为具有"不平衡"性是因为生产力增长比较青睐现代化部门。长期以来人们一直认为，现代城市部门中技术的快速进步是加速创造城市就业机会、城市人口迁入以及城市转型所不可或缺的核心成分。这一假设可以通过改变部门技术变化率来验证。最后，基于人口变化，在该模型中总人口与劳动力的增长率是外生的，这样能减轻马尔萨斯压力，以评估其在促进第三世界城市转型中的重要性。

鉴于这 5 组外生变量的历史发展趋势，该模型判定了资本积累、住房投资、培训和科技进步的比率；资源配置和收入分配模式、工业化率，当然还包括从农村向城市移民以及城市化的趋势。总而言之，该模型对 100 多个内生变量进行了预测。虽然这些变量中很多都缺少历史文献记录，但基于 1960 年代和 1970 年代能够提供的数据，我们依然对该模型的预测效度进行了评估。

表 1 中，可以看到该模型的预测值与第三世界最近所观测的发展趋势，在数据上具有很强的一致性。由于篇幅限制，这里只把我们的研究结果制作一个小演示样本，表 1 只涵盖经济增长，尤其是城市转型中最为重要的一些方面。表 1 中，1960～1973 年，模型的有效性成为关注的重点，之所以在预测值与观测值之间存在这样一个较大的差距，一方面是为了控制 OPEC 的影响力，另一方面也反映了在所选样本中大多数国家 1980 年前后的详细普查数据缺失这样一个事实。如表 1 所示，该模型在总结每个变量在 1960～1973 年共 13 个年度预测值的同时，也总结了每 10 年为一单位的经验值以及被观测时间段末年（1973 年）的观测结果。

表 1 "典型的发展中国家"：经济增长、经济结构及城市化的模型预测值

与已观测的历史实际记载值（1960～1973）

变量	模型预测值	实际观测值
实际 GDP 总增长率（%）		
1960～1965	5.9	5.8
1965～1973	6.6	6.1
1960～1973	6.3	5.8
1973 年各部分占 GDP 比率（%）		
制造业和采掘业	20.9	20.8
服务业	50.9	50.6
农业	28.2	28.6
城市人口增长的各方面参数值（1960～1970）		
城市人口增长率（%/年）	4.7	4.6
城市增长率（%/年）	0.7	0.5
净城市人口迁入率（10 年的平均数）	2.0	1.8
净农村人口迁出率（10 年的平均数）	1.1	1.0
人口转移占城市人口增长的净占有率（%）	45.0	39.3

资料来源：GDP 总量增长率的实际观测值、各部门值占 GDP 的比率、城市增长率和城市份额来自：*World Tables 1976*（IBRD，1976）。请参看联合国（United Nations，1980）第 198 页，根据 29 个发展中国家净移民占有率的估值，其中一些不属于"典型的发展中国家"的一部分。迁移率是基于其他数据计算出来，以 1970 年的为基准值，请参看凯利和威廉姆森（Kelly and Williamson，1984）第 3 章。关于 RDC 样本库，见注释④和文本中的讨论。

该模型是一个快速增长器，在不变的价格条件下，GDP 以平均每年 6.3% 的增速增长。这比观测到的第三世界增长率要高得多，但请注意，首先，该模型抓住了 1960～1973 年的加速增长趋势；人们经常讨论这一现象，并把它记载为"经济腾飞"或"工业革命"。总体来说，模型中的总增长过程，看起来很符合当前第三世界发展的历史。

其次，较为重要的是，该模型准确地抓住了不均等的产出增长率和工业化率。由于城市化和城市增长是目前研究的核心问题，部门产出份额的预测十分接近历史记录是很令人满意的，因为这些产出份额是工作岗位空间分布以及人口由农村向城市迁移和城市增长的主要决定因素。

再者，最重要的是，该模型抓住了城市转型的特点。我们的样本中有 40 个国家，在 1960 年代，城市人口增长率平均每年 4.6%，这个速度与模型的预测 4.7% 几乎完全一样。虽然表 1 没有显示，但模型同时还预测到城市增长速度在 1960～1970 年代初期会加快，这与在时间序列中罗杰斯蒂城市化增长曲线（Logistic Urbanization Curve）所反映的分阶段拐点是一致的。移民实际经验也几乎是按照模型来进行的。农村人口迁出率预计为每年 1.1%；同一时间，普雷斯顿（Preston，1979）使用了一个包含 29 个发展中国家的样本，估计出来的数值大概是 1%。同样地，该模型预测的城市人口迁入率为

2.0%，普雷斯顿的估计值为1.8%。最后，该模型还预测城市人口增加45%可以拉动农村人口迁入城市，该数值介于普雷斯顿39.3%和凯菲茨（Keyfitz，1980）49%的估计值之间。

另外，模型得出的其他预测数值，其中部分比表1所显示的更为符合历史实际，但有些也存在出入（其他许多的预测无法评估，除了用定性分析）。从表1中我们可以确信：模型预测的结果与历史发展的趋势表现出高度的一致，因此证明该模型能够对未来的发展作进一步有效的分析。有人可能建议说，由于该模型用的是1960年代以来的数据作为参数值，在某种意义上它必然咖有验证前OPEC历史的能力。该建议忽视了两点。首先，参数本身是有要求的，需要估计的有100多个参数和相关初始条件，同时，估计与数据的错误均会导致预测出现失误；其次，虽然预测是基于参数来的，但是模型结构会起着更大的作用。与早期研究的根本区别就在于目前我们的研究过程使用的是明确的经济模型。

3　城市转型的预测

到2000年，第三世界的城市化会进展到何等程度呢？人口学家当然已经给出了答案，但正如我们之前所注意到的，人口模型的预测认为农村向城市迁移率是个外生变量，得出的结论自然是城市增长和城市转型也必须被视为外生变量[⑥]。

在我们的模型中，因为农村向城市迁移流动是内生变量，虽然我们对2000年的预测可能不会比人口学家的更准确，但是我们能对未来有更多的了解。首先，我们可以在一个"稳态的"经济或人口环境中，探讨迁移、城市发展和城市化的长期模型。在这种环境下，外生性价格、技术变化、劳动力增长、土地扩张率和外国资本流入都表现出顺利发展的趋势，并避免由于作为借贷方的发达国家紧缩贷款而导致的人口转型、石油价格猛涨、生产力萎缩以及外国资本增加短缺等带来的不利影响。实际上，我们能够假设一种与事实相反的情景，即增长和发展的内生力量对人口空间变化无约束作用。在这种条件下，我们的模型将能预测到什么？一条平滑的罗杰斯蒂增长曲线？如果是，那么拐点在哪里？在1970年，还是在2000年？此外，我们还可以在专家们普遍认同的未来20年极可能的经济和人口环境下来探讨移民与城市发展的长期模式。在检验未来20年不断变化的经济和人口环境的影响力时，积极比较基期预测与稳态预测。因为我们可以通过适当的虚拟假设，运用该模型单独地分析每一事件所产生的影响，所以从两种预测的差别上，就可以判断经济或人口环境变化带来的影响。

3.1　基期的界定

在未来的20年里，第三世界国家的经济和人口环境特点最可能是什么？表2总结了相关环境并指出了模型中基期预测下的各种外生变量的值。重新分析了在1980年之前及前OPEC价格上升阶段期间盛行的"现实"条件，后者在上一节已经有所讨论。同时，指出1980年之后20年所估计的基准值和稳态值。稳态分析，简单地假设各种前 OPEC 条件会持续整个 1970 年代，并延续到未来的 20 年。我们并不认为 1980 年之后很可能还是这样的趋势，但这并不是问题的重点，稳态仅为某个典型发展中国家探索城市转型提供了一个有用的参照点。

表 2　"典型的第三世界国家"经济和人口变量：基期与稳态预测值对比（1960～2000）（%）

变量	估计值		基期预测		稳态预测
	1960～1973	1974～1980	1981～1990	1991～2000	1981～2000
燃料和原材料相对价格的年增长率	0.0	5.2	1.5	1.5	0.0
制造业相对价格的年增长率	−0.7	−1.6	−0.6	−0.6	−0.7
农业土地存量的年增长率	1.0	0.5	0.0	0.0	1.0
城市土地存量的年增长率	1.0	1.0	1.0	1.0	1.0
劳动力的年增长率	2.54	2.68	2.79	2.84	2.54
外资流入占 GDP 比率的年增长率	3.0	3.0	从 3.0 线性降低到 2.4		3.0
全要素生产率的年增长率	1.8	1.8	1.8	1.8	1.8

基值则是完全不同的一个概念。要反过来考虑每一个进入基期预测的关键假设，包括劳动力增长、相对价格变化、外资流入、全要素生产率增长以及土地扩张。

对相对价格的预测无疑是有风险的。表 2 说明了来自世界银行的专家们在 1982 年认为的 2000 年最可能的发展趋势。对于燃料和原材料的相对价格，他们没有预测到会像 1970 年代那样急剧地增加，但他们确实预测到初级产品的出口会以 1.5% 比例快速上升。同时还预测到，制造业的相对价格每年会以 0.6% 的速度持续下跌，这个趋势很像前 OPEC 时期的典型趋势。读者应该注意到，我们更为关注的是相对价格变化之后会发生的事情，而不是在 1980～2000 年相对价格会发生怎样的变化。明白了这一点，专家们的猜测将有助于建立一个基期，围绕这一基期可以对假设的变化进行评估。

外资流入更是很难预测。它们当然将取决于北方工业化借贷国（发达国家）的实际收入增长和财政紧缩。同时也将取决于 OPEC 的价格政策和石油出口国的财政盈余。世界银行预测了第三世界石油进口国最有可能出现的"资源差距"，这些差距决定了表 2 中所显示的外资流入与 GDP 比率的基期趋势：从 1970 年代的 3% 平稳下滑到 2000 年的 2.4%。这个比例中的时间序列预测，跟钱纳里和塞尔奎因（Chenery and Syrquin，1975，表 3，第 20～21 页）对低收入国家的跨部门估计非常接近。

很显然，目前还没有专家在全要素生产率增长及土地存量的发展趋势方面发表观点。定性的文献建议完全取消农业的边际空间，采用"可耕地零增长"这一基期假设。不过，假设城市土地以每年 1% 的速度增长是合理的，但也纯粹只是猜测。由于我们对 1970 年代末的全要素生产率的增长没有研究，更不用说在接下来的 20 年，因此我们假设在 OPEC 成立前估计的 1.8% 这一数据将适用到 2000

年。当然也有一段时间，工业化的北方发达国家生产率增长缓慢，但是我们没有确凿的证据证明第三世界国家也有这一类似的长期趋势。虽然第三世界国家，确实提供了一些零散的证据，但它们不能证明在1970年代末有任何发展放缓的迹象，更不能用来衡量生产力发展趋势是否由短期结构调整为主转变为以外部冲击为主。

3.2　长期城市转型

表3涵盖了城市转型的6个方面：城市的人口比例、制造业中的劳动力份额在城市人口的比例、城市人口的增长率、净农村人口迁出率（占农村人口的百分比）、城市人口的净迁入率（占城市人口的百分比）以及由农村向城市迁移的人口占城市人口增长的份额。图1绘制了基期和稳态两种测算方法下的城市化率、城市增长率及城市人口迁入率。这两种情况之间的比较信息很翔实。

首先，我们来分析图1。稳态预测方法中，模型假设OPEC成立前的环境持续了40年的时间。因此，稳态环境说明了在宏观经济和人口条件不变的情况下，城市变化的虚拟模式。该模型试图效仿标准的罗杰斯蒂增长曲线。事实上，城市增长率和城市人口迁入率在1960年代和1970年代间急剧增加，在1970年代末达到顶峰，之后又急剧下降，跟泽林斯基（Zelinsky，1971：233）的流动性转移假说如出一辙[⑦]。因此，稳态预测方法推测城市增长率将从1980年每年约6%的高增长率明显下降到2000年的每年约3.5%的迟缓增长率。

根据稳态预测法，城市转型将于2000年全部完成。在图2中，可以很清楚地看到，稳态预测将广泛应用于1960～2060年一个世纪的时段。均衡的城市化率是接近于85%（也即美国目前的"城市限额"，这一数值现在似乎开始下降）。第三世界经济的代表国家在2020年几乎能达到这个水平，城市人口迁入率在2030年也将接近于零，同时，城市增长率也与该年的国际人口增长率相匹配。从1960年到城市转型结束，城市份额将提高52.4个百分点（从1960年的32.6%达到均衡点85%）。截止到2000年，稳态预测法认为将提高45.3个百分点。简而言之，到2000年整个经济体将完成约85%的城市转型。

根据基期方法预测，图1还绘制了一些发展趋势。OPEC成立后的种种条件降低了城市增长的速度，导致城市增长率提前达到峰值。此外，基期和稳态预测之间（图1中阴影部分）的差距是很大的。但是注意到城市增长率，至少部分会在1980年代末至1990年代有滞后表现。基期预测法同样也预测到了城市增长率会长期下降，从1970年的每年5.15%下降到2000年的每年不足4%。

总之，无论我们的重点是在基期预测还是在稳态预测，模型反映的都是城镇人口增长率和人口迁入率先上升后下降的一般性罗杰斯蒂曲线。基于该模型，到本世纪末，即便第三世界国家马尔萨斯人口压力不会有多大的减少，城市增长的问题也将没那么严重了。我们很可能听到来自城市规划者的抱怨日益减少，已被滥用的"过度城市化"可能会从我们的词汇中消失，而悲观者眼中的城市环境恶化的压力也可能会使城市化的紧迫性降低。到2000年，很低的城市增长率将更容易地解决几十年来因城市快速扩张而积累的问题。

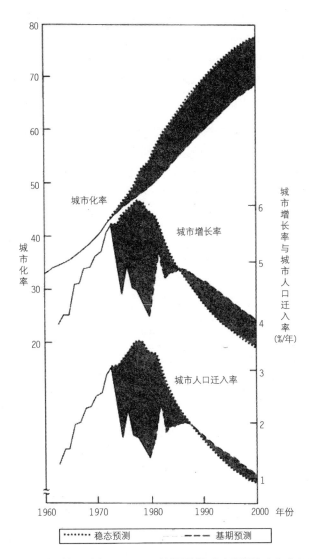

图1　第三世界：城市化、城市增长、城市人口迁入：基期预测与稳态预测值对比（1960～2000）（%,% /年）

　　城市发展的分析专家们更为关注表3所提供的数据。例如，我们来回顾下伯特·霍斯利兹（Bert Hoselitz）在1950年代提出的关于过度城市化的争论。他认为，从城市人口份额超过工业人口份额的意义上讲，发展中国家的城市化程度已经超过了工业化程度，至少目前与发达国家的历史业绩相比是这样的。然而，霍斯利兹（Hoselitz，1955、1957）及其他学者用1950年代以来的数据来验证该观点时，并没有得到明显的论证，同时也没有任何迹象显示工业劳动力百分比与城市地区人口百分比相关（United Nations，1980；Preston，1979）。本文模型计算了这方面数据，如表3的第2栏所示，但模型中的"工业"仅限于制造业。比较1970年与1950年的统计数据，联合国（United Nations，1980：13）分析显示，"城市的增长已不再是超过工业的增长：如果还有超过的话，那就是过度城市化的趋势已经出现轻微的逆转。"尽管在整个40年间统计数据在不断增加，虽然增加的速率在下降，该模型的预测与联合国的调查统计发现是一致的。根据联合国的发现，在过去的20年中，第三世界国家的工业化（或制造业就业增长）是其城市化发展的引擎，而且基期预测和稳态预测都表明未来亦是如此。

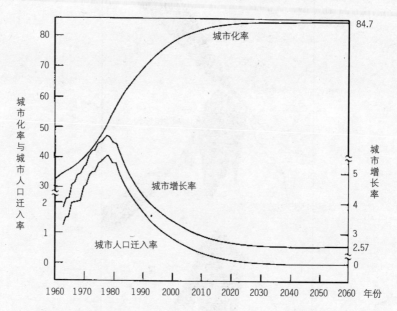

图2　城市化、城市增长、城市人口迁入：稳态预测（1960～2060）（%,%/年）

表3　第三世界城市化、城市增长及城市人口迁入：基期与稳态预测值对比（1960～2000）

年份	城市人口比率（%）	制造业劳动力占有率	城市人口增长率（%）	农村人口净迁出率（%）	城市人口净迁入率（%）	人口迁入占城市人口增长的净占有率（%）
基期预测						
1960	32.6	0.374	5.56	1.41	2.91	
1965	35.8	0.394	4.11	0.82	1.50	45.1
1970	39.9	0.406	5.15	1.60	2.51	
1975	45.2	0.420	4.48	1.38	1.72	48.1
1980	49.2	0.435	4.10	1.28	1.35	
1985	54.3	0.450	4.84	2.23	1.96	44.7
1990	59.7	0.466	4.67	2.53	1.79	
1995	64.4	0.478	4.33	2.45	1.41	35.6
2000	68.4	0.486	3.97	2.21	1.05	

续表

年份	城市人口比率（%）	制造业劳动力占有率	城市人口增长率（%）	农村人口净迁出率（%）	城市人口净迁入率（%）	人口迁入占城市人口增长的净占有率（%）
稳态预测						
1960	32.6	0.374	5.56	1.41	2.91	
1965	35.8	0.394	4.11	0.82	1.50	45.1
1970	39.9	0.406	5.15	1.60	2.51	
1975	46.2	0.427	5.94	2.67	3.29	60.6
1980	54.8	0.454	5.97	3.74	3.31	
1985	62.9	0.480	4.98	3.75	2.35	53.0
1990	69.3	0.493	4.32	3.64	1.70	
1995	74.2	0.499	3.79	3.26	1.18	34.7
2000	77.9	0.501	3.43	2.85	0.84	

　　人口学家在探讨城市增长的动力来源时，注重将增长分解为两个部分：城镇人口的自然增长与净迁入。凯菲茨（Keyfitz，1980）提出"城市增长源自人口的自然增长还是人口的迁移？"这一问题，引起了经济学家的兴趣，因为在有关城市增长和发展的任何一个严格的一般均衡模型中，净迁入率是内生变量决定的。表3的最后一栏提供了有关城市人口增长净迁入份额的统计数据。该模型对1960年代的人口迁入占有率估值为45.1%，这一数值跟人口学家对那一时期的研究结果一致。更重要的是，该模型预测，移民对城市人口增长的相对重要性从长期看是下降的，从1960年代的约45%下降到1990年代的约35%（2020年接近为零）。这些结果与罗杰斯（Rogers，1982）和其他学者的研究成果相一致。不过，表3显示，在达到长期衰退点之前，份额会在1970年代上升到峰值，这一短时期模型与城市人口迁入率相吻合；在基期预测中，迁入率一直到1970年代末还一直居高不下，而在稳态预测中，高迁入率则持续到1980年代初。

3.3　与人口预测模型的比较

　　城市人口迁入的内源性定位使我们的模型比纯粹性人口模型具有明显的优势。即使是最精确的人口模型，也从未能预测第三世界国家未来20年在变化的世界市场、技术进步、不可预见的快速人口结构转型、新的政策制度等条件下，城市如何发展。出于不同目的，这些人口模型也曾有所改进；不过，要比较纯粹的人口模型与我们模型中对2000年的基期预测，会有非常有趣的发现。

　　表4总结了5种人口模型的预测结果。施密特（Schmidt，1981）研究发现第一种模型的关键因素就是总人口增长的速度几乎是固定的（每年2.7%），这与基期预测的数值非常接近，同时该模型测算得到固定的农村净人口迁出率为每年1.13%（称之为毛迁移率，"Crude Migration Rate"）。因此，迁移不仅是个外生变量，而且迁移率也是固定的，比基期预测的数值要小得多。在基期预测中，毛迁移

率从 1960 年的 1.41% 激增到 1990 年的 2.53% 这一峰值，在 2000 年缓慢下降到 2.21%（表 3）。表 4 显示勒当（Ledent，1982）第二次人口预测的结果，虽然勒当的预测中允许毛迁移率可以有所变化，但是像其他人口模型一样，该模型也把迁移率作为外生变量。在这种情况下，迁移率通过了泽林斯基的流动性转移假说预测的阶段，更像基期预测下的外生变量，即所观察的迁移率在前 20 年上升，后 30 年下降。时段起始不同于基期预测，但时间划分基本相似。罗杰斯（Rogers，1978）做了第三个人口预测，预测使用的是科尔（Coale，1969）对第三世界国家人口趋势的经典分析中的一个空间变量。在罗杰斯的模型中，外生变量毛迁移率最终是上升的。第四、第五个人口预测是在普雷斯顿的指导下联合国于 1980 年得出的。这两个预测运用了重力式迁移流动（gravity-type migration flows）和城市与农村之间人口自然增长差，二者同城市数量一起呈线性的下降趋势。联合国的人口预测视毛迁移率为外生变量，但是与其他人口模型所不同的是，在整个预测期间，毛迁移率是下降的。这里，我们给出了联合国的两个预测，其中一个涵盖了所有的"欠发达地区"，另一个则仅限于"典型的发展中国家"之外的那些国家。

表 4　基期预测与人口模型预测比较：引入外生的毛农村迁出率（CMRs）（%）

年份	Kelly-Williamson Baseline 外生 CMR		Schmidt 外生固定 CMR		Ledent 外生可变 CMR		Rogers 外生可变 CMR		UN-Preston (LDCs) 外生可变 CMR		UN-Preston (40 RDCs) 外生可变 CMR	
	城市化率	城市增长率	城市化率	城市增长率	城市化率	城市增长率	城市化率	城市增长率	城市化率	城市增长率	城市化率	城市增长率
1960	32.6		31.9		32.6		30.9		21.9		27.4	
		4.7		4.7		4.8		5.5		4.0		4.4
1970	39.9		38.9		40.5		40.9		25.8		32.8	
		4.8		4.3		4.7		4.6		4.1		4.3
1980	49.2		45.5		49.2		51.7		30.5		38.3	
		4.8		3.9		4.4		3.7		4.1		4.4
1990	59.7		51.0		57.2		61.0		36.5		44.4	
		4.3		Na		3.9		2.8		3.8		4.3
2000	68.4		Na		63.2		67.8		43.5		50.9	
年均增加率	0.9		0.6		0.8		0.9		0.5		0.6	
年均增长率		4.7		4.3		4.5		4.1		4.0		4.3

　　资料来源：施密特（Schimidt，1981）采用"Medium"预测，是以 40 个"典型的发展中国家"的总人口增长预测为基础的。勒当（Ledent，1982）第 532 页方程（20）表示的是城市份额占基期预测下的人均国民生产总值的比例。把城市化率应用到基期预测的人口趋势，从而得出城市的增长速度。罗杰斯（Rogers，1978）第 182 页表格 10.11 中的"Bb 栏"，根据 1915～1955 年 40 年间的统计数据（测算到的城市化率数值最接近于我们的基期预测在 1960 年得出的数值）。这有助于我们对城市化率的预测。城市的增长速度都是来自同一个表格，起始于同一年。UN-Preston（最不发达的国家）：联合国（United Nations，1980），第 11 和第 16 页，表 4 和表 8，其中 LDCs 包括所有的欠发达地区；CMRs 都是外生变量（United Nations，1980：10）。UN-Preston（40 个典型的发展中国家）：联合国（United Nations，1980），第 159～161 页，表 50。

对主张迁移率内生的基期预测结果与主张迁移率外生的人口学家们的预测结果进行比较，结果又会如何？首先，基期预测中的城市转型速度更令人吃惊。在基期预测中，年平均增长是 0.9%，只有罗杰斯的预测能与之相提并论，而其他对过去 40 年的城市化率的预测都要低于这个数值。关于过去40 年的城市增长速度，基期的记录是每年 4.7%，而人口学预测则是在每年 4.0%～4.5% 之间。第二，所有的人口预测中只有一个在显示城市增长率下降时比基期预测要早。对于这些分歧的关键原因当然在于我们模型预测了迁移行为。关于第三世界国家经济发展的具体动力，与纯粹的人口模型不同，我们的模型更倾向认为是农村人口向城市迁移。在增长的早期阶段，由于经济发展的内生力量往往会对城市发展产生"拉力"，而人口统计学家的模型未必完全能说出城市进行流动性转型的驱动力。相比之下，我们的模型为城市转型和流动性转型都给予了外生性变量的解释。

4　基于城市转型模型的其他启发

除了上述观点，我们的城市转型一般均衡模型在实验研究过程中还产生了一些其他见解。下面简要总结一下我们的研究成果。

4.1　缓和式城市转型中的外部冲击和分歧

如果"典型的发展中国家"的宏观经济和人口环境突然发生变化，会出现什么情况呢？原来，当大多数第三世界国家很少或者根本无法控制经济和人口环境的变化时，城市转型可急剧地放慢、停止或者加剧。

在 1973～1974 年以前，OPEC 的价格冲击为第三世界城市的快速增长提供了不寻常的有利条件。在没有这些有利条件的情况下，城市人口迁入和城市增长会一直居高不下，然而有了这些有利条件后它们会更高。此外，在 1970 年代之后，由于不利的外部条件的出现，第三世界城市增长彻底开始放慢。如果 OPEC 成立前那些有利的条件一直持续到 1973 年，城市增长速度仍会进一步提升，从而使第三世界国家的城市问题比案例中实际情况还要严重。这两组条件，哪一组将会主宰未来的 20 年呢？尽管两种情况下长期的城市转型范围大体相似，可是这个问题的答案仍会对第三世界国家城市的发展产生深远的影响，且持续到 2000 年。

4.2　外部冲击产生的影响

我们研究了各种"冲击"对第三世界国家宏观经济和人口环境产生的影响，包括：①人口压力与人口转型；②不平衡的生产力发展；③初级产品和制造商之间的不利贸易条款；④进口燃料和原材料的相对匮乏；⑤耕地的日益匮乏；⑥国际资本市场相对紧缩和有限的可用外国资本。其中一些对城市增长的影响是可以预测到的，而其他的一些影响则是不可预测的。无论是哪种情况，我们自始至终的目标就是要去除这些不利因素已经或将要产生的影响。

表5　城市增长率减缓的原因：一些虚拟与事实相反假设的分析（1973～1979）（%）

城市人口年均增长率	实际 1973～1979 (1)	OPEC 转折期反事实假设					其他反事实假设			
		前OPEC增长速度 (2)	前OPEC燃料丰富 (3)	前OPEC世界市场 (4)	前OPEC土地扩张 (5)	前OPEC人口压力 (6)	国外资本紧缺 (7)	人口增长率=工业化国家率 (8)	稳定的世界市场 (9)	技术进步减缓 (10)
1973	5.72	5.72	5.72	5.72	5.72	5.72	5.72	5.72	5.72	5.72
1974	5.10	5.75	5.35	5.59	5.09	5.06	5.21	4.46	5.95	5.10
1975	4.48	5.92	4.91	5.67	4.51	4.50	5.66	4.03	6.46	4.27
1976	5.03	6.03	5.28	5.90	4.95	4.96	4.37	4.37	6.51	4.60
1977	4.52	6.14	5.13	5.91	4.47	4.48	4.33	3.68	6.64	4.22
1978	4.47	6.23	5.05	5.96	4.36	4.36	4.21	3.68	6.63	3.93
1979	4.29	6.16	4.83	5.79	4.27	4.28	4.24	3.57	6.76	3.82
平均值	4.65	6.04	5.09	5.80	4.61	4.60	4.67	3.97	6.49	4.32
潜在外生变量假设										
燃料和原材料相对价格年均增长率	5.2	[0]	[0]	5.2	5.2	5.2	5.2	5.2	5.2	5.2
制造业相对价格年均增长率	-1.6	-0.7	-1.6	[-0.7]	-1.6	-1.6	-1.6	-1.6	[0]	-1.6
农业土地存量年均增长率	0.5	1.0	0.5	0.5	[1.0]	0.5	0.5	0.5	0.5	0.5
劳动力年均增长率	2.68	2.54	2.68	2.68	2.68	[2.54]	2.68	[0.9]	2.68	2.68
外资流入年均占GDP比重	3.0	3.0	3.0	3.0	3.0	3.0	[0.0]	3.0	3.0	3.0
全要素生产率年均增长率	1.8	1.8	1.8	1.8	1.8	1.8	1.8	1.8	1.8	[1.0]

　　我们用来确定对第三世界国家城市发展产生影响的各种外部因素的技术，就是利用一些与事实相反的假设：如果在 OPEC 转折期间（1973～1979），那些长期盛行的实际条件发生了变化会出现什么样的情况呢？表5列出了一些结果可以说明问题。与事实相反的一些假设列在表格的末尾部分，方块中的数字表明假设与1973～1979年的实际情况不同。例如，第1栏表示在此期间实际条件下的城市增

长速度；第 2 栏代表了 OPEC 成立前的增长速度。这两栏的比较为上述得出的结论奠定了基础，该结论与 OPEC 成立之前，城市增长的有利条件有重大关系；同时，第 3～6 栏则分别列出了对各个部分的影响。此外，第 7～10 栏探究了另外一些与事实相反假设的影响，这些假设与第三世界国家城市增长的争论相关：第 7 栏探究了将外国资本流入率减少至零所产生的影响；第 8 栏说明了将人口增长率降低至工业化国家在 1960 年代普遍存在的水平所产生的影响；第 9 栏则说明了大幅减少制造业和农业之间的贸易条件所产生的影响；第 10 栏说明了科技进步减缓至工业化国家在 1960 年代末的水平所产生的影响。这些与事实相反的假设，都应该与第一栏给出的 1973～1979 年的实际情况相比较。例如，第 3 栏中与事实相反的"燃料丰富"的假设支持了第 1 栏中实际情况的所有外部条件，除了燃料价格行为，而扩大后的 OPEC 在 1973～1979 年间相对油价每年提高了 5.2%，与事实相反的计算则假设相对燃料价格直到 1979 年都没有发生任何变化。表格仅列出了 1973～1979 年期间城市增长的结果。事实上，我们已经研究过更长时期的经济和人口变量。在用与事实相反方法的分析中，若考虑到长期因素，表 5 得出的结论则可以继续适用。

人们普遍认为，农业用地短缺在推动第三世界国家农村劳动力流向城市中起到了重要作用。虽然这种说法本质上讲当然是正确的，但是从量上讲，农村土地稀缺真的已成为第三世界国家城市增长的一个重要因素吗？答案毫无疑问是否定的。第一，耕地存量的增长对城市的发展是一个相对重要的决定因素。（第 1 栏与第 5 栏研究结果的比较表明，在假设的土地富足条件下，城市增长的速度应该是 4.61%，这个数字仅略低于 1973～1979 年获得的实际数值 4.65%。）第二，在 1970 年代，第三世界国家耕地存量增加速度的降低，应该提高了城市增长率，即比 1960 年代要高。尽管城市增长在 1970 年代果然有所下降，但是土地存量的增长趋势并不能解释城市的增长趋势。最后，OPEC 成立前期，若第三世界国家的耕地存量没有增多，那么城市增长率仅应稍微有所提高。

考虑到城市经济的资本相对紧张，刘易斯（Lewis, 1977）提出，城市增长应该依赖国外资本，因而外国资本的相对充裕也是城市发展的一个决定性的因素。这一假说支持了以下观点，即 1973～1874 年流入到第三世界国家的外国资本对其城市的发展起了关键作用。毕竟，第三世界国家在六七十年代是吸收外资的一个重点，我们分析中的那 40 个国家吸收的外资达到了其国内生产总值的 3%。然而，在我们的模型中，如果没有外资流入到第三世界国家，那么其在 1960～1973 年的城市增长率应该是大致相同（表 5 第 7 栏）。因此，到 2000 年，外资市场的条件在长期的城市增长中将根本起不到多大的作用。

其余 4 种动力对第三世界国家过去、现在和将来的城市增长过程中起到的作用似乎更大。但以下几点依然让我们感到有些吃惊：马尔萨斯"炸弹"起到的作用居然比不上普通人的建议；初级产品和制造商之间的贸易条款比进口的燃料和原材料相对缺乏更为重要；部门间生产力发展的不平衡性比整个经济范围内的生产率更为重要。要仔细考虑这些研究成果。

第三世界国家城市增长和城市化的一般解释表明，高人口增长率是问题的核心所在。事实上，一个世界银行研究小组最近报告说，20 世纪人口的增加是区分过去和现在城市化的惟一重要的因素（Beier et al., 1976：365）。虽然这种观点看起来似乎很有道理，但是或许还应经过验证。快速的人口增长的确加速了人口从农村向城市迁移并促进城市发展，但是，它不能为第三世界国家城市化进程提供解释，因为在这一进程中，它起到恰好相反的作用。虽然城市化的模拟结果（如城市地区人口的百分比）在这里没有介绍，但是为什么出现这种与直觉相悖的结果是可以很容易就解释清楚的。古典的国际贸易理论表明，某种要素价格（如劳动力）下降是由其供给决定的，因此该要素密集型部门（如农业）就会相对扩张。按照这种推理，日益迅速的人口增长将会导致城市化速度放慢。此外，与传统观点相反，20 世纪人口的增加并不是惟一重要的因素。如果第三世界国家也经历了工业化国家在 1960 年代盛行的低人口增长率的话，那么迁移率和城市发展速度就会很高（比较表 5 中第 1 栏和第 8 栏）。总之，人口压力被认为是第三世界国家最近城市发展的动力，是夸大其词的。此外，未来 20 年的"人口结构转型"，似乎不可能在未来城市发展中发挥重要作用。

那么世界市场、国内的价格政策、自然资源匮乏以及进口燃料的成本又起到什么样的作用呢？这里，我们基本已经找到了第三世界国家城市增长的一个关键因素。我们的一般均衡模型不仅对初级产品和制造商之间的贸易条款及进口原材料与燃料的相对价格都非常敏感，而且这些价格在过去、现在和未来的发展趋势中看起来关系重大。1973 年之后，城市发展缓慢，几乎都归因于价格趋势，而且 1960 年代及 1970 年代早期的城市发展"异常有利"的条件也与"异常有利"的价格趋势有关。事实上，城市化速度在 1980 年代会急剧减缓，而在 1990 年则会完全停止。

但是其中哪种相对价格的发展趋势最为重要？在这里，我们有一些新发现。原来，尽管城市的各项活动要比农村使用更多的燃料和自然资源，但城市制造商和农村的初级产品之间的贸易条款而非进口燃料和自然资源的相对价格，是而且一直是第三世界国家城市发展历程的决定因素。

最后，技术进步的速度和性质又起到什么样的作用？传统观点认为，对商品的需求收入弹性总是对城市发展和经济增长同时发出信号（Mohan，1979：6～7）。随着经济的增长，消费在食品上的比重下降，从而增加了城市对其他商品的需求。据推测，整个经济的全要素生产率进步越快，城市活动转变的需求也就越快。虽然这种传统的观点确定是有道理的，但是，促进人均收入提高的因素并不与整个全要素生产率的进步有多大关系，而多半在于全要素生产率进步的不平衡性，过去是这样，将来也如此。

说到不平衡的全要素生产率进步，我们的观点是城市的现代制造业部门比传统的农业初级产品生产部门在技术进步上要快得多。当然，传统的服务业往往也很落后。尽管经历了工业革命和现代的绿色革命，这种观点在多大程度上具有偏见性，以及发展不平衡的程度要视国家不同而不同，但是自英国第一次工业革命以来就已经存在，这是个不争的事实。第三世界国家的技术发展速度不平衡是 1960 年代和 1970 年代城市发展异常迅速的关键因素。因此，如果工业化国家的生产率发展速度普遍降低，那么这些工业化国家将会在未来的 20 年间倒退至第三世界国家的工业化发展水平，而且第三世界国家的城市增长速度也会降低。最后，在模型的 8 个部门中，对城市发展起关键作用的是农业和制造业之间的不平衡。

注释

① 该项目是由福特基金会、美国国家科学基金会和国际应用系统分析研究所提供资金上的支持。

② 请参看凯菲茨（Keyfits，1980）、罗杰斯（Rogers，1978、1982）、勒当（Ledent，1980、1982）、普雷斯顿
（Preston，1979）、联合国（United Nations，1980）。

③ 建立这样一个模型要花费很多时间。该项目始于 1978 年，共耗时 6 年，最终将出版一本书，书名叫《第三世界
国家城市发展的驱动力是什么?》（Kelley and Williamson，1984）。书中花了很大篇幅，就城市转型可计算的一般
均衡模型的结构、评价和有效性进行了论述。

④ 我们用的是未加权的平均数来计算典型的发展中国家（RDC）的数据。各个国家的统计数据支持了整个分析。
重点工作是，需要权衡择取那些典型的发展中国家。我们是基于先验基础，来说明一些国家比另外一些要更具
代表性，而对于权衡过程本身，了解得还不是很充分。

⑤ 样本中的 40 个国家和地区包括：阿尔及利亚、孟加拉国、巴西、喀麦隆、智利、哥伦比亚、哥斯达黎加、多米
尼加共和国、厄瓜多尔、埃及、萨尔瓦多、埃塞俄比亚、冈比亚、危地马拉、洪都拉斯、印度、印度尼西亚、
象牙海岸、肯尼亚、韩国、马来西亚、墨西哥、摩洛哥、尼加拉瓜、尼日利亚、巴基斯坦、巴拿马、巴拉圭、
秘鲁、菲律宾、葡萄牙、斯里兰卡、斯威士兰、叙利亚、中国台湾、泰国、多哥、土耳其、乌干达和南斯拉夫。

⑥ 人口学家可能对这一问题持批评态度。例如，假设迁移人口只是农村拓展地区人口的一个固定部分（若超过了
全国人口增长率），这会导致各个时期的移民数量下降。因此，一些人口学家则可能认为，一个外生的、持续的
农村迁出率恰恰反映内生性的人口流动，甚至表明是内生性的城市人口迁入率。然而这个问题牵涉到了具体迁
移过程中的行为问题。在人口模型中，人口迁移并不是经济发展的结果，而在我们的模型中，人口迁移正是由
经济发展引起的。

⑦ 请参看勒当（Ledent，1980、1982）、罗杰斯（Rogers，1978：164-167）和联合国（United Nations，1980：29）。

参考文献

［1］Beier, G., A. Churchill, M. Cohen and B. Renaud 1976. The Task Ahead for the Cities of the Developing Countries.
World Development, Vol. 4, No. 5.

［2］Chenery, H. B. and M. Syrquin 1975. *Patterns of Development*, *1950 - 1970*. London: Oxford University Press.

［3］Coale, A. J. 1969. Population and Economic Development. In P. M. Hauser (ed.), *The Population Dilemma* (2nd
ed). Englewood Cliffs, N. J.: Prentice-Hall.

［4］Engels, F. 1845. The Condition of the Working Class in England. Translated from the German edition, with an intro-
duction by E. J. Hobsbawm. St. Albans, Herts.: Panther, 1974.

［5］Hoselitz, B. F. 1955. Generative and Parasitic Cities. *Economic Development and Cultural Change*, Vol. 3, No. 3.

［6］Hoselitz, B. F. 1957. Urbanization and Economic Growth in Asia. *Economic Development and Cultural Change*,
Vol. 6, No. 1.

［7］International Bank for Reconstruction and Development (IBRD) 1976. *World Tables*, 1976. Baltimore: Johns Hopkins
University Press.

［8］Kelley, A. C. and J. G. Williamson 1980. *Modeling Urbanization and Economic Growth*. Laxenburg, Austria: Interna-
tional Institute for Applied Systems Analysis, RR-80-22.

［9］Kelley, A. C. and J. G. Williamson 1983. A Computable General Equilibrium Model of Third World Urbanization and

City Growth. In A. C. Kelley, W. C. Sanderson and J. G. Williamson (eds.), *Modeling Growth Economies in Equilibrium and Disequilibrium*. Durham, N. C. : Duke University Press Policy Studies.

[10] Kelley, A. C. and J. G. Williamson 1984. *What Drives Third World City Growth*? Princeton, New Jersey: Princeton University Press.

[11] Keyfitz, N. 1980. Do Cities Grow by Natural Increase or by Migration? *Geographical Analysis*, Vol. 12, No. 2.

[12] Ledent, J. 1980. *Comparative Dynamics of Three Demographic Models of Urbanization*. Laxenburg, Austria: International Institute for Applied Systems Analysis, RR-80-1.

[13] Ledent, J. 1982. Rural-Urban Migration, Urbanization, and Economic Development. *Economic Development and Cultural Change*, Vol. 30, No. 3.

[14] Lewis, W. A. 1954. Development with Unlimited Supplies of Labor. *Manchester School of Economics and Social Studies*, Vol. 22, No. 2.

[15] Lewis, W. A. 1977. *The Evolution of the International Economic Order*. Princeton, New Jersey: Princeton University Press.

[16] Mohan, R. 1979. *Urban Economic and Planning Models*. Maltimore: Johns Hopkins University Press.

[17] Preston, S. H. 1979. Urban Growth in Developing Countries: A Demographic Reappraisal. *Population and Development Review*, Vol. 5, No. 2.

[18] Ravenstein, E. G. 1885. The Laws of Migration. *Journal of the Statistical Society of London*, Vol. 48, No. 2.

[19] Ravenstein, E. G. 1889. The Laws of Migration. *Journal of the Royal Statistical Society*, Vol. 52, No. 2.

[20] Redford, A. 1926. *Labour Migration in England 1800 – 1850*. Edited and revised by W. H. Chaloner. New York: Augustus Kelley, 1968.

[21] Rogers, A. 1978. Migration, Urbanization, Resources, and Development. In H. J. McMains and L. Wilcox (eds.), *Alternatives for Growth: The Engineering and Economics of Natural Resources Development*. Cambridge, Mass. : Ballinger Publishing Company for the National Bureau of Economic Research.

[22] Rogers, A. 1982. Sources of Urban Population Growth and Urbanization, 1950 – 2000: A Demographic Accounting. *Economic Development and Cultural Change*, Vol. 30, No. 3.

[23] Schmidt, R. M. 1981. The Demographic Dimensions of Economic-Population Modeling. Unpublished Ph. D. dissertation, Duke University, Durham, N. C.

[24] Todaro, M. 1969. A Model of Labor Migration and Urban Unemployment in Less Developed Countries. *American Economic Review*, Vol. 59, No. 1.

[25] United Nations 1980. Patterns of Urban and Rural Population Growth. *Population Studies*, No. 68.

[26] Weber, A. F. 1899. *The Growth of Cities in the Nineteenth Century*. New York: Macmillan.

[27] World Bank 1982. *World Development Report 1982*. New York: Oxford University Press.

[28] World Bank 1984. *World Development Report 1984*. New York: Oxford University Press.

[29] Zelinsky, W. 1971. The Hypothesis of the Mobility Transition. *Geographic Review*, Vol. 61, No. 2.

附录：模型概述

针对第三世界国家的城市发展，我们在其他地方有详细示例（Kelley and Williamson，1980、1983），因此，接下来只对模型的突出特点作简要概述[①]。

该模型的适用条件是新古典一般均衡。大多数产出与投入价格是完全灵活的，而且是由内生变量决定的；公司运转的驱动力是利润最大化，家庭维系的驱动力是效用最大化，另外，即使是政府的需求决定也遵从消费需求理论的严格规则。资本和劳动力的流动仅被用来反映第三世界国家要素市场的体制状况，但是鼓励经济行为主体寻找资源的最优部门和空间配置。

附表 1 总结了模型中的 8 个部门。模型区别了贸易品和非贸易品，其中非贸易品包括当地的特色服务。这种特色服务引起了生活成本在空间上的差别。假设城市中生活成本提高，人们的收入也相应增加，导致移民现象的发生，从而也可能对城市的增长速度产生重要影响。

该模型是"储蓄驱动型"，总的储蓄量取决于 3 个内生变量：公司和企业税后余留的利润、政府储蓄和家庭储蓄。（国外财政转移支付是为了增加政府财富，从而间接地也算是政府储蓄的组成部分。）这些储蓄有 3 种用途：实物资本投资（"生产性"）、人力资本投资（培训）和住房投资（"非生产性"）。这 3 种积累模式是此消彼长的关系，并且都是由内生变量决定的。也就是说，当技能培训方面的投资回报率开始超过实物资本的经济回报率时，对技能培训的投资就开始了。利用家庭储蓄对住房进行投资，也只有在投资回报率达到实物资本的经济回报率时才发生。当然，某些体制和技术特点严重制约了经济发展实现边际收益率。例如，3 个住房市场（农村、城市"普通"住房和城市"豪华"住房）中的任何一个都可能因资金短缺而萎缩，因为如果没有部门间抵押贷款市场，住房投资就会出现供不应求的现象。因具体某个部门的资本存量是固定的，这使得当前投资分配无法实现部门间拥有相同的投资回报率。此外，如果"潜在可培训人员"存量仍不能满足培训投资所需要的水平，企业对技能的需求就仍然得不到满足。总之，资本市场失衡可能是我们经济的一个长期特征。

最后，存在着一系列外生变量不仅一直推动着经济的发展，而且还假定其最终会影响第三世界国家城市的发展。每年外国资本的名义价值及可获得的资本援助，为其发展提供资金并防止出现收支平衡问题；已有人口状况决定了总的非技能劳动力；部门中全要素生产率提高有利于"现代"部门并节约了劳动力；OPEC 和世界其他市场条件的不断变化影响了进口原材料和燃料的价格；国内价格政策扭曲了初级产品出口方与制成品进口方之间的贸易条款；工业化国家呈现保护主义向贸易自由化转变的经济发展趋势。

注释

① 本文在很大程度摘取并整理于凯利和威廉姆森（Kelley and Williamson，1984）所发表的文章。该模型共有 128 个方程。

附表 1　关于第三世界国家的 Kelley-Williamson 一般均衡模型

部门	空间分布	联合国标准（ISIC）	市场价格决定性质	贸易特点	生产投入要素		生产函数形式
					初级产品	中间产品	
制造业	城市	制造业、采掘业	外生	国外、区域间	资本、技术和劳动力	进口原材料、燃料	嵌套 CES 生产函数，报酬不变
"现代"服务业	城市	电力、水、天然气、银行业、行政部门、贸易、商业和建筑	内生	区域间	资本、技术和劳动力	进口原材料、燃料	嵌套 CES 生产函数，报酬不变
"非正规"城市服务业	城市	个人服务、部分交换及商业活动	内生	非贸易	劳动力	无	C-D 生产函数、报酬递减
低质量城市住房服务	城市	住房：租赁或私有	内生、产权人影子价格	非贸易	住房和土地	无	C-D 生产函数、报酬递增
高质量城市住房服务	城市	住房：租赁或私有	内生、产权人影子价格	非贸易	住房和土地	无	C-D 生产函数、报酬递增
农业	农村	农、畜、林、渔	外生	国外和区域贸易	资本、土地和劳动力	进口原材料、燃料	C-D 生产函数、报酬递增
非正规农村服务业	农村	个人服务、部分交换及商业活动	内生	非贸易	劳动力	无	C-D 生产函数、报酬递减
农村住房服务业	农村	住房：租赁或私有	内生、产权人影子价格	非贸易	住房	无	里昂惕夫生产函数

城市转型与城市竞争力提升：基于长周期的视角

李彦军

Urban Transition and the Promotion of Urban Competitiveness: An Analysis Based on the Industrial Long Cycle

LI Yanjun
(School of Economics and Management, China University of Geosciences, Wuhan 430074, China)

Abstract The promotion of urban competitiveness not only relates the city's own development, but also relates the overall national economic strength and international competitiveness. But the reality is that there is a big gap in comprehensive competitiveness between our cities and the developed countries' cities. This article believed that the weak competitiveness of our cities concerned with the industrial long period. At present the developed countries have entered the fifth long cycle, while China still stay in the third long cycle. In order to complete the industrialization smoothly and promotes the urban competitiveness, China's urban must carry on development transition from economy and social two aspects. To achieve the urban transition, we need to construct three basic systems: industrial transition, the cultivation middle class and the institutional innovations.
Keywords urban transition; urban competitiveness; industrial long cycle

摘　要　城市竞争力的提升不仅关系城市自身的发展，也关系国家整体经济实力的增强与国际竞争力的提升。但从现实情况看，中国城市综合竞争力与发达国家存在很大的差距。文章认为，中国城市的弱竞争力与产业长周期有关。目前发达国家已经进入第五长周期，而中国正处于第三长周期中。要想顺利完成工业化，提升城市竞争力，实现赶超，中国城市就要从经济与社会两个方面实行发展转型。要实现中国城市转型，就需要构建产业转型、培育中产阶级与制度创新3大支撑体系。

关键词　城市转型；城市竞争力；产业长周期

1　引言

中国正处于经济社会的整体转型期。与全国整体转型相一致，中国城市正处于一个总体转型的历史阶段，这个转型是在经济全球化与中国快速工业化、城市化的背景下进行的，是中国在工业化中期阶段向后期阶段转变过程中城市由传统经济社会向现代工业社会的转型。完成这种转型，对中国城市增强国际竞争力无疑有着重要的现实意义。

通常认为，工业化中期阶段既是经济发展的"战略机遇期"，也是经济发展的"矛盾凸显期"。在这个发展阶段，中国经济的结构性变化和矛盾更为显著。资源和环境的制约、发展不平衡、社会转型期的矛盾，以及国内体制和外部环境中的新问题开始集中显露出来，产生了收入分配差距拉大、地区差距扩大、经济结构失衡、失业和通货膨胀等问题。

作者简介
李彦军，中国地质大学经济管理学院。

我们认为，城市发展中这些问题的破解，城市发展衰退的预防，都需要城市在发展中未雨绸缪，依据城市发展的规律及早实现战略转型。通过转型，使城市进入新的更高层次的周期，通过循环往复，在螺旋式上升的过程中推动城市的发展。

实际上，在经济全球化和区域一体化的今天，世界各国的城市都面临着发展的机遇与竞争的压力，转型不仅仅是中国，也是世界各国城市发展面临的现实问题与迫切研究的课题。通过转型提升竞争力，也是各级政府高度关注的课题。

从发达国家国际性大都市的发展轨迹来看，城市的转型与发展是有规律的，这种规律在产业层面上，既与工业化的演进轨迹切合，也与世界经济发展的长周期有关。研究经济长波与城市生命周期的关系，有利于中国城市避免发展中可能出现的各种问题，顺利完成工业化进程，也有利于中国城市整体竞争力的提升。

2 中国城市发展的基本现实：与发达国家处于不同的长周期

从世界经济发展的经验来看，世界经济的总趋势是增长和发展的，但增长和发展并不是直线的，而是在波动中前进的。波动既有规律性的波动，也有非规律性的波动。规律性的波动即为经济周期。

一般来说，按时间长度来划分的经济周期可以概括为 3 种类型：①高涨阶段间隔的时间为 40～70年，平均 50 年左右的长周期即长波，也称康德拉季耶夫周期（Kondratieff Cycle）；②从繁荣到繁荣或从衰退到衰退的长度为 7～12 年，平均大约为 10 年的中周期，也称朱格拉周期（Juglar Cycle），亦可称为设备投资周期；③平均为 40 个月左右即 3～4 年的短周期，也叫基钦周期（Kitchin Cycle），亦称之为库存周期。康德拉季耶夫周期的经济增长率表现为高增长与低增长的交替；朱格拉周期与基钦周期中，经济增长率表现为正增长和负增长的交替，经济周期也就相应地包括了高涨阶段与衰退阶段。

经济周期的相关理论中，长周期即长波理论是经济学家认识长期经济增长的一个重要理论。从历史上的几次经济长周期波动来看，每一次均与主导产业群的变迁有着直接关联。每一次具有革命性的技术突破都意味着以新产业为主导的全球经济新格局形成。因此，主导产业群的演进是经济周期的物质承担者，是形成经济长周期的物质基础。主导产业群的不断演进使得经济形成了一个个的长周期，经济长周期的发展正是一个个主导产业群交替演进的反映。

关于城市发展的生命周期，我们可以在西方工业化国家城市发展与新中国成立以来城市发展的轨迹中得到印证。

由于城市人口增长（从而就业人口增长），构成了城市复兴和繁荣的手段，我们可以用人口的变化来展示城市发展的周期。

图 1 是纽约—曼哈顿地区 1790～1980 近 200 年的人口年均增长的变化趋势，从中可以更清楚地看出其周期性波动的特点。纽约自 1790 年奠定了贸易港城市地位以来，城市人口曲折上升，在总体上总是与国民经济的运动方向呈一致。在 20 世纪前有 3 个波峰增长，分别是 1800 年、1850 年、1890 年 3

个年段前的波峰增长。进入 20 世纪，1930 年代大萧条和第二次世界大战，使人口陷入负增长。第二次世界大战后，1950 年前后的再一次回升波峰增长，但 1970 年代前后，又快速下跌到负数。纽约人口这种下降趋势是当代城市的典型，1970 年代后欧洲的大城市，特别是正在进行工业化转换的中心城市，都明显地具有这种周期波动的特征。

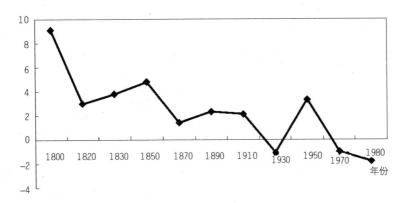

图 1　纽约—曼哈顿地区人口平均增长率趋势（1790～1980）（%）

资料来源：根据《大城市的未来》有关章节整理，转引自徐巨洲："探索城市发展与经济长波的关系"，《城市规划》，1997 年第 5 期，第 4～9 页。

中国城市发展也存在着生命周期。新中国成立以来，中国城市经济经历了 10 次波动，其中改革开放以前 5 次，改革开放以来完成了 4 次，第 10 周期目前还未完成（图 2、图 3）。也就是说，大致每 5

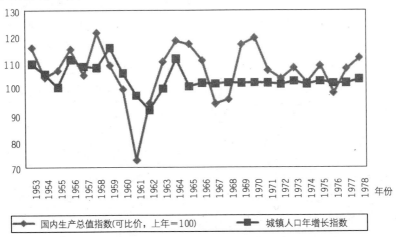

国内生产总值指数(可比价，上年＝100)　　城镇人口年增长指数

图 2　中国国内生产总值与城镇人口增长指数（1953～1978）

资料来源：中经网统计数据库。

年就有一次波动。如果把城镇人口发展与国民经济增长曲线复合比较，便可以看出，尽管城市化受到二元化经济结构的限制，但这两种增长波动变化还是比较近似的。而且，不管是改革开放前还是改革开放后，人口波峰一般都是在国民经济波峰前出现，这是因为经济繁荣需要就业率提前保证所致。

图3　中国国内生产总值与城镇人口增长指数（1978~2008）

资料来源：中经网统计数据库。

那么，为什么产业发展表现为长周期，其根本原因就是技术进步阶段性促使主导产业群相互更替，从而促使整个经济呈现"长周期"式的发展形态。因此，产业发展也就采用了长周期的发展路径。

城市经济是世界经济的一部分，自然也为经济发展的长周期所制约。城市经济转换意味着城市发展和衰退的周期循环。经济周期同样也是城市的发展周期，产业周期仍然是城市生命周期的物质承担者。

如果我们建立一个坐标系，用横轴表示时间，用纵轴表示增长率，就可以明确地显示产业周期与城市生命周期之间的关系（图4）。

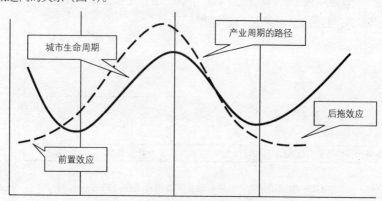

图4　城市生命周期与产业周期的关系

城市发展与产业周期的这种关系，也为西方工业化的历程所印证。近代资本主义工业城市产生后的 1800 年、1850 年、1900 年、1950 年、2000 年前后的 5 个时期，是城市大发展的年代。这恰好与康德拉季耶夫周期相吻合（表 1）。

表 1　经济长波与城市发展的关系

	第一个长波	第二个长波	第三个长波	第四个长波	第五个长波
时间	1760～1830	1830～1880	1880～1945	1945～1990	1990～
技术创新	飞梭、炼铁、珍妮纺织机	实用蒸汽机、蒸汽火车	发电机、炸药、电灯照明、内燃机、电话、汽车	光电显像管、计算机、人造卫星	核电站、大规模集成电路和单芯片微机、互联网
主导产业	纺织、冶金、煤炭	钢铁、机器制造、交通运输	化学工业、电讯业、汽车、石油	航空航天、人工智能、新石化、新交通运输	信息产业、纳米产业、生物产业、新能源
城市产业结构	农业部门占主体、制造业比重上升	制造业比重上升、农业比重下降	制造业占主要地位、服务业比重加大	制造业下降、服务业为主体	新经济、文化产业上升
城市化	期末城市化水平 6%左右	期末城市化水平 13%左右	期末城市化水平 25%左右	期末城市化水平 44%左右	世界城市化率继续提高
世界中心城市	英国伦敦	美国起飞，伦敦中心城市向纽约分化	纽约、伦敦	纽约、伦敦、东京	纽约、伦敦、东京三足鼎立受到挑战，大批国际城市崛起，中国经济起飞

资料来源：根据徐巨洲"探索城市发展与经济长波的关系"（《城市规划》，1997 年第 5 期）整理并做了修改。

从表 1 可以看出，近代资本主义工业城市产生后在 1800 年、1850 年、1900 年、1950 年前后经历了 4 次长周期，于 1990 年代起进入以信息产业、纳米产业、生物产业、新能源为主导产业，以新经济、文化产业等新兴产业为主体的第五个长周期。

改革开放以来，虽然中国城市经济取得了巨大发展，但目前仍然处于化学工业、电讯业、汽车、石油为主导产业，产业结构以制造业占主要地位、服务业比重加大为特征的第三个长周期。而这一阶段特征也与中国工业化中期的阶段特征相一致。

在这一阶段，中国城市的主要任务是加快城市产业结构的优化与升级，尽早培育第四长周期中的机械制造、人工智能、新石化、新交通运输等成为主导产业，并使其成为下一阶段的支柱产业，大力发展服务业，为中国经济顺利进入第四长周期做好准备。

当然，当前世界经济是开放经济，我们的第三长周期与发达国家经历的第三长周期有所不同。由于第五波的影响，我们也同时开始了第五波中主导产业群的发展，特别是信息通信等产业发展迅猛。但是，若想在第五波中实现赶超，我们的任务依然很重，不但要完成第三长周期和第四长周期中的主导产业群的任务，还要完成第五长周期中的主导产业群建设的任务。

3 中国与发达国家处于不同长周期的结果：城市弱竞争力

中国城市与发达国家经济长周期所处的阶段的不同，表明中国工业化还有很长的路要走，也显示出中国城市经济整体水平的落后与竞争力的不足。

3.1 中国城市全球竞争力弱

城市全球竞争力是指一个城市与全球城市相比较能更多、更快、更好地创造财富的能力。在中国社会科学院发布的《全球城市竞争力报告（2007～2008）》中，倪鹏飞等（2008）使用 GDP 规模、人均 GDP、地均 GDP、劳动生产率、跨国公司落户数、专利申请数、价格优势、经济增长率和就业率等 9 个指标，对全球 500 个城市的竞争力进行测度。研究发现，最具竞争力的前 20 个城市分别是纽约、伦敦、东京、巴黎、华盛顿、洛杉矶、斯德哥尔摩、新加坡、旧金山、芝加哥、多伦多、首尔、波士顿、圣迭戈、奥克兰、赫尔辛基、马德里、维也纳、费城、休斯敦。在这 20 个经济规模、发展水平、科技创新、经济控制能力方面实力最强的城市中，北美 10 个、欧洲 7 个、亚洲 3 个，中国 1 个也没有。

中国城市竞争力最强的是香港，排名第 26 位，内地城市最靠前的是上海，排名第 41 位，这也是中国仅有的 2 个排名进入前 50 的城市。另外，深圳、北京、澳门 3 个城市排名进入前 100 位，排名在 100～200 之间的城市也只有台北与广州两市（图 5）。

500 个城市中综合竞争力最强的城市主要分布在 OECD 国家，排名前 50 位和前 150 位的城市中分别有 43 个和 130 个属于 OECD 国家。在这些城市中，又以美国与欧盟的城市居多。

在排名前 50 位的城市中，美国有 18 个，占本地区入选城市的 31.6%；欧盟有 16 个，占本地区入选城市的 21.6%；日本有 1 个，占本地区入选城市的 14.5%；其他 OECD 国家有 8 个，占本地区入选城市的 13.3%，而中国有 2 个，只占本地区入选城市的 3.2%，中国内地则只有上海 1 个，占本地区入选城市的 1.6%（图 6）。

在排名前 150 位的城市中，美国有 50 个，占本地区入选城市的 87.7%；欧盟有 46 个，占本地区入选城市的 62.2%；日本有 10 个，占本地区入选城市的 45.5%；其他 OECD 国家有 24 个，占本地区入选城市的 40%，中国有 7 个，占本地区入选城市的 11.3%，中国内地则只有上海、深圳、北京、广州 4 个，占本地区入选城市的 6.5%（图 7）。

这样的城市全球竞争力状况与中国的大国地位极不相符，也说明中国与发达国家城市竞争力之间存在的差距。

3.2 中国城市竞争力弱的原因与长周期有关

从前面的分析可以看出，不同的长周期，城市主导产业与产业结构不同。倪鹏飞等（2008）对

150个样本城市的产业结构指标与综合竞争力回归分析结果显示：城市产业结构竞争力越强，产业整体发展水平越高，其在产业方面的优势直接带动城市综合竞争力的提升。这表明，产业结构对城市综合竞争力影响非常大。一般而言，发达国家的城市服务业所占比重基本达到了70％以上，城市服务业尤其是金融、法律、会计、管理咨询等生产性服务业在城市产业结构中具有十分重要的地位。从世界范围看，在科技革命的背景下，城市能否抓住机遇、实现产业结构的优化与升级是推动城市可持续发展、提升综合竞争力的重要因素。

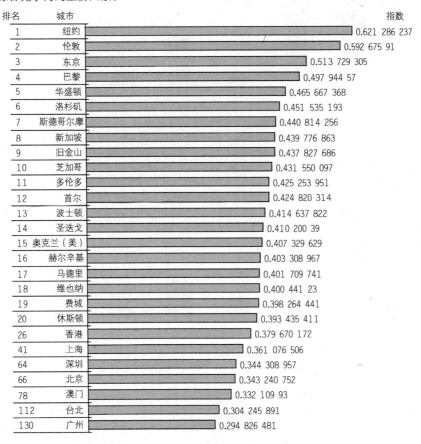

排名	城市	指数
1	纽约	0.621 286 237
2	伦敦	0.592 675 91
3	东京	0.513 729 305
4	巴黎	0.497 944 57
5	华盛顿	0.465 667 368
6	洛杉矶	0.451 535 193
7	斯德哥尔摩	0.440 814 256
8	新加坡	0.439 776 863
9	旧金山	0.437 827 686
10	芝加哥	0.431 550 097
11	多伦多	0.425 253 951
12	首尔	0.424 820 314
13	波士顿	0.414 637 822
14	圣迭戈	0.410 200 39
15	奥克兰（美）	0.407 329 629
16	赫尔辛基	0.403 308 967
17	马德里	0.401 709 741
18	维也纳	0.400 441 23
19	费城	0.398 264 441
20	休斯顿	0.393 435 411
26	香港	0.379 670 172
41	上海	0.361 076 506
64	深圳	0.344 308 957
66	北京	0.343 240 752
78	澳门	0.332 109 93
112	台北	0.304 245 891
130	广州	0.294 826 481

图5　中国城市全球竞争力的国际比较

资料来源：倪鹏飞、（美）彼得·卡尔·克拉索：《全球城市竞争力报告（2007～2008）》，社会科学文献出版社，2008年。

通过进一步对城市竞争力表现指数与产业结构指标的二级指标进行回归分析，可以更为深入地探寻产业结构与综合竞争力之间的关系。分析发现，在构成产业结构指标的各项二级指标中，制造业、服务业和高科技产业3项指标与竞争力的关系最为明显，回归系数分别达到了0.753 5、0.639 6和

0.818 8，拟合优度也都大于 0.6。

与工业化阶段及中国城市所处的长周期相关，与发达国家相比，中国城市服务业比重偏低，城市制造业与服务业效率低下（图 8～10）。而这也正是造成中国城市竞争力弱的根本原因。

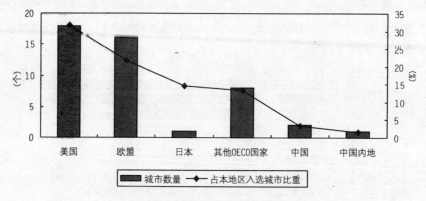

图 6　中国与 OECD 国家排名前 50 位城市的比较

资料来源：同图 5。

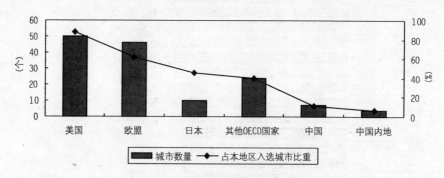

图 7　中国与 OECD 国家排名前 150 位城市的比较

资料来源：同图 5。

4　中国需要通过城市转型提升城市竞争力

产业结构的调整与产业的升级最终决定着城市功能和地位的提升，决定城市所在的价值链的位置和竞争力的高低，推动产业升级是各城市发展的永恒主题。因此，城市要保持平稳发展，就不能被动地受产业周期的影响，而是可以为之准备先决条件，使之尽早地实现产业的升级与转换，这就需要城市的转型。

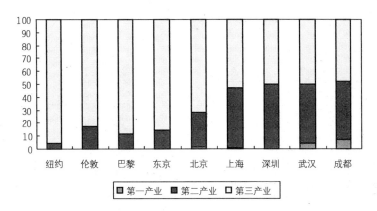

图8　2005年中国城市与发达国家大城市三次产业结构的比较（％）

资料来源：中国城市数据来源于各城市统计年鉴（2008），国外城市数据转引于

屠启宇等：《金字塔尖的城市》，世纪出版集团、上海人民出版社，2007年。

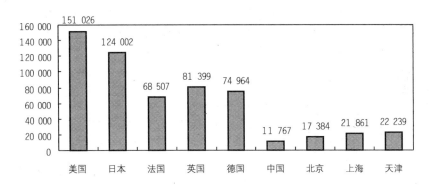

图9　2005年中国城市制造业职工人均增加值与发达国家的比较（美元）

资料来源：发达国家数据来源于UNIDO，中国城市数据来源于《中国工业经济统计年鉴》（2007）。

　　城市转型，就是城市发展进程及发展方向的重大变化与调整，是城市发展道路及发展模式的重大变革。从具体内涵上来说，城市转型包括经济转型与社会转型。城市转型的目的就是让城市摆脱发展的衰落困境，通过转型主动迎接产业的更替与升级，及早地培植主导产业，使城市保持平衡持续的增长，最终提高城市的整体竞争力（图11）。

4.1　城市转型可以避免城市衰退，更快进入下一个长周期，提升城市竞争力

　　由于城市生命周期的存在，城市需要实现发展转型。而转型的实现，通过产业升级调整产业周期，通过经济质变调整经济周期，从而使经济保持持续快速的发展，提升城市的综合竞争力，最终使

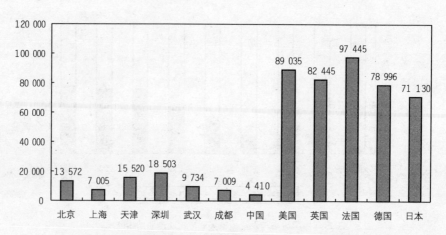

图 10　中国城市服务业职工人均增加值与发达国家的比较（美元/人）

资料来源：发达国家数据为 2006 年数据，根据世界发展指标（2008）、《国际统计年鉴（2008）》的有关数据计算；中国城市数据为 2007 年数据，根据各城市统计年鉴（2008）计算。

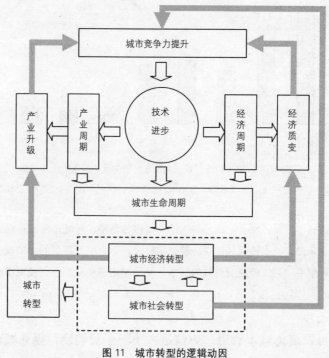

图 11　城市转型的逻辑动因

人们享受更高质量的生活。而城市社会转型，通过人们生存状况的改变，直接改善了人们的生活质量，从而反过来促进经济的发展。所以我们说城市转型是避免衰退、保持平衡发展、提升城市竞争力的根本手段。

同时，从前面我们对产业周期与城市生命周期之间关系的分析中可以看出，城市越早进入符合发展阶段特点的转型，越有利于城市的平稳发展。

首先，由于"前置效应"的存在，城市越早实现转型，越早对新一轮的主导产业进行扶持与培育，就越会使城市减少衰退振荡，在衰退时及早复苏，保持城市经济的平稳。因此，城市转型需着眼"未来"，基于"产业发展"的思路把握产业发展的走势，这样才能在新的周期还没有出现，新的主导产业还未露端倪时进入这一产业，获得先发优势。

其次，主导产业的转折在城市生命周期的转折之前到来，所以当城市经济还在高歌猛进的时候，恰恰应当是一个城市开始培植新一轮主导产业的时候。

当然，我们也应该明白，城市在实施转型，培植了新一轮主导产业后，衰退产业也不一定要完全退出市场。因为"后拖效应"的存在使该产品依然有稳定的发展空间，如果坚持下去，很可能会迅速抓住针对该产品的新技术，在新一轮的发展中占据主动。

4.2　城市经济转型通过经济结构的升级与转换直接提升城市的竞争力

城市首先是一个经济实体，是社会经济活动即生产、交换、分配和消费相对集中的场所。经济转型有利于培植新的主导产业，减少城市的发展振荡。因此，对于城市转型而言，城市经济的转型显得尤为迫切，甚至可以说，城市经济转型是城市实现转型的基础。

这里所说的城市经济转型，并不是传统转型经济学所指的经济体制从计划经济向市场经济的转型，而是指经济结构的升级与转换。

经济转型影响城市经济增长和发展。日本著名发展经济学家渡边利夫（1996）在分析东亚经济之所以能在世界经济低迷时期，始终保持旺盛的活力时，提出了结构转换连锁理论。认为东亚经济之所以能长时期地得到发展，关键在于其有很高的"转换能力"，即东亚各国和地区在根据条件变化进行自我调整，向更加高度化的产业结构转换的应变能力方面，"显示出比其他地区更加超前的力量"。而且在该区，由于各国都具有很高的结构转换能力，一国的结构调整和转换会立即诱发他国的结构转换，从而产生一种结构转换连锁效应，使整个区域经济保持一种生生不息的发展活力。

作为东亚重要的经济成员，中国香港在战后 50 余年的发展中表现出了较强的结构转换能力，从而也推动了自身经济的长时期快速增长。回顾香港战后 50 余年的经济结构转化，可以发现这样一些特点：一是结构转化速度快，如从经济成长阶段上看，香港 50 年时间内数度转换经济结构，这在其他经济体系中是难得一见的；二是可快速催生某一产业的生产和崛起，如先进制造业可在香港快速发展壮大，并使香港尽快实现社会工业化；三是完全依条件的变化而调整，如香港工业可因 1950 年代贸易的受阻而异军突起，亦可因 1980 年代内外部条件的变化而外移；四是支柱产业的高级化进程快，如香港的第三产业由初期的批发零售、出口贸易、餐厅和酒店等传统行业占主导地位发展到金融、保险业、地产业以及商用服务业等新业行业占主导地位仅仅用了两三年时间。

改革开放以来，中国城市经济取得了巨大的进步，但与发达国家相比，中国服务业比例偏低，且城市制造业与服务业还存在很大的差距，竞争力不强。中国要完成从工业化中期向后期阶段的转型，缩小与发达国家之间的差距，首要任务是要从城市特别是大城市入手，实行产业结构的调整，实施转型战略。

现阶段，中国城市转型从产业层面而言，主要任务是发展先进制造业与现代服务业，而核心任务是先进制造业。从制造业的产业选择上看，中国城市制造业发展的重点是重工业化，即高档耐用消费品工业和装备制造业。发展重工业既符合中国现阶段市场需求结构，也是中国服务业发展的市场基础。

随着国民经济不断增长、社会分工不断细化和国内市场不断扩展，产品的制造过程逐渐分解为诸多中间环节，产生了大量中间需求。而围绕这些中间需求形成的生产性服务，已成为提高产业竞争力的重要因素。因此，中国城市还需要大力发展金融服务、科技服务、交通运输、信息服务、商贸流通等生产性服务业。

先进制造业的核心地位与现代服务经济的主体地位并不矛盾。中国城市在经济转型中要突出服务业的主体地位，首要任务是大力发展制造业，提高制造业的综合竞争力，同时要优化服务行业内部结构，积极扶持中小服务企业的发展，为服务业的发展提供必要的政策支撑，重视服务业人才的培养。这样，中国城市服务业的主体地位与服务经济时代必然到来。

4.3 城市社会转型通过对人的生存发展状况的变革和社会结构关系的调整，反作用于经济增长与竞争力的提升

经济发展不是孤立的，经济的发展能够带来社会的进步与繁荣，社会的发展反过来也会促进经济的发展。城市发展是经济发展与社会发展相互作用的结果，因此不能割裂地将城市发展理解为经济的增长。因此，城市竞争力的提升还必须考虑社会转型。

社会转型的最终目的是为了实现人的自由全面发展。人的生存和发展状况的转变和社会结构关系的转变是社会转型不可分割的两个方面。二者相互依存和相互作用。正如庞景君（1995）把社会转型定义为：一定社会历史条件下的社会主体在社会基本矛盾的推动下，全方位地变革人的生存发展状况和社会结构关系的社会实践过程。

改革开放以来，中国经济持续增长，社会总财富大量增加，广大人民的生活水平不同程度地提高。但是，由于各种原因，收入分配差距总体上仍呈扩大的态势。贫富差距过大的最严重危害，就在于它必然生成一个失衡和不合理的社会结构——倒"T"形的社会结构（图12）。在倒"T"形的社会结构中，极少数上层富人占据社会财富总量的比例过高，生活比较富裕的中产阶层人数较少，生活贫穷的下层阶层人数占社会总人口的大多数甚至绝大多数，而其占有的社会财富份额很低甚至极少。从

长期来看，这种结构必然构成中国城市社会稳定和经济发展的隐患。

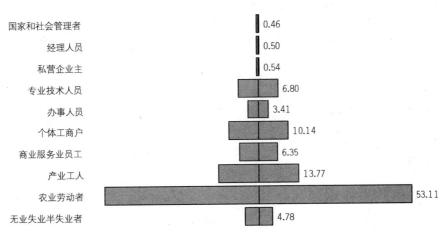

图 12　当前中国的社会阶层结构（％）

西方发达国家成熟的城市社会中，中产阶级构成了社会的主体。中产阶级的主体地位的形成，对西方国家的政治、经济、文化各个领域产生重大的影响。学界普遍认为，中产阶级的发展及其所发挥的社会功能，将影响一个国家社会的稳定与未来发展。

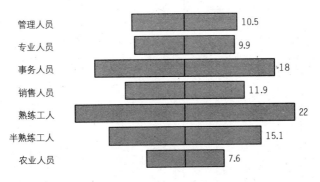

图 13　日本 1980 年代的社会阶层结构（％）

因此，中国城市转型必须重视社会阶层结构的调整，这是中国城市得以顺利转型的基本保证。当前，城市社会转型的目标就是培育与壮大中产阶级，通过中产阶级的培育，缩小社会贫富差距，缓和社会矛盾，从而促进经济发展与竞争力提升。

4.4　不同发展阶段的城市，转型的道路不同

城市转型是城市在面临生产关系与生产力的矛盾时，自我调整经济活动的手段，因此，只要存在

经济周期，就会有城市生命周期，就需要城市的转型发展。从这层意义上说，城市转型是普遍的。城市的发展，也由于新产业群的发展而出现新的格局。中国的城市，应该抓住这个机遇，在世界新的经济潮流中创新改革，争取在原有基础上有所发展，以便在今后半个世纪左右的时间内，迎头赶上，进入发达国家城市化水平的先进行列。但是，我们也应该看到，因为城市发展面临的阶段不同，因此城市转型不能忽视城市各自发展的实际情况，特别对中国城市而言，沿海城市与内地城市、大城市与中小城市发展阶段不同，尽管都有一个产业结构技术升级的问题，但是不同城市有不同的转换方式和途径。因此，不同的城市其城市转型又都是特殊的，只有这样，才能避免城市发展中千篇一律的固定化模式，也才符合城市经济发展的规律。

5　中国城市转型需要的支撑体系

城市转型是经济转型与社会转型的内在统一，要提升中国城市的竞争力，就需要从经济与社会两大系统中实现转变。

中国现阶段城市的转型，需要构建 3 大支撑体系（图 14）。

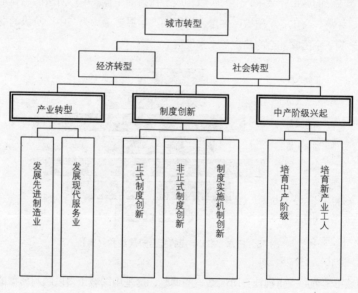

图 14　城市转型的支撑体系

5.1　以产业转型支撑经济转型

城市经济转型的核心就是产业结构的升级与转换，因此，产业转型是支撑城市经济的核心力量。由于中国工业化所处的阶段，决定了中国现阶段产业转型的基本路径是发展以高档耐用消费品工业和装备制造业为主导产业的产业体系，即重化工业。

5.2　以中产阶级崛起支撑社会转型

一个社会能否稳定，正如一栋房屋是否牢固一样，结构至关重要。从社会结构的类型来看，"橄榄型"社会结构是一种最有利于社会稳定的现代社会结构。这种社会结构就是生活相对富裕的中间（中产）阶层比例大、极富的上层阶层和贫困的下层阶层比例都小的两头小中间大的社会结构，即以中间（中产）阶层为主体的"橄榄形"社会结构。而中国目前社会阶层结构是倒"T"形结构，中产阶级发育不足。这也是造成中国目前各种社会问题突出的主要原因。因此，现阶段中国需要培育中产阶级，把农民工转换成新产业工人，通过中产阶级的崛起支撑社会转型。

5.3　以制度创新为经济社会转型提供保障

制度创新是城市转型的基本保证，中国在现阶段的城市转型中需要构建产权制度、法律制度、市场经济的文化制度等等，并在城市转型中发挥政府、市场与公民个人的作用，这是城市得以顺利转型的基本保证。

参考文献

[1] Suazervilla, L. 1985. Urban Growth and Manufacturing Change in the United States-Mexico Borderlands: A Conceptual Framework and an Empirical. *The Annals of Regional Science*, Vol. 19, No. 3.

[2]（日）渡边利夫：《发展经济学——经济学与现代亚洲》，日本评论社，1996 年。

[3] 关浣非：《经济结构变化与都市经济增长：金融风暴前后香港经济增长分析》，吉林人民出版社，2000 年。

[4] 侯百镇："转型与城市发展"，《规划师》，2005 年第 2 期。

[5] 胡建绩：《产业发展学》，上海财经大学出版社，2008 年。

[6] 陆学艺：《当代中国社会阶层研究报告》，北京社会科学文献出版社，2002 年。

[7] 倪鹏飞、（美）彼得·卡尔·克拉索：《全球城市竞争力报告（2007~2008)》，社会科学文献出版社，2008 年。

[8] 庞景君："社会转型的动力和标志"，《社会科学辑刊》，1995 年第 4 期。

[9]（美）詹姆斯·特拉菲尔著，赖慈芸译：《未来城》，中国社会科学出版社，2000 年。

[10] 王放：《中国城市化与可持续发展》，科学出版社，2000 年。

[11]（美）熊彼特：《经济发展理论》，商务印书馆，1990 年。

[12] 徐巨洲："探索城市发展与经济长波的关系"，《城市规划》，1997 年第 5 期。

资源型城市转型的国家援助政策评价及调整思路

时慧娜

The Evaluation and Adjustment of State Aid Policy on Transformation of Resource-based Cities

SHI Huina
(Graduate School of Chinese Academy of Social Sciences, Beijing 100102, China)

Abstract　On the basis of systematical reviewing the state aid course and corresponding policies in Resources Cities, the paper discusses the main problems of these current policies. To solve these problems, a specific adjust ideas of state aid policy in resources cities is given. Then we determine the measure criterion of resources cities that are really in need of assistance, and give the corresponding assessment index. Then, the paper gives the important aspects of state aid. Finally, a specific policy recommendation is given.
Keywords　resources cities; economic transformation; state aid policy; adjustment

摘　要　本文梳理了国家对资源型城市转型进行援助的历程及具体的支持政策，在此基础上，找出现有援助政策存在的主要问题，针对这些问题，提出新时期国家对资源型城市转型的援助政策进行调整的具体思路，确定确实需要援助的资源型城市的衡量标准及相应的评定指标，并给出需要国家援助的重点内容和具体政策建议。
关键词　资源型城市；经济转型；国家援助政策；调整思路

　　资源对一个国家经济社会的发展具有重要的战略意义。当前中国部分资源型城市的资源已开发殆尽，资源枯竭现象严重，产业亟需转型，而在转型过程中又面临着自身难以突破的问题，影响其转型效果，进而对区域经济乃至国家的经济发展产生制约作用。因此，对资源型城市实行援助迫在眉睫。中央也已把对资源型城市的援助上升到国家战略层面，但具体的援助政策仍在探索中。实际上，国家对资源型城市的援助政策早在 1990 年代就已产生，而当前研究在内容上多局限于对某一或某些方面政策的探讨（赵慧，2009；赵谦、黄溶冰，2009；张芳，2009；祝遵宏，2008；杨晓萌，2008；赵恒群、李晶，2006；唐贤衡，2006），在视角上政策实施的主体不明确，即多是泛泛而谈，不能够明晰这些政策究竟是地方政府主导的，还是国家主导的（孙筱钺，2006；任建雄，2008；王福君、申崇女，2007）。而从国家层面对援助政策进行全面的梳理和探讨，对已有援助政策进行总结评价，对当前及今后的政策支持有重要的指导借鉴意义。

作者简介
时慧娜，中国社会科学院研究生院。

1　资源型城市国家援助政策回顾

1.1　国家对资源型城市实施援助的历程

国家对资源型城市的援助可划分为 3 个阶段。第一个阶段为 1990～2000 年的初步探索阶段。该阶段出台的政策颇有局限性，主要政策之一是 1998 年 8 月启动的天然林保护工程，为东北林业资源型城市的转型与可持续发展提供了间接的支持。

第二个阶段是 2001～2005 年的政策准备阶段。该阶段的政策主要停留在指导层面，具体实施还未全面展开，仅对资源枯竭极为严重的辽宁省阜新市进行资源枯竭城市经济转型试点。不过，资源枯竭城市的转型问题已经引起了中央的重视。2002 年 11 月，党的"十六大"报告明确提出"支持资源开采型城市和地区发展接续产业"，这是中央第一次从政治层面提出加快资源型城市转型的要求。2003 年 10 月，中共中央、国务院颁布《关于实施东北地区等老工业基地振兴战略的若干意见》，对资源枯竭城市经济转型要求、转型办法与试点地区等做出了明确的原则规定。2005 年 5 月，国务院振兴东北地区等老工业基地领导小组第二次会议审议并通过了《振兴东北地区等老工业基地 2004 年工作总结和 2005 年工作要点》，要求抓紧研究建立资源开发补偿机制和衰退产业援助机制。

第三个阶段是 2006 年至今的全面启动阶段。国务院明确将资源枯竭型城市的转型作为 2006 年的工作重点，提出搞好资源枯竭型城市经济转型和采煤沉陷区治理、棚户区改造，抓紧研究建立资源开发补偿机制、衰退产业援助机制。2007 年 8 月国务院批复的《东北地区振兴规划》又将转型试点扩大至大庆、伊春、辽源、白山、盘锦等城市。2007 年 10 月，党的"十七大"报告又明确提出要"帮助资源枯竭地区实现经济转型"，在这一指导思想下，12 月份国务院发布了《关于促进资源型城市可持续发展的若干意见》，指出"2010 年前，资源枯竭城市存在的突出矛盾和问题得到基本解决"，"2015 年前，在全国范围内普遍建立健全资源开发补偿机制和衰退产业援助机制，使资源型城市经济社会步入可持续发展轨道"。该《意见》提出了一系列比较全面的援助内容，可以说是对资源枯竭型城市进行援助的重要转折点。以此为指导，2008 年 3 月，12 个城市（地区）被国务院确定为首批资源枯竭型城市；2009 年 3 月，又有 32 个城市（地区）被确定为第二批资源枯竭城市（地区）（表1）。随后，各部门开始逐渐落实《意见》的指示，国家发展改革委于 2009 年 7 月份在吉林省辽源市召开全国资源型城市可持续发展工作会议，强调研究进一步促进资源枯竭城市转型的相关政策措施，并在《2010 年全面振兴东北地区等老工业基地工作重点》中指出，要深入推动资源型城市可持续发展。

表1　国家分两批确定的资源枯竭型城市（地区）

省区	城市数	第一批	第二批	省区	城市数	第一批	第二批
河北	2		承德市鹰手营子矿区、张家口市下花园区	湖南	3		耒阳、冷水江、资兴
山西	1		孝义	广西	1		合山
内蒙古	1		阿尔山	重庆	1		万盛
辽宁	7	阜新、盘锦	抚顺、北票、葫芦岛市杨家杖子开发区、葫芦岛市南票区、辽阳市弓长岭区	四川	1		华蓥
吉林	5	辽源、白山	舒兰市、九台、敦化	贵州	1		铜仁地区万山特区
黑龙江	3	伊春	七台河、五大连池	云南	2	个旧	昆明市东川区
安徽	2		淮北、铜陵	陕西	1		铜川
江西	2	萍乡	景德镇	甘肃	2	白银	玉门
山东	1		枣庄	宁夏	1	石嘴山	
河南	2	焦作	灵宝	其他	1	大兴安岭地区	
湖北	4	大冶	黄石、潜江、钟祥				

1.2　国家对资源型城市的具体援助政策

1.2.1　财政政策

　　针对国务院分两批确定的全国44座资源枯竭城市，财政部在2007～2008年度给予财力性转移支付资金累计达43亿元，重点用于完善社会保障、教育卫生、环境保护、公共基础设施、专项贷款贴息等方面。2009年度则加大了支付力度，财力性转移支付总量高达50亿元，致力于进一步加快化解社会管理和公共服务等方面的历史欠账，推动经济转型，尽快走出金融危机的影响。2010年度的财力性转移支付总额目前还未公布，但已经预拨安徽省淮北市资源枯竭城市财力性转移支付资金2.89亿元，预拨江西省3.1亿元，其中萍乡市1.63亿元、景德镇市1.47亿元。

1.2.2　投资政策

　　国家发展改革委于2006年先后两批下达了资源型城市经济转型农产品深加工项目投资计划。其中，第一批项目共5个，包括辽宁阜新市2个，获资金补助2 890万元；本溪市2个，获资金补助1 300万元；抚顺市1个，获资金补助1 200万元。在第二批中，阜新市有两个项目获得2 540万元资金补助。

　　2009年6月，国家发展改革委下达了2009年首批东北地区资源型城市吸纳就业、资源综合利用和发展接续替代产业项目预算内资金投资计划，中央预算内投资计划1亿元，涉及项目19个，项目总投资

11 亿元，为东北地区资源型城市下岗矿工、林业工人、厂办大集体职工提供约 1.3 万个就业岗位。

国家发改委与国家开发银行合作设立了资源型城市可持续发展专项贷款项目。目前，已有 8 个资源枯竭型城市签署了《开发性金融支持资源型城市转型和可持续发展合作备忘录》，包括山东省枣庄市、河北省承德市鹰手营子矿区、辽宁省北票市、安徽省淮北市、江西省萍乡市和景德镇市、湖北省黄石市、云南省个旧市。其中 6 个城市与开发银行签订的融资总额达到 320 亿元。

1.2.3　环境治理政策

在沉陷区治理方面，2002 年以来，国家率先对东北地区 15 个原国有重点煤矿采煤沉陷区进行治理，已累计安排中央投资 41 亿元。国家发展改革委在 2005 年批准了山西省 9 个国有重点煤矿采煤沉陷区的治理方案，总投资 69 亿元，用于解决沉陷区居民住房问题。

在棚户区改造方面，国家先后投资 12.2 亿元用于资源型城市密集的东北棚户区改造配套的基础设施、学校和医院建设补助。在 2008 年 11 月 1 000 亿元新增中央投资中，国家安排 18.5 亿元用于中央下放地方煤矿棚户区改造试点和中西部中央下放地方煤矿与林业棚户区改造。

2　现行资源型城市国家援助政策的实施效果

现行对资源型城市的援助政策，主要是围绕国家确定的 44 座资源枯竭城市经济转型试点展开的。由于其他试点城市才确定不久，国家援助政策的效果主要体现在较早确定的试点城市上，如阜新、盘锦、辽源、白山、伊春等第一批资源枯竭型试点城市。总体来看，国家对这些试点城市的援助政策取得了较好的效果，具体表现在以下几个方面。

2.1　地区经济增长速度稳步加快

2001～2008 年，这些试点城市的经济增速明显（表2）。其中，剔除价格因素影响后，地区生产总

表 2　部分资源型城市经济增长速度

城市	GRP 及增速（亿元，%）		
	2001 年	2008 年	平均增速
阜新市	81.00	233.91	16.36
盘锦市	395.24	675.00	7.95
辽源市	81.01	271.19	18.84
白山市	110.53	300.35	15.35
伊春市	88.06	179.01	10.67
合计	755.84	1 659.46	11.89

注：2001 年数据以 2008 年为基准，通过历年 GRP 及其指数进行了调整，合计的数据均为调整后数据计算得来。

资料来源：根据《中国城市统计年鉴》及中国统计数据应用支持系统整理。

值（GRP）年均增速达到 11.89%，超过 10 个百分点。特别是，2000～2004 年，阜新市生产总值由 69.97 亿元跃升到 127.1 亿元，年均增长幅度超过 20%，而该市"九五"期间年均增速仅为 2.1%。辽源市 2006 年完成生产总值 171.6 亿元，同比增长 25.2%，是吉林省增长速度最快的城市。这些城市的经济增长速度普遍高于"九五"期间，国家的援助政策起到了明显的促进作用。

2.2　部分城市接替产业初具雏形

在较早时期确定的转型试点中，一些试点城市对接替产业的探索已取得了显著的效果。如阜新市自 2001 年被确定为第一个经济转型试点城市后，在国家支持及地方政府的努力下，从煤电产业向现代农业及农产品加工业转型。2007 年阜新市非煤产业的比重上升到近 90%。同一年被确定为转型试点的辽源市也开始向新材料、新能源、装备制造、冶金建材等新兴产业转型，目前，新兴产业比重已达到 70%以上。

2.3　资源型企业改制力度加大

在国家政策的援助下，部分试点城市加快了企业改革的速度。以最早设立为资源枯竭城市转型试点的阜新市为例，在 376 户各类国有企业中，已有 292 户国有企业实行了产权制度改革，完成全部应改制国有企业的 80%。到 2008 年年末，全市正常生产经营的国有工业企业改制已经全部完成；国有商贸、交通企业大部分完成了改制；国有粮食企业（不含仓储企业）的改制完成了 80%以上（李清等，2009）。在 2005～2007 年，辽源市国企改制 463 户，卸掉债务 68 亿元，95%以上改制企业已经启动生产并扩大规模（赵晓展、黄明，2009）。

2.4　资源开采利用进一步规范化

国家支持地方探索建立资源规范化开发及利用的各项机制。如国务院对煤矿集中的山西省探索建立资源有偿使用机制给予鼓励和支持。以于 2004 年率先在全国开展煤矿采矿权有偿使用试点的临汾市为例，试点工作开展后，取得了以下几方面的成效。一是明确了责任主体。先后有 450 座煤矿的采矿权转让给了个人，解决了乡村煤矿层层转包、责任主体混乱的状况，实现了采矿权和经营权的高度统一。二是维护了国有资源的权益。对明晰了产权的煤矿收缴了资源价款，实现了对已取得采矿权煤矿补交资源价款的突破，充分体现了国有资源有偿使用的原则，有效维护了国有矿产资源的所有权益。三是减少了资源浪费，实现了煤炭资源的科学、合理、高效开采。四是遏制了私开滥挖。合法煤矿对自己的矿区范围实行严格看管，采取一切措施，协助政府及时查处本矿区范围内的私开滥挖行为。五是确保了安全生产。全市煤矿重特大死亡事故得到有效遏制，煤炭百万吨死亡率大幅度下降，由以往在 3 左右徘徊，于 2004 年下降到 1.79，2005 年又下降到 0.93，首次降到 1 以下。

2.5　居民居住环境得到一定程度改善

2005 年以来，国务院批准资源城市转型试点范围扩大到大庆、伊春、辽源、白山和盘锦等市，试点工作有序展开。最早的试点城市阜新市从 2002 年开始，在地方财力严重不足的情况下，国家给予资助，先后进行了采煤沉陷区治理和棚户区改造，目前已有约 30 万名群众搬进了总建筑面积近 400 万 m^2 的新房。2005～2007 年，白山市区共完成煤矿棚户区改造工程投资 5.3 亿元，24 栋住宅楼开工建设，采煤沉陷区治理工程开工建设 53 万 m^2，安置居民 7 835 户，人民群众的住房条件得到了明显的改善。伊春市在 2008 年不到一年的时间内，完成棚户区改造面积 54.9 万 m^2，棚户区改造拆迁 9 280 户，改造面积相当于过去 10 年的总和。

2.6　社会保障体系日趋完善

目前，作为首批经济转型试点的阜新、伊春、辽源 3 个城市均已初步建立了以养老保险、失业保险、医疗保险和城镇最低生活保障等为主要内容的社会保障体系。据伊春市 2008 年国民经济和社会发展统计公报，伊春市 2008 年参加养老保险人数为 26.1 万人，收缴养老保险费 79 418 万元。为企业 8 864 名离退休人员发放养老金 80 669 万元，养老金发放率为 100%。年末参加失业保险职工人数 11.9 万人，领取失业保险金人数 1 476 人。有 28.8 万名职工参加了基本医疗保险，全年收缴医疗保险费 17 841 万元，支出 10 930 万元。全市年末共有 13.5 万名城镇居民得到最低生活保障救济，月保障标准 195 元，人均月补助 95 元。救灾、救济和低保资金到位率 100%。参加新型农村合作医疗人口数达 11.1 万人，参合率达到 95%，参合覆盖率为 100%；阜新市实现实名制就业人数 6.98 万人，全市共有 6.8 万户、16.8 万城镇居民享受最低生活保障待遇；辽源市有 5.8 万名离退人员享受养老保险待遇，全市享受城镇低保人数 10.7 万人，农村最低生活保障人数 3.8 万人。

3　现行资源型城市国家援助政策存在的主要问题

3.1　缺乏综合性援助政策

目前促进资源型城市经济转型和可持续发展的政策体系尚未形成。国家出台的政策过于泛化，多限于"一事一议"，缺乏综合性、系统性和持续性。资源型城市的产业、就业、金融、生态环境、城市建设等本身就是一个复杂的综合体，它们之间是相互联系、相互制约的。现行的政策是针对出问题的方面进行援助，缺乏从综合的城市体层面加以考虑，相应地，政策的长期持续性及政策产生的溢出效应无法预期。

3.2　援助内容缺乏明确性

资源型城市的转型和再造，中央政府首先要分清哪些城市需要扶持，其次要分清所扶持城市的哪一部分需要中央政府买单，不能把由地方政府解决的问题也归到国家层面上，政策导向上若过分强调中央政府的作用，"等、靠、要"的依赖思想严重，资源型城市本身的发展就缺乏持续性。此外，对资源型城市的援助不能单纯地看成是对企业的援助，只重视企业的改造，项目的投资，而忽视生活保障、环境治理、基础设施建设等关系民生的重要内容。

3.3　缺乏宏观层面的布局和规划

国家的援助政策下达地方后，地方政府根据自身需求来实施，势必缺乏从国家整体利益角度来安排产业发展，即由地方政府和企业自下而上的模式来主导经济转型，缺乏从国家层面上对这些城市重新进行产业布局和规划，并未将资源型城市的发展融入区域发展的格局中，容易造成产业之间的不协调，对国家整体的产业布局产生不利影响。

3.4　缺乏长效机制

首先，对资源型城市的援助政策体系并不完善，两个重要机制即衰退产业的援助机制和资源性产业的补偿机制尚未建立，产生效果还需要一定时日。其次，现行的援助政策尚未制度化，缺乏一个能够长期保证政策有效实施并发挥预期功能的制度体系。

3.5　监管体系尚未建立

国家投入大量财力对资源型城市进行扶持，地方上也建立了相应的基金组织，而这些资金是如何运转的，对其具体去向和用途尚缺乏行之有效的监督与管理。同时，国家、省、市三级政府对援助的义务与分工也不明确，容易造成资金的无序流转。

3.6　政策的法律地位尚未确立

在欧美发达国家，衰退地区都是按照"立法—规划—开发"的程序进行援助和再开发的，相关区域政策都是立法先行，然后才是对衰退地区的规划和开发，而中国对资源型城市的援助则缺乏法律依据，政策的实施具有较强的暂时性，政策的实施效果是否达到预期目的也缺乏法律规定。

4　新时期国家对资源型城市援助政策的调整思路

从现实情况来看，对资源型城市进行援助是很有必要的，中央也已出台相关文件支持资源型城市转型，但并非对所有的资源型城市都要援助，而是要支持那些发展确实困难，自身难以逾越这个困难阶段的城市，这就需要根据资源型城市自身发展的一些标准来确定现阶段问题的严重程度，从而确定援助对象。在援助内容上也要有所侧重，并非所有问题都要中央出面来解决，而是要有援助的重点，从而为具体援助政策的制定提供导向。

4.1 对资源型城市进行援助的科学基础

随着改革开放的不断推进，目前中国已初步奠定了社会主义市场经济的基本框架。在社会主义市场经济条件下，资源配置的效率问题主要依靠市场机制来解决，中央的区域政策主要是根据公平原则，实行"雪中送炭"而不是"锦上添花"，以弥补市场缺陷（魏后凯，2009）。针对资源型城市，有些资源储量仍然丰富，面临的问题较少，完全可以依靠自身调节解决发展限制，有些资源性产业虽然出现衰退迹象，但是其接替产业发展基础较好，发展潜力大，这些城市就不需要国家投入大量的财力物力进行援助。而那些发展遭受到"瓶颈"制约，依靠自身调节无法走出困境的资源型城市才可成为国家援助的重点对象。也就是说，并非所有的资源型城市国家都要给予政策支持，国家援助的只能是那些处于相对衰退或者面临严重困难、自身无力持续发展下去、需要国家帮助的资源型城市。在欧美国家，中央政府对资源型城市进行政策支持的都是针对资源枯竭及产业衰退等萧条地区而言的，很少有带"普惠制"性质的面向所有资源型城市的援助政策。也就是说，单纯的资源型城市本身并不能成为中央政府给予政策援助的依据。

4.2 国家援助资源型城市的确定标准

由以上分析，既然并非所有的资源型城市都需要国家的援助，那么，哪些资源型城市可以作为国家援助的对象呢？我们认为，对于已界定出的资源型城市，应根据相应的标准建立评价指标体系，在进行综合评价的基础上，进一步确定今后一定时期内国家支持或重点支持的资源型城市，以此作为国家实行政策援助的依据。

4.2.1 可开采利用资源标准

资源枯竭是资源型城市不可持续发展的关键影响因素，因此，现有可开采利用的资源数量及其开采年限应成为是否进行援助的主要标准之一。

4.2.2 接替产业发展难度标准

资源型城市多以资源性产业作为主导产业，多数资源型城市的资源开采殆尽，资源枯竭现象严重，但是如果接续替代产业发展较好，也没有必要对资源枯竭的城市进行援助。关键是那些资源枯竭而接替产业依靠自身力量难以发展起来的城市，国家需要对其进行援助。如果不及时建立起接替产业，则整个城市的经济运转将陷于困顿，城市的可持续发展面临威胁，因此，应把接续替代产业发展难度作为政策援助的重要标准。

4.2.3　环境压力标准

大多数资源型城市面临的环境压力非常突出，如因长期开采造成大面积的地表沉陷和生态破坏，棚户区连片分布，区域性环境污染严重等问题，对环境的治理和改造需要极大的人力与物力的投入，对没有能力的城市应该给予国家援助。

4.2.4　地方财力标准

资源型城市当前所面临的许多问题，单纯依靠地方政府是难以根本解决的，确实需要中央政府在资金和政策上给予大力支持。因此，可以考虑将地方财力大小作为重要的标准。地方人均财力越小，中央政府越应优先给予支持，或者给予支持的力度要更大。

根据以上4个标准，在资料可得的情况下，可以建立相应的评价指标体系，对资源型城市进行综合评估。表3列举了国家援助资源型城市的主要判别标准及评估指标。根据综合评价的结果，最终确定需要国家援助的资源型城市。当然，由于各个资源型城市情况差别较大，一些城市可能在某些方面问题比较严重，而在其他方面可能问题不太突出。因此，在评估过程中，应适当采取定性与定量相结合的办法。

表3　需要国家援助的资源型城市的判别标准

判别标准	判别指标	判别依据
1. 可开采利用资源标准	可利用资源的开采年限	低于3年
	因资源枯竭而关闭的矿井数量	较多
2. 接替产业发展难度标准	传统产业所占的产值比重	较高
	国有企业技术改造投入比重	较低
	国有企业技术装备水平	较低
	接替产业所占产值比重的大小	较低
3. 环境压力标准	采空区和地表沉陷区面积	较大
	棚户区面积	较大
	区域性环境污染问题	较突出
4. 地方财力标准	人均地方可支配财力	较低

4.3　对资源型城市进行援助的重点

4.3.1　支持产业转型和创新体系建设

随着资源开采殆尽，资源型城市传统资源性产业衰落，企业破产现象严重，亟需改善传统落后生产工艺，发展接替产业，开发新产品，增强地区经济活力。

（1）支持接替产业发展

按照分类指导、因地制宜的原则，支持资源型城市积极地发展接替产业，实施经济转型战略。结合地方产业基础，以提高经济的增长效益、地方经济实力和就业岗位为中心，支持国家重大项目向资源型城市倾斜，以项目带动企业的集中，促进接替产业的发展。接续产业是对原有老产业的进一步延伸和发展，针对那些资源储备丰富的城市，可选择加深对资源的精细加工，挖掘科技含量高的产品，发展高科技产业，使产业链向纵深方向发展，同时考虑培育辅助性产业及相关服务业；替代产业是发展新产业以取代原有产业，对于一些资源枯竭，已经无望在依赖于原有资源的基础上深化产业链的城市就需要考虑发展替代产业。

（2）支持区域创新体系建设

根据政府引导、市场化运作的原则，加大研发投入，构建充满活力的科技创新与开发体系。特别要推进重点行业技术创新体系建设，集中攻克解决一些制约行业发展的核心技术和关键技术，开发一批具有自主知识产权和行业领先水平的新产品，增强行业发展后劲。重点支持加快以企业为主体、以市场为导向、产学研相结合的技术创新体系建设。鼓励大中型企业建设技术研发中心，大力扶持民营科技企业，支持科技型企业转型，鼓励应用技术研发机构进入企业，推动企业成为技术创新的主体。支持发展创业风险投资，健全知识产权保护制度，完善技术市场体系。支持产学研结合，鼓励企业与市内外高校和科研机构开展技术合作与技术开发，加速科技成果转化和产业化。

4.3.2　支持生态环境整治和基础设施建设

长期以来，由于体制等问题，资源无序开采，环境破坏现象普遍，使得当前资源型城市生态破坏严重，超出自然承载能力，严重影响了城市功能的发挥。城市基础设施落后，城市景观缺乏美化，亟待中央政府加大投入力度，进行相应援助。

（1）支持生态环境整治

多数资源型城市发展过程中忽略环境承载力，出现生态环境恶化，地面塌陷，城市面貌破坏严重的现象。一是拓宽对采煤沉陷区的治理范围。对于过去开采已形成沉陷但目前显现不明显或逐步显现的，国家也应纳入补偿或帮助治理的范畴。因为采煤沉陷区形成是个长期、动态的过程，只有长效性的支持才能显示政策的有效性。二是支持对废弃资源再利用技术的研究开发。露天堆放的煤矸石、粉煤灰不仅侵占了大量的土地，而且严重地污染城市环境，污染了地下水，更加剧了生态环境的恶化，导致了局部荒漠化。国家应加强研究并支持对煤矸石、粉煤灰等堆积物的综合利用，在信贷资金、税收等各方面对废弃资源综合开发利用的企业进行特殊支持。三是加强对资源利用的规范化管理。制定合理的资源开采规划，加快建立资源开采补偿机制。

（2）支持城市基础设施建设

支持资源型城市交通、通信、水利、电网和城市燃气、暖气、供排水管网等基础设施建设，改变资源型城市基础设施陈旧和落后的面貌。支持资源型城市科技、教育、文化和卫生等公共设施建设，促进资源型城市社会事业发展，提高资源型城市人民的整体素质和文明程度。

4.3.3　支持完善社会保障体系和居住环境的改善

资源型城市失业人员较多，贫困人口集中，加之地方财力紧张，多数人口基本生活缺乏保障。同时，资源开采过程中形成的棚户区连片分布现象较多，居住环境亟待改善，改造任务繁重，需要国家重点支持。

（1）支持完善社会保障体系

支持完善失业保险制度。以确保国有制企业下岗职工基本生活和失业人员生活救助为重点，逐步扩大覆盖范围，将所有城镇企事业单位及其职工、个体工商户及其雇工纳入覆盖范围；建立起完善的失业保险登记、变更、年检、注销制度，形成完整的失业保险费征缴体系，建立完善的失业人员管理服务机制，实行失业保险对象的微机化管理和失业保险金社会化发放工作，提供多方位、多形式的再就业技能培训和再就业指导。

支持完善养老保险制度。一是扩大统筹范围，将所有用人单位纳入社会统筹，努力实现城镇养老保险全覆盖；二是加强基金征缴，采用多种形式、多种渠道筹集养老保险基金，逐步建立国家、用人单位、职工个人合理负担的依法缴费机制；三要加大监督检查力度，制定破产兼并企业资产变现缴费办法，减少基金流失；四要完善省、市级统筹，扩大结存基金的规模，增强养老基金抵御风险的能力；五要确保发放，对所有参保用人单位做到按时足额拨付。

支持完善医疗保险制度。建立社会统筹与个人账户相结合的医疗保险制度，完善医疗保险基金管理制度和医疗保险基金对诊疗、药品报销的范围与办法，解决大病统筹和特殊人群的医疗保障问题，满足不同层次的医疗需求。

（2）支持棚户区改造，改善居住环境

重点支持连片分布的棚户区的改造工作。一是逐步扩大棚户区改造项目的覆盖范围，将东北三省良好的改造经验推广到需要援助的中西部资源型城市中来；二是建立稳定的改造资金来源渠道，制订合理的改造规划，利用多种可能途径，如商业开发、小区建设等，分阶段、分步骤地对棚户区进行改造；三是做好棚户区居民安置工作；四是将棚户区改造与城市规划结合起来，站在城市乃至区域整体布局的基础上进行开发改造。

5　对资源型城市进行援助的具体政策建议

5.1　制定合理的资源型城市援助规划

第一，合理确定援助对象。目前国家的援助力量主要局限于列为试点的 44 个城市（地区），而从长远来看，需要援助的资源型城市范围还很宽广，因此，在现行对试点城市进行援助之外，也很有必要规划长期来看需要援助的资源型城市，可以参考前文所提供的援助标准，确定需要援助的资源型城市。从时间上来看，2011 年之前，将试点城市的转型推入到正常的轨道上来，之后则可考虑将试点城市转型经验及国家的援助经验进行推广，进一步完善国家的援助工作。

第二，清晰定位援助目标。充分提供就业岗位，保障民生，促进产业转型和可持续发展是对资源型城市进行援助的主要目标。根据所明确的援助对象，对不同类型的资源型城市所确定的援助目标也应有所侧重，比如针对煤矿资源枯竭型城市，生态环境破坏严重，地面坍塌现象普遍，居民住宅安全隐患较多，政策的目标可适当考虑向住房方面倾斜；森工类城市则是砍伐现象严重，在制定政策目标时就要考虑向林业可持续利用方面有所倚重。

第三，适时调整援助内容。应用历史的、发展的眼光看待对资源型城市的援助。资源型城市的发展具有阶段性，面临的问题也并非一成不变。对不同发展阶段的资源型城市的援助内容也应有所不同，即在横截面上，应考虑对不同类型的资源型城市实施不同的援助内容，而在某类或某一资源型城市发展的纵断面上，应该考虑不同阶段实施不同的援助内容，只有这样，才能够激发资源型城市本身的发展潜力。

5.2 建立产业结构调整专项基金

在国家财政的支持下建立一个国家资源型城市产业结构调整专项基金，用于 4 个方面：一是支持资源型城市工业升级；二是支持发展新兴的接替产业；三是矿山关闭后，用于下岗工人的再培训和安置问题；四是矿山开采引起地面塌陷后，要进行地面恢复和环境保护等工作。这个基金可以设在国家开发银行，或委托给其他银行，对资源型城市的资源开发项目、经济转型项目给予贷款贴息或贷款支持，促进资源型城市的资源开发和替代产业的发展。其来源可以通过征收矿产开采费、资源税等，比如从重要资源的涨价收入中提取必要份额以及通过加大资源税征收力度等。在管理上由地方政府和企业在所指定银行设立"共管账户"，共同监督，专款专用。

5.3 改革资源税费征收制度

针对资源税，一是扩大资源税征收范围。目前中国资源税的征税范围主要是矿产品，建议把森林资源也纳入资源税的征收范围，加强对森林资源的合理利用。二是推广资源税从价计征方式。新疆原油、天然气资源税改革已于 2010 年 6 月 1 日正式启动，原油、天然气资源税实行从价计征，税率为 5％。建议将该计征方式推广到资源型城市，并根据不同资源类型和城市特殊情况制定税率。三是调整资源税的税收优惠政策。现行的资源税只在资源的开采生产环节征收，其税收优惠政策也只能对资源开采企业发挥作用，可以考虑对资源回采率和选矿率达到一定标准的资源开采企业给予一定资源税税收减免。

针对各种资源费，一是实行弹性的矿产资源补偿费征收费率。现行的矿产资源补偿费是按照矿产品销售收入的某一固定比例计征的，但由于资源开采具有一定的周期性，在资源丰裕时期，缴纳补偿费对企业来讲并不困难，但当资源开采难度增加，富矿少贫矿多，甚至资源枯竭时期，资源补偿费就相对增加。因此，应该针对矿产开采的不同阶段实行不同的费率，增加费率的弹性化，实行人性化管理。二是提高矿产资源补偿费的地方留成比例。按照现行的《矿产资源补偿费征收管理规定》，中央与省、直辖市矿产资源补偿费的分成比例为 5∶5；中央与自治区矿产资源补偿费的分成比例为 4∶6。

而资源枯竭型城市财政压力较大，国家可考虑分成比例上适当上调省级政府的留成比例，缓解目前的财政压力。三是适当减免探矿权采矿权使用费。很多资源型城市已开发探明的矿藏周边也有未探明矿藏，为激励探矿的积极性，可考虑将国家的探矿权采矿权使用费减免办法推广到资源型试点城市。

5.4　加快国有企业改革与重组步伐

有针对性地对国有企业的退出实施政策扶持。对竞争性企业应通过产权出售、"赎买"退出、破产关闭、破产重组、兼并重组等多元化的方式实现国有资产的退出。而对于垄断性较强的企业应鼓励民营资金和外商进入，增强企业活力，以避免大型企业单独持股。要按照市场经济的原则，站在区域乃至全国的角度上对资源进行整合，打破地域限制，首先着手对优势资源在产业链方面的整合。在推进企业重组的过程中，中央应加大财政支持力度。

5.5　加大棚户区改造力度

一是加大对资源型城市棚户区改造的财政补贴力度，要督促棚户区集中连片地区根据当地城市的总体布局，制定合适的改造及布局规划，因地制宜进行改造；二是对于棚户区集中分布较多的资源型城市，除国家规定的城市经济适用房、廉租房、保障性住房等相关优惠政策外，应再加大政策优惠力度，进行特殊对待；三是对于不能通过商业开发的棚户区改造所必要的小区内部基础设施以及与市政公共设施连接的基础设施建设与维修以及配套学校、医院的建设等，国家应做好相应的补助性投资。

5.6　加强塌陷区的开发和复垦

建立复垦保证金制度。确立"谁破坏、谁复垦"和"谁复垦、谁受益"的原则，鼓励企事业单位、个人乃至外商和港澳台商，采取自行复垦、承包、拍卖等多种形式，加强对塌陷区的开发复垦，通过加大增产稳产期资源税力度以及从重要资源产品涨价收入中提取必要份额等作为保证金的来源，主要用于普遍存在的地面沉陷、固体废弃物堆放、水资源破坏等特殊生态治理问题，并对复垦后恢复生产的给予相应的税收优惠。

5.7　明确援助政策的法律地位

资源型城市的转型是一项长期的综合工程，转型过程中涉及多个部门和地区利益，为协调各方利益，提高政策的援助效果，建议组建专门机构来统筹资源型城市的发展问题，负责研究制定系统的援助规划、援助措施，及实施协调、实施效果评价等工作，这也是发达国家资源型城市成功转型的经验之一。同时，确立资源型城市援助政策、规划的法律地位，以法律的形式确立资源型城市转型的地位，以保障各项政策措施的落实，特别是保障援助资金的稳定来源与持续作用。

参考文献

[1] 李清等："阜新市国有企业改革情况考察报告"，转引自萍乡市经济贸易委员会网站，2009 年 7 月 15 日。

[2] 任建雄："资源型城市产业转型的有序演化与治理对策"，《生态经济》，2008 年第 7 期。

[3] 孙筱钺："对资源型城市经济转型的政策思考"，《理论学刊》，2006 年第 9 期。

[4] 唐贤衡："资源型城市消费失衡现实生态与政策选择"，《资源与产业》，2006 年第 2 期。

[5] 王福君、申崇女："东北三省资源型城市转型过程中的问题及政府扶持政策建议"，《工业技术经济》，2007 年第 7 期。

[6] 魏后凯："中国国家区域政策的调整与展望"，《发展研究》，2009 年第 5 期。

[7] 杨晓萌："运用财税政策引导资源型城市产业向多元化发展"，《经济研究参考》，2008 年第 18 期。

[8] 张芳："资源型城市养老保险存在问题及政策建议"，《沈阳师范大学学报》，2009 年第 5 期。

[9] 赵恒群、李晶："资源型城市可持续发展的税收政策研究"，《商业经济》，2006 年第 12 期。

[10] 赵慧："试论资源型城市生态重建中的财政税收政策支持"，《开发研究》，2009 年第 6 期。

[11] 赵谦、黄溶冰："资源型城市经济转型的产业政策分析"，《学术交流》，2009 年第 3 期。

[12] 赵晓展、黄明："资源枯竭城市调查"，《工人日报》，2009 年 11 月 26 日。

[13] 祝遵宏："资源型城市可持续发展的财政政策研究"，《经济问题探索》，2008 年第 6 期。

中国发展转型中地区专业化格局的演进[①]

蒋媛媛

The Evolution of Regional Specialization Pattern in Transforming China

JIANG Yuanyuan

(Institute of National Economy of Shanghai Academy of Social Sciences, Shanghai 200020, China)

Abstract This paper discusses the features of provincial specialization and the dynamics of regional division of labor patterns in China. Since 1990, regional specialization level gradually increases; specialized sections develop fast due to utilizing comparative advantages, while the strength of specialized sections diverse among different regions; the technological level of specialized sections also increase by these years; the vertical pattern of division of labor still holds its main status, which goes against reducing the regional income disparity. Thus the setup of new type of regional division of labor pattern, and the upgrade of regional specialized department should be put into practice soon.

Keywords regional specialization; regional division of labor; new type of regional division of labor

摘 要 本文考察了中国省域专业化发展的基本特征，分析了中国区际产业分工格局的变动情况。研究表明，1990年以来，中国地区专业化整体有所发展，各地区依托比较优势，更加注重发展专业化部门；而受制度等因素影响，各地区专业化部门的相对实力发生明显变化；中国各地区专业化部门的技术含量有所提高，但仍以资源开采型、低技术和中低技术型为主；由于政策因素和区域利益的作用，国内的区际产业分工一直延续了以"资源—加工型"垂直分工为主导的格局，这十分不利于地区收入差异的缩小。因此，建立新型区域分工格局，促进东部地区专业化部门实现优化升级，推动中西部地区专业化部门转型，刻不容缓。

关键词 地区专业化；区际产业分工；新型区域分工格局

1 问题的提出

地区专业化是现代经济中较为普遍存在的现象。改革开放以后，尤其在 1990 年代中后期，中国东南沿海省份涌现了大量的专业化城镇，如温州、泉州的服装和鞋业专业镇，绍兴的纺织专业镇，永康的五金，东莞的小家电专业镇，等等。专业化生产使这些地区的经济实现了快速发展。因此，研究中国地区专业化的形成演变，深入分析中国区际产业分工格局变动及其决定因素，具有重要的实践意义。一方面，可以为中国区域经济发展提供理论上的指导；另一方面，可以为国家或区域经济政策的制定提供依据。

作者简介

蒋媛媛，上海社会科学院部门经济研究所。

国内学者对中国制造业地区专业化现象进行了较为广泛的研究和探讨。大多数研究表明：在1980年代，中国各省份产业结构趋同，地区专业化程度较低；进入1990年代之后，中国各省区市的专业化水平显著上升，大部分制造业行业地区专业化程度加深伴随集中程度的提高，各省区市之间以及东部地区与中西部地区之间的产业结构差异扩大，制造业越来越集中在东部沿海发达省市（Young，2000；Liang and Xu，2004；范剑勇，2004；葛赢，2004；冼国明、文东伟，2006；贺灿飞、谢秀珍，2006；陈良文、杨开忠，2006；苗长青，2007；林秀丽，2007；郭志仪、姚敏，2007；踪家峰、曹敏，2006；黄雯、程大中，2006）。但是，这些研究也存在一些不足。一是所使用的度量方式的局限。现有研究多使用克鲁格曼专业化指数或区位熵来计算，将二者结合起来的研究较少，只能从单方面描绘地区专业化的地区差异、区域特征或产业特征。二是现有的中国地区专业化发展状况的研究，比较注重分析地区生产结构的变化和地区专业化的部门特征，鲜有在分析中同时考察影响地区专业化变动的因素，对专业化部门的技术特征分析得也较少。此外，到目前为止，关于全域地区专业化的测量方法在国内尚未得到足够重视，亟待加强。因而，采取多种度量方式相结合，系统、全面而立体地对改革开放以来中国地区专业化格局演变进行研究，并结合相应的原因分析，显得尤为迫切。

2　中国省域专业化的演进

我们对1990年以来中国的全域专业化指数，以及1990年、2000年和2007年3个时点[②]各地区的克鲁格曼专业化指数和地区加权区位熵分别进行测算，试图从整体状况、地域分布、产业特征3个角度，对近年来的中国省域专业化动态变化进行较为全面、立体的刻画。

2.1　中国地区专业化的整体状况

我们用全域专业化指数分析中国地区专业化的整体特征。该指标由马利根和施密特（Mulligan and Schmidt，2005）提出，旨在描述一个国家或地区整个空间经济的地区专业化特征。它是以一国各地区占全国的就业或产值份额为权数计算的各地区专业化系数加权和表示。其计算公式如下：

$$G(S) = \sum v_i CS_i; v_i = x_{i.}/x; CS_i = \frac{1}{2} \sum_i |x_{ij}/x_{i.} - x_{.j}/x| \qquad (1)$$

其中，下标 i 表示地区，下标 j 表示产业，x_{ij} 表示地区 i 的产业 j 的就业量或产值，$x_{i.}$ 表示地区 i 的总就业或总产值，$x_{.j}$ 表示全国产业 j 的就业量或产值总和，v_i 表示地区 i 在全国的就业份额或产值份额，CS_i 表示地区 i 的地区专业化系数。$G(S)$ 的取值在 0～1 之间，$G(S)$ 的值越大，表明产业的空间分布趋于集中，各地区的专业化较为明显；$G(S)$ 的值越小，则表明产业空间分布趋于分散，各地区的产业结构与全国平均水平越接近。

我们分别用就业人数、工业增加值和工业总产值数据计算全域专业化指数。结果表明，这3者计算结果的变动趋势基本一致（图1），中国地区专业化整体水平在不断提高。其中，以就业计算的全域专业化指数增幅最大，由1990年的0.18提高到2007年的0.29，而以增加值计算的指数增幅最小。与此同时，中国地区专业化整体水平的变动经历了由一个加速上升转入缓慢调整的过程。1990~2000年是加速上升期，与1990年相比，2000年按就业、总产值和增加值计算的全域专业化指数分别提高25.14%、31.52%、22.32%。2001~2007年则是缓慢调整期[③]。在这一阶段，地区专业化指数的增速放缓，并在轻微波动中缓慢提高。以就业、增加值和总产值计算的全域专业化指数于2000年同时达到峰值，分别比1990年提高60%、39.2%、22.35%，但在2007年又略微下降（图2）。

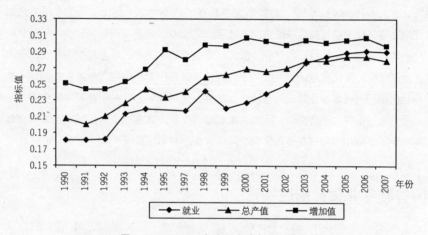

图1　1990~2007年中国全域专业化指数

注：1995年就业数据缺失。

资料来源：根据历年《中国工业经济统计年鉴》和《中华人民共和国1995年第三次全国工业普查资料汇编》的采掘业和制造业数据整理计算。

2.2　中国专业化部门的地域特征

由于各地区在区位、比较优势等方面的不同，衍生出了各具特色的专业化部门。我们选择克鲁格曼指数和地区加权区位熵指数来描述中国地区专业化的地域特征。一方面，克鲁格曼专业化指数体现了各地区与全国之间的生产结构差异；另一方面，地区加权区位熵能较为全面地反映各地区专业化部门的规模及其在全国生产体系中的地位。

克鲁格曼专业化指数的计算公式如下：

$$KSI_i = \sum_j |s_{ij}^S - s_j| \tag{2}$$

其中，s_{ij}^S表示地区i产业j的就业份额，s_j表示全国产业j在所有制造业就业中的份额。KSI_i取值在0~2之间，取0时，表明i地区与全国产业结构完全相同；取2时则表示i地区产业结构与全国平均水平完全差异化，即高度专业化。

地区加权区位熵指数是作者根据魏后凯（2000）提出的优势强度系数[④]而设计，用一个地区各

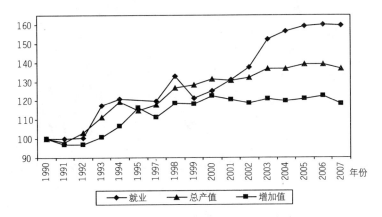

图2　1990～2007年中国全域专业化时间变化趋势

注：以1990年为100；1995年就业数据缺失。

资料来源：根据历年《中国工业经济统计年鉴》和《中华人民共和国1995年第三次全国工业普查资料汇编》的采掘业和制造业数据整理计算。

专业化部门在全国的产值或就业份额作为权数计算的该地区所有专业化部门区位熵的加权和表示，以反映一个地区的总体专业化水平。该指标不仅较为直观地反映该地区专业化部门的生产能力，同时还是该部门在全国生产体系中的地位以及市场竞争力的间接反映。地区加权区位熵指数的计算公式如下：

$$RAWLQ_i = \sum_{j=1}^{n} \omega_{ij} LQ_{ij} \tag{3}$$

其中，n 表示该地区专业化产业的数量；由于取的是地区专业化部门的区位熵，故有 $LQ_{ij} > 1$；权重 ω_{ij} 选用的是该地区 j 产业在全国产值份额或就业份额指标。$RAWLQ_i$ 的指标值越大，表明该地区的专业化水平越高，专业化部门的实力也越强。

在此，我们对地区专业化水平进行界定，我们将克鲁格曼专业化指数低于0.75划分为低水平专业化，介于0.75～1.25之间的划分为中等水平专业化，高于1.25则划分为高水平专业化；而对于加权区位熵（WLQ），将加权区位熵低于1划分为低水平专业化，介于1～2.5之间的划分为中等水平专业化，高于2.5则划分为高水平专业化。

先看以克鲁格曼专业化指数衡量的中国各省区市的专业化变动。1990年，全国大部分省区市处于低水平的专业化[5]，各地区"小而全"、"大而全"的产业体系均衡发展，比较优势没有得到发挥。至2000年，由于各地区依托比较优势发展专业化部门，各地区的专业化水平显著提高（图3）。其中，大部分东部和中部地区的生产结构趋于多样化，因而以克鲁格曼指数衡量的专业化处于较低水平[6]；西部地区的资源、原材料工业发达，故大部分地区达到中等专业化；东北部地区的专业化则处于中低水平。2007年基本延续了2000年的专业化格局。

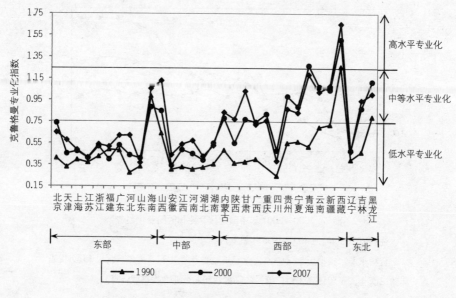

图3 中国地区专业化的地域特征

注：以采掘业和制造业的总产值数据计算。

资料来源：根据《中国工业经济统计年鉴》（1991、2001、2008）整理计算。

　　而从各地区的加权区位熵均值来看，各地区的专业化部门实力变化明显。1990年，东北地区专业化部门实力最强，其加权区位熵均值达到6.25，其后依次是东部地区2.7，中部地区1.41，西部地区1.11；至1999年，东北地区的专业化部门陷入低水平发展的局面，东部地区专业化部门的发展开始超过东北，实现领先，其加权区位熵均值达到2.44，其后依次是东北地区2.12，西部地区1.85，中部地区1.68；2007年的情况与2000年大体一致，但是，中部地区超过西部地区（图4）。东北地区专业化部门的相对衰退，东部地区专业化部门的突起，以及西部地区专业化部门的滞后都不同程度地与制度因素相关联。国有经济比重大，是制约东北地区专业化部门发展的重要制度因素，由于改革成本高昂，转型难度大，东北老工业基地在上世纪末陷入衰退，但在2003年实施的国家振兴政策作用下，实现缓慢复苏。东部地区专业化部门的迅速发展很大程度上得益于改革开放优惠政策，外资的大量进入，外向型产业和人口的集聚，使东部地区成为国内资金、技术和人才高地，为东部地区专业化部门的发展创造了良好的环境。此外，繁荣的市场、显著的集聚经济和接近国内外市场的优越地理位置等因素，也是促进东部地区专业化部门发展的主要因素。而西部地区专业化部门的滞后，一方面是由于西部大开发政策过度关注基础设施建设，对产业发展力度不足，使得西部地区长期缺乏内源型发展动力；另一方面是受制于国内的区际分工格局，无论在1990年初的垂直分工格局还是近年来的以垂直分工主导的混合分工格局，西部地区专业化部门的地位都十分被动，由于东部地区长期控制中下游产业，使得西部地区往往局限于发展资源型、原材料型传统专业化部门，带动性大的新兴专业化部门亟待建立。

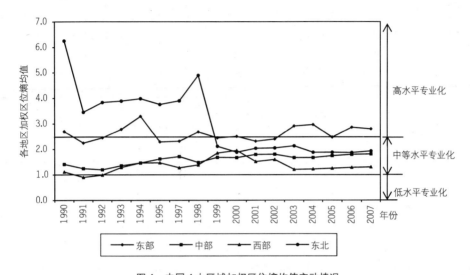

图4　中国4大区域加权区位熵均值变动情况

注：以采掘业和制造业的总产值数据计算；取各地区的算术平均值。

资料来源：根据历年《中国工业经济统计年鉴》和《中华人民共和国1995年第三次全国工业普查资料汇编》整理计算。

2.3　中国专业化部门的产业特征

技术特征和规模特征是专业化部门的两个重要特征。由于中国地区专业化部门的规模特征已经通过地区加权区位熵的分析进行讨论，故在此，主要就中国地区专业化部门的技术特征展开讨论。

参考OECD的制造业技术分类[⑦]以及国家统计局关于高技术产业的统计分类标准[⑧]，本文将两位数分类工业部门大致划分为5类，即资源开采型产业、低技术产业、中低技术产业、中高技术产业和高技术产业。其中，资源开采型产业包括（06）～（10），共5个产业；低技术产业包括（13）～（24）和（42），共13个产业；中低技术产业包括（25）～（34），共10个产业；中高技术产业包括（35）～（39），共5个产业；高技术产业包括（27）、（40）和（41），共3个产业。

表1　按产业技术分类各地区专业化部门加总的加权区位熵（%）

技术类型	1990年		2000年		2007年	
	指标值	所占比重	指标值	所占比重	指标值	所占比重
资源开采	23.26	35.20	25.07	38.11	19.45	32.99
低技术	16.01	24.23	19.78	30.07	19.49	33.06

技术类型	1990 年		2000 年		2007 年	
	指标值	所占比重	指标值	所占比重	指标值	所占比重
中低技术	21.07	31.89	12.17	18.50	11.73	19.90
中高技术	2.85	4.01	4.42	6.72	4.10	6.96
高技术	2.89	4.37	4.34	6.60	4.18	7.09
合计	66.08	100.00	65.78	100.00	58.95	100.00

注: 以采掘业和制造业的总产值数据计算。

资料来源: 根据《中国工业经济统计年鉴》(1991、2001、2008) 整理计算。

从分技术类型各地区专业化部门加总的加权区位熵 (WLQ)⑨ 来看, 中国各地区专业化部门的技术含量有所提高, 但仍以资源开采型、低技术和中低技术型为主。1990 年, 资源开采型、低技术和中低技术 3 种类型专业化部门的加总加权区位熵占全国比重高达 91.31%; 2000 年, 中低技术部门的地区专业化程度出现大幅度降低, 加总的 WLQ 比重较 1990 年下降 8.9 个百分点, 而资源开采型、低技术、中高技术和高技术专业化部门的加总 WLQ 分别较 1990 年提高 1.81、3.77、1.57 和 1.45 个百分点; 2007 年, 资源开采型专业化部门的加总 WLQ 开始下降, 较 2000 年降低 5.12 个百分点, 而其他 4 种类型专业化部门的加总 WLQ 比重则有同程度提高, 此时, 资源开采型、低技术和中低技术 3 种类型专业化部门的加总 WLQ 比重为 85.95%, 分别较 1990 年和 2000 年下降 0.73 和 5.36 个百分点, 中高技术和高技术型专业化部门的加总 WLQ 比重则相应提高到 14.05%。发生这种技术类型的转变, 主要源于 3 方面的原因: 一是工业化中期阶段重化工业的资源依赖性支撑了近年来各地区资源型专业化部门的发展, 使得资源型专业化部门的比重居高不下; 二是改革开放后发展起来的外向型经济, 将中国的专业化部门锁定在低技术和中低技术的出口加工型制造业; 三是外商直接投资产生的正向技术外溢, 带动了中国中高技术和高技术专业化部门的发展, 而近年来强调自主创新的国家战略进一步培育了有利于中高技术和高技术专业化部门发展的环境。

3 中国区际产业分工格局变动

中国 4 大区域之间的产业分工一直延续了沿海—内地的 "资源—加工型" 垂直型分工格局。

东部地区除资源开采型工业外, 其余 4 种技术类型专业化部门的实力一直在全国保持着领先地位⑩。1990 年, 东部地区低技术、中低技术、中高技术和高技术专业化部门无论是加总的加权区位熵, 还是其平均值, 都远远超过其他地区 (表 2、表 3), 而资源开采型工业是中西部地区最重要的专业化部门。从而, 东部地区与中西部地区之间呈现 "资源—加工型" 垂直分工格局。至 2007 年, 东部地区低技术、中低技术、中高技术和高技术专业化部门发展迅速, 加总的加权区位熵分别提高到 11.47、6.38、2.33 和 4.88, 是西部地区的 1.77、5.7、4.4 和 16.8 倍, 中部地区的 4.66、4.09、

4.76 和 15.74 倍，东北地区的 9.4、26.58、3.11 和 34.86 倍，从而，东部地区这些专业化部门与其他地区之间的差距仍然十分明显。同年，中部地区和西部地区资源开采型专业化部门加总的加权区位熵分别由 1990 年的 3.52 和 5.23 提高到 6.05 和 4.7，东北地区则有所下降。因此，这种"资源—加工型"垂直分工格局一直延续并且进一步固化，中西部地区仍在使用能源、原材料等初级产品与东部的工业制成品进行交换，在区际贸易中占据主导地位。

表2 4大区域分类型专业化部门的加总加权区位熵

年份	类型	东北	东部	中部	西部
1990	资源开采	8.69	5.82	3.52	5.23
	低技术	8.86	13.70	3.60	5.50
	中低技术	0.42	3.97	0.66	0.38
	中高技术	0.49	1.50	0.51	0.35
	高技术	0.16	1.94	0.10	0.69
2000	资源开采	3.47	3.94	4.49	11.40
	低技术	0.97	11.03	2.41	7.28
	中低技术	0.37	5.07	1.77	2.85
	中高技术	0.69	2.92	0.37	0.47
	高技术	0.09	3.92	0.12	0.26
2007	资源开采	3.45	2.95	6.05	4.70
	低技术	1.22	11.47	2.46	6.49
	中低技术	0.24	6.38	1.56	1.12
	中高技术	0.75	2.33	0.49	0.53
	高技术	0.14	4.88	0.31	0.29

注：取各区域内部各地区加权区位熵的算术和。

资料来源：根据《中国工业经济统计年鉴》（1991、2001、2008）整理计算。

当然，在 4 大区域之间，同时存在低技术和中低技术产业的水平型分工。4 大区域都拥有一定数量的低技术型和中低技术型专业化部门，并且这些部门的数量相对比较稳定，如 2007 年，东部地区平均拥有 3.67 个低技术型专业化部门和 2.33 个中低技术型专业化部门，东部地区平均有 5.4 个和 3.1 个，中部地区平均有 4.83 个和 3.67 个，西部地区平均有 3.73 个和 3.09 个，东北地区平均有 3.67 个和 2.33 个。虽然在数量上差别不大，但各区域之间这两种技术类型专业化部门的实力却有很大差别，这直接导致了 4 大区域之间低技术和中低技术专业化部门的水平型分工下的区际贸易量相对较小，从而难以与垂直型分工下的区际贸易相匹敌。

表3 4大区域分类型专业化部门加总的加权区位熵平均值比较

年份	地区	东北	东部	中部	西部
		倍数	绝对值	倍数	倍数
1990	资源开采	4.98	0.58	1.01	0.82
	低技术	2.16	1.37	0.44	0.30
	中低技术	0.35	0.40	0.28	0.09
	中高技术	1.09	0.15	0.57	0.21
	高技术	0.27	0.19	0.09	0.32
2000	资源开采	2.94	0.39	1.90	2.41
	低技术	0.29	1.10	0.36	0.55
	中低技术	0.24	0.51	0.58	0.47
	中高技术	0.79	0.29	0.21	0.13
	高技术	0.08	0.39	0.05	0.06
2007	资源开采	3.90	0.30	3.42	1.33
	低技术	0.35	1.15	0.36	0.47
	中低技术	0.13	0.64	0.41	0.15
	中高技术	1.07	0.23	0.35	0.19
	高技术	0.10	0.49	0.11	0.05

注：此处取各区域内部各地区的算术平均值；取各地区与东部地区相比的倍数。
资料来源：根据《中国工业经济统计年鉴》（1991、2001、2008）整理计算。

导致垂直型分工长期存在的主要原因在于：东部地区依靠改革开放优惠政策的先发优势，迅速建立起了以出口导向和加工制造为特征的专业化部门，从而掌握了对中西部地区以资源和原材料为主的处于产业上游的专业化部门的控制力。为了获取更多的区域利益，东部地区当然希望固化这种区域分工和专业化模式，以强化自身的控制力，得到供应稳定且价优的原料和能源以及廉价的加工组装环节，从而导致了地区间溢出的不足，封锁信息和树立市场壁垒等地方保护主义盛行，一方面抑制了中西部地区专业化部门的转型，另一方面也导致中西部地区陷入低水平发展的陷阱。由于所使用的劳动力类型单一，技能低下，这些地区长期面临低工资水平和较低的开放度，人力资本积累长期不足，人才外流严重，从而主导产业和结构转型的基础十分薄弱。任由这种垂直分工主导的国内区际分工发展，将十分不利于地区间收入差异的缩小。而近年来出现的产业转移趋势，使得新型区际分工格局的建立成为可能。由于东部地区集聚经济过热，土地、劳动力等各类生产要素价格上涨，而中西部地区产业发展条件逐渐改善，从2003年开始，东部发达地区的制造业逐步向中西部和山东、河北两省转移（蒋媛媛，2009）。

4　结论与建议

4.1　结论

对中国省域专业化的研究表明，1990 年以来，以全域专业化指数度量的中国地区专业化总体水平在逐步提高，各地区依托比较优势，更加注重发展专业化部门；而受制度等因素影响，各地区专业化部门的相对实力发生明显变化；中国各地区专业化部门的技术含量有所提高，但仍以资源开采型、低技术和中低技术型为主；由于政策因素和区域利益的作用，国内的区际产业分工一直延续了以"资源—加工型"垂直分工为主导的格局，这十分不利于地区收入差异的缩小。

4.2　政策建议

由上述结论可知，1990 年以来，中国地区专业化虽然有所发展，但仍存在地区间专业化部门实力差距较大、专业化部门技术层次偏低等问题，现有的区际产业分工格局已极大地制约了中国地区专业化的发展。因此，建立新型区域分工格局，促进各地区专业化部门实现优化升级，刻不容缓。

4.2.1　建立新型区域分工格局

新型区域分工格局的建立，需要从以下几方面入手：

一是建立新型区域协调机制，包括产业协调机制和合作共赢长效机制。

产业协调机制。地区专业化促进经济增长的实现机制，是以专业化部门为起点的，因此，要提高专业化部门实力，促进区域分工优化，必须实现区域间的产业协调发展。一方面，中西部地区要抓住东部地区产业结构升级的机遇，积极承接沿海产业转移，大力发展能够发挥比较优势的更高层次的专业化部门，推动以水平型分工主导的区域分工格局形成。另一方面，国家必须出台相关产业政策，控制各地区不顾比较优势而对高利润行业一哄而上的局面，通过税收杠杆进行调节，使重复建设问题逐渐改善，各地区应更加重视通过比较优势参与区域分工。

合作共赢长效机制。沿海发达地区和内陆地区应通过优势互补，谋求共同发展。由沿海发达地区提供内陆地区所稀缺的资金、人力资本和技术，内陆地区提供土地、能源和原材料，共同投资于内陆地区的基础设施建设和产业发展。同时，要探索建立灵活合理的利益分成机制，根据双方投入，进行科学评估，从而促进沿海和内地的长期合作共赢。

二是积极推动中西部地区的城镇化，提高城市的集聚经济水平，扩大本地市场规模，通过人口城镇化提升劳动力素质，从而为专业化部门的发展创造更有利的环境。

三是积极扩大中西部地区对外开放。引导内陆地区企业"走出去"，更多地参与国际分工，以更充分利用国际市场和国际资源，为专业化部门开辟更广阔的外部市场。

四是消除区域市场壁垒。必须打破地方保护，完善市场机制，合理引导要素和商品跨区域流动，降低专业化部门的发展成本。

4.2.2 促进专业化部门实现优化升级

促进各地区专业化部门实现优化升级不仅关乎区域经济的发展，同时也是建立新型区域分工格局的重要条件。首先，要积极推动区域分工向纵深方向发展，由部门专业化向产品专业化和功能专业化转变，鼓励中西部地区通过产品专业化和功能专业化逐步培育起新兴的专业化部门，从而为中西部地区参与水平型分工创造条件，促进国内区域分工从以垂直型分工为主向以水平分工模式为主转化。其次，提高原有专业化部门的竞争力：一是推动中西部地区专业化部门实现高级化。引导中西部地区以能源和原材料为主的专业化部门向中游产业链延伸，整合产业资源，促进生产力集中，帮助企业做大做强，拓展区域品牌，实施走出去战略，开发国际市场；二是通过产业协调，在推动沿海地区专业化部门升级的同时，将这些地区进入成熟期的劳动密集型和资源密集型专业化部门逐步向中西部地区转移，不仅可以为中西部地区创造更多的劳动就业岗位，有利于当地居民收入水平的提高，同时也促进了中西部地区的市场繁荣，能够为中西部地区专业化部门创造更为优越的发展条件。

注释

① 本文得到国家社科基金重点课题《科学发展观视角下促进区域协调发展研究》的资助，课题编号：07AJL010。

② 这 3 个时点具有很强的代表性，1990 年代表中国汇率改革实施前的地区专业化状况，2000 年代表中国加入 WTO 前期的地区专业化状况，2007 年代表改革开放实施近 30 年时的地区专业化状况。

③ 以就业计算的全域专业化指数增速放缓则出现在 2003 年以后。

④ 由于区位熵不能反映该产业对地区工业发展的重要性，魏后凯提出优势强度系数，以某产业的区位熵乘以其在地区工业总产值中所占的比重来综合衡量某产业部门专业化对某地区经济发展的重要性（魏后凯，2000）。

⑤ 仅西藏达到高水平专业化，海南和黑龙江达到中等水平专业化。

⑥ 虽然这些地区产业间专业化水平较低，但是与其他地区相比，同时存在大量的产业内分工和功能型分工，因而具有较高的产业内专业化水平和功能专业化水平。

⑦ OECD 1994. *Manufacturing Performance：A Scoreboard of Indicators*，OECD/OCDE，Paris.

⑧ 国家统计局设管司：《高技术产业统计分类目录》，国家统计局网站，2006 年 11 月 23 日。

⑨ 注意与前面使用的地区加权区位熵指数相区别，此处加总的加权区位熵统计的是各技术类型专业化部门以其在全国的份额为权数计算的加权区位熵的简单加总。

⑩ 在东部，只有少数地区拥有资源，如天津的石油、河北的煤铁矿和石油、山东的煤和石油、海南的铁矿。

参考文献

[1] Liang, Z. C. and Xu, L. D. 2004. Regional Specialization and Dynamic Pattern of Comparative Advantage：Evidence from China's Industries 1988—2001. *RURDS*，Vol. 16, No. 3.

[2] Mulligan, G., Schmidt, C. 2005. A Note on Localization and Specialization. *Growth and Change*，Vol. 36, No. 4.

[3] Young, A. 2000. The Razor's Edge：Distortions and Incremental Reform in the People's Republic of China. *The Quar-*

terly Journal of Economics, Vol. 115, No. 4.

[4] 陈良文、杨开忠："集聚经济的六类模型：一个研究综述"，《经济科学》，2006 年第 6 期。

[5] 范剑勇："市场一体化、地区专业化与产业集聚趋势——兼谈对地区差距的影响"，《中国社会科学》，2004 年第 6 期。

[6] 郭志仪、姚敏："我国工业的地区专业化程度"，《经济管理》，2007 年第 15 期。

[7] 黄雯、程大中："我国六省市服务业的区位分布与地区专业化"，《中国软科学》，2006 年第 11 期。

[8] 贺灿飞、谢秀珍："中国制造业地理集中与省区专业化"，《地理学报》，2006 年第 2 期。

[9] 葛赢："产业集聚和对外贸易"，第四届经济学年会会议论文，2004 年。

[10] 蒋媛媛："我国东部制造业企业迁移的趋势及其机理"，《经济管理》，2009 年第 1 期。

[11] 林秀丽："中国省区工业产业专业化程度实证研究：1988～2002"，《上海经济研究》，2007 年第 1 期。

[12] 苗长青："中国地区专业化与经济增长关系的实证研究——基于工业两位数数据上的分析"，《产业经济研究》，2007 年第 6 期。

[13] 魏后凯：《中西部工业化与城市发展》，经济管理出版社，2000 年。

[14] 魏后凯：《现代区域经济学》，经济管理出版社，2006 年。

[15] 冼国明、文东伟："FDI、地区专业化与产业集聚"，《管理世界》，2006 年第 12 期。

[16] 踪家峰、曹敏："地区专业化与产业地理集中的实证分析"，《厦门大学学报》(哲学社会科学版)，2006 年第 5 期。

当代英国出租私房的复兴政策与实践 (1988~2008)：经验与启示

禤文昊　王亚平

Reviving the Private Rented Sector in UK （1988—2008）：Housing Policy and Practice Review

XUAN Wenhao[1]，WANG Yaping[2]
（1. Institute of Housing and Community, School of Architecture, Tsinghua University, Beijing 100084, China; 2. School of the Built Environment, Heriot Watt University, UK）

Abstract　Under Housing Act 1988, the private rental housing in UK was largely deregulated. The severely declined sector began to revive subsequently, playing a more and more important role not only in housing system, but also in post-industrial society and economy. However, such a "new PRS" also brought in new problems, making the policymaker reconsider some regulation measure. This article gives a review on policy and practice in private rental housing within last two decades in UK, and tries to draw lessons for China to learn from.
Keywords　UK; housing policy; private rental

摘　要　在特定历史背景下，1988 年英国改革了出租私房部门长期以来的管制政策，给予了市场更多的自由，从此拉开了这个长期衰落的住房供给部门在近 20 年的复兴历程。顺应大环境变化的新时期出租私房，不仅迅速成为住房体系中的重要部分，还扮演了后工业时期积极的社会经济角色。而解除管制后暴露出的一些问题，也令英国政府重新启用一些针对性的规范管理。本文回顾这些经验和教训，并探讨其对中国完善出租私房政策的启示。
关键词　英国；住房政策；出租私房

1　引言

在 1980 年代，英国撒切尔政府推行的一场全方位的私有化改革运动，深刻地影响了整个世界。住房领域是这场改革的重点。在英国保守党 1979 年的执政宣言中，住房领域提出了 3 点：①发展自有住房 （Homes of Our Own）；②出售廉租公房 （The Sale of Council Houses）；③复兴出租私房 （Reviving the Private Rented Sector）。其中前两点引起了世界性的关注，并对包括中国在内的许多国家的住房改革思路产生了很大影响。而本文介绍的，则是此前国内较少关注的英国出租私房的复兴政策与实践。

事实上，出租私房在英语世界的住房研究中重新受到关注，也只是近十几年的事。在英语世界的主流意识形态中 （Malpass and Murie, 1999），出租私房往往被视为 19 世纪自由资本主义时代的住房供给方式。进入 20 世纪以后，随着资本主义进入新的发展阶段以及国家宏观调控能

作者简介

禤文昊，清华大学建筑学院；

王亚平，英国赫瑞·瓦特大学建筑环境学院。

力的全面提升，出租私房就被自有住房和廉租公房全面取代了，这个进程被认为是"住房产权结构的现代化"（modernization of housing tenure）。

拉开出租私房复兴蓝图的是 1988 年住房法案。20 年来的实践表明，这样一个只待"现代化"改造的边缘部门，现在重新成为了住房供给体系中相当关键的一环。英国社会如今也已经广泛认同，一个活跃的出租私房市场是相当必要的（Ball, 2006）。

众所周知，英国一直在不遗余力地推动住房自有，通过多年以来的补贴自有市场和大规模出售公房，其自有率到现在已经超过 70%。这样一个奉"居者有其屋"为圭臬的国家，对出租私房态度的急剧转变以及采取的复兴措施，多少带有某些必然性。中国住房市场化改革以来，住房供应体系经历了十分类似的转型，在出租私房有待纳入实质性政策框架的情况下，当代英国的相关经验教训，有一定的借鉴意义。

2　历史背景

2.1　出租私房的世纪没落

20 世纪见证了出租私房在英国的没落。在世纪初，约 90% 的英国住户居住在出租私房里：富裕的资产阶级租住豪华的公寓（apartment），穷困的工人阶级则租住拥挤的"棚户区"（tenement）。自从 1915 年首次引入租金管制以来，出租私房开始走下坡路，二战后更是大幅被自有住房和廉租公房取代。到了 1980 年代中期，出租私房比例跌到了历史性的 8.5%。数量比历史峰值减少了 2/3（图 1）。

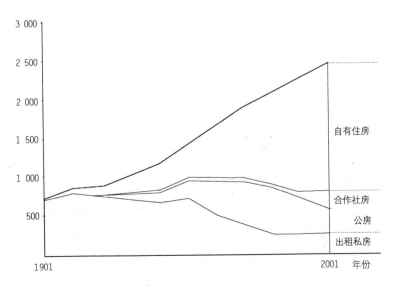

图 1　20 世纪英国的住房数量与产权结构（万套）

传统的出租私房在英国似乎走到了历史的尽头。哈洛（M. Harloe）在 1980 年代关于欧美出租私房的著作[①]，更像是为出租私房盖棺论定。

2.2　公房大量私有化后的失能

与此同时，1980 年代廉租公房的出售导致了"残余化"（residualization），基本丧失对市场的调节功能。撒切尔政府 1980 年推行公房出售政策（Right to Buy）以来，存量中较好的廉租公房迅速售罄，最后剩下最差的公房和最穷的租客，这些廉租公房社区的就业、治安等问题极为突出。而新的公房建设、新城建设的逐渐停滞，也进一步加剧了公房的危机。吸引力的丧失，使廉租公房沦为最后的避难所。人们避之犹不及，根本不可能指望它能调节日益独大的自有住房市场。

2.3　自有住房市场周期性危机的影响日益社会化

市场总有周期性起落，而自有住房市场独大以后，房价的起落就变成了社会性的住房危机。在过去，有公私租房部门保底，人们进入自有住房市场主要是改善性需求和投资性需求，相对量力而行。而公私租房部门都严重萎缩后，人们只能转向自有住房市场来解决基本住房需求，房价就取代了租金，成为直接的社会问题。1983～1989 年，英国房价一路走高（图 2），与此同时的是全英在册的无家可归户数的暴增，从 1979 年的 70 232 户上升到 1991 年的 178 867 户（Malpass and Murie，1999）。在住房数量基本平衡的情况下，住房结构的矛盾显得异常突出。

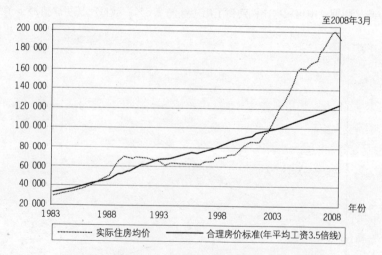

图 2　英国平均房价走势与合理房价标准对比（英镑/套）[②]

资料来源：Halifax（NSA），2008。

2.4　后工业时代的宏观经济转型对住房供给体系提出新要求

1970 年代的石油危机以后，全球化、产业转型升级是发达国家普遍要面对的问题。英国在 1980 年代从区域到城市到社区各个层面的整治更新运动就是这一宏观经济背景的产物。在住房领域，政府一方面希望通过自有住房市场拉动内需，提振经济；另一方面又希望提高劳动力流动性，以适应产业调整的需要，这就要求有足够的租赁住房供给。这样，在继续推动自有住房的前提下复兴租赁住房部门，就不仅是出于某种选举策略的简单考量，而是宏观经济的真实需求。

3　出租私房的改革：解除管制

在以上背景下，到 1988 年前夕，英国对住房政策有了一个"基本且亟需的重新审视"（Young，1991）。社会终于意识到自有化不大可能解决全民的住房问题。无论是住房体系本身还是宏观经济转型，都需要租赁住房继续发挥重要的社会职能。由于公房私有化政策覆水难收，保守党惟有将宝押在出租私房上，寄望于通过解除管制，推动该领域的复兴。最终，1988 年英国住房法案宣布了实施多年的出租私房管制的解除。在英国出租私房史上，这一法案堪称自 1915 年以来最重要的分水岭。

3.1　改革前英国出租私房法规的管制特征

总的来说，从 1915 年历史性地首先使用租金管制（rent regulation），到 1988 年法案之前为止，英国出租私房市场的政策法规始终强调对房东权利的限制和租客权利的保护，在租金水平和租权保障（security of tenure）两方面进行全面管制。

3.1.1　租金管制

在早期资本主义时代，出租私房几乎是全社会住房需求的惟一供给方式。租金长期以来只升不降，令工人阶级饱受剥削。"一战"期间格拉斯哥军火工人大罢工，迫使政府于 1915 年实行租金管制，拉开了 20 世纪国家全面干预住房领域的序幕。此后，尽管有所反复，但主流出租私房市场③完全自由的状态已一去不返。出租私房领域的管制并非英国的专利。事实上，几乎所有欧美发达国家都曾有类似的制度。

在 1988 年改革之前，英国出租私房领域主要实行的是 1965 年住房法案（1977 年调整）的"公平租金"（fair rent）制度④。所谓"公平租金"，是由定租官（rent officer）综合考虑一切客观因素⑤，特别是忽略当时房源的稀缺程度而取定的。该租金登记在案，接受公众监督，不服可上诉至租金估价委员会（Rent Assessment Committee）。

3.1.2　租权保障

除了租金的管制，还有对租客续租权利的保护，防止被无理逐出，才能构成完整的管制。这两者是相辅相成的：如果房东可以随意逐出租客，则租金管制将失去意义；如果租金可以随意上涨，则租权保障也将失去意义（Arden and Hunter, 2003）。1977 年住房法案规定，租约失效之前，没有租客的同意，绝不允许逐出[6]；而且租客拥有绝对的续租主动权，续约的保障度不低于以前。房东要收回房产，必须通过法律途径，并提供足够的法定依据[7]。在这样的安排下，房东要收回出租房屋在实践中相当困难。

3.2 解除管制：1988 年住房法案对出租私房领域的处方

1980 年代以来席卷全球的新自由主义思潮认为，正是管制严重挫伤了房东的积极性，从而导致出租私房的没落，尽管历史似乎并未给出经济学般直率的证明。无论如何，解除管制成为了 1988 年住房法案对没落的出租私房领域开出的处方。

在 1988 年住房法案中，政府全面推广两种管制度较低的新租赁模式："担保租赁"（assured tenancies）和"短期租赁"（assured shorthold/short tenancies），以逐步取代原有的管制型租赁。法案于 1989 年 1 月 15 日起生效。此前历史遗留的租赁统一归为"保护租赁"（protected tenancies），不再新批。

3.2.1 担保租赁

担保租赁是 1988 年住房法案主推的租赁模式[8]，以取代此前的管制型租赁，其运作框架如图 3 所示。在担保租赁中，租金由租赁双方自由商定，合约期内按租约执行。加租将会受一定管制：一年只许增加租金一次，而且房东必须按法律规定提前一定期限知会租客并进行商议，如果加租幅度存在争

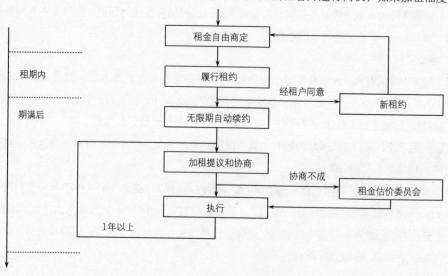

图 3 英国担保租赁的运作框架

议，可提交租金估价委员会裁决，并按裁决结果执行。

租权保障方面，担保租赁则基本沿袭了旧制，赋予租客较大的续租主动权。"担保租赁"租约到期后，将自动转成"法定的续期租赁"（statutory period tenancies），终止方式要走法律途径，且房东必须有满足法律规定的逐出依据（grounds）。房东也可以选择再签一份新的租约，称为"法定的合约租赁"（statutory contractal tenancies）。新租约一般必须建立在保障度不低于原合同的基础上，否则必须征得租客同意。

3.2.2　短期租赁

短期租赁是 1988 年法案推广的另一种租赁模式，这种租赁模式下租客的租权保障受较大限制，其运作框架如图 4 所示。在短期租赁下，当定期型的租期期满（租期至少 6 个月）或续期型持续超过 6个月以后，只要提前通知，就可以无条件解约。若房东与租客均认可租赁关系继续，则自动转为法定担保租赁，参照其规定运作。

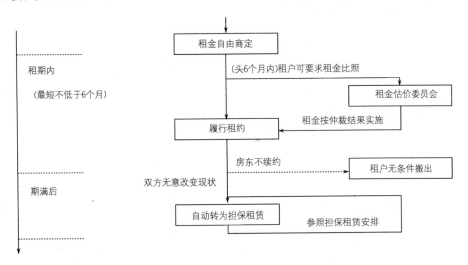

图 4　英国短期租赁的运作框架

为防止房东利用信息不对称牟取暴利，租客可无条件在头 6 个月内申请"租金比照"（rent reference）一次。租金估价委员会的估价原则是比照，即基于周围类似案例的市场价作出裁决。如市场价案例不足，租金估价委员会有权不做决定。

3.3　新型出租私房体制的最终确立：1996 年住房法案

在 1988 年住房法案的基础上，1996 年住房法案再进一步：从生效日⑨起，短期租赁将取代担保租赁，成为所有新立租约的默认安排。这意味着一个新型的出租私房体制最终确立。

在 1988 年的政策设计中，担保租赁是放宽租金保护，维持一定的租权保障；短期租赁是放宽租权保障，维持一定的租金保护。与之前的全面管制的法规相比，这种安排有较强的过渡色彩。毕竟房东在短期租赁模式享有的权利比担保租赁更多，因此实践中新的租约肯定倾向于短期租赁；而担保租赁似乎更多是出于消化历史遗留的管制性租赁来考虑——在维护租客居住保障权的前提下，给予房东更多加租空间。到了1996年，历史遗留问题已经基本消化，短期租赁就正式成为出租私房市场的新标准模式。

作为默认首次租赁模式的短期租赁，在期满时给了房东一次无条件不续约的主动权。而如果此时双方都认可现状并续约，租客就在此后的自动续约问题上获得主动权。在这个新的出租私房体制中，房东重新掌握了主动权，大大有别于20世纪传统的"反房东主义"（anti-landlordism）式管制；租客的租权保障有所架空，但也不至于回到19世纪的完全自由放任的状态。

4　改革后出租私房领域的新特征

20年以来，随着英国社会经济大环境的变化，解除管制的出租私房领域逐渐找到了自己的角色，并开始呈现出与传统出租私房有别的新特征。

4.1　概况：存量增长，质量改善，租金上涨幅度低于房价[10]

（1）出租私房是这一时期存量增长最快的住房部门。出租私房存量1991年为193万套，2006年为261万套，增长了35.2%。而同期自有住房只增加了16.7%，社会住房（含政府公房和合作社公房）存量更出现了下跌。从私房租客占全部住户的比例来看，从1988年的9%上升到了2007年的12%。

（2）出租私房的整体质量水平得到了一定的改善。出租私房领域的一个传统特征就是房龄普遍较大，居住质量偏低。2001年英格兰住房状况调查（EHCS）显示，40%的出租私房存量建于一次大战前。然而租金管制解除后，出租私房逐步成为一项有吸引力的投资。调查显示，许多新房东为了节省维修管理成本，倾向于购买较新的住宅来出租（Hughes and Lowe，2007）。这些新房的入市，拉升了出租私房领域的整体质量水平。

（3）租金上涨幅度低于房价。1996~2006年，担保租赁的平均租金从382英镑涨到565英镑，增加了48%，年增长率约4%（图5）。而同期平均房价从70 626英镑暴涨到180 248英镑，增长了1.9倍。租金和房价的涨幅差，客观上导致了更多的人租房。

4.2　结构：管制迅速式微，内部频繁流动

改革20年来，管制型租赁迅速式微。在新的出租私房领域内，市场水平租金的担保租赁从无到有一跃成为主流，占近3/4；过去占近六成的管制型租赁仅存5%以下；还有一些与雇主提供的租赁[11]，

仅限于该就业部门，并不对全体公众开放；最后还有一些非主流的租赁形式，例如共住型租赁（resident landlord)[⑫]等（表1）。

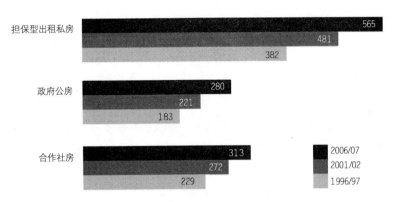

图5 英国3种租赁住房租金比较（英镑/月）

资料来源：英国社区与地方政府事务部英格兰住房统计，2007年。

表1 出租私房领域的结构（%）

	1994/1995	1999/2000	2004/2005
解除管制的	56.6	65.8	72.8
管制的	14.2	6.7	5.0
雇主提供的	19.6	19.2	14.2
其他	9.6	8.3	8.0
总计	100.0	100.0	100.0

资料来源：Hughes and Lowe, 2007。

另外，出租私房内部的流动性大大增强，担保租赁的租权保障安排在实践中变得意义不大。改革前，在当前所租居所居住的时间不足1年的仅占25%，2007年上升到38%，2/3的人在当前居所租住不足3年，超过20年的仅有7%（表2）。

表2 英格兰住户现居所的居龄构成（2006～2007）（%）

	1年以下	1～3年	3～5年	5～10年	10～20年	20～40年	40年以上	中位数居龄
自有住房	6	12	10	18	22	24	8	15.6
社会住房	10	16	12	21	21	15	5	12.1
租住私房	38	29	11	10	5	4	3	3.1

资料来源：英格兰住房统计（2006～2007）。

4.3 市场对象定位：学生、青年职业阶层和新移民

在近 20 年新的社会经济环境下，增长迅速的某些特定群体，成为出租私房主要的市场定位对象。

（1）学生。进入 1990 年代以来，英国政府大力推动教育产业化：一方面吸引青年接受高等教育，延迟就业时间，积累人力资本；另一方面大力发展留学事业，通过留学生的就学和消费带动地区复兴。经过多年的相关政策推动，英国城市的学生人口数量持续增长，例如在爱丁堡，学生已经占了总人口的 8%～10%。由于英国学校一般只提供极为有限的学生公寓，出租私房因而大受其惠，需求旺盛。

（2）新经济环境下的青年职业阶层。后工业时代英国大力发展第三产业，而各个地区的转型和发展程度并不平衡，因此就业比过去有了更强的流动性。前来寻找工作的年轻人为大城市的出租私房带来了市场。

（3）新移民。英国大城市一直是原殖民地国家地区移民的涌入方向，为新移民提供出租住房是不少老移民的传统生意。随着全球化的深化，来自东欧、中国等地的移民数量增长迅速，也成为出租私房市场的有力驱动者。

4.4 租客特征：年轻化、独身化、经济活力较强

从有关统计来看，总的来说，20～34 岁的青年住在出租私房的比例大幅上升，买房年龄不断推迟（表 3）。据 2007 年住房统计，30% 的私房租客是单身户。有子女的家庭住户只有 10% 是租住私房，远低于自有住房（79%），也低于社会住房（12%）。另外，私房租客中经济失能者的比例是 26%，远低于社会住房（62%），也低于自有住房（32%）。

表 3　英格兰年轻人的住房结构趋势（%）

年份	20～24 岁			25～29 岁			30～34 岁		
	自有住房	社会住房	租住私房	自有住房	社会住房	租住私房	自有住房	社会住房	租住私房
1984	35	33	33	60	24	16	66	24	10
1988	41	28	30	64	23	13	72	21	7
1991	38	27	35	63	21	16	72	20	12
1993/94	34	31	35	59	21	16	72	20	8
1995/96	Na	Na	Na	56	23	22	70	18	13
1996/97	28	28	44	54	23	23	65	19	16
1998/99	25	32	43	52	23	24	66	19	15
1999/00	27	28	45	54	30	26	66	18	15
2000/01	26	30	44	53	20	27	67	19	14
2001/02	23	32	45	52	19	29	65	19	16
2002/03	24	27	49	51	19	29	66	17	17
2003/04	20	29	51	50	19	31	64	18	18

资料来源：英格兰住房统计（2003～2004）。

4.5　房东特征：个人化、年轻化、业余化

由于解除管制和1990年代中期以来房地产市场的复苏，购房出租重新成为了中小投资者的新宠。发达的英国金融业也应因推出专门的贷款项目Buy to Let，以非常优惠的利率吸引更多投资者，进一步降低了成为房东的经济门槛。于是，房东的社会构成发生了很大变化。据2003年英国住房调查统计，由个人拥有的出租物业从1990年代中期的低于一半，到现在超过了2/3，压倒了专业从事房屋租赁的公司；房东中45％只拥有一套出租物业，不超过4套的占近3/4。个人房东的平均年龄在42岁左右，意味着近一半的人只会更为年轻。60％以上的个人房东经验在10年以内，只有17％的个人房东是全职的。

5　新问题及对策：适度规管

出租私房领域在解除管制20年以来也带来一些新问题。一是市场底部的住房质量和过度拥挤问题比较突出，二是出现大量个体业余房东，其经营水平受到一定质疑。以2004住房法案为标志，工党政府开始采取一些措施来重新规范出租私房市场。但到底应如何规范，至今仍存在争议。

5.1　市场底部的群租问题

随着劳动力流动性的增强，短平快的短期租赁很有市场。特别在伦敦这样的国际城市，很多来寻找工作机会的人，为了节省开支，其居住需求有时仅仅是一个床位。于是，成套住房通过改造来进行分拆出租的行为相当盛行，数量占到了当前出租住房总量的1/6，其中又以2层连排（terrace house）的旧房⑬居多。改造中相当一部分是全面整修，由于涉及相关的建筑和规划标准，这部分的居住条件有所改善。但也有相当一部分有意规避这些标准。

由于群租的收益率总比整个市场高，而这部分租客往往又能申请到住房补贴，因此在紧盯利润的投资者眼里很有市场，同时他们并没有在改善住房质量上继续投资的意愿。

群租盛行的另一后果，就是过度拥挤的问题重新凸显。据2001年有关统计，近年伦敦增长的人口中相当一部分就住在这些改造过的公寓里。

5.2　房东的问题

解除管制后房东的个人化、年轻化和业余化，引起部分社会舆论的担忧。有意见认为，Buy to Let门槛太低，投资者中相当部分是白领阶层，并不是全社会中经济实力最强的，令人担忧Buy to Let潜在的金融风险。也有意见认为，房东的分散化影响了规模效率，而业余化则缺乏长远眼光，不利于市场的健康发展。不过，宏观的统计数据上尚未能证实这些观点（Ball，2007）。罗兹（D. Rhodes）根

据对业余型和职业型 Buy to Let 房东的访谈调查（Hughes and Lowe，2007），也指出几乎所有的被访房东，无论业余型还是职业型，都有一个长期打算。

5.3　对策：有针对性的规范和管理

尽管舆论普遍认为出租私房的运作与其理想状态还存在不小距离，但如何进行规范却存在分歧：一部分人认为只需对市场底部进行规范，而另一部分则认为应当整体规范（Rugg and Rhodes，2003）。

在这种情况下，工党政府在 2004 年的住房法案中提出了比较折中的措施，包括：

（1）出台更高的整体住房健康和安全评估体系标准（Housing Health and Safety Rating System，HHSRS）以取代原有的住房适用标准（Housing Fitness Standard），并对群租房（Houses in Multiple Occupation，HMO）[14]实行法定许可证制度，加强对住房质量的规范和对市场底部的管理。这些内容是法案的核心部分。

被取代的住房适用标准，最早可以追溯到 19 世纪中期。这一基于当年贫民窟式出租房条件而制定的底线式标准已多年未作大的修订，最后的版本是 1989 年地方政府与住房法案（Local Government and Housing Act 1989）[15]。鉴于其审核标准和审核方式被认为已经过时，且对许多潜在的隐患欠缺考虑，新的 HHSRS 体系标准改用综合危害（hazard）评估的方式，将危害分为生理要求、心理要求、传染病防护、意外事故防护 4 大类 29 个小类（表 4），并由政府工作人员按细则进行打分，根据打分结果采取不同级别的措施进行规管。尽管 HHSRS 适用于所有住房，但出租私房显然是最受影响的住房部门。

此外，2004 年住房法案还规定 3 层及以上，居住不少于 5 人或不少于 2 户的群租房（HMO）必须经政府登记许可（2006 年 4 月 6 日起施行）才能经营；并允许地方政府根据实际需要，在征求房东群体意见的基础上，对辖区内部分甚至所有出租私房进行登记许可。

（2）针对外界对房东业余化的担忧，中央政府鼓励一些有助市场健康发展的志愿措施，例如行业内部的信誉认证体系、房东论坛等等。

（3）鼓励地方政府与房东合作沟通以实现住房目标。政府一直希望出租私房承担一定的住房保障功能，但又希望尽可能减少对市场的干预。除了继续对低收入租者直接发放补贴外，也有推出专门的援助计划，应对无家可归者的临时居住问题（Luby，2008）。

2008 年，在内外条件作用下，持续上涨十余年的英国房价触顶，随即开始暴跌，住房市场开始面对完全不同的状况。英国政府计划在 2008 年年底出台住房改革绿皮书（Housing Reform Green Paper），目前正广泛征求意见。英国社区与地方政府事务委员会出版了租赁住房供应的专题报告，提出了一系列的政策建议：①要反思过度推动自有住房的政策取向，更加重视租赁住房部门；②出租私房的质量和经营水平是政策重点；③支持对过度拥挤（overcrowding）的重新定义[16]；④要通过政策鼓励房东提供更长的租期；⑤支持发展更有保障的租赁形式；⑥继续加强 HMO 的管理。

解除管制甫满 20 年，重新加强管制的呼声再次高涨。虽然目前还没有最终结果，但可以相信，出租私房政策将在不断地调整中更加成熟有效。

表4　HHSRS 的危害评估分类

PHYSIOLOGICAL REQUIREMENTS 生理要求

1. Damp and mould growth 潮湿发霉

2. Excess cold 过冷

3. Excess heat 过热

4. Asbestos and manufactured mineral fibre 石棉化纤

5. Biocides 杀虫剂

6. Carbon Monoxide and fuel combustion products 一氧化碳及易燃易爆品

7. Lead 铅中毒

8. Radiation 辐射

9. Uncombusted fuel gas 窒息性气体

10. Volatile Organic Compounds 挥发性有机化合物

PSYCHOLOGICAL REQUIREMENTS 心理要求

11. Crowding and space 拥挤和空间

12. Entry by intruders 被闯入风险

13. Lighting 照明

14. Noise 噪音

PROTECTION AGAINST INFECTION 传染病防护

15. Domestic hygiene, Pests and Refuse 本地卫生、病虫害和垃圾废品状况

16. Food safety 食品安全

17. Personal hygiene, Sanitation and Drainage 个人健康、卫生设施和下水系统

18. Water supply 供水

PROTECTION AGAINST ACCIDENTS 意外事故防护

19. Falls associated with baths etc 卫浴设施等相关的滑跌

20. Falling on level surfaces etc 地面等相关的滑跌

21. Falling on stairs etc 楼梯等相关的滑跌

22. Falling between levels 楼层之间的滑跌

23. Electrical hazards 触电

24. Fire 火灾

25. Flames, hot surfaces etc 炉火、灼热表面等

26. Collision and entrapment 碰撞和夹伤

27. Explosions 爆炸

28. Position and operability of amenities etc 设施位置和操作风险等

29. Structural collapse and falling elements 结构垮塌和坠物

6　总结与启示

英国社区与地方政府事务部 DCLG[17] 现在形容出租私房是住房市场中"至关重要并且正在增长的部分"（a vital and growing part）[18]。通过对英国出租私房复兴政策和实践的回顾，主要有以下 3 点结论。

（1）出租私房政策的成功在于调整的适时适度。20 年来英国的出租私房政策总体上是比较成功的。从当时的历史背景来看，1988 年住房法案解除过度的管制是顺势而为，整体力度比较大。而随后出租私房的迅速发展，针对自由化带来的部分负面影响采取规管措施，也是顺势而为，操作上则较有针对性。一来一回，体现了发达国家在法制框架下公共政策运用的成熟。

（2）实践证明，出租私房在当代住房体系中的织补作用应当予以高度重视。在英国的传统观念中，出租私房处在住房体系的最下层级，只有那些买不起房又轮不上廉租公房的人才会租住私房，还要面对恶劣的居住质量和房东的剥削。近 20 年来，这种看法有了明显的改变。越来越多的人认识到，一个活跃的出租私房市场是全球化和后工业时代对流动性的要求，也是当代住房体系中遭遇扩张极限的自有住房和严重衰落的廉租公房之间的重要织补者。

（3）在自由与保障的平衡上，英国出租私房基本法规框架进行了多年的辩证演化，但无论如何调整，处于弱势一方的租客的基本权益总会受到认真保护。与其他西方国家一样，英国多年大量的法规是围绕着房东和租客的权责展开的。政策往往是通过法案对法规修订来调节双方的平衡。在城市化、工业化的高潮阶段，往往强调管制，以达到城市新增人口有稳定居住保障的社会目标；在后工业时代的转型期里，又强调解除管制，以鼓励其缝合分裂的住房体系。但无论如何调整，弱势一方的租客的基本权益总会受到认真保护。租金比照和租权保障等制度安排尽管是解除管制的主要改革对象，但仍坚持了一定的底线，为租客捍卫自身的合理权益提供了法律平台。

就中国而言，虽然所处的国情和发展水平不同，但仍可从英国的经验教训中获取以下启示。

（1）出租私房应当视为住房体系的一个重要组成部分，并制定相应的住房法制框架

在中国当代多元化的住房供应体系中，出租私房地位不高、表述模糊、法出多门、制度设计水平和执行力均不到位。而现实中，出租私房扮演的角色却至关重要。基于房价居高不下而保障性住房杯水车薪的形势短期内不会有质的改变，城市化时期大量外来常住人口租住私房的情况还将长期存在，而他们往往是城市发展建设的骨干力量。从大局出发，应当将出租私房视为住房体系的重要组成部分。

鉴于出租私房随机、多变、分散的特性，传统的行政监管是很难落实的。在市场经济条件下规管出租私房，政策的法制化是惟一的出路。应当下大决心，制定相应的住房法制框架，像发达国家那样，通过法规的修订来实现出租私房政策调整。

（2）出租私房政策的关键在于平衡租客和房东的权利义务

中国计划经济时期，私房管理下的低租制导致出租私房长期失修，居住条件恶化；但自住房改革以来，出租私房又倒向完全放任的局面，实践中房东往往能以任意理由加租或逐出租客，令租客毫无稳定感可言。事实上，这两种方式下租客和房东的权利义务都是严重不对等的，都会对整个出租私房领域产生消极的影响。

出租私房是一个需要租客和房东相互合作才能实现较好效果的住房消费方式，有鉴于此，住房政策应当以促进合作为原则，首先一点就是双方权利义务的相对平等。在这一点上，英国出租私房的一些现行模式，例如"担保租赁"、"短期租赁"等，都是双方权利义务兼顾较好的安排，完全可以借鉴。

注释

① Harloe, M. 1985. *Private Rented Housing in the United States and Europe*. St. Martin's Press, New York.

② 英国将住户年均收入的 3.5 倍作为标准房价（real house price），当时房价与标准房价之差为溢价。数据来源于英国最大的住房贷款提供者 Halifax 银行公布的住房价格指数。

③ 一些特别情况，例如面向学生、农林工人等特殊群体的租赁、节假日短租、转租、商务租赁、豪华租赁等等，会另有规定，不在一般管制范围内。

④ 最早由 1965 年住房法案提出。

⑤ 包括房龄、房型、地段、维修状况、家具条件、合约条件等（1977 年法案）。

⑥ 即使租客违反约定，例如欠租，房东也必须首先通过法律程序终止合约，再予以逐出（Arden and Hunter, 2003）。

⑦ 例如欠租、毁约、毁坏房产、不端或违法行为等。

⑧ 担保租赁和下文提到的短期租赁都是在 1980 年住房法案首次提出，但其适用范围比较局部，进展也很有限（Hughes and Lowe, 2007）。

⑨ 1997 年 2 月 28 日。

⑩ 本节数据来源为 2007 年英国住房统计。

⑪ 由就业单位提供的租赁住房，这种通常和就业状态挂钩，没有一般的租有权保障。例如医院、警局、大学等提供的租赁住房。

⑫ 房东仅将房产的一部分出租，自己仍居住在另一部分的租赁方式。

⑬ 据统计，这些用于改造出租的住宅 90% 都建于一次大战以前。

⑭ 指出租给来自不同住户的 3 人及以上共用厨卫设施的一套单元住宅。

⑮ 该法案使用的标准是："住房不得严重失修；房屋结构稳固；不得过度潮湿以致影响住户健康；要有足够的采光、供暖和通风；要有足够的管供直饮水；要有有效的下水系统；要有供住户单独使用的抽水马桶；要有浴缸（或喷头）和洗手池，冷热水齐备；要有满足使用要求的备料和煮食设施。"政府据此进行住房检查，任一条件未达标就不得住人。

⑯ 一方面，目前使用的过度拥挤的法定标准仍是在 1935 年法案框架上修订的 1985 年住房法案（Housing Act, 1985 Part 10），主要着眼于异性分居和人均房间/面积两个方面，计算方法比较复杂，且已落后于时代要求。按该标准，全国仅 20 000 户属过度拥挤。另一方面，1960 年代以来英格兰住房统计（Survey of English Housing）建立了"卧室标准"（bedroom standard）来衡量过度拥挤，该标准认为：对于 1 对夫妇或同居伴侣、1 名 21 岁以上的成年人、2 名 10～21 岁的同性别青少年或 2 名 10 岁以下儿童（不考虑性别），都应当单设一个房间。按此标准，全国有约 500 000 户属过度拥挤。目前英国政府在讨论是否应将后者纳入法律以取代前者。

⑰ "社区与地方政府事务部"（Department of Communities and Local Government, DCLG），是英国住房领域的中央行政主管部门。

⑱ 网站 www. communities. gov. uk。

参考文献

[1] Andrew, M. 2006. Housing Tenure Choices by the Young. *CML. Housing Finance*, No. 7.

[2] Arden, A. and Hunter, C. 2003. *Manual of Housing Law*（*Seven Edition*）. Sweet & Maxwell, London.

[3] Ball, M. 2007. *Buy to Let*, the Revolution 10 Years On: Assessment and Prospects. Association of Residental Letting Agents.

[4] Department of Communities and Local Government 2008. *Housing Statistics 2007*. Department of Communities and Local Government.

[5] Halifax 2008. *Historic Housing Price Data*（*Non Seasonally Adjusted*）. http://www. lloydsbankinggroup. com/media1/research/halifax _ hpi. asp.

[6] Harloe, M. 1985. *Private Rented Housing in the United States and Europe*. St. Martin's Press. New York.

[7] Hughes, D. and Lowe, S. 2007. *The Private Rented Housing Market: Regulation or Deregulation*? Ashgate publish limited. Hampshire.

[8] Kemp, P. A. 1998. Private Renting in England. *Journal of Housing and the Built Environment*, Vol. 13, No. 3.

[9] Kemp, P. A. and Keoghan, M. 2001. Movement into and out of the Private Rental Sector in England. *Housing Studies*, Vol. 16, No. 1.

[10] Luby, J. 2008. *Private Access*, Public Gain: The Use of Private Rented Sector Access Schemes to House Single Homeless People. Crisis and the London Housing Foundation.

[11] Malpass, P. and Murie, A. 1999. *Housing Policy and Practice*（*Fifth Edition*）. Macmillan, London.

[12] Minister of State for Communities and Local Government 2008. *Government Response to the Communities and Local Government Committee's Report: The Supply of Rented Housing*. The Stationery Office.

[13] Rugg, J. and Rhodes, D. 2003. "Between a Rock and a Hard Place": The Failure to Agree on Regulation for the Private Rented Sector in England. *Housing Studies*, Vol. 18, No. 6.

[14] Young, G. 1991. Our Shared Commitment. *Roof*, November—December.

吴良镛人居环境科学及其方法论

金吾伦

The Sciences of Human Settlements and Methodology of Professor L. Y. WU

JIN Wulun
(Institute of Philosophy, Chinese Academy of Social Sciences, Beijing 100732, China)

吴良镛，以他的杰出成就和崇高品格享誉国内外。他"第一次提出要建立'人居环境科学'"。他认为，"人居环境科学针对城乡建设中的实际问题，尝试建立一种以人与环境的协调为中心、以居住环境为研究对象的新的学科群。"他强调，"把城市规划提到环境保护的高度，这与自然科学和环境工程上的环境保护是一致的，但城市规划以人为中心，或称之为人居环境。"这是概念创新，是理论创新的先导。吴良镛在人居环境科学探索的同时，也非常重视科学方法论，尤其是整体论思维。他以整体论思想指导人居环境科学研究，从而以其出色的研究成果丰富了科学整体论，促进了科学方法论的发展。

1 吴良镛人居环境科学方法论的实质

吴良镛的人居环境科学方法论是整体论方法论。他说：

> "以整体的观念，寻找事物的'相互联系'，这是人居环境科学的核心，也是它的方法论，甚至可以说是人居环境科学的真谛所在。"①

吴良镛的人居环境科学的科学观是整体观。他还曾说："研究建筑、城市以至区域等的人居环境科学，也应当被视为一种关于整体与整体性科学。"②所以，吴良镛的人居环境科学方法论是整体方法论。吴良镛有时称自己的科学方法论是"融贯的综合研究"。通过长年在实践中的探索，他得出以下几点明确的结论：

（1）人居环境科学是一个开放的学科体系，是围绕城

作者简介
金吾伦，中国社会科学院哲学研究所。

乡发展诸多问题进行研究的学科群，因此称之为"人居环境科学"（The Sciences of Human Settlements，英文的"科学"用复数而不用单数，是指在一定时期内尚难形成为单一学科），而不是"人居环境学"。

（2）在研究方法上进行融贯的综合研究，即先从中国建设的实际出发，以问题为中心，主动地从所涉及的主要的相关学科中吸取智慧，有意识地寻找城乡人居环境科学发展的新范式，不断推进学科的发展。

（3）正因为人居环境科学是一个开放的体系，对这样一个浩大的工程，其工作重点放在运用人居环境科学的基本观念，根据实际情况和要解决的实际问题，做一些专题性的讨论，同时兼顾对基本理论、基础性工作与学术框架的探索，两者同时并举，相互促进。

吴良镛非常重视人居环境科学方法论的研究与运用。他指出，"许多领域的问题都寄希望于方法论的指导。"[③]"从方法论的观念来看上述学术框架（即，人居环境科学框架——引者）所涉及的，是一种'开放的复杂巨系统'。我们拟以整体的观念和复杂性科学观念，从事创造性的研究。"吴良镛特别强调整体论方法。他的《广义建筑学》，"最后在方法论中归纳为'系统观'与'融贯的综合研究'[④]"。"融贯的综合研究"就是"综合集成"（meta synthesis）的方法论[⑤]。他批评以还原论为基础的理论（这种以还原论为基础的理论，我称其为构成论），而坚持复杂的巨系统理论，强调"复杂的巨系统具有：开放性、复杂性、层次性、相互关联性，甚至互为前提性等等这些特征。"[⑥]他强调整体与整体性科学，以及"整体协调发展"，并且结论性地指出："无论历史上还是现在，无论治学或工程设计，大凡能高瞻远瞩集大成而又有独创者，都离不开整体思维。"[⑦]《人居环境科学导论》整本书始终贯穿着整体论的思想，而这种整体论思想又完整而深刻地体现在他的理论和实践之中[⑧]。最近吴良镛又提出要"以生成整体论方法论为指导，汇聚全社会的智慧，从科学共识走向社会共识，从社会共识走向决策共识，逐步将人居环境科学推向一个新的境界。"[⑨]

以上说明已充分显示出吴良镛非常重视科学方法论，重视整体论的科学方法论，而且一以贯之。通常人们都认为，方法论是哲学，哲学是一种智慧。吴良镛在其《人居环境科学导论》一书第三章一开始就强调，"一个民族要达到科学的高峰，不能没有理论的思维，人居环境建设同样需要哲学，我们要从哲学的高度去认识问题，将复杂的事物作本质上的概括。"他强调，科学工作者需要有基本的哲学修养。关于哲学智慧对我们的意义，这里引一位联合国的高级官员在国际应用系统研究所的一次讲话中说的："我碰到过世界上许多各种不同的问题，我从中得到的结论是：只有一个真正的问题。那就是：过去几百年来，技术给我们增长的力量已超越了任何人大胆的想象，然而，我们的智慧却不是这样快速地增长。如果我们的力量和我们的智慧之间的裂痕不能很快地垫补起来，那么，我们对于我们的前景就难有更多的希望。"

吴良镛非常重视哲学的修养，强调科学需要智慧。他在书中说，"在人居环境科学方法论上我有一些甘苦自得的体会，其根本之点就是要重视哲学的学习和思维方式的锻炼"[⑩]。吴良镛特别强调系统观以及整体论的方法论，强调整体、综合、协调。这是现代科学发展的趋势，也是吴先生理论的灵魂和核心，是他的学说的力量所在。

2　吴良镛人居环境科学方法论的内核

吴良镛"人居环境科学方法论"的核心是整体论方法论。我们知道方法论至少涉及以下3个方面：

首先，它是一种程序，是一个总战略，包括科学家们实现其研究目的必须通过的步骤，在"演绎法"、"归纳法"、"假说演绎法"等词语中表达着这种含义。即把全部科学研究的典型步骤（观察—假说—实验），把这类程序关系（如发明假说的直觉、检验假说逻辑推理）包括在内进行详细说明。

第二，它是一套规则，是关于构成程序的每一步骤的实施和建议。若程序的一个步骤是创立假说，另一个步骤是由工程实验检验假说，那么，科学方法论的第二种意义就是规定可允许的假说和鉴定可以接受的检验论据的一套规则。这类规则可以列举如下："使假说成为高度可否证的"；"不列入特设假定性假说"；"以可重复的观察证据检验假说"；等等。例如英国有名的科学哲学家波普尔（Karl Popper）的"科学发现的逻辑"视为"发现的准则"，拉卡托斯（Imre Lakatos）的"科学研究纲领方法论"看做是"评价的准则"。

第三，它是一种概念上和操作上的技巧，由于它的作用，由程序构成的规则规定的一个步骤才被实际完成。人们所说的观察法、分类法、计算法、实验操作法等都是。

吴良镛的方法论包含着以上几个方面，而方法论的内容大致可分为以下3个方面：

（1）启发法（heuristics）——新假说的提出，新理论的发现；

（2）辩护法（justication，justify），证实、证明，证伪（validation，verification，falsification）——评价、选择；

（3）发现的逻辑（logic of discovery）。许多科学哲学家认为，科学发现没有逻辑，只有发现的心理学，例如，人们常常谈论关于凯库勒坐在马车里做一个梦就想到了苯环结构，这是要强调直觉或心理活动在发现中的重要作用。

此外，还可以包括思维模式（pattern of thinking, divergent pattern of thinking and convergent pattern of thinking）和思维方式，如机械论思维方式、系统思维方式、复杂性思维方式等。

吴良镛强调，"在人居环境规划设计中要恪守3项原则：一是每一个具体地段的规划与设计（无论面积大小），要在上一层次即更大空间范围内，选择某些关键的因素，作为前提，予以认真考虑；二是每一个具体地段的规划与设计，要在相邻城镇之间、建筑群之间或建筑之间研究相互关系，新的规划与设计要重视已存在的条件，择其利而运用并发展之，见其有悖而避之；三是每一个具体地段的规划与设计，在可能的条件下要为下一个层次乃至今后的发展留有余地，在可能的条件下甚至提出对未来的设想或建议。也就是说，在每一个特定的规划层次，都要注意承上启下，兼顾左右，把个性的表达与整体的和谐统一起来。"①从中我们不难看出吴先生的整体性建筑思想。

当然，我们也知道，为了在具体实践中贯彻即使最好的观念、思想、程序或方法论也还是需要通过锲而不舍的努力才能实现。吴先生经常强调的哲学修养就包含着这些内容。

3　吴良镛人居环境科学形成的3个发展阶段

我从学习吴良镛的著作中理解到，人居环境科学经历了3个发展阶段：传统建筑学→广义建筑学→人居环境科学。

（1）传统建筑学阶段。1980年代前，吴良镛的工作和研究处在传统建筑学阶段，"以建筑形态规划为主"，"当时认为，作为建筑师的规划主要是土地利用、交通系统（包括对内交通、对外交通）、建筑群的章法与布局以及具体的城市设计技巧等，后来称之为'物资规划'或'体形规划'（physical planning）"，所用教材是《城乡规划》，而且教育"重点放在住宅和住宅区的研究试验上"⑫。这种情况直到1984年才得以改变。

（2）广义建筑学阶段。吴良镛说，他是从1980年代开始，在"人类居住"概念的启发下写成了"广义建筑学"的。

1981年，他从国外回来，开始对建筑理论进行探索，在建筑学的认识上有了新的突破，即他将建筑从传统的房子概念延伸至聚居（settlement）概念。聚居是人类居住活动的现象、过程和形态。吴良镛称其为"人类聚居学"。这一来他从旧观念中解放出来了——过去"总只是就房子论房子"，如今一旦联系到聚居，情况就大不一样了，整个聚居环境就不是房子与房子的简单叠加，而是人们多种多样的生活和工作的场所。从一幢房子到三家村到村镇与城市，以至大城市，特大城市的一系列，都属于聚居范畴，这样便很自然地将建筑与城市融合在一起了，也就需要融入人类学、社会学、地理学等观点，去分析研究实际问题。"聚居论"是一个基本理论，从此出发，我们可以顺理成章地认识到建筑的"地区"、"文化"、"科技"等特性，最终产生"广义建筑学"。

"广义建筑学"的产生自有其必然性。吴良镛说："新时代要求我们扩大建筑专业视野与职业范围，强调整体的观念、分析与综合辩证的统一，将传统建筑学扩展为全面发展的、兼容并包的广义建筑学。"他指出，"广义建筑学，就其科学内涵上来说，是通过城市设计的核心作用，从观念上和理论上把建筑、地景和城市规划学的精髓整合为一体。"广义建筑学倡导广义的、综合的观念和整体的思维，在广阔天地里寻找新的专业结合点，解决问题并发展理论。从传统建筑学到广义建筑学再到人居环境科学的发展是一个不断探索和创新的过程。⑬

人居环境科学的创新便是这一类型的创新——理论创新。

（3）人居环境科学阶段。它是广义建筑学的发展，但不是一般的演进，而是根本性的飞跃，是观念上的根本性突破。人居环境科学的提出就是"努力创造一个整合的多功能的环境"，它是一个整体环境的科学，其在观念上的突破应该是要"努力创造一个整合的多功能的环境"。吴良镛的人居环境科学理论在中国的横空出世，首先应该归功于其在观念上的突破。因为任何创新，尤其是理论创新，首先必须是观念上的突破，即有新创意，才会有嗣后的创新成果。

　　了解吴良镛思想发展的历程有助于人们认识到，要像吴先生那样，兢兢业业，锲而不舍，要有创新创业精神，不断进取，不断突破，不断创新。

4　吴良镛人居环境科学方法论的特色

　　吴良镛的整体论方法论融合了中华传统文化的精髓和当代科学的新成就——复杂性科学，从而形成了他自身独特的方法论。

　　他的《世纪之交的凝思：建筑学的未来》中有以下论述（他谈到"北京宪章"时说）："北京宪章"还要融会东西（方）。……这是一项非常艰巨的任务。要将整个世纪的历史与现实、理论与实践、成就与问题，以及种种正在发展的新思想和新点子予以剖析并整合起来，绝非易事。20世纪人类在建筑方面的成就是空前的，但是人民的认识过程总不免"盲人摸象"，只看到某些侧面，而未看清自己的富有，不能整体地凝聚、升华其智慧；20世纪建筑发展的问题，矛盾也是空前的，对此，人们往往是头痛医头，脚痛医脚，不能整体地辩证地解决问题。这些都是非常可惜的，它促使我们要进行整体思考，探索新路。世界空间距离在缩短，地区发展的差距却在加大，时代赋予我们建筑师共同的历史使命，需要我们认识时代，正视问题，整体思考，协调行动。我们所面临的多方面的挑战，实际上是社会、政治、经济相互交织的结果。要真正解决问题，就不能头痛医头，脚痛医脚，而必须有一个综合辩证的考察。有必要对未来的建筑学的体系加以系统思考。强调综合，并在综合的前提下予以创造，一向是建筑学的核心观念。在20世纪，专门技术与知识的发展在深化我们对具体问题的理解和把握的同时，也常常把整体的问题分割开来，使建筑学的概念趋向狭窄和破碎。新世纪建筑学的发展除了继续深入专业分析外，还有必要重温综合的方法。广义建筑学并非要建筑师成为万事俱通的专家，而是倡导广义的、综合的观念和整体的思维，在广阔天地里寻找新的专业结合点，解决问题，发展理论。从中国古代哲学思想"天下一致而百虑，同归而殊途"中吸收智慧，则不难得出下列基本结论：

　　首先，在纷繁的世界中，需要高屋建瓴，寻求整合的精神。

　　中国古代哲学精神中强调整体思维综合集成，在分析的基础上进行整合的思维方法，这已经成为人类思想的精华，是我们处理盘根错节的现实问题的指针。20世纪建筑学的成就史无前例，但是历史地看，只不过是长河之细流。要让新世纪建筑学百川归海，就必须将现有的闪光片片、思绪万千的思想与成就去粗存精、去伪存真地加以整合，回归基本的理论，并以此为出发点，发展基本理论，从事更伟大的创造，这是21世纪建筑发展的共同追求。

　　第二，共同的目标需要通过不同的道路来实现。区域差异客观存在，对于不同的地区和国家，建筑的发展必须探求适合自身条件的"殊途"。但是，全人类的安居乐业和长久持续发展则是我们为之共同奋斗的目标[①]。这也就是中国古代所说的："发皇古义，融会新知。"

　　第三，强调学科整合。吴良镛强调整体和整体性科学。他的《广义建筑学》，"最后在方法论中归纳为'系统观'与'融贯的综合研究'（即探讨走向整体的途径）"。他还引用贝塔朗菲的一段话："我们将被迫在知识的一切领域中运用整体或者系统来处理复杂性问题，这将是科学思维的一个根本改造。"这个科学思维的根本改造就是整体论方法论（即探讨走向整体的途径），这个方法论包含以下特色：

（1）复杂性思维

复杂性的含义指的是他们在本学科中所确定的含义（复杂性内含着非线性）。莫兰提出了一个"复杂性范式"概念。普利高津等人提出的，"复杂性是指自组织"。也可以用"突现"或"生成"来表达复杂性。复杂系统处于"有序和无序之间的一个有明确定义的过渡区"，也就是"混沌边缘"。从这一点出发，复杂性也就意味着"混沌边缘"。

从事复杂性科学研究需要新的思维方式，这就是复杂思维。复杂思维是与复杂性问题的探索联系在一起的。复杂思维是对传统思维的扬弃和否定，是对还原论的超越。

关于复杂性问题，吴良镛书中有许多精彩的描述。他强调，人居环境科学本身涉及的是"开放的复杂巨系统"，所以要"以整体的观念和复杂性科学的观念，从事创造性的研究"[⑤]。

（2）整体和谐

吴良镛提出的人居环境科学研究的最基本前提是：

——人居环境的核心是"人"，人居环境研究以满足"人类居住"需要为目的；

——大自然是人居环境的基础，人的生产生活以及具体的人居环境建设活动都离不开更为广阔的自然背景；

——人居环境是人类与自然之间发生联系和作用的中介，人居环境建设本身就是人与自然相联系和作用的一种形式，理想的人居环境是人与自然的和谐统一，或如古语所云"天人合一"；

——人居环境内容复杂；

——人创造人居环境，人居环境又对人的行为产生影响。

人居环境科学正是基于这些复杂性的考虑中体现出其人性。吴良镛说，它体现出中国古代哲学思想："天下一致而百虑，同归而殊途"——共同目标需要通过不同的道路来实现。吴良镛在总结自己在人居环境科学的实践过程时这样说："上述若干例证是改革开放多年来，在持续的科研和实践中就不同问题由点到线到面，扩大领域，找出它们的相互联系，逐步在认识上蔚为整体、走向系统的一点体会。作为建筑、园林和城市工作者从学习起，就不断受到要树立整体观念的教育。小至一幢建筑要讲求整体性，一组建筑群的总体布局更要讲求整体性，城市和区域的发展也要讲求'区域的整体性'（如芒福德讲 regional integration）。谢林谈美学也强调整体性，'也许个别的美也会感动人，但是真正的艺术作品，个别的美是没有的，唯有整体才是美的。因此，没有整体观念的人，便没有能力来判断任何一件艺术作品'。近又学习复杂性科学，对作为'整体和整体性科学'又多了一些了解。以整体的观念，寻找事物的'相互联系'，这是人居环境科学的核心，也是它的方法论，甚至可以说是人居环境科学的真谛所在。"

（3）科学方法与人文精神

人居环境科学是经验积累，理性剖析，综合融贯，协同集成，学科交叉，结合中国特色，自主创新，建立新范式。尤其需要强调的是，吴良镛的方法就是生成论的方法论。

人居环境科学要超越用构成论方法来作出解释和说明，而要用生成论的方法来加以说明。①"体形环境"（梁思成）—"人居环境"（吴良镛）—人居环境科学；②对整体观与整体论的追求（全书可见）——EPR 检验和贝尔定理（非定域关联）；③《马丘比丘宪章》："规划、建筑和设计在今天不应当把城市当做一系列的组成部分拼在一起来考虑，而必须努力在创造一个综合的多功能的环境。"这就是生成观，而且批评了构成论（系统整体论与生成整体论的区别）。

我们可以深信，人居环境科学理论及其方法论必将具有重大的发展前景，并将为人类探索其他领域提供方法论的启示，为科学发展作出新贡献。

注释

① 吴良镛：《人居环境科学导论》，中国建筑工业出版社，2001 年，第 214 页。

② 同上，第 103 页。

③ 同上，第 101 页。

④ 同上，第 98 页，即探讨走向整体的途径。

⑤ 同上，第 197 页。

⑥ 同上，第 198 页。

⑦ 同上，第 103 页。

⑧ 同上，第 180 页，上海与太湖地区"金字塔式"城镇体系图。

⑨ 吴良镛："发展模式转型与人居环境科学探索"，《科学新闻》，2008 年第 6 期。

⑩ 吴良镛：《人居环境科学导论》，中国建筑工业出版社，2001 年，第 98 页。

⑪ 吴良镛等：《京津冀地区 2——城乡空间发展规划研究二期报告》，清华大学出版社，2006 年。

⑫ 吴良镛：《人居环境科学导论》，中国建筑工业出版社，2001 年，第 5～6 页。

⑬ 吴良镛：《世纪之交的凝思：建筑学的未来》，清华大学出版社，1999 年，第 65 页。

⑭ 同上，第 12～13 页。

⑮ 请见吴良镛："城市化·人居环境科学与中国的规划建设实践"，2005 年 11 月。

评《中国的城市变迁》

黄鹭新

Review of *China's Urban Transition*

HUANG Luxin
(China Academy of Urban Planning and Design, Beijing 100044, China)

China's Urban Transition

John Friedmann, 2005
University of Minnesota Press, Minneapolis, London
168 pages, $18.95
ISBN: 0-8166-4615-5

本书作者约翰·弗里德曼（John Friedmann）教授是当代西方城市规划领域的著名学者和旗帜性人物。他的著作包括 15 本独著、11 本合著以及 150 余篇学术文章。从 1959 年的《民主规划入门》、1965 年的《从教条到对话》、1973 年的《谈判式规划的理论》，到 1979 年的《美好城市》、1987 年的《公共领域的规划》以及 1988 年的《生活空间与经济空间》，弗里德曼的著作无不具有深厚的哲学思维、深刻的政治敏感和深切的社会关怀，引领了当代西方城市规划的发展方向。

1990 年代以来，弗里德曼的著作更加贴近社会实践，关注全球化背景下的社会和文化发展的动向，这一时期的著作包括 1993 年的《赋权：变通发展的理论》、1996 年与迈克·道格拉斯合著的《规划与市民社会的兴起》、2002 年的《城市之展望》和 2005 年的《全球化与萌生中的规划文化》。

21 世纪以来，弗里德曼尤其重视对中国快速城市化进程中的规划决策过程、城市发展变迁和社会转型的研究，曾多次访问中国并参加规划研讨。2005 年由明尼苏达大学出版社出版的《中国的城市变迁》是弗里德曼这一时期的代表作。

本书共分 6 章。第一章"历史渊源"简要回顾了 3 500 年前在华北平原出现的城市，还对享誉全球的隋唐皇城长安（今西安）作了简要介绍，并把这个封闭的"贵族之都"与开放的北宋皇城开封做了比较。本章还着重研究了至今仍保留着有序而协调的市井生活，被称为"中国芝加哥"的晚清商贸中心汉口。弗里德曼认为，与西欧不同的是，中国历史上未有过真正的城市自治，城市的秩序和基本服

作者简介

黄鹭新，中国城市规划设计研究院。

务主要靠商贾和绅士来维持。本章还谈道，新中国的户口制度限制了人口向城市流动，在"单位"大院取代了传统的街坊，使开放型的城市传统消失了。

第二章"区域政策"首先介绍了新中国成立后的一些区域政策，如"大三线"战略和区域自治政策，及其带来的产业低效和区域"群岛"（archipelago）现象。而后，谈到了改革开放时期的"梯度发展理论"，即沿海优先发展，再带动中西部地区发展，认为这种区域关系可以带动空间和经济整合，带动城市的开放，打破"单位"大院式的空间形态，恢复街道的重要性。本章最后探讨了中国"躁动"式的发展，提出要注意城乡和地区差别扩大的现象。

第三章"乡村城市化"用一系列案例，展现了改革开放20年以来乡村的巨大变化，包括乡镇企业的崛起和乡镇的城市化，以及它们的内在发展和历史因素的作用。本章还描述了促成这种独特农村城市化的条件：①高农村人口密度；②大量富余劳动力；③优良手工艺传统；④英明的地方领导；⑤企业家才智和悟性；⑥高额家庭储蓄。本章最后还简述了村委会选举制及其对未来民主选举的影响。

第四章"新的空间迁移性"，针对乡村人口的城市化，着重介绍和分析了"户口"制度对人口迁移的影响，认为应按连续性、重复性、循环性、回归性、永久性以及距离长短的不同来划分人口迁移行为。本章在对7个省份的调查和分析的基础上，记述了民工们在城市中的遭遇，并探讨了移民回乡及其对乡村的重要意义。

第五章"个人自主空间的扩大"关注改革对城市日常生活的影响。本章认为，人们的闲暇时间、业余爱好、精神追求以及消费能力在开放的过程中不断增加，新型政治生活也在各个层面出现。本章结尾还探讨了中国城市的"市民社会"问题。

第六章"城市建设的管治"考察了自封建社会晚期以来的城市治理方式的变迁，认为封建时期的衙门实际上采取的是一种非正规的治理方式，即通过同绅士和商贾等精英来实现治理目标，民国时期的混乱局势则使这种传统得以延续。1949年以后，国家采取了"自上而下"的治理方式，直到改革开放后，城市自治力才被赋予了更高的要求，城市政府也面临着诸如筹集建设资金等重大课题。在土地出让成为支撑公共开支的主要手段后，城市政府（包括市、区和街道）便具有了"两栖"性，这也导致了腐败的滋生。本章最后认为，改革开放以来城市的发展速度远远超越规划蓝图的制约，但城市规划专业仍不断巩固，规划师们也在规划实践中找到了自己的位置。

结语"退回未来"回顾了书中分析到的一些教训，提出城市应可持续发展，尤其要解决环境破坏、失业增长、贫富不均等重大问题，认为城市变迁的道路本身也需要有"可持续性"，要依托中国自身的历史延续性、价值观和制度，走一条有中国特色的"中庸之道"。

本书成形于2003年，是当时英文版文献中少数几本涉及中国城市化进程宏观动力的著作之一。它从政治、经济、历史、文化、环境、管治等多个方面对中国的城市做了深入的剖析和研究，对当今中国的城市化进程做了深入浅出的分析评价，强调了内生发展模式和自下而上发展力量的重要性，并对未来发展方向提出了独特的建议。作者既重点关注改革开放后的几十年，也联系到过去和古代的中国城市，涉及宽广的领域。本书旁征博引，广泛占有各种文献资料，直接、间接的方法并用，通过案例和样本的分析，对中国城市变迁中的问题及其成因做出判断，不乏剖析问题的尖锐性，并尽量保持评价的客观性。

本书的关键点之一，是清晰地提出了在社会和历史的转换中一些因子对下一阶段的影响，把中国的变迁过程看作是一个内生的过程，包括新中国成立后的人民公社和改革开放时期的乡镇企业的发展，以及随后的乡村工业化和土地出让过程。作者肯定了乡镇企业在改革开放后的成功运行及其对乡村经济增长不可忽视的贡献，但也看到它们正在走向衰退。而以房地产开发为导向的农村土地分红方式，则沿袭着一种"经济均等分享"的陈旧模式，隐含着不可逆转的耕地的流失危机。

此外，本书把中国自上而下的管治方式比喻为"盒中之盒"，并提出了一种新的、深达个体层次的区域自治理念，从而实现社会（个体们的组织）和国家的共存。本书还从个体生活的变迁观察研究市民社会，从新中国成立后的"单位"大院或公社的封闭空间和对人们思想的控制，到改革开放后新的私人领域的诞生，以及随之而来的精神空间的失落和迷茫。作者同时认为黄宗智教授根据中国实情、在哈贝马斯的基础上提出的与国家和社会互动影响着的"第三空间"是一种对中国市民社会发展的恰当分析。

最后，作者认为中国人民的天赋在历史上就表现出寻求和找到适当平衡的能力，期待中国在未来继续这样坚持下去，找到一条适合自身发展的道路，正像古老的《易经》所说的"利贞"。

本书的视角来自于一位西方学者，参考的资料也主要是一些英文版的文献。同一时期，也有一些中文版文献对中国"自下而上"的城市化进程进行了探讨。如崔功豪、马润潮（1999）认为，发生在农村并由地方政府和农民群体力量推动的"自下而上"的城市化过程具有明显的中国特色，正在起着重要的作用，应该得到肯定。杨虹、刘传江（2000）和刘传江（2002）从制度经济学的角度，分析和比较了"自上而下"和"自下而上"两种城市化模式的制度特征及其差异，并就未来城市化发展的制度创新提出了对策建议。薛德升、郑莘（2001）则回顾了1980年代以来中国乡村城市化研究的起源，对改革开放20年以来乡村城市化研究的内容、进展及主要问题进行了评述，并对未来乡村城市化研究的方向作出了展望。田剑平等人（2002）通过对广州和东莞2市3个层次的一般抽样调查和50个镇村的重点调查分析，以城市外来低收入移民为研究和安置的对象，提出了适合中国情况的"自下而上"的开发性移民自助安置模式，通过分析其对城市发展的影响，提出"自下而上"的城市化理论发展的假设。

本书与这些同时期的中文文献比较，虽然在一手资料的获取和对中国国情了解方面有所局限，但正如前所述，它对中国城市化进程的宏观动力分析综合了政治、经济、历史、文化、环境、管治等多个方面，更为高屋建瓴和系统全面，也更具有社会和人文关怀的气息。

当然，由于作者西方学者的视角，也由于近年来中国不断发生的巨大变化，书中的一些观点和判断，例如对中国社会分层结构和市民社会问题等的分析判断，也难免与当前实际有偏差。这一点需要读者在阅读时注意。

参考文献

［1］Habermas, J. 1962 translated 1989. *The Structural Transformation of the Public Sphere*：*An Inquiry into a Category of Bourgeois Society*. Polity, Cambridge.

［2］Huang, P. 1993. "Public Sphere" / "Civil Society" in China? *Modern China*, Vol. 19, No. 2.

［3］Ng, M. K., K. Chan and P. Hills 2002. Sustainable Development in China：From Knowledge to Action. *International Journal of Environment and Sustainable Development*, Vol. 2, No. 1.

［4］Wang, M. Y. 2002. Small City, Big Solution：China's Hukou System Reform and Its Potential Impacts. DISP 151 (Zurich), Vol. 38, No. 4.

［5］Wang, S. 1995. The Politics of Private Time：Changing Leisure Patterns in Urban China. In Deborah, S. Davis et al. (eds.), *Urban Spaces in Contemporary China*：*The Potential for Autonomy and Community in Post-Mao China*. Washington, D. C.：Woodrow Wilson Center Press and Cambridge University Press.

［6］Zhang, T. 2002. Challenges Facing Chinese Planners in Transitional China. *Journal of Planning Education and Research*, Vol. 22, No. 1.

［7］崔功豪、马润潮："中国自下而上城市化的发展及其机制",《地理学报》, 1999 年第 2 期。

［8］刘传江："中国城市化发展：一个新制度经济学的分析框架",《市场与人口分析》, 2002 年第 3 期。

［9］田剑平、许学强、赵晓斌等："城市外来低收入移民安置与自下而上城市化发展",《地理科学》, 2002 年第 4 期。

［10］薛德升、郑莘："中国乡村城市化研究：起源、概念、进展与展望",《人文地理》, 2001 年第 5 期。

［11］杨虹、刘传江："中国自上而下城市化与自下而上城市化制度安排比较",《华中理工大学学报》（社会科学版）, 2000 年第 2 期。

评《中国产业集聚与集群发展战略》

顾朝林

Review of *Industrial Agglomeration and Cluster Strategy in China*

GU Chaolin
(School of Architecture, Tsinghua University, Beijing 100084, China)

《中国产业集聚与集群发展战略》

魏后凯 等著, 2008 年
北京: 经济管理出版社
450 页, 69.00 元
ISBN: 978-7-5096-0290-4

产业集群, 不是现代经济才出现的组织方式, 在中国古代, 景德镇陶瓷、苏州刺绣、杭州茶市等, 就是很好的范例。但是, 新中国成立之后, 中国逐步建立起计划经济体制, 在很长一段时间内, 不同城市和区域均以建立综合性产业体系为目标, 原有的集群产业发展的条件逐步丧失。改革开放以后, 经济市场化、产业国际化, 产业集群又开始表现出旺盛的生命力。自 1980 年代开始, 首先在广东、浙江等地区出现一些产业集群, 随后不断发展并向周边地区和更大的地域范围扩展。然而, 相关的系统研究一直缺失。尤其近年来, 在中国沿海地区, 尤其浙江省、广东省、苏南地区的纺织、丝绸、服装、轻工等专业村镇, 山东寿光的蔬菜基地和北京中关村电子信息街等, 其区域影响力越聚越大, 产业集聚体成为区域经济快速发展的重要动力源。据此, 产业集聚、集群与区域竞争力也就成为中国当前区域经济学研究的前沿问题。

魏后凯等 2008 年出版的《中国产业集聚与集群发展战略》, 可以说是研究这一区域经济前沿领域的重要成果。该书把产业集聚、集群研究与区域竞争力研究结合起来, 并在此基础上提出了一个新的区域发展研究框架, 即: 以区域比较优势和竞争优势为基础, 基于产业集群的区域竞争力提升的区域产业经济研究, 突破了传统的区域比较优势的理论范式, 为后发地区实现跨越式发展提供了新思路。这项研究耗时 4 年, 是国家社会科学基金重点项目"中国产业集群与区域竞争力提升战略研究"的最终成果, 由 1 个总报告和 12 个专题研究报告改写而成, 形成产业集聚与地区专业化、产业集群与区域竞争力、集群发展战略与政策 3 个部分。

作者简介
顾朝林, 清华大学建筑学院。

关于产业集聚。非常有价值的是本书介绍了产业地理集中的衡量方法，并讨论了在企业集聚和劳动力市场共享的条件下生产和创新的外部性效应在空间上的地方化倾向，以及产业地理集中形式，并运用定量分析方法进行了中国制造业地理集中的统计描述，获得中国制造业向东部集中的趋势，进而深入研究政策、技术、规模经济、产业关联效应对中国制造业地理集聚的影响，为国家宏观产业政策制定和企业选址提供科学决策依据。

关于产业集群。本书比较了产业集聚和产业集群的差异，将产业集群定义为一个类似于生物有机体的产业群落，是企业自组织或有组织的综合体，为产业集群的研究规范了对象和边界。本书提出技术扩散、非正规学习和合作竞争是产业集群的共生机制，规模经济、技术扩散、交易成本、消费多样化、生产标准化、柔性生产方式、地区比较优势和文化氛围、市场竞争和参与等是产业集群产生与发展的动力机制，尽管内部网络组织是产业集群应对外部冲击的重要因素，但创新应该是产业集群维系和发展的根本要素。此外，本书还讨论了产业集群与地区经济增长关系、产业集群生命周期问题等，针对中国实际提出把产业集群战略纳入地区发展政策、扶持而不是创造产业集群、注重产业集群内部共生机制建设的建议。毫无疑问，这些见解和建议对中国产业集群发展都具有重要学术价值和现实意义。

关于外企根植性问题。由于产业集群的产品和企业以及产业均有生命周期性，要保持产业集群的活力，外企的植入是必需的。本书花了较大篇幅介绍了根植性理论，从企业价值链出发引申出网络生产模式，进而定义全球商品链，分析产业集群发展中的外企植入的可能性和基本条件，并介绍了社会根植性、网络根植性和地域根植性3个不同的层次，概括根植性具有连接性、异质性、多样性、断裂性、可扩展性、柔韧性和规范性等基本特征，也介绍了相关的嵌入机制。这些理论研究的介绍无疑有利于中国初级产业集群的发展和壮大。

诚然，中国产业集群已经成为推动产业发展、提升国际竞争力和加速地区经济增长的主要动力，也为落后地区发展提供了更明确的方向和手段。但是，中国产业集群发展存在明显的问题，例如整体的不充分性和区域分布的不均匀性、行业相对集中和附加价值相对较低、发展阶段初级和创新能力不足等。与此同时，中国产业集群还严格受行政区划的限制，规模的扩大和水平的提高都有很大制约。对于这些重要的问题，本书有些方面还没有得到应有的关注。较彼得·迪肯（Peter Dicken）的《全球性转变》（*Global Shift*）的研究，有些相关的实证研究还反映出调查研究深度不够，国外产业集群研究相对薄弱。

尽管如此，笔者认为：《中国产业集聚与集群发展战略》值得一读，对提升规划工作者的城市与区域分析能力、规划方案的构建，一定会有所裨益的。

参考文献

[1] Dicken, P. 1998. *Global Shift*. London: Paul Chapman Publishing Ltd.

[2] 王缉慈等：《创新的空间：企业集群与区域发展》，北京大学出版社，2001年。

[3] 王珺主编：《集群成长与区域发展》，经济科学出版社，2004年。

[4] 吴德进：《产业集群论》，社会科学文献出版社，2005年。

《城市与区域规划研究》征稿简则

本刊栏目设置

本刊设有 7 个固定栏目：

1. **主编导读**。介绍本期主题、编辑思路、文章要点、下期主题安排。
2. **特约专稿**。发表由知名学者撰写的城市与区域规划理论论文，每期 1～2 篇，字数不限。
3. **学术文章**。城市与区域规划理论、方法、案例分析等研究成果。每期 6 篇左右，字数不限。
4. **国际快线（前沿）**。国外城市与区域规划最新成果、研究前沿综述。每期 1～2 篇，字数约 20 000 字。
5. **书评专栏**。国内外城市与区域规划著作书评。每期 3～6 篇左右，字数不限。
6. **经典集萃**。介绍有长期影响和实用价值的古今中外经典城市与区域规划论著。每期 1～2 篇，字数不限。中英文混排，可连载。
7. **研究生论坛**。国内重点院校研究生研究成果、前沿综述。每期 3 篇左右，每篇字数 6 000～8 000 字。

设有 2 个不固定栏目：

8. **人物专访**。结合当前事件进行国内外著名城市与区域专家介绍。每期 1 篇，字数不限，全面介绍，列主要论著目录。
9. **学术随笔**。城市与区域规划领域知名学者、大家的随笔。

投稿要求及体例

本刊投稿以中文为主（海外学者可用英文投稿），但必须是未发表的稿件。英文稿件如果录用，本刊可以负责翻译，由作者审查定稿。

1. 除海外学者外，稿件一般使用中文。作者投稿用电子文件，电子文件 E-mail 至：urp@tsinghua.edu.cn；或打印稿一式三份邮寄至：**北京清华大学学研大厦 B 座 101 室《城市与区域规划研究》编辑部，邮编：100084。**
2. 稿件的第一页应提供以下信息：① 文章标题；② 作者姓名、单位及通信地址和电子邮箱；③ 英文标题、作者姓名和单位的英文名称。
3. 稿件的第二页应提供以下信息：① 文章标题；② 200 字以内的中文摘要；③ 3～5 个中文关键词；④ 英文标题；⑤ 100 个单词以内的英文摘要；⑥ 3～5 个英文关键词。
4. 文章应符合科学论文格式。主体包括：① 科学问题；② 国内外研究综述；③ 研究理论框架；④ 数据与资料采集；⑤ 分析与研究；⑥ 科学发现或发明；⑦ 结论与讨论。
5. 文章正文中的标题、插图、表格、符号、脚注等，必须分别连续编号。一级标题用"1，2，3……"编号；二级标题用"1.1，1.2，1.3……"编号；三级标题用"1.1.1，1.1.2，1.1.3……"编号。前三级标题左对齐，四级及以下标题与正文连排。
6. 插图要求：300 dpi，16 cm×23 cm，黑白位图或 EPS 矢量图，最好是黑白线条图。在正文中标明每张图的大体位置。
7. 所有参考文献必须在文章末尾，按作者姓名的汉语拼音音序或英文姓的字母顺序排列。体例如下：

   [1] Amin, A. and N. J. Thrift 1994. *Holding down the Globle*. Oxford University Press.
   [2] Brown, L. A. et al. 1994. Urban System Evolution in Frontier Setting. *Geographical Review*, Vol. 84, No. 3.
   [3] （德）汉斯·于尔根·尤尔斯、（英）约翰·B. 戈达德、（德）霍斯特·麦特查瑞斯著，张秋舫等译：《大城市的未来》，对外贸易教育出版社，1991 年。
   [4] 陈光庭："城市国际化问题研究的若干问题之我见"，《北京规划建设》，1993 年第 5 期。

   正文中参考文献的引用格式采用如"彼得（2001）认为……"、"正如彼得所言：'……'（Peter, 2001）"、"彼得（Peter, 2001）认为……"、"彼得（2001a）认为……、彼得（2001b）提出……"。

8. 所有英文人名、地名应有规范译名，并在第一次出现时用括号标注原名。

用稿制度

本刊在收到稿件后的 3 个月内给予作者答复是否录用。稿件发表后本刊向作者赠样书 2 册。

《城市与区域规划研究》征订

《城市与区域规划研究》为小 16 开，每期 300 页左右，每年 4 期，分别在 1 月、4 月、7 月、10 月底出版。欢迎订阅。

订阅方式

1. 请填写"征订单"，并电邮或传真或邮寄至以下地址：

　　　　联系人：刘炳育
　　　　电　话：(010) 6279 0586/8252 6728/8252 6086 转 6011
　　　　传　真：(010) 6279 0586 转 6032
　　　　电　邮：urptsinghua@163.com
　　　　地　址：北京海淀区中关村东路 8 号东升大厦 B 座 615 室
　　　　邮　编：100083

2. 汇款

　　① 邮局汇款：地址同上。
　　　　　　　　收款人姓名：北京清大卓筑文化传播有限公司
　　② 银行转账：户　名：北京清大卓筑文化传播有限公司
　　　　　　　　开户行：北京银行北京清华园支行
　　　　　　　　账　号：01090334600120105468638

《城市与区域规划研究》征订单

每期定价	人民币 42 元（不含邮费）					
订户名称					联系人	
详细地址					邮　编	
电子信箱			电　话		传　真	
订　阅	年　　　期至　　　年　　　期				份　数	
是否需要发票	□是　　发票抬头					□否
汇款方式	□银行		□邮局		汇款日期	
合计金额	人民币（大写）					
注：订刊款汇出后请详细填写以上内容并传真至 (010) 6279 0586 转 6032，以便邮寄。此单可复印。						